CONTOS UNIVERSAIS

1. CONTOS E FÁBULAS DE LA FONTAINE - Jean de La Fontaine
2. CONTOS DE PERRAULT - Charles Perrault
3. CONTOS DE GRIMM - Jacob e Wilhelm Grimm
4. CONTOS DE FADAS - Hans Christian Andersen
5. CONTOS ESCOLHIDOS - ALICE NO PAÍS DAS MARAVILHAS - Lewis Carrol
6. CONTOS NOVOS DE GRIMM - Jacob e Wilhelm Grimm
7. CONTOS DAS MIL E UMA NOITES - Scheherazade

CONTOS DAS MIL E UMA NOITES

Diretor editorial
Henrique Teles

Produção editorial
Eliana Nogueira

Arte gráfica
Ludmila Duarte

Revisão
Júlia Rafão

Tradução
Carlos Jansen

Ilustrações de
Elisabeth Teixeira
Clara Heteny

EDITORA GARNIER
BELO HORIZONTE
RUA SÃO GERALDO, 67 - FLORESTA - CEP.: 30150-070 - TEL.: (31) 3212-4600
e-mail: vilaricaeditora@uol.com.br

Scheherazade

CONTOS DAS MIL E UMA NOITES

As Maravilhosas Histórias de Scheherazade

GARNIER
desde 1844

Dados Internacionais de Catalogação na Publicação (CIP) de acordo com ISBD

S542c Sheherazade

Contos das mil e uma noites / Sheherazade. - Belo Horizonte - MG : Garnier, 2020.
464 p. ; 16cm x 23cm.

Inclui índice.

ISBN: 978-65-86588-04-4

1. Literatura árabe. 2. Contos de fadas. I. Título.

2020-969

CDD 892.7
CDU 821.411.21

Elaborado por Vagner Rodolfo da Silva - CRB-8/9410

Índice para catálogo sistemático:
1. Literatura árabe 892.7
2. Literatura árabe 821.411.21

SUMÁRIO

O DESVENTURADO REI DAS ILHAS NEGRAS

Certo lavrador saiu um dia de casa para fazer uma caçada. A manhã estava clara e fresca. Foi ele por aqui e ali, sobe um morro, atravessa um riacho, penetra numa floresta, quando percebeu que, distraidamente, havia caminhado muito. Quis voltar e não achou direção, afastando-se mais da sua choupana.

Não ficou perturbado, contudo, porque ainda era cedo e teria tempo de encontrar o caminho de volta, apenas apressou o passo, a fim de sair da floresta e orientar-se melhor.

Andou, andou durante algumas horas e de repente encontrou um grande lago, entre quatro colinas. Bastante cansado, o lavrador sentou-se às suas margens e ficou meditando naquela surpresa. Nunca imaginara que houvesse um lago na região, nem as quatro colinas que o rodeavam. Pelo menos, não se lembrava de alguém ter dado notícia desse pitoresco.

Ao fim de alguns instantes, debruçou-se sobre as águas para matar a sede e ficou imobilizado de espanto. Diante dos seus olhos, que se recusavam a aceitar o que viam, nadavam peixes belíssimos, brancos, azuis, amarelos e encarnados!

Tendo regressado a casa, aonde chegou ao anoitecer, o lavrador contou à esposa o que vira, comunicando-lhe que no dia seguinte voltaria ao lago com uma rede para colher os estranhos peixes.

Assim fez e trouxe quatro deles, cada um de uma cor. A mulher ficou admirada e propôs a fritá-los para o jantar, já que, embora nunca vistos, não seria difícil apanhar outros.

O marido manifestou algum pesar, mas como a caminhada lhe abrira um apetite voraz, concordou com a sugestão de sua companheira. Foi nessa altura que notaram outro fato assombroso. Apesar de estarem fora d'água há várias horas, os peixes continuavam vivos. Isso, porém, não impediu que fossem para a gordura.

O mais extraordinário ia acontecer naquele momento, pois quando foram jogados na frigideira, os peixes gritaram:

– Ai de nós! Tudo por causa de uma princesa feiticeira!

A mulher recuou do fogão com um grito de susto, enquanto o homem, embasbacado, exclamava:

– Coisa inacreditável, meu Deus! Esses peixes são dignos de ser oferecidos ao rei!

Dominado o pasmo em que se achavam, o lavrador transmitiu à esposa a ideia que não saía de sua cabeça.

– Com esses peixes, mulher, podemos tirar grande proveito. Vou oferecer quatro deles ao rei e é possível que este, diante de tal maravilha, me dê grandes recompensas.

– É verdade, disse ela, com os olhos brilhando de ambição. Vai amanhã cedo buscar outros, que nisto pode estar a nossa fortuna.

Dois dias após, o lavrador batia às portas do palácio do sultão. Indagado do que desejava, disse gravemente que tinha um assunto da mais alta importância para expor ao rei, em pessoa, ou, se isto não fosse possível, ao seu primeiro-ministro.

Quem o recebeu foi o próprio sultão, que era um homem simples e acolhedor. O lavrador, depois de uma saudação respeitosa, explicou os motivos de sua presença ali, dizendo que lhe trouxera quatro peixes de presente.

O soberano deixou transparecer seu desagrado e delicadamente censurou:

– Meu caro senhor, para me oferecer quatro peixes, não era necessário pedir uma audiência especial. Só se esses peixes fossem excepcionais!

– Exatamente, Majestade. O que vos trago é maravilha nunca vista. Eis aqui.

E abriu o embrulho diante do monarca, que se mostrou de fato interessado pela raridade. O vizir, aproximando-se, ficou igualmente curioso.

– Belos peixes, sem dúvida – observou o rei, que era guloso e já pensava em entregá-los à cozinheira.

Acrescentou o lavrador:

– Vossa majestade e vós, senhor vizir, ainda não vistes a metade de suas estranhas qualidades.

– Como assim? – interromperam ambos a um só tempo.

– Observai, senhores, que estes peixes ainda estão vivos. No entanto, foram pescados há dois dias.

Ia crescendo o espanto do sultão e do vizir, pois de fato puderam verificar a exatidão da afirmativa. Quando tocados, os peixes mexiam-se.

O humilde homem, vendo que era bastante apreciado o seu presente, arrematou as suas desconcertantes revelações:

– Agora, Majestade, a maior surpresa vós tereis ao fritar estes peixes. Entregai-os à cozinheira e observai.

Apressadamente, foram os três para a cozinha do palácio. Apesar do seu grande pasmo, o rei tinha em mente, sobretudo, comer os peixes no jantar, pois eram de uma espécie inteiramente desconhecida.

Quente a gordura, a cozinheira atirou os quatro peixes à frigideira e eles exclamaram:

– Ai de nós! Tudo por causa de uma princesa feiticeira!

A cozinheira largou tudo e saiu correndo aos gritos, ao passo que o sultão e o vizir deram um pulo para trás, com os olhos quase saltando das órbitas.

O monarca, refeito do susto, e dizendo que peixe falando ele jamais comeria, perguntou ao lavrador onde os tinha encontrado.

O homem deu então todas as indicações do lugar, ao que o soberano e o vizir ficaram boquiabertos. O ministro garantiu que não era possível haver um lago na região indicada, que ele a conhecia de sobra, em suas numerosas caçadas, durante sessenta anos. Além do mais, estava certo também de que nunca tinha visto quatro colinas em tais paisagens.

À medida que o vizir falava, mais impressionado ia ficando o monarca, principalmente depois que o lavrador revelou que ele, do mesmo modo, estranhara a existência do lago e dos morros, dos quais nunca tinha ouvido falar.

O sultão permaneceu em silêncio, após ter mandado embora o lavrador, prometendo-lhe uma recompensa. O vizir, intrigado com a sua mudez, observou:

– Vejo que Vossa Majestade se preocupa bastante com o que vimos.

– É verdade, meu caro amigo. Nunca pude imaginar coisas tão fabulosas. Estou convencido de uma coisa:

– Que é, Majestade?

– Estes peixes encerram um mistério profundo que eu pretendo desvendar. Hei de averiguar tudo isto, custe o que custar. Sinto que não terei mais sossego enquanto o meu espírito não for esclarecido.

– Mas, senhor, advertiu o ministro, essas coisas devem ser obra de magia e só os entendidos podem dar explicação. Acontece que em nosso reino não existe nenhum mago com tal sabedoria. Em todo caso, pode-se mandar buscar um em outro país, o que levará meses. Até lá, Vossa Majestade deve manter o espírito despreocupado.

– Não! Exclamou o rei. Uma voz dentro de mim impõe que eu aja prontamente.

E ordenou ao vizir que organizasse uma caravana com pessoas da corte e chamasse o lavrador para guiá-lo, até o lago e os quatro montes, devendo dar ao modesto homem quatrocentas peças de ouro.

Tudo se fez de acordo com a ordem real. E a expedição partiu guiada pelo lavrador. Transposta uma alta montanha, divisaram uma planície que antes ninguém vira. Continuaram a marcha e deram com o lago, entre quatro colinas. Suas águas eram de tal modo claras, que se distinguiam os peixes de maravilhosas cores.

O sultão perguntava aos seus acompanhantes se era possível ignorar a existência daquele magnífico viveiro de peixes a tão pequena distância da cidade. Todos respondiam que, inexplicavelmente, nunca tinham tido notícias dele.

O Monarca decidiu que se fizesse um acampamento às margens do lago. Quanto mais se admirava de tudo aquilo, mais firme era a sua decisão. Ao anoitecer, chamou o vizir e, em particular, disse-lhe:

– Confesso que estou um tanto inquieto e impressionado. Esse lago, os peixes de quatro cores que falam, tudo isso esconde certamente outras coisas miraculosas que eu quero conhecer.

Vou afastar-me do campo e ninguém deve dar pela minha ausência. Assim, tu guardarás a minha barraca e se alguém perguntar por mim, dize que me acho indisposto e prefiro estar só. Nos dias seguintes, caso eu não volte já, darás a mesma desculpa ou outra melhor que te ocorrer.

O vizir estava alarmado:

– Senhor, é arrematada loucura aventurar-se desta maneira a devassar lugares de mau agouro, onde talvez fantasmas sinistros estejam a preparar ciladas para os violadores dos seus domínios.

Essas palavras não intimidaram o soberano que, armado com o seu alfanje, subiu uma das colinas e de lá desceu rumo à planície. Caminhou a noite toda, sem notar nada anormal.

Rompia a manhã. Entre os densos nevoeiros que pairavam sobre a campina, avistou um gigantesco castelo, todo construído de mármore negro, com telhados de aço polido.

O rei estava diante de outra maravilha inesperada. Contemplou o colossal edifício perdido nos campos desertos e observou que sua enorme porta, também de aço e em dois batentes, estava meio aberta.

Apesar de extremamente curioso, não quis penetrar no castelo sem maior cautela. Bateu levemente na porta e esperou que alguém aparecesse. Daí a pouco, bateu com mais força e por fim com violência, sem que ninguém viesse atender.

O sultão transpôs a porta e gritou:

– Não há aqui uma pessoa para receber um estrangeiro e matar a sua sede?

Repetiu esta pergunta três vezes, porém nenhuma voz respondeu. Um pesado silêncio reinava naquele belo, mas desolado solar.

O sultão, empunhando seu alfanje, resolveu então enveredar pelas amplas salas, adornadas de tapeçarias e riquíssimos estofos de Meca. Abriu as cortinas da Índia com bordados de ouro e prata. Na claridade, pôde apreciar as riquezas suntuosas do ambiente, onde se viam objetos cravejados de pérolas, diamantes e rubis.

Passou para um salão admiravelmente decorado e ostentando maior riqueza. Em cada canto via obras-primas de arte. Ao centro, admirou um grande tanque, em cujas extremidade leões de ouro, do tamanho natural, lançavam água pelas goelas e esta água, ao cair, formava diamantes e pérolas.

As miraculosas visões pareciam um sonho. Tomado finalmente pela fadiga, após uma noite de caminhada pelo campo e de tantas emoções, o sultão resolveu descansar e sentou-se numa poltrona de seda.

Fazia as suas considerações sobre o mistério que devia reinar naquela morada solitária, cheia de encantos soberbos, quando lhe chegaram aos ouvidos tristonhas lamentações, partidas de algum cômodo do palácio negro.

Levantou-se num ímpeto e ficou a escutar, conseguindo distinguir o que dizia uma voz, entre soluços e queixas: – "Ingrato destino meu! Não pude conhecer o que é a felicidade e depois de me tornar o mais desditoso dos homens, de ser punido sem misericórdia, vejo-me condenado a sofrer os maiores horrores pelo resto da vida!"

O sultão, com passo leve, encaminhou-se na direção de onde escapavam os dolorosos lamentos, tão sentidos que lhe feriam o coração. Atravessou uma grande sala e penetrou numa segunda, ainda mais espaçosa. Abriu uma cortina e percorreu o olhar pelo seu interior.

Aí deparou então, sentado num elevado trono, vestido de roupas riquíssimas que o envolviam do pescoço aos pés, um jovem de fisionomia simpática, porém desfigurada pela amargura.

O real visitante curvou-se delicadamente, numa saudação respeitosa. O moço retribuiu o cumprimento com leve inclinação de cabeça, permanecendo sentado. E disse, num tom profundamente triste:

– Senhor, bem sei que vos devo uma recepção mais atenciosa e cordial. Desculpai-me, no entanto, pois não posso levantar-me.

O sultão respondeu com um sorriso:

– Fico agradecido, senhor, pelo favorável juízo que fazeis de minha pessoa. Não é necessário desculpar-vos pelo fato de não poderdes levantar. Aqui estou porque, atraído pelos vossos lamentos, me animei a vir saber em que posso ser útil.

– A mim, certamente, em nada, porque a minha desgraça é muito maior do que julgas...

– Talvez não seja tão irremediável assim – atalhou o sultão – quando se encontra uma pessoa disposta a dar desinteressada ajuda. Espero ser capaz de trazer algum alívio aos males que vos afligem. Depois disso, desejaria saber o mistério de um lago existente perto de quatro montes, no qual se veem peixes de diferentes cores. Gostaria também de obter informações sobre este castelo e sobre os motivos de viverdes nele sozinho, cheio de tantas amarguras,

Como se não ouvisse essas perguntas, o jovem recomeçou as suas queixas:

– De que me vale a fortuna! No meio de fabulosas riquezas, sofro como o mais miserável dos mortais, sem consolo e sem esperança!

O sultão estava sinceramente compadecido. Pediu ao moço que lhe dissesse os motivos da angústia que lhe dilacerava a alma.

O desolado rapaz deixou escapar ainda muitas lamentações em palavras comoventes, para no fim dizer apenas:

– Vede bem!

E, abrindo a túnica, mostrou uma coisa horrível: o belo moço era homem da cabeça à cintura, somente. O resto do seu corpo era um bloco de mármore negro!

Vendo que seu hóspede não escondia o abalo produzido por aquela medonha visão, ele perguntou-lhe se queria ouvir o relato de suas desventuras.

O sultão, com voz embargada, respondeu que sim.

– Pois então – disse o infeliz, preparai o espírito para terdes conhecimento de coisas extraordinárias, em que se revelam a maldade de uma pessoa e a desgraça infinita de outra, que sou eu...

O jovem Rei narra a sua História

O moço narrou assim a sua história.

– Meu pai era o rei do país conhecido pelo nome de "*Reino das Ilhas Negras*". Esta denominação origina-se das quatro colinas em volta do lago de que me falastes. Essas montanhas foram ilhas e rodeavam a capital onde meu pai residia. Isso quer dizer que a cidade era precisamente no lugar em que se encontra agora o lago dos peixes coloridos.

– Como se explica isto? – interrompeu o sultão, que supunha não estar compreendendo bem aquela introdução.

– Aguardai a continuação da minha narrativa, que vós compreendereis por que se verificaram essas mudanças, que são realmente inacreditáveis.

Dada a explicação, o jovem prosseguiu:

– Falecido o meu pai, subi ao trono e, sendo ainda de pouca idade, não quis casar-me. Residia comigo no palácio a minha irmã. Durante cinco anos, vivemos em plena harmonia, mas depois comecei a notar nela sensível mudança de gênio e atitudes.

Não dei grande importância à transformação. Certo dia, no entanto, ouvi uma conversa de duas escravas, tendo uma delas dito o seguinte: – "Não sei como a princesa, no meio de tantos e tão bons partidos, tomou a louca decisão de casar-se com um índio negro. E o mais incompreensível é que ela está perdida de amores por ele".

Sofri um choque com aquelas revelações, que me deixou desorientado. Eu já pensava encaminhar o casamento de minha irmã com um nobre da corte, pensando no seu futuro e na sua felicidade. De repente, fico sabendo de sua inclinação por um preto, além de tudo índio.

Deliberei intervir no caso e mandei chamar a moça. Censurei brandamente o seu procedimento, dizendo que eu não podia acreditar nos rumores de que ela pensava esposar um negro.

Com arrogância desconhecida, ela me respondeu:

– Pois é verdade tudo quanto dizem e até já somos noivos!

– Impossível! Exclamei. Que futuro pode dar-te um índio negro, a ti que és uma princesa?

– Ele me dá poderes que tu, como rei, não possuis.

Não entendi o que ela queria dizer com a curiosa afirmação e não consegui que me explicasse o seu pensamento.

Cada vez mais preocupado, incumbi um dos meus espiões de seguir os passos da princesa e de me inteirar do que ela fizesse, sobretudo me informando as razões que a levaram a apaixonar-se por um negro.

Quando deu conta de sua missão, veio o espião aos meus aposentos particulares e disse-me.

– "Majestade, posso hoje trazer ao vosso conhecimento o que desejais saber.

Vossa irmã, que eu sigo há muitos dias, passeava certo dia a cavalo pelos campos, quando por acaso ficou conhecendo um moço preto alto e forte, pertencente a uma tribo próxima.

Esse homem é entendido em magia e fez para a princesa umas demonstrações que a deixaram impressionada. A moça rogou-lhe que a iniciasse nessa arte diabólica. Ele prometeu atendê-la, mas com a condição de ela tornar-se sua esposa, a fim de que sua tribo ficasse prestigiada com esse casamento.

A princesa concordou, fascinada como estava pela magia, pedindo-lhe apenas um prazo para o casamento, que se realizaria quando ela se tornasse uma feiticeira completa.

Fecharam o trato sob o juramento e parece que o casamento é inevitável".

Eu não acreditava então em bruxarias. Por isso, ordenei ao espião que desse um jeito de desfazer aquele absurdo noivado.

– "Senhor, creio que é impossível", respondeu ele.

– Como impossível, se sou o rei e estou ordenando?

– "A princesa é hoje uma bruxa. Está apaixonada sinceramente pelo negro, cujas artes satânicas ela admira. Não creio que tenha coragem de romper o juramento feito, pois isso pode custar-lhe a perda dos poderes sobrenaturais que já adquiriu. Estando de fato apaixonada, como eu já disse, pensa que com o seu noivo negro pode dominar o mundo".

– Não é tanto como você afirma. A princesa não sai do palácio sob nenhum pretexto. Há muito que não vê esse índio de pele de carvão.

O espião concluiu as suas informações:

– "Engana-se Vossa Majestade. Quando a noite vem e todos adormecem neste palácio, ela sai sorrateiramente e vai conversar com o noivo no jardim. Quer casar-se para unir suas forças ocultas às dele e ser mais poderosa do que todas as rainhas da terra."

Fornecidas essas graves informações, o espião retirou-se. Eu estava deveras aborrecido com o que fazia a minha irmã, que além do mais se tornara bruxa. Não havia dúvida, pensava eu, o responsável por tal desgraça só podia ser o índio negro, que certamente a enfeitiçara.

Uma noite, simulei que me recolhia ao leito e fiquei acordado pela noite adentro, observando os menores movimentos no palácio. Não perdia nenhum ruído, em minha ansiosa vigília.

Altas horas, vi a princesa sair e segui-a cautelosamente, empunhando o meu alfanje. Verifiquei com espanto que ela abria as portas com palavras mágicas.

No jardim, escondi-me num pequeno bosque. Estava disposto a acabar com aquele romance desigual. E, sinceramente, tomava essa deliberação certo de que era preciso defender a minha querida irmã contra a perigosa influência do seu eleito.

Em pouco, ao pálido clarão do luar, notei que os dois de aproximavam, de braços dados, passeando pelas alamedas. Ouvi que combinavam a data do casamento, mesmo contra a minha vontade, e apoderou-se de mim um ódio terrível.

Quando os dois passavam junto das ramagens em que eu me ocultara, ergui o alfanje e com violento golpe feri o homem no pescoço. Fugi rapidamente em seguida, antes de ser visto.

O golpe foi mortal. Minha irmã, porém, conservou a existência do noivo pela força de sua magia. Gritava desesperada, enquanto eu rumava para os meus aposentos. Estirei-me na cama e adormeci satisfeito por ter castigado o negro. Nunca mais ele usaria artes diabólicas para alcançar um casamento na casa do rei.

De manhã, a princesa estava com a fisionomia transtornada. Fingi desconhecer o sucedido e perguntei-lhe a razão do seu abatimento. Respondeu friamente que estava triste. Não me preocupasse porque era coisa sem grande significação.

Dominada pela dor e em contínuo pranto, ela passou o ano inteiro recolhida, ausente das reuniões e das festas, apesar da minha insistência em distraí-la e apressar a sua conformação. Depois desse período, veio solicitar-me permissão para construir sua própria sepultura no jardim, em local por ela escolhido. Justificou a pretensão dizendo que desejava um túmulo ao seu gosto e que isto só seria possível se ela o mandasse erguê-lo em vida. E mais, que iria desde já morar nele, assim que ficasse concluído.

Concordei e ela edificou um grandioso túmulo, com belíssima cúpula.

Nessa altura da história, o jovem rei semipetrificado mostrou ao sultão, através da janela, o suntuoso monumento, chamado o *Palácio das Lágrimas*.

E continuou:

– Terminada a construção, a princesa fez transportar para ali o homem que eu golpeara no pescoço com o alfanje e que era mantido em lugar oculto.

Atingido em órgão melindroso, o negro ficara paralisado, sem o uso da palavra e só pelos olhos dava sinal de vida. Minha irmã conseguia mantê-lo vivo à custa de beberagens, sem todavia poder curá-lo, não obstante suas faculdades mágicas. O seu consolo era conversar com ele, duas ou mais vezes ao dia, certo de que eram ouvidas as suas frases amorosas.

Eu, evidentemente, sabia de tudo, mas fingia ignorar, não me importando muito, pois aguardava que o negro morresse e ela se resignasse.

Todas as tardes a moça ia ao *Palácio das Lágrimas*, para o seu culto de amor. E de uma vez eu lá fui também assistir ao estranho idílio. Ocultei-me e ouvi as suas declarações.

– Meu amor, há um ano que não me dizes uma só palavra. Sei que não me ouves e que um dia me responderás, pois lanço mão de todos os recursos para que recuperes a saúde. Fala, meu adorado noivo! Uma palavra tua para mim vale mais que o maior império do universo.

Achei aquilo demais. Resolvi interromper as lamúrias, dizendo-lhe que já era tempo de pôr fim a tanta choradeira inútil. Que ela se esquecia de que era princesa e devia procurar um noivo digno, em vez de lamentar um feiticeiro negro.

Sem se mostrar surpreendida com a minha presença, a jovem pediu que eu me retirasse, se tinha alguma compaixão dela, porque nada no mundo curaria o seu mal.

Dois anos mais tarde, como continuassem as suas visitas ao negro, repetindo-se aquelas mesmas cenas de desespero, concluí que se tornava necessária uma intervenção enérgica da minha parte. Fui então pela segunda vez, observar os seus lamentos, escondido como da primeira vez.

Junto do seu horrível noivo, ela fazia as suas desconsoladas queixas, cheias de ridículas implorações e ainda mais ardentemente apaixonadas do que antes.

Enfurecido e transtornado, penetrei no odioso túmulo e bradei:

– Chega de tolices! Não vês que esse homem semimorto não passa de um indígena repelente? Não vês que numa corte onde poderias escolher belos e elegantes nobres, é sumamente estúpido consumires tua existência adorando esse monstro?

A princesa levantou-se com o olhar afogueado de ódio e lançou-me no rosto estas duras palavras:

– Malditos sejas para sempre! Pensas que ignoro que foste tu que feriste o meu querido noivo? Há três anos que te detesto do fundo de minha alma, criminoso! Depois de tudo isto, ainda tens a coragem de insultar-nos, a mim e a este pobre que tu feriste!

– Sim! – gritei. Fui eu quem puniu esse miserável, que teve a ousadia de perturbar tua cabeça. Devia ter feito o mesmo contigo!

No auge da indignação, avancei alguns passos para castigá-la, ocasião em que ela, sorridente, pronunciou algumas palavras misteriosas, cujo sentido não entendi. E, de repente, com os olhos fixos nos meus, falou:

– Ordeno-te que sejas metade mármore e metade homem!

No mesmo instante, fiquei imobilizado. Olhei para minhas pernas e verifiquei, com horror, que a metade do meu corpo se tinha transformado num mármore negro. Nada mais podia eu fazer. Não passava de um vivo tão impotente quanto um morto.

Na medonha situação, fui colocado nesta sala. Contudo, a rancorosa princesa não estava ainda satisfeita com a minha desgraça. E assim, ela fez destruir a capital de meu reino, que era populosa e florescente. Acabou com as praças públicas e os mercados, transformando tudo isso no lago e nas campinas desertas que cercam este castelo. Os peixes são os habitantes da cidade e as cores significam as religiões a que pertenciam: os brancos, muçulmanos; os vermelhos, os persas adoradores do fogo; os azuis, os cristãos; e os amarelos, os judeus. As quatro colinas encontram-se no lugar das ilhas que davam nome a este país.

Tendo procedido desta maneira bárbara, ela veio anunciar-me tudo isto, para aumentar as minhas aflições. Sua fúria não se limitou a transformar a metade do meu corpo em mármore e a destruir o meu império. Todos os dias, ela aqui vem e dilacera as minhas costas a chicotadas. Depois de me suplicar de maneira feroz, enxuga-me com um pano grosso e cobre-me com estas vestes, não para me honrar, mas para zombar de mim.

Sofro duplamente: pelo martírio constante a que a terrível princesa me submete e pela profunda amargura de ver os meus súditos transformados em peixes, eles que são de todo inocentes.

Nesse ponto da narrativa, o desditoso rei ergueu os olhos ao céu, murmurando:

– Meu Deus, criador, de todas as coisas! Aceito com humildade os meus males. Confio, porém, em vossa bondade, que um dia derramará alívio em minha alma.

O Sultão e a Bruxa

O sultão ficou profundamente comovido com a desventura do jovem rei, que continuava em soluços. Condoído de sua sorte, dispôs-se a vingá-lo, e perguntou:

– Onde vive a sinistra princesa e onde está sepultado, antes de morrer, o seu indigno noivo?

– O negro, conforme já disse, está num túmulo, no *Palácio das Lágrimas*, que se comunica com este castelo pelo lado da porta. Com relação à feiticeira, ignoro onde se recolhe; apenas sei que todas as manhãs, depois de me flagelar a chicotadas, como vos descrevi, ela vai visitar o seu horrendo amado, levando-lhe a bebida que até hoje o impediu de morrer. Em seguida, fica a lastimar-se.

O sultão revelou então ao jovem rei a sua qualidade de soberano e os motivos por que entrara no castelo, levado pelo desejo de desvendar o mistério dos peixes coloridos. E concluiu:

– Jovem rei, o destino me trouxe aqui, para ouvir a vossa dolorosa história. Ninguém é mais sensível aos vossos sofrimentos do que eu, pois estou convencido de que nunca aconteceram coisas tão extraordinárias a outras pessoas. Só resta agora a vingança e desta eu me incumbirei, já que vós sois uma vítima indefesa nas mãos de uma fera humana.

– Cuidado, no entanto, senhor. Os poderes sobrenaturais da minha irmã fazem dela uma mulher temível, sobretudo porque o seu coração é frio e duro como um rochedo.

Ambos estudaram um plano de ação para executar no dia seguinte. E estando a noite muito avançada, o visitante foi repousar, enquanto o outro permaneceu na sua forçada vigília, pois em consequência do encantamento estava impedido de dormir.

Mal rompeu a manhã, o sultão, já de pé, escondeu o seu sobretudo, para ter os movimentos livres, e dirigiu-se rapidamente ao *Palácio das Lágrimas.* O seu interior era iluminado por uma infinidade de tochas de cera branca. Vasos de ouro, dispostos em artística ordem, estavam cheios de flores. Nalgumas partes eram queimadas essências aromáticas. Pairavam no ar perfumes delicados. Tudo isso indicava o supremo desvelo da princesa-bruxa.

Lá estava o negro em sua cama-túmulo, absolutamente imóvel, mas com um brilho estranho no olhar. O sultão desembainhou o alfanje e descarregou um golpe no fatídico índio, causador de tantos infortúnios, arrancando-lhe o resto de vida que ainda o animava interiormente.

A seguir, e com a maior decisão, arrastou-o para fora e lançou o seu corpo num poço do castelo. Feito isso, voltou e deitou-se na perfumada cama do preto, ajeitando a sua arma para o momento propício.

Daí a pouco, ouviu os lancinantes gritos do rei das Ilhas Negras. A diabólica princesa açoitava-o com ferocidade, e enquanto ele pedia misericórdia, ela exclamava, entre sinistras gargalhadas:

– Não tiveste compaixão quando descestes o teu alfanje sobre o meu adorado noivo e, portanto, não a esperes de mim! Pelo resto dos teus dias, hás de pagar o teu crime!

E continuou vergastando as costas do infeliz com o pesado chicote. Ao fim do tremendo castigo, soltou novas gargalhadas, que se misturaram aos gemidos de sua vítima.

Reinou depois um agourento silêncio no castelo amaldiçoado e na imensa campina, onde nem os pássaros cantavam.

Satisfeita a sua fúria de torturar o irmão, a funesta mulher dirigiu-se para o túmulo e, parando à entrada da sala mortuária, onde depositara o noivo semimorto, repetiu as lamentações de sempre. Pediu-lhe uma palavra, ao menos, para alívio de suas mágoas. E prosseguiu, lamurienta, as chorosas expressões que repisava anos a fio.

O sultão, fingindo acordar de profundo sono e imitando a pronúncia característica dos negros, murmurou soturnamente:

– Só Deus é poderoso em sua eterna sabedoria e força. Pobres mortais somos todos nós...

Comovida e perplexa, a princesa gritou:

– Meu amado? É a tua voz que ouço ou são os meus ouvidos que me iludem? Será verdade que, depois de tanto tempo, tu voltas a falar-me? Custa-me crer em tanta ventura!

– Insensata! – resmungou o sultão. Não mereces que eu responda aos teus apelos, pois dia a dia, em vez de me proteger, tu me vais matando aos poucos...

A mulher levou as mãos à cabeça desorientada, clamando com abundantes lágrimas:

– Eu, matando-te aos poucos, meu querido noivo? Eu, que tudo tenho feito para te restabelecer! De que me acusas?

– Acuso-te da barbaridade com que tratas o teu irmão, sujos gritos e gemidos me impedem de repousar, tanto de dia quanto de noite.

– Mas querido, aquele maldito foi quem te feriu e todo o castigo é pouco para ele.

– Assim pensas. Eu, porém, já estaria perfeitamente são, se tu o tivesses desencantado. Quero-o longe de mim, a fim de as suas lamentações não me perturbem o sossego.

– Desejas então que eu restitua aquele monstro à sua primitiva forma?

– Claro que sim. Dá-lhe completa liberdade e manda-o para longe daqui, a fim de que ele não me incomode mais e eu possa curar-me de todo. Por causa do teu procedimento é que há tanto tempo tenho mantido o silêncio de que te queixas.

A bruxa saiu apressadamente em direção ao castelo, alegre por supor que o preto recuperaria em breve a saúde e furiosa porque se via forçada a libertar o rei das Ilhas Negras, que ela desejava continuar submetendo às mais impiedosas torturas.

Chegou diante de seu irmão com um olhar cheio de ira. Encarou-o em silêncio e depois foi buscar uma vasilha com água. De volta, pronunciou umas palavras ininteligíveis e imediatamente a água transformou-se em fogo.

Enquanto ia despejando aquele líquido incendiado sobre o corpo de seu irmão, ela dizia:

– Por força dos meus encantamentos e como severa punição pelo mal que me causaste, és agora metade homem e metade mármore. Eu te tornei assim e assim te conservei, por muitos anos. Se ainda permaneces nesse estado em virtude do meu poder, ordeno-te que voltes à forma primitiva, tal como o Criador te fez!

Terminada essa cerimônia, em que foram esconjurados os espíritos malignos que povoam o mundo das bruxarias, o rei levantou-se trêmulo de emoção.

Deu alguns passos pela sala, vibrando de alegria e agradecendo a Deus com eloquência. E gritou, louco de entusiasmo:

– Estou livre do meu tenebroso cativeiro! Graças a Deus!

A mulher tinha os olhos fuzilando de ódio e de despeito. Seu coração perverso estava envenenado por não poder continuar martirizando o jovem soberano. Por isso, disse-lhe com rispidez e num tom ameaçador:

– Afasta-te deste castelo para sempre. Não ouses voltar aqui nunca mais, porque, se tal acontecer, sofrerás a mais horripilante das mortes!

O rei não lhe disse uma palavra sequer e saiu tranquilamente, retirando-se para um local previamente combinado com o seu protetor, onde ficaria à sua espera.

A feiticeira, por sua vez, voltou ao *Palácio das Lágrimas,* ansiosa por prosseguir a conversa com o seu noivo. Lá chegando, recomeçou as suas ternuras:

– Meu querido noivo, fiz o que me ordenaste, apesar do imenso sacrifício que isso me custou, pois meu maior consolo nesses longos anos sem ti, era castigar diariamente aquele que te feriu com um golpe traiçoeiro. Aquela alma penada não perturbará mais o teu repouso. Agora, podes levantar, meu grande amor...

O sultão, sempre imitando a voz dos negros, respondeu:

– Enganaste-te, se pensas que o que fizeste basta para me salvar. Não! Ainda pesa sobre mim, impedindo meu reestabelecimento, a parte do mal que não retificaste. Se não queres perder o meu amor, repõe tudo no seu devido lugar. Tu deixaste as raízes do mal.

– Mas que raízes, meu querido noivo? – indagou ela ansiosa.

– Louca! Já devias ter percebido que me refiro à cidade e aos seus milhares de habitantes, às quatro ilhas e aos peixes do lago. Não sabes que eles, todas as noites, lançam maldições sobre ti e sobre mim, chamando por vingança?

Aí está a principal causa que impede a minha cura. Não fossem os teus erros e o teu rancor implacável, desde muito eu estaria completamente restabelecido. Já poderíamos estar casados e felizes. Em vez disso, encontro-me sepultado há anos, sem nenhuma esperança de sair deste horrível mausoléu!

– Que queres tu que eu faça, meu amor?

– Ainda perguntas? Anda, vai depressa restabelecer as coisas que mudaste. Que a cidade e as pessoas voltem ao seu estado anterior! Depois, então, tu virás ajudar-me a sair daqui.

A mulher, quase doida de alegria ante a possibilidade de curar o eleito do seu coração e de casar-se com ele, saiu como uma ventania em direção do lago.

Nas suas margens, jogou na água, várias vezes, um líquido misterioso que trazia consigo e pronunciou umas palavras secretas, enquanto fazia o respectivo rito.

Numa fração de instante, o lago desapareceu e a cidade surgiu no seu lugar. Os peixes transformaram-se em homens, mulheres e crianças, livres ou escravos, muçulmanos, cristãos, adoradores de fogo e judeus; as lojas foram invadidas pelos seus habitantes, que encontravam tudo em seu lugar anterior e nem notavam a transição espantosa de sua vida.

O mais curioso foi o choque sofrido pela numerosa caravana do sultão, acampada nas margens do lago. Todos ficaram atônitos quando se viram bruscamente no meio de uma vasta e movimentada cidade, cheia de falas e rumores, quando até ali só contemplavam uma

desolada e silenciosa campina. O vizir, por exemplo, estava repousando no interior de sua barraca, quando de súbito se sentiu deitado no meio da rua, na iminência de ser pisado por transeuntes e camelos. Levantou-se rapidamente e saiu correndo, assustado, sem direção. O lavrador que guiara a comitiva até o lago, andava distraidamente e surpreendeu-se no mercado, onde foi tropeçando num velho que vendia cestos, sendo repreendido pela sua desatenção.

Os amigos do sultão estavam aturdidos e embaraçados, mas compreenderam logo que aquilo se tratava do mistério dos peixes coloridos.

Enquanto isto acontecia na cidade ressuscitada, a princesa bruxa dirigia-se ao *Palácio das Lágrimas.* Ali, cheia de júbilo, informou:

– Fiz tudo o que exigiste, meu querido noivo, para recobrares tua preciosa saúde. Estás curado, meu amor. Levanta-te!

O sultão, segurando fortemente o alfanje, imitou a linguagem dos pretos dizendo:

– Vem auxiliar-me, querida noiva, dá-me o teu braço, que me sinto ainda bastante fraco...

Assim que a feiticeira ansiosamente se aproximou da cama-túmulo, ele, rápido como um raio, antes que ela pudesse pronunciar qualquer palavra mágica para se defender, desceu o alfanje na sua cabeça.

A bruxa rodopiou, quis fugir do mausoléu, mas só deu um passo e tombou no mesmo lugar, com a cabeça dividida em duas partes pelo formidável golpe.

O sultão levantou-se e, diante do cadáver da funesta mulher, disse em voz pausada:

– Maior que o poder de todas as bruxarias é a onipotência de Deus. Cessou, megera, tua vida de maldades e de vinganças terríveis. A minha mão foi apenas um instrumento da providência Divina!

Pouco depois da morte da bruxa no Palácio das Lágrimas, o sultão encontrou-se, no lugar combinado, com o jovem rei das Ilhas Negras, que o aguardava com impaciência, desejando saber o desfecho de tudo.

O sultão tranquilizou-o:

– Ficai sossegado, senhor. Com a ajuda de Deus, a vossa irmã pereceu sob o peso do meu alfanje, de nada lhe valendo os seus recursos de bruxaria. Podeis ficar na vossa capital, que é bela e florescente, conforme me dissestes, a menos que seja do vosso agrado vir até a minha, pois como sabeis, somos vizinhos e agora amigos...

– Meu nobre e valoroso protetor – disse o moço – amigos somos, na verdade, e nunca poderei pagar-vos o serviço que me prestastes. Mas devo objetar-vos que incorreis em engano num ponto, já que imaginais estar muito perto da vossa capital...

– Sem dúvida -garantiu o sultão – não nos separa senão uma caminhada de quatro ou cinco horas. Bem perto daqui está acampada a minha caravana, aliás, meus amigos devem achar-se bastante preocupados.

– Posso assegurar-vos que há um ano inteiro de viagem – tornou o jovem. Se levastes até aqui pouco tempo é porque os meus domínios estavam sob encantamento. Agora, porém, a situação mudou. É tão grande, contudo, a minha gratidão, que estou disposto a seguir-vos até o fim do mundo, se necessário for. Penso mesmo abandonar para sempre o meu reino.

O sultão não se continha de assombro ao saber que estava tão distante do seu país. Como aquilo havia acontecido ele nem podia conceber. No entanto, mostrava-se satisfeito, dizendo:

– Não importa. Será penoso o regresso à minha capital, mas o sacrifício é bem compensado pela satisfação de vos ter servido. Acredito que fui guiado pela mão de Deus nesta aventura extraordinária.

E, pondo a mão no ombro do rei, concluiu:

– Como não tenho filhos e desejais me acompanhar, considero-vos desde já meu legítimo herdeiro e sucessor do trono. Ainda reinareis sobre o meu povo. Os sofrimentos que experimentastes ensinar-vos-ão a ser brando, generoso e justo, como convém a um chefe de Estado.

Assim deliberaram. O jovem rei indicou um dos parentes mais fiéis para substituí-lo no governo do reino das Ilhas Negras. Em seguida, partiu com o sultão para o país que este governara. Na nova corte, todos o apreciaram pelas suas qualidades e pelo seu bondoso coração.

Quando iniciavam a longa viagem, o sultão e os nobres observaram que o lavrador que os guiara ao lago, carregava numerosos embrulhos. Tendo-lhe perguntado o que era aquilo, o com homem respondeu com simplicidade:

– Sabei senhores, que em parte por confusão e em parte pelo desejo de ser agradável à minha mulher, estou aqui carregado de embrulhos. Eu estava passeando na beira do lago, quando este desapareceu. Vi-me de súbito no mercado da cidade, tropeçando num velho vendedor de cestos e jogando desastradamente muitas coisas pelo chão.

Fiquei desorientado, andando a esmo, quando percebi que estava dentro de uma loja, cujo dono me agarrou pelo braço e me obrigou a comprar tapetes, rendas e sedas. Naquela hora eu compraria até a loja. Mas foi bom, porque aqui vão belos presentes para minha esposa e para os meninos.

Todos riram muito. O rei das Ilhas Negras, sabendo que ele era a causa indireta de sua salvação, deu-lhe generosas recompensas.

E o lavrador viveu feliz pelo resto da existência, num palácio de requintado luxo e conforto. Só uma coisa ele nunca mais comeu. Quando punham peixes na mesa, o homem recusava, pensando sempre no mistério dos peixes coloridos...

O REI LEPROSO E O MÉDICO DUBÃO

No país de Zulmão, na Pérsia, havia um sultão que reinava sobre um povo de origem grega. Não se podia dizer que fosse um bom ou mau rei, já que, estando ele desde muitos anos coberto de lepra, não podia cuidar dos interesses dos seus fiéis súditos e só se preocupava com a sua cura.

Os médicos da Corte tudo faziam para o livrar da horrível doença, mas inutilmente, porque na verdade nem sabiam mais o que lhe receitar. Tinham-lhe dado todos os remédios possíveis e estavam esgotados os recursos dos seus conhecimentos.

O monarca sofria e desesperava-se. Vivia recolhido aos seus aposentos particulares, sem coragem de aparecer em público, pois tinha consciência do seu aspecto desagradável e mesmo repulsivo.

Estavam perdidas as suas esperanças, quando um dia bateu às portas do palácio Dubão, médico de fama que estudara nos melhores livros gregos, persas, turcos, árabes, latinos, siríacos e hebraicos. Conhecia, além disso, todas as plantas e drogas. Tendo chegado na véspera à cidade e sendo informado da moléstia do rei, que os médicos já haviam abandonado, Dubão foi apresentar-se ao soberano.

Recebido por ele nos seus aposentos, cumprimentou-o respeitosamente, com maneiras distintas, e disse-lhe:

– Sou um viajante que por acaso se encontra neste país, a caminho de outras terras mais distantes. Se, porém, Vossa Majestade quiser conceder-me a honra de aceitar os meus humildes serviços, comprometo-me a curar esse mal, sem utilizar beberagens insuportáveis nem pomadas irritantes.

O sultão achava-se desanimado e descrente da ciência. Tinha maior horror dos tratamentos dolorosos do que das próprias chagas que lhe cobriam o corpo. Dessa maneira, muito lhe agradava o que ouvia do médico recém-chegado, que além do mais lhe inspirava confiança, pelo tom seguro de sua promessa. E respondeu-lhe:

– Não sei se és capaz de fazer o que me afirmas com tanta certeza. Tenho experimentado todos os tratamentos sem o menor resultado. Em todo o caso, se me curares esta lepra, evitando o uso de bebidas

intragáveis e a aplicação de pomadas, enriquecer-te-ei, bem como aos teus filhos e aos teus netos. Além da fortuna que terás como recompensa, tornar-te-ei o meu favorito, com todas as regalias da alta posição.

– Aceito a oferta – tornou o remédio – e garanto curá-lo com a ajuda de Deus. Amanhã mesmo aplicarei o meu método de tratamento, que é rápido e eficaz.

Dubão foi para casa e, pegando num bastão, perfurou uma de suas extremidades, introduzindo na pequena cavidade um remédio que só ele conhecia. Arranjou depois uma bola, preparada com uma substância especial. Mais tarde, procurou novamente o rei e recomendou que ele fizesse com os seus oficiais uma espécie de jogo na espaçosa praça em frente ao palácio. Essa competição consistia em fazer a bola rolar pela praça, dando-lhe pancadas com aquele bastão. E explicou ao soberano:

– Deve Vossa Majestade exercitar-se bastante, de modo a suar por todo o corpo. O remédio que coloquei no cabo deste bastão penetrará no organismo de Vossa Majestade, passando por suas mãos, à medida que o exercício produzir calor.

O sultão pegou o pesado pau e com uma pancada mandou a bola aos oficiais, que a devolveram, para ele de novo a impelir com energia. O jogo durou até que ele se sentisse ensopado de suor e completamente exausto.

O sábio deu ordens para cessar:

– É o suficiente. Agora, tome Vossa Majestade um banho e em seguida deite-se. Amanhã o seu mal estará sarado.

O monarca observou com rigor tudo o que fora recomendado. Após o banho, recolheu-se ao leito e dormiu profundamente.

Na manhã seguinte, com indescritível alegria, verificou que o seu corpo estava livre da repugnante lepra. As chagas haviam-se fechado e nenhum vestígio restava da moléstia.

Louco de entusiasmo, o feliz sultão vestiu a sua melhor roupa e dirigiu-se apressadamente para a sala de audiências, onde já estavam reunidos todos os cortesãos, curiosos de saber os resultados do remédio. Todos ficaram assombrados e manifestaram a maior satisfação pela milagrosa cura.

O médico Dubão chegou mais tarde e entrou humildemente na sala cheia de nobres e damas, indo prostrar-se diante do trono, encostando a face no solo. O rei sentiu-se comovido com a presença do homem que o salvara e chamou-o para assentar-se ao seu lado, apresentando-o aos presentes e fazendo-lhe merecidos elogios. E considerando isto muito pouco para quem, ao seu ver, tinha tanto valo, o soberano ofereceu-lhe um banquete, uma túnica riquíssima e grande quantia de dinheiro. Conforme prometera, tornou-o o seu favorito na Corte.

Os cortesãos aplaudiram essas manifestações de gratidão, concordando todos em que o sábio de fato as merecia. Apenas uma pessoa avarenta e invejosa ficou mordendo os lábios de despeito, diante de tantas honrarias concedidas ao médico. Essa pessoa era o vizir, que sentia diminuído o seu prestígio de primeiro-ministro do rei.

Era um indivíduo de ambições desmedias e capaz dos atos mais indignos para conseguir alguma coisa que desejasse. Tinha sido até aquela data a principal figura da Corte e por isso não via com bons olhos o carinho com que era tratado Dubão, a quem o rei dava, quase todos os dias, um belo e valioso presente.

O vizir considerou, finalmente, que o ilustre homem de ciência havia passado por cima da sua posição de ministro e tinha mais importância do que ele. Achando isso um absurdo, chegou à conclusão de que era necessário arranjar um meio de fazer o médico cair no desagrado do rei.

Foi assim que, aproveitando um momento em que se achava a sós com o sultão, o vizir lançou esta infâmia:

– Senhor, perdoe-me o atrevimento da advertência, mas acredito que é mais prudente para um monarca desconfiar de um estrangeiro, antes que este demonstre a mais absoluta fidelidade à sua real pessoa.

Como o sultão se mostrasse surpreendido com o início daquela conversa, o vizir falou mais claramente:

– É que Vossa Majestade, acolhendo o médico Dubão na Corte com tamanhas honras e tanta bondade, ainda não percebeu que ele foi aqui introduzido por algum inimigo secreto, com fim de matar o nosso rei e senhor. O soberano saltou da cadeira rapidamente e exclamou:

– Quem te disse esse absurdo? Cuidado, que a gravidade desta acusação exige provas, sobretudo partindo do meu primeiro-ministro.

– Pois, quer Vossa Majestade acredite, quer não, o que eu acabo de dizer é a pura verdade. Dubão saiu da Grécia, onde é nascido, e aqui veio com o fim exclusivo de cometer um regicídio.

– Por que regicídio? Retrucou o sultão, acrescentando: – Se ele quisesse matar o rei, que sou eu, teria feito isso exatamente quando tratou de mim, ocasião em que teria todas as facilidades para executar o seu plano. Ao invés disso, o que o bom médico fez foi curar-me da horrível lepra, que ia acabando comigo aos poucos! Se ele aqui veio para me matar, por que então me salvou?

O ministro, alimentando um ódio surdo contra Dubão, insistiu:

– Vejo que os bons sentimentos de Vossa Majestade turvam a sua inteligência, não lhe permitindo entender que é muito arriscada essa confiança...

– Não, vizir, não! Tu estás enganado de todo em tuas estranhas suspeitas. Fica sabendo que, em vez de acreditar no que dizes, informo-te que vou fixar para o grande cientista que me devolveu a saúde uma pensão mensal de mil cequins. E mesmo que eu repartisse com ele toda a minha imensa fortuna, ainda lhe ficaria devendo um benefício que não tem preço.

O rei estava deveras indignado com a baixeza do caráter do ministro. Por isso, continuou censurando:

– Tu, meu caro vizir, estás picado pela inveja e pelo ciúme, pretendendo arrastar-me a uma ação que Deus jamais me perdoaria. A propósito, vou contar-te uma história:

E o rei, encarando energicamente o vizir, começou a narrativa:

– Certo homem casou-se com uma bela mulher, pela qual era perdido de amores. Esta, porém, em vez de cuidar dos deveres do lar, vivia estudando magia com todos os feiticeiros do lugar, que sempre a procuravam em sua casa.

Isto muito aborrecia o marido, que não queria ver a sua mulher transformada em bruxa, como acabava acontecendo a todas aquelas que se dedicavam a essa arte diabólica. Para livrar a sua esposa desse mal, ordenou-lhe que nunca mais se entregasse a esses estudos, que pertenciam ao demônio, proibindo igualmente que os feiticeiros pusessem os pés na sua casa. E passou a vigiar a esposa dia e noite, não a perdendo de vista um só instante.

Desta maneira, o marido ficou desesperado quando, um dia, teve que fazer uma viagem, para tratar de negócios urgentes. Querendo, no entanto, deixar a esposa bem vigiada, foi ao mercado e comprou um papagaio, que falava bem e repetia tudo quanto dissessem perto dele.

Tomada essa precaução, recomendou à mulher que cuidasse bem do bicho e partiu mais tranquilo.

Regressando dias depois, o homem foi ansiosamente indagar o papagaio o que se passara. Este então revelou muitas coisas, com a sua tagarelice inconveniente, pelas quais o seu dono pôde concluir que, durante o tempo em que estivera fora, os feiticeiros frequentaram a sua casa, promovendo práticas de magia.

A mulher foi então severamente repreendida. Depois de supor que alguma de suas escravas a tivesse traído, chegou à conclusão de que o autor dos mexericos era o papagaio.

A linda esposa começou, assim, a imaginar um plano de desacreditar o papagaio, a fim de que o seu marido não confiasse mais nele. E aproveitando ser o homem obrigado a fazer uma curta viagem, de um dia somente, chamou as suas escravas e executou o que tramara.

Enquanto uma escrava foi incumbida de movimentar um moinho debaixo da gaiola do papagaio, outra jogava água por cima, numa vasilha furada, em fora de chuva, ao passo que a terceira escrava agitava um espelho à claridade de uma vela, jogando os reflexos da luz sobre os olhos da ave intrigante. E assim atormentaram o pobre bicho a noite inteira.

No dia seguinte, chegou o marido e perguntou ao papagaio o que acontecera em casa, durante a sua ausência. O pássaro, ainda atordoado, respondeu:

– "Não vi nada! Houve tantos trovões e relâmpagos e choveu tanto que eu passei uma noite de cão, molhado até os ossos"!

Ora, o homem, sabendo que não havia chovido nem trovejado, concluiu que, se o papagaio mentia desta vez, devia também ter mentido no que dissera antes a respeito da mulher.

Irritado com o fato, ele matou a pobre ave. Mas arrependeu-se de ter assim procedido, porque pouco tempo depois, os vizinhos lhe contaram que o bichinho havia dito a verdade, que efetivamente a mulher praticara magia com os feiticeiros, em sua casa, quando ele estivera viajando.

Ao terminar a história do papagaio, o sultão dirigiu-se ao vizir, e com estas palavras:

– Com o teu despeito, pretendes convencer-me a matar o médico Dubão, que só me tem feito os maiores benefícios e que nunca te fez mal nenhum. Mas eu não sou como o marido precipitado que, confiando nas intrigas da esposa, eliminou o inocente papagaio...

O vizir ouviu tudo silenciosamente e retrucou:

– Vossa Majestade pode achar que os meus sentimentos são de inveja ou de despeito, mas na realidade eu tenho apenas zelo e cuidado, porque a vida de um rei é preciosa demais para o seu povo.

Se é falso o que eu digo, Majestade, então mereço a punição que teve outro vizir...

– Que fez o teu colega?

– Vossa Majestade contou-me a história do marido e do papagaio, para me mostrar como um homem acreditou na sua falsa esposa e matou o inocente bichinho. Pois já que é do seu real desejo, vou contar-lhe a história do ministro castigado.

Houve em outros tempos – começou o vizir – um sultão poderoso, que tinha um filho cujo maior prazer eram as caçadas. Esse príncipe considerava-se um grande caçador.

O seu pai, permitia-lhe o divertimento, mas sempre recomendava ao vizir que acompanhasse o rapaz, para protegê-lo.

Certo dia, numa das habituais caçadas, o jovem correu em perseguição a um veado. Supondo que o vizir o seguia, ele foi longe demais, enquanto o ministro, esquecendo o seu dever, havia ficado para trás. Dessa maneira, quando o príncipe quis voltar, verificou que estava perdido, pois correu em todas as direções e não conseguiu orientar-se na imensidão da floresta fechada.

O moço, após esforços inúteis começou a ficar aflito e, pior do que isto, a sentir fome. Seu cavalo também já manifestava cansaço. Estava ele nessa luta para sair da mata, quando viu à beira de um riacho uma bela moça, chorando copiosamente.

Com a maior solicitude, o príncipe aproximou-se da mulher e ofereceu-lhe auxílio, tendo antes lhe perguntando quem era. Entre lágrimas, ela confessou:

– Sou filha de um sultão das Índias. Passeava a cavalo pelos campos e entrei nesta floresta; depois, apeei à beira deste riacho, para matar a sede e descansar um pouco. Acontece, porém, que adormeci e o animal fugiu, deixando-me nesta horrível solidão. Nem sei onde estou.

O jovem teve pena dela e, colocando-a na garupa, prometeu deixá-la em sua residência, assim que encontrasse o caminho.

Passaram-se algumas horas, quando eles viram um casebre humilde. A moça, então manifestou o desejo de ficar ali por uns momentos somente. Atendida a sua pretensão, entraram na miserável choupana.

O príncipe sentou-se num banquinho da humilde sala, enquanto a moça penetrou nos cômodos dos fundos.

Daí a pouco, verdadeiramente assombrado, o rapaz ouviu esta conversa no interior da casa:

– Alegrem-se, meus filhinhos, que eu lhes trouxe o moço gordo e bonito – dizia a mulher que ele conduzira na garupa.

– Onde está ele, mamãe? Vamos comê-lo, que temos fome! – diziam muitas vozes de crianças.

O príncipe não teve dificuldade em compreender que caíra numa cilada. A tal filha de um sultão das Índias não passava de uma bruxa, que com suas feitiçarias se transformara numa bela mulher para atraí-lo àquele lugar, matá-lo e comê-lo, como naturalmente já deveria ter feito a muitos viajantes desprevenidos.

Em face do perigo, ele saiu rapidamente, pulou no seu cavalo e ia saindo quando a falsa princesa surgiu na porta gritando:

– Temes alguma coisa, ó moço? Afinal, quem és tu e que procuras nessas paragens tão desertas?

– Perdi-me na floresta depois de me separar dos meus companheiros e agora procuro o caminho – respondeu o príncipe.

A feiticeira, vendo que estava perdendo a sua boa presa para o jantar, não escondeu mais as suas intenções sinistras e disse:

– Roga a Deus que te livre da situação em que te encontras ou serás morto e comido dentro em pouco.

O príncipe, que era religioso, achou bom o conselho e, erguendo os olhos para o céu, implorou a Deus:

– Meu criador, vós que sois todo-poderoso e justo, livrai-me dessa mulher, que tem partes como demônio e quer sacrificar-me de modo horrível.

A bruxa não esperava essa oração, que lhe tirava todo o poder, anulando os fluidos malignos do seu espírito perverso. Afastou-se precipitadamente para dentro de seu escuro casebre, enquanto o jovem esporeava o cavalo e embrenhava-se pela floresta.

Sem olhar para trás, ele galopava furiosamente, rompendo os obstáculos numa louca disparada. Finalmente a sorte o favoreceu, pois encontrou o caminho e chegou são e salvo ao palácio.

Tão logo desceu do cavalo, procurou o seu pai e contou-lhe o sucedido. O sultão ficou possesso de raiva com a falta de cuidado do vizir, que deixara o seu filho correr grave risco. No mesmo instante, mandou degolar o ministro, que dessa maneira pagou com a própria vida aquela imprevidência.

Chegando ao fim de sua narrativa, o vizir examinou a fisionomia do rei grego e percebeu que ele estava bastante pensativo. Em vista disso, prosseguiu:

– Veja Vossa Majestade que eu tenho razões para não querer seguir o destino do meu colega, que teve um fim tão trágico, por não ser zeloso como era do seu dever.

Quanto ao médico Dubão, insisto em condenar a confiança que meu amo e senhor nele deposita, pois pode muito bem acontecer que ele seja como aquela bruxa, que se transformou numa bela moça apenas para atrair o príncipe à sua cabana e matá-lo.

O sultão tudo ouvia em silêncio, porque se achava angustiado pela dúvida cruel que começava a abalar o seu espírito. Mas ainda perguntou:

– Por que então o médico me curou?

– Aparentemente – tornou o vizir – ele curou a lepra de Vossa Majestade. Mas quem pode garantir que essa cura extraordinária é definitiva? Talvez, com o andar do tempo, esse remédio tenha um efeito danoso no seu organismo e resulte na sua morte, meu senhor. Nesse caso, Dubão terá agido com grande habilidade porque matará Vossa Majestade sem despertar a menor suspeita.

O sultão pôs as mãos na cabeça, atormentado, e retirou-se da sala, enquanto o perverso ministro sentia que estava vitorioso. Pensou consigo mesmo: "Agora, é só aguardar os acontecimentos, visto que o monarca passou a desconfiar de Dubão. Está próximo o fim desse intruso, que veio a este palácio só para diminuir o meu prestígio".

Por ser curto de inteligência, tolo e mesmo imbecil, o soberano não entendeu que o vizir lhe dissera tudo aquilo para convencê-lo a matar o bom médico. E em vez de sustentar com energia sua decisão de ser grato ao homem que o curara, começou a temê-lo, como se fosse o diabo que estivesse em sua casa.

Profundamente impressionado com os argumentos do intrigante ministro, o sultão chamou-o aos seus aposentos e manifestou-lhe a indecisão em que se encontrava:

– Meu caro vizir, creio que estás com a razão. – Tenho pensado muito e já agora acredito que esse Dubão aqui veio com o propósito de me matar. É um homem, misterioso, que conhece drogas estranhas, cujo simples cheiro pode estar envenenando-me.

O vizir, com um sorriso feroz, perguntou:

– E que espera Vossa Majestade fazer? Pense bem que é perigoso vacilar. Procure defender-se enquanto é tempo.

O rei disse timidamente:

– É que receio ser injusto, punindo um inocente, o que seria uma ação pela qual eu teria que respondeu diante de Deus.

O terrível conselheiro, notando que o soberano já se achava quase convencido a aceitar o seu plano, advertiu:

– Senhor! Deixe de escrúpulos exagerados, pois sua vida corre enorme risco e é preciso agir com rapidez. O meio mais seguro de Vossa Majestade evitar a sua morte é mandar vir aqui, imediatamente, o temível médico. Assim que ele chegue, ordene que seja executado sem maior demora. Mate a serpente que o ameaça!

O rei tornara-se um joguete nas mãos do vizir, fazendo tudo o que ele queria. Ordenou a um oficial que fosse buscar Dubão.

Quando o sábio chegou, ansioso por ter sido chamado com tanta urgência, o monarca foi-lhe dizendo com ar severo:

– Mandei chamar-te, porque estou convencido de que, por prudência, devo livrar-me de ti. É necessário que tu morras, antes de atingires os teus diabólicos objetivos...

O médico olhava para todos os lados, espantado, sem atinar com os motivos de sua sentença de morte. Foi com emoção e dificuldade que perguntou, com a maior delicadeza e respeito:

– Em que tive a desventura de desagradar a Vossa Majestade? Terei eu praticado algum crime que justifique essa violenta decisão?

O sultão respondeu com um ar carrancudo:

– É inacreditável a tua ousadia. Acolhi-te com generosidade e transformei-te no meu favorito, sem ao menos imaginar que tinha perto de mim um inimigo.

– Não sei o que quer dizer Vossa Majestade, disse Dubão.

– Não sabes? Queres então mostrar inocência e enganar-me mais uma vez? Descobri que és um espião e que vieste à minha Corte unicamente para matar-me. Se eu não tivesse fiéis vassalos ao meu lado, para me advertirem do perigo, certamente terias alcançado o teu intento. mas foste desmascarado e vais morrer.

O sábio, com palavras tranquilas e sensatas, procurou defender-se como pôde:

– Por mais que examine a minha conduta, desde que aqui cheguei, não vejo um só ato que autorize semelhante suspeita. Nunca fui e nunca serei um espião. Sou apenas um médico e Vossa Majestade bem vê quanto lhe valeram os meus conhecimentos.

– Que vieste fazer aqui, se podias ter ficado no teu país, ganhando dinheiro na tua profissão?

– Estou neste país, Majestade, como tenho estado em vários outros. É que, sendo cientista, dediquei-me ao estudo das propriedades medicinais de plantas de todo o mundo. Aliás, graças a estes meus estudos, Vossa Majestade conseguiu livrar-se de uma lepra repugnante.

O soberano irritou-se com a clareza e precisão dos seus argumentos. Mexeu-se na cadeira, sem saber que resposta lhe dar. Mas, longe de aceitar a defesa daquele homem ilustre e honrado, vociferou como um louco:

– Bem habilidoso és tu para conversar. Estou, porém, informado de que o remédio que me deste e que aparentemente me curou, contém drogas mortíferas, cujos efeitos se fazem sentir muito depois.

É melhor confessares de uma vez – continuou o rei – que és um emissário dos meus inimigos e que tua presença nesta terra obedece aos mais miseráveis intentos!

Voltando-se para o carrasco, o sultão confirmou o propósito de eliminar o seu benfeitor, gritando-lhe:

– Leva esse homem e cumpra as ordens que recebeste do meu vizir. E que a execução se faça com a maior pressa.

O médico percebeu, num relance, que as honras e os benefícios por ele recebidos haviam excitado a inveja e as intrigas de pessoas mesquinhas, mas nada pôde dizer, porque o seu algoz já o arrastava pelo braço, para cumprir a implacável ordem real.

Chegou a arrepender-se de ter curado aquele tirano com todo o carinho e empenho, pelo simples espírito de humanidade. Era tarde, contudo, pois nem poderia provar sua inocência.

O carrasco amarrou fortemente as mãos do sábio e afiou o alfanje, até o seu gume cortar, de uma só pancada, uma folha de papel.

Os criados e mordomos do palácio, além de outras pessoas que se achavam presentes, assistiam a esses fúnebres preparativos e imploravam ao rei misericórdia para Dubão, em cuja inocência acreditavam piamente. O monarca, no entanto, respondeu-lhes de modo tão inflexível e ríspido, que nenhum se atreveu a insistir no pedido.

O vizir acompanhava aquelas tristes cenas com um olhar duro e deixando transparecer no rosto a alegria da vitória. Até que enfim, pensava, voltaria a ser a figura de maior prestígio na Corte. Por isso mesmo, aguardava com impaciência a execução do cientista.

Tudo pronto, o médico foi posto de joelhos, com as mãos espalmadas sobre o solo e a cabeça bem projetada para a frente, a fim de receber o golpe fatal do alfanje.

Dubão, vendo chegar o seu último instante, ainda dirigiu uma súplica ao rei:

– Senhor, de uma vez que devo morre, por uma sentença que não compreendo, permita que eu vá despedir-me de minha família e que a console diante desta fatalidade que desaba sobre mim.

Desejo ainda pôr em ordem as minhas coisas e distribuir os meus livros com as pessoas que eu considerar capazes de aproveitá-los. Na minha biblioteca há, por exemplo, um livro raro e tão altamente precioso, que eu quero oferecer a Vossa Majestade e que há de lhe ser útil, como útil será aos seus filhos e aos filhos dos seus filhos, pelas gerações em fora.

– Que livro é esse? – perguntou o rei interessado.

– Esse livro – continuou Dubão – contém coisas miraculosas que ninguém pode sequer imaginar, nem mesmo os maiores doutores deste reino. Entre as suas mil maravilhas, basta que lhe mencione a seguinte: se Vossa Majestade o abrir na sexta página e ler a terceira linha à esquerda, depois que eu já tiver sido executado, minha cabeça decepada responderá a todas as perguntas que Vossa Majestade lhe fizer.

O monarca ficou realmente curioso ao ouvir tão assombrosa revelação. Seria um espetáculo único na terra presenciar uma cabeça falando. Resolveu, portanto, adiar a execução para o dia seguinte e ordenou que seus oficiais acompanhassem o médico e o trouxessem de volta.

Na mesma hora, espalhou-se a notícia de que, após a decapitação do cientista, iria acontecer uma coisa prodigiosa, como seja a sua cabeça respondendo às perguntas que o monarca lhe fizesse.

Era difícil acreditar nessa afirmação, porém muitos diziam que o médico livrara o sultão de uma lepra que centenas de outros colegas seus não conseguiram curar; que ele, portanto, devia ter conhecimento e poderes sobrenaturais.

O rumou crescia tanto que nas ruas e em todas as casas não se falava noutra coisa.

Foi, portanto, aguardado como sensacional o acontecimento do dia seguinte. Muito antes da hora marcada, a vasta sala de audiências do palácio estava repleta de nobres e das mais ilustres pessoas da sociedade.

Na praça fronteira ao palácio comprimia-se uma multidão de curiosos. O povo nada podia ver, é claro, mas pelos menos queria saber se aconteceria de fato o que se propalava.

Quando o médico chegou, foi um verdadeiro burburinho no salão. De todos os lados surgiam comentários. O condenado, entre dois

oficiais, avançou com passos firmes até junto do trono real, levando um grande livro na mão. Pediu uma bacia e sobre esta estendeu o pano no qual trouxera envolto o livro.

Feio isso, Dubaõ percorreu o olhar pelo salão intensamente iluminado e cheio de cortesãos. Com expressão serena, em tom pausado, falou ao soberano:

– Ofereço a Vossa Majestade este livro, conforme prometi. Quando minha cabeça for cortada, ordene, sem perda de tempo, seja ela depositada no pano que envolveu o presente que lhe faço e que está sobre a bacia. Essa procidência fará o sangue coagular. Então, Vossa Majestade abrirá o livro e minha cabeça responderá ao que for perguntando.

No entanto, Majestade – concluiu o médico – rogo-lhe clemência pela última vez. Em nome de Deus, peço-lhe seja reconhecida a minha inocência, já que não se encontrou nenhuma prova do crime de que fui acusado.

O rei ergueu os olhos com arrogância e ainda uma vez confirmou sua sentença irrevogável.

– As tuas súplicas, Dubão, são inúteis, agora mais do que nunca, porque não só considero necessário que morras, mas também quero ansiosamente ouvir tua cabeça falar depois da tua morte.

Dizendo isto, tomou o livro que o condenado lhe entregava e fez um sinal ao carrasco para que o levasse.

Antes de retirar-se do recinto, o sábio advertiu-o: – Vossa Majestade, como um verdadeiro tirano sem entranhas, julga-me com impiedoso rigor; devo dizer-lhe que eu também o julgarei com severidade.

A essas palavras explodiu na enorme sala uma gargalhada geral, pois todos acharam engraçada a ameaça de um pobre coitado que estava a dois passos da morte. O próprio monarca riu gostosamente.

Seguiu-se um prolongado silêncio de expectativa. Finalmente, o carrasco voltou à sala com a cabeça decepada, já devidamente arrumada sobre o pano e a bacia, sendo posta numa pequena mesa em frente do trono.

Foi com profunda emoção e espanto da assistência que os olhos se abriram e a boca articulou estas palavras:

– "Queira Vossa Majestade abrir o livro, segundo as instruções que já lhe dei" ...

O sultão mostrou-se abalado e nervoso por um momento. Fez, no entanto, o que lhe era ordenado. Procurando a voltar a primeira folha, viu que estava colada na segunda e umedeceu os dedos com a própria saliva, fazendo a mesma coisa até a sexta página.

Na página indicada, contudo, não havia letra alguma. O rei ficou exasperado, supondo tratar-se de uma brincadeira, com o fim de jogá-lo no ridículo. E censurou a cabeça:

– Médico Dubão! Certamente estás brincando comigo. Não vejo nada escrito na página que mencionaste!

A cabeça ordenou:

– Continua folheando. Vossa Majestade verá agora mesmo as grandes maravilhas desse livro. Embora não tenha acredito em mim, eu nunca menti na minha vida. Continue folheando com calma.

O rei, levando sempre os dedos aos lábios para molhá-los com saliva, prosseguiu virando as folhas com desinteresse, pois todas elas estavam em branco. Em dado instante, ele sentiu uma sensação estranha percorrer-lhe o corpo de alto a baixo. É que um veneno sutil, impregnado em cada folha, lhe penetrara aos poucos no organismo, através dos dedos e da saliva.

O monarca, já meio sem forças, deixou cair o livro. O vizir, muito solícito e sem perceber o que acontecia, apanhou-o depressa. Supondo, talvez, que o rei estivesse cansado daquela farsa, abriu-o e passou a folheá-lo, apalpando curioso as suas páginas brancas.

Nesse momento, porém, o silêncio foi rompido por uma exclamação de surpresa e angústia, que reboou a sala de audiências. É que o soberano, erguendo-se pálido e transtornado, deu alguns passos,

cambaleante. O ministro atirou o livro longe e procurou ampará-lo, mas foi repelido com um gesto enérgico.

O poderoso rei tinha agora uma expressão triste e humilde. Os seus olhos estampavam o mais terrível pavor, e foi com voz sumida que ele perguntou:

– Que fizeste, Dubão, que fizeste? Que artes diabólicas usaste para me ferir, que me sinto varado de dores lancinates?

– Eis aí, tirano, o teu castigo! Assim acabam os que abusam de sua autoridade e matam os inocentes! Deus não perdoa os que cometem injustiças.

Mal haviam sido proferidas essas palavras, o vizir levou as mãos ao peito e deixou escapar um urro de dor. De olhos dilatados, dominado pelo terror, ele também cambaleou pela sala, no meio da assistência emudecida de assombro, e foi tombar ao lado do rei, ficando os dois a gemer e implorar misericórdia.

A cabeça tornou a falar:

– Tu, vizir perverso, foste punido pela Providência, pois eu nem sabia que eras o intrigante que me fez cair no desagrado do rei. Mas quis Deus que tu também tocasses o livro e recebesses o veneno mortal. Vais pagar os teus nefandos crimes.

Durante algum tempo, o sultão e o seu primeiro-ministro, estendidos no chão, ficaram gemendo em dolorosa agonia, sem que os cortesãos se animassem a socorrê-los, pois se achavam todos paralisados pelo temor. Depois exalaram o último suspiro.

Quando os dois morreram, a cabeça do médico Dubão cerrou os olhos, fechou a boca sorridente e abandonou a vida.

Estava cumprida a Justiça Divina, que é igual para os fortes e para os fracos.

O MERCADOR E O GIGANTE

Tendo que tratar de negócios importantes, um riquíssimo mercador decidiu-se, certo dia, a fazer longa viagem. E assim deixou sua cidade, bem munido de provisões, pois seria obrigado a atravessar grandes regiões desertas, onde nada havia para comer e beber.

Na ida, porque estava mais descansado e ansioso por cuidar dos seus interesses, venceu os acidentados caminhos com energia e chegou à paragem desejada. Tudo lhe correu bem, para completar o seu êxito. Efetuou os seus negócios com habilidade e, depois de calcular que os seus lucros seriam compensadores, resolveu regressar ao lar distante, de que já sentia saudade.

De volta, as coisas mudaram. A viagem pareceu-lhe mais desagradável, sobretudo quando começou a atravessar o deserto. O sol ardia na sua cabeça e as estradas pareciam intermináveis, subindo e descendo vales nus, entre as areias quentes e a vegetação rasteira.

Já no quarto dia da penosa marcha, o viajante, inteiramente exausto, procurou desviar-se do seu caminho, a fim de buscar a sombra de algumas árvores que avistou ao longe. E entre elas reconheceu uma frondosa nogueira, junto da qual havia uma coisa verdadeiramente preciosa naquelas paragens, ou seja, uma fonte de água fresca. Para lá se dirigiu ele com ansiedade e cambaleando de cansaço.

Depois de matar a sede e de lavar o rosto suado, amarrou o cavalo e sentou-se numa grossa e saliente raiz da nogueira. Em seguida, retirou da sacola algumas tâmaras e biscoitos, que passou a comer tranquilamente.

O bom homem apreciava mais a delícia da sombra do que mesmo a sua simples refeição, calculando que até chegar à sua cidade, dificilmente encontraria outro recanto tão ameno e tão propício a um descanso. Algumas aves gorjeavam nas ramagens, porém, ele se achava mais embalado com o rumor cantante do riacho.

Comida a merenda, como um bom crente, ajoelhou-se e fez as suas orações. Ainda não tinha chegado ao fim da última prece, quando à sua frente apareceu, como por encanto, fazendo um ruído de sacudir as árvores, um descomunal gigante, maior do que a sua imaginação poderia conceber, mesmo num pesadelo.

O comerciante recuou apavorado, pois sua cabeça não chegava nem aos joelhos do impressionante monstro, enquanto este, empunhando cintilante e desmedido alfanje, lhe dizia, com voz de trovão:

– Levanta-te daí, verme repugnante! Mataste o meu filho e sou obrigado agora a decepar tua cabeça com um golpe deste alfanje!

Em seguida a essas palavras sinistras, soltou um urro que fez tremer a terra e foi ecoando de montanha em montanha.

O mercador ergueu os olhos e respondeu trêmulo de terror:

– Ó gênio, invoco o nome de Deus todo-poderoso, em favor de minha inocência. Não conheço o vosso filho, nunca o vi e como poderia eu matá-lo? Estais decerto enganado.

– Não estou enganado, mesquinho animal! Não estavas sentado aqui? Não jogaste caroços de tâmaras por todos os lados, ou tens a ousadia de negar isto?

– Sim. De fato, comi tâmaras e atirava os caroços despreocupadamente. Mas que mal pode haver nisso?

– Que mal? Pois fica sabendo que por aqui passou meu filho e lhe atiraste um caroço no olho, com o que ele ficou cego e foi cair mais adiante, num precipício. Morreu por tua culpa, e desse modo deves morrer também, resgatando com o teu sangue uma vida perdida.

-Mas, senhor, se tal desgraça aconteceu, como dizeis, não me cabe nenhuma responsabilidade, pois o vosso filho tinha o dom de ser invisível, e nesse caso eu agi involuntariamente. Peço-vos perdão. Deixai-me viver, porque tenho mulher e filhos que precisam de mim.

– Nunca! – berrou inflexível o gigante. Não posso ter misericórdia para quem o matou. Minha justiça é severa e meu alfanje não perdoa.

O mercador compreendeu então que o seu destino estava traçado. Viu que discutia com um gênio do mal, surgido provavelmente do inferno, que era por isso mesmo insensível à voz do bom senso.

Assim conformado com a sua triste sorte, entregou-se com a docilidade de um carneiro ao gigante, que o lançou ao chão, colocando a sua cabeça sobre a raiz da nogueira para decepá-la. Ao ver, porém, a arma levantar-se ameaçadora, o infeliz homem pensou na sua esposa e nos seus filhos, sentindo uma profunda amargura.

Como o desespero dá, às vezes, grande coragem a uma pessoa, ele voltou o rosto para o gênio, com um olhar enérgico, perguntando-lhe:

– Tendes coragem de tirar a vida de um inocente?

– Claro que tenho. As tuas súplicas não me comovem, já que praticaste um crime – respondeu o gênio com uma gargalhada semelhante a um terremoto, pois tinha uma satânica alegria de ver o sofrimento da sua vítima.

E, dito isto, levantou o alfanje para o golpe fatal. O mercador que já tinha rompido num choro convulsivo, gritou, numa última tentativa de salvar-se:

– Um momento, gênio impiedoso! Peço-vos apenas um favor, já que vos decidistes a cortar a minha cabeça. Concedei-me somente o tempo necessário para eu me despedir de minha mulher e dos meus filhos. Quero ainda repartir com eles os meus bens, a fim de não entrarem em desavenças por causa de herança. Feito isto, voltarei aqui e submeter-me-ei ao que quiserdes fazer de mim.

– Não! – esbravejou o gigante. Como posso estar certo do teu regresso, se não me dás nenhuma garantia?

– Juro em nome de Deus que aqui voltarei dentro do prazo estipulado. Não só jamais faltarei ao juramento, pelo respeito que tenho do meu Criador, como vós sois mais poderoso que eu e me punireis se eu violar o compromisso.

– E quanto tempo desejas para pores em ordem os teus negócios?

– Um ano. No decorrer desse prazo resolvo tudo satisfatoriamente. Estarei então em condições de renunciar à vida com tranquilidade.

Tanto pediu, tanto insistiu, que o gigante, em vista do seu novo e mais solene juramento, resolveu concordar, dizendo-lhe:

– Pois bem. Ao fim de um ano, a esta mesma hora, aqui te aguardarei, para executar minha vingança.

Em seguida desapareceu.

O pobre homem, ainda trêmulo de emoção, olhou em volta, surpreso. O riacho continuava murmurando suavemente e os campos estendiam-se tranquilos, inundados por um sol abrasador.

Aquilo tudo parecia um sonho horrível, de tão imprevisto e aterrador. Teria dormido? – perguntou a si mesmo. Não; estava acordado e bem acordado. O que tinha visto era um desses gênios maus de que falam os seus antepassados.

O melhor era não ficar ali nem mais um instante. Montou no seu cavalo e saiu em disparada, sem olhar para trás, só diminuindo a marcha quando se viu bem distante daquele lugar mal assombrado. Sentia um júbilo intenso porque, pelo menos até aquele momento, estava salvo. Podia ser que no futuro qualquer outra circunstância o ajudasse. Mas ficava desolado, de quando em quando, ao lembrar-se do juramento que fizera de voltar.

Ao chegar à sua casa, narrou à esposa toda a estranha aventura por que tinha passado. E, como não quisesse maiores preocupações no curto espaço de vida que lhe restava, distribuiu os seus bens com a família, tudo de acordo com a lei.

Os meses correram. Certa manhã, ele levantou-se triste e abatido, pois dentro de poucos dias estaria vencido o prazo de um ano. Tratou de arrumar a sua bagagem, nela colocando até a mortalha com que desejava ser envolvido e sepultado.

Teve dificuldade em conter a reação de sua família, que não queria deixá-lo partir. Sua mulher, desfeita em prantos, tentava demovê-lo:

– Não se arrisque a voltar, homem. Faz um ano que essas coisas aconteceram e certamente o gigante já esqueceu tudo.

– Não, mulher. Fiz um juramento solene e devo cumpri-lo. Prefiro morrer honrado a viver dando um mau exemplo aos nossos filhos. Deus será por mim.

Abraçou a todos, chorando, e partiu.

Exatamente no dia em que se completava um ano, o mercador chegava ao local onde encontrara o gênio. Procurou a sombra da nogueira, sentou-se junto ao seu tronco e ficou aguardando o seu terrível carrasco.

Sofria uma angústia terrível, que aumentava à medida que as horas passavam naquele ermo. Dessa maneira, foi com certo prazer que viu chegar um velho caminhante, trazendo consigo uma bela corça.

O ancião procurava também a sombra das árvores e saudou-o muito cordialmente.

Disse o recém-chegado, alisando a cabeça da corça:

– Estou estranhando, meu caro senhor, a vossa presença neste lugar. Todos os caminhantes que passam por estas regiões áridas, evitam com temor estas árvores, pois o sítio em que nos achamos é cheio de espíritos malignos. As próprias árvores e a água estão aqui para atrair os infelizes. Partirei agora mesmo, porque tenho o maior receio de permanecer nesta solidão, onde não se sabe o que nos pode suceder.

O mercador contou-lhe o motivo de sua presença ali, narrando o acontecido no ano anterior. O velho mostrou-se pasmado com o que ouvira. Depois de alguns instantes de silêncio, falou:

– Triste sina a vossa, não há dúvida. Viestes ao encontro da morte, por força de um juramento. E, apesar de me sentir penalizado, aqui ficarei para assistir à vossa entrevista com o gênio.

Ditas essas palavras, o velho foi sentar-se ao lado do desventurado homem.

Enquanto os dois conversavam, já até meio esquecidos da desgraça que não podia tardar, aproximou-se deles outro velho, seguido de dois cães pretos, de pelos grossos e luzidios.

Como o primeiro, cumprimentou delicadamente e quis saber o que faziam ali, visto que, pela primeira vez, encontrava gente num recanto que todos evitavam.

O que trazia a corça inteirou-o de tudo o que se passava, ao que ele, visivelmente impressionado e ao mesmo tempo curioso, resolveu ficar para ver o desfecho de tão extraordinária aventura.

Pouco depois chegou um terceiro velho que, informado do que sucedia, dispôs-se também a aguardar os acontecimentos, a seu ver muito singulares, se não inacreditáveis.

Não tardou muito em serem surpreendidos por um fato deveras impressionante. Violento furacão varreu os campos, sacudiu as árvores e levantou uma densa nuvem de poeira pelos caminhos. O vento formava um redemoinho que se aproximava dos homens, para extinguir-se de súbito junto deles com um estrondo. No mesmo momento, apareceu o gigante, empunhando o alfanje, de gume afiado como uma navalha, a julgar pelo seu brilho. Todos recuaram assustados. A corça esperneou nos braços do seu dono, que a ela se achegara, e os cães ladraram furiosamente.

O gênio ficou indiferente à presença dos velhos e, de olhar fixo no mercador, rugiu:

– É chegada a tua hora final. Levanta-te, para pagares com a cabeça a vida do meu filho!

O infeliz levantou-se serenamente e conformado com a sorte. Já tinha feito as suas orações. Nisto, o velho que trazia a corça arrojou-se aos pés do gigante, pedindo misericórdia para o companheiro. Abraçou as suas pernas descomunais e implorou:

– Ó gênio misterioso, príncipe dos gigantes, acalmai essa cólera, ainda que seja apenas para ouvir uma palavra minha!

– Que tens a ver com esta questão, velho imprestável?

– Na verdade, não tenho direito de interferir na vossa decisão, que eu respeito e acato. Peço-vos apenas a condescendência de ouvir a minha história e a desta corça que me acompanha.

– E daí?

– Daí, se chegardes à conclusão de que a minha aventura e a deste animal é mais comovente do que a deste pobre comerciante que vós condenastes à morte, então rogo que concedais o perdão de um terço da culpa que atribuís ao infeliz homem pela morte do vosso filho.

O gigante vacilou em atender e, depois de meditar um pouco, trovejou:

– Conta a tua história, velho caduco. Mas que seja tão breve quanto bela, pois tenho sede do sangue do assassino do meu filho.

O ancião começou então a sua narrativa, dizendo que aquela corça fora outrora uma mulher. Com grande eloquência, contou as peripécias de sua transformação num irracional, mostrando toda a tragédia que havia na vida dele e dela.

Era realmente uma história assombrosa, cheia de sofrimentos, e, ao terminá-la, fez novo apelo:

– Como vedes, ó gênio, também eu tenho as minhas penas. Se achastes extraordinário o que vos contei, coisas de minha longa e penosa existência, concebei um terço do perdão ao mercador.

O gigante atendeu aos rogos do velho. E o segundo velho, notando a sua condescendência, pediu que lhe permitisse contar também a sua história e daqueles cães pretos que o seguiam, assegurando-lhe ser tão notável, que valia certamente o segundo terço do perdão em benefício do condenado.

A primeira história havia tornado o gênio benevolente e mesmo curioso. De maneira que, sem dificuldade nenhuma, atendeu ao novo pedido, de uma vez que fosse de fato interessante o que ele iria ouvir.

O segundo velho iniciou imediatamente a sua narrativa, dizendo que os dois cães pretos tinham sido homens há muito tempo. Os motivos de se verem agora transformados constituíam a parte mais fascinante da história, que foi considerada pelo gigante superior à primeira. Por isso mesmo, quando o ancião lhe pediu clemência para o mercador, ele respondeu:

– Está bem. Concordo em perdoar o segundo terço da pena a que condenei esse homem.

O terceiro velho aproveitou então a oportunidade e dirigiu-se aos presentes:

– Sim, senhores, ouvimos duas belas histórias, sem dúvida; mas de nada valem diante da que sei e que também aconteceu comigo, nos bons tempos da minha juventude.

– Que história é essa? – interrogou o gênio visivelmente interessado.

Respondeu ele:

Ó gênio, só contarei os estranhos acontecimentos por que passei, se perdoardes o último terço da pena do mercador

Aí, o gênio vacilou, porque tinha que renunciar de todo à sua vingança. Mas disse, depois de alguma indecisão:

– Vamos lá! Quero ouvir as tuas venturas.

O terceiro velho contou uma história que superou as precedentes em coisas fabulosas. À sua conclusão, o gigante estava risonho e exclamou:

– Perdoo ao mercador a pena que lhe impus. Esse homem pode agradecer-vos, ó velhos, pois vossas histórias me comoveram. Na minha vida errante, nunca ouvi tantas maravilhas.

Após estas palavras, desapareceu.

O mercador, em lágrimas, abraçou comovido os três bondosos amigos, beijando-lhes os cabelos brancos. E retornou ao seu lar, compreendendo como as coisas belas do espírito podem às vezes tocar o coração mais duro.

O VELHO E A CORÇA

Vamos agora narrar a história do velho que conduzia a corça, história que, como vimos, tanto agradou ao gigante, a ponto de ele perdoar um terço da pena de morte que aplicara ao mercador.

O bondoso ancião iniciou assim o relato de suas aventuras:

– Por mais estranho que vos pareça, meus senhores, este animal que me acompanha é minha prima e também minha esposa.

E, vendo que todos o olhavam surpreendidos, prosseguiu:

– Ela não tinha ainda doze anos quando nos casamos. Nossa diferença de idade era considerável e eu, muito mais idoso, tratava-a como filha, dando-lhe toda a ternura do meu coração.

O fato de termos vivido trinta anos sem filhos nunca me impediu de ser bondoso com ela. Tanto que a tratava com o maior carinho.

O velhinho continuou, dizendo que antes de se casar, uma escrava que ele comprara lhe dera um filho. A sua mulher, ao ter conhecimento desse filho, passou a odiar o menino e a escrava. Ela sentia a amargura de não poder ser mãe e não suportava o pensamento de que uma escrava me havia dado o continuador do meu nome. Era também ciumenta, pois percebia que ele amava a criança, em que depositava grandes esperanças.

Sua despeitada companheira, no entanto, soube ocultar muito bem o seu profundo ódio e aversão, de maneira que ninguém nunca desconfiou dos seus sentimentos maus.

O garoto ia crescendo e já havia atingido os dez anos. Era vivo, inteligente e sobretudo bem-educado. O pai olhava-o com ternura, pois sentia que o rapazinho, segundo tudo indicava, ia ser um homem de bem, trabalhador e temente a Deus.

O velho, naquele tempo, era lavrador e tinha uma grande propriedade perto da cidade. Morava em sua confortável casa, e o resto de suas terras ele arrendava a um homem que, como bom rendeiro, era trabalhador e honesto, vivendo em harmonia com ele.

O ancião interrompeu a narrativa nessa altura e enxugou os olhos cheios de lágrimas, porque as suas recordações eram tristes e apunhalavam-lhe o coração. Olhou demoradamente para a corça, que parecia compreender tudo quanto ele dizia,

Passado um instante, ele recomeçou a sua história, dizendo:

– Meus senhores, rogo-vos a maior atenção, porque ides ver como tem sofrido na vida este pobre lavrador que vos fala:

– Nessa ocasião – prosseguiu ele – fui obrigado a fazer uma longa viagem e tinha a certeza de que seria bastante demorada, visto ter de tratar de importantes negócios.

Antes de partir, pois, fui despedir-me do rendeiro e fiz-lhe as recomendações que julguei necessárias.

De minha mulher eu nada desconfiava e esta foi a nossa desgraça. Abracei-a, pedi-lhe encarecidamente que tivesse os maiores cuidados com o meu filho e com sua mãe, a escrava.

Ela me prometeu fazer tudo quanto eu pedia, o que deu grande conforto na hora de sair. Montei no meu burro e fui em busca do meu destino.

Segundo vim a saber depois, tão logo eu desapareci na entrada, minha esposa saiu também e foi à casa de uma velha feiticeira, num recanto da cidade próxima, para com ela aprender magia.

Como eu permaneci fora do lar durante um ano, ela teve tempo suficiente para dedicar-se a esta arte diabólica. Em pouco, de tanto procurar a velha e receber suas lições, era conhecedora de todas as bruxarias.

Na presença dos outros, tratava muito bem o meu filho e a escrava, mas por detrás, valendo-se da minha ausência, aplicava os terríveis sortilégios que aprendera nas duas pobres criaturas. E foi assim que transformou a escrava numa vaca e o filho num bezerro, entrando os dois ao rendeiro, para tratá-los como animais, dizendo que os comprara de um agricultor.

Mais tarde, decorrido um ano, regressei de minha viagem, saudoso do meu lar. Minha mulher abraçou-me com muitas manifestações de alegria. Fez-me inúmeras perguntas e queixou-se da minha demora.

Notando a falta dos outros, perguntei por eles. Ela, fingindo a maior tristeza, respondeu-me:

– A escrava, coitada, morreu. Logo que tu partiste, ela caiu gravemente enferma e pouco resistiu, apesar dos remédios que lhe dei.

– E o meu filho?

– O rapazinho, assim que morreu a sua mãe ficou tão aborrecido que desapareceu de casa.

Senti um abalo enorme com tudo aquilo. Lamentei sinceramente a morte da escrava, porém acabei conformando-me com a vontade divina. Minha maior angústia, no entanto, era desconhecer o paradeiro do meu filho.

Rezei muitas orações para que ele voltasse, pedi ao rendeiro que me ajudasse a procurá-lo, no que fui atendido, mas sem resultados.

Oito meses escoaram e o rapaz não voltou nem deu notícias. Perdi a alegria de viver, pois um homem nunca pode ser feliz quando não se sabe o destino do seu filho. Só não perdi a fé em Deus, que é pai de nós todos.

E quantas vezes passei perto da vaca e do bezerro, sem saber que ali estavam a escrava e o meu querido rapazinho. Notava, é verdade, que os dois animais me olhavam demoradamente, mas nunca poderia imaginar, sequer, o que havia acontecido.

As coisas assim corriam, quando chegou a época de uma grande festa religiosa na cidade que, como eu já disse, ficava pertinho do meu sítio.

Resolvi esquecer um pouco os meus aborrecimentos. Chamei o rendeiro e ordenei-lhe que sacrificasse uma das vacas mais gordas, pois era costume, nas festas, distribuir carne aos pobres.

Ele escolheu exatamente a vaca em que fora transformada a escrava. Aí aconteceu uma coisa extraordinária. Quando me aproximei para auxiliar o empregado nos preparativos do sacrifício, o animal pôs-se a mugir de uma maneira estranha. Dos seus olhos desciam lágrimas abundantemente. Fiquei deveras penalizado, porque nunca, até então, eu vira um irracional chorar daquele modo.

Decidi-me a não matá-la e disse ao meu auxiliar que fosse buscar outra vaca para o sacrifício. Ele obedeceu prontamente.

Nesse momento, minha esposa entendeu de intervir e opôr-se à minha decisão:

– Que ideia é a tua, homem? Mata essa vaca sem maior demora. Não vês que é a mais gorda que possuímos e, portanto, a melhor para o fim de dar carne aos pobres?

– Não sei, mulher, não sei. Alguma coisa cá dentro da minha alma está dizendo que não devo fazer isso. Escolhamos outra, pois se temos várias!

– Nada disso, insistiu ela. São tolices tuas. As outras também vão chorar, e assim acabarás não matando nenhuma.

A vaca entendia nossa conversa, pois chorava cada vez mais, soltando comoventes lamentos.

Por fim, concordei com a minha mulher, que se mostrava irritada e intransigente no seu ponto de vista. Dei a faca ao rendeiro e pedi-lhe que fizesse aquele penoso serviço, pois me faltava coragem para tanto.

O homem, sem piedade, abateu a rês com certeiro golpe, enquanto eu voltava o rosto, horrorizado com a cena. Minha mulher sorria vitoriosa.

O lavrador interrompeu outra vez a sua história, com a voz embargada por uma forte comoção. A corça, ao seu lado, tinha os olhos chispando de ódio. E o velho continuou expondo suas desventuras:

– Morta a vaca, com grande pena de minha parte, estava-nos reservada uma surpresa.

O animal era gordo e luzidio por fora. Mas ao tirar-lhe o couro, o rendeiro só encontrou ossos. Fiquei naturalmente desgostoso com o fato. Era meu desejo dar grande parte de sua carne aos pobres e aproveitar o resto. Isso tornava-se impossível, visto como a rês era quase inaproveitável.

Recomendei então ao rendeiro que trouxesse um vitelo, para completar a minguada carne da vaca. Com um novilho a mais, poderíamos contentar os pobres e abastecer a nossa casa, convidando ainda os vizinhos para comemorarem a festa conosco.

Uma hora depois, o homem voltou conduzindo um vitelo da melhor aparência. Minha mulher reconheceu nele o bezerro em que transformara o meu filho, pois elogiou muito a escolha.

Assim que me viu, o vitelo aproximou-se rapidamente de mim, lambendo as minhas mãos e lançando-se aos meus pés como se quisesse despertar a minha compaixão.

Aí, fui vencido inteiramente pelos meus sentimentos. Parece que dentro de mim falou a voz do sangue, porque o olhar daquele animal e os seus modos humildes me encheram de ternura.

Num ímpeto, disse:

– Este eu não mato, por coisa nenhuma deste mundo!

Voltei para o rendeiro e dei-lhe outra ordem:

– Leve este, homem, e traga-me outro.

Minha esposa, como procedera com relação à vaca, explodiu de revolta e me contestou:

– Outro, não! Esse mesmo é que deve morrer, pois é gordo e sadio. Quero que seja este, e já!

Tanto insistiu comigo, que eu já dispunha a cravar a faca no bezerro, quando encontrei os seus olhos ternos e marejados de lágrimas, fixos em mim, como a implorarem misericórdia. Perdi definitivamente a coragem e, com inabalável decisão, gritei:

– Este, não, mulher! O máximo que posso fazer é reservá-lo para a festa do ano vindouro.

A megera insistiu, quase furiosa:

– És um palerma e deste agora para ver coisas estranhas em animais que são como os outros! Vamos, mata o vitelo!

Fiquei indignado com sua teimosia e cheguei a ameaçá-la energicamente:

– Não me irrites, porque posso perder a cabeça! Já disse que este bezerro eu não mato, e se deres mais uma palavra, alma danada, sou capaz de dar-te uma surra de desancar.

Ela percebeu a intensidade da minha ira e, temerosa de uma explosão do meu gênio, limitou-se a dizer:

– Pois bem. Na próxima festa nós o sacrificaremos. Até lá, estará mais gordo.

No dia seguinte ao desta cena, o rendeiro procurou-me com ares misteriosos, informando-me:

– Meu caro patrão, preciso conversar com o senhor, mas que seja em particular, pois tenho assuntos graves para levar ao seu conhecimento.

Procuramos então um lugar onde pudéssemos estar sozinhos e manifestei-lhe minha curiosidade:

– Diga-me do que se trata. Sua cara está de tal maneira sombria, que me enche de receios. Ele sorriu e tranquilizou-me:

– Embora seja revoltante o que vou lhe contar, trago-lhe em compensação uma notícia agradável.

– Vamos então diretamente ao caso, disse eu com impaciência.

– Ontem, quando eu conduzia o vitelo que o senhor deliberou matar, a minha filha, que tem bons conhecimentos de magia, mostrou-se triste ao aproximar-se do animal, chegando mesmo a chorar.

É claro que fiquei intrigado com o seu pranto e indaguei-lhe os motivos do seu aborrecimento. Ela respondeu-me: – "Meu pai, esse vitelo é o filho do nosso patrão. Fiquei sabendo disso agora ao vê-lo de perto. E senti-me profundamente triste por ver que ele ia morrer e por lembrar que sua mãe havia sido sacrificada como vaca. Essas transformações, meu pai, são obras de feitiçaria. A mulher do nosso amo, por odiar a mãe e o filho, deu-lhes a forma de animais, a fim de que fossem mortos na primeira oportunidade"! E o rendeiro concluiu sua desconcertante narração: – "isto foi o que disse minha filha e eu me julguei no dever de comunicar-lhe imediatamente".

O velho interrompei mais uma vez a sua narração e, mais uma vez enxugou as lágrimas que lhe escorriam pelo rosto. Dominando a forte emoção, continuou:

– Nem sei exprimir a minha surpresa quando o meu bom empregado me fez essa revelação. Corri como um louco à estrebaria e abracei o pescoço do bezerro, que outro não era senão o meu filho, e beijei-o com todo o carinho.

– Nisto, chegou a filha do rendeiro e eu fui ao seu encontro, perguntando-lhe se era possível restituir a forma humana ao rapaz. E já que ela era conhecedora de magia, pedi-lhe humildemente que fizesse aquela obra de caridade.

A mocinha meditou um instante e respondeu:

– Sim, sou capaz de restituir a forma humana ao seu filho, mas só posso fazer isso mediante duas condições.

Caí aos seus pés disposto a oferecer a minha própria vida, pois um pai dá o sangue e até a alma para salvar um filho. Em meio da minha aflição, disse-lhe que aceitaria o que ela impusesse.

– As condições são estas, continuou a moça: o senhor há de reconhecer-me como esposa do rapaz e consentir que eu castigue a causadora de tantos males e de tanta perversidade.

Naturalmente, não vacilei em aceitar as exigências. Fui além e prometi-lhe um bom dote. Apenas implorei que, se tivesse de castigar a minha mulher, fizesse justiça com ela, mas lhe poupasse a vida, já que a vida só Deus dá e só Ele pode tirar.

Tudo combinado entre nós, a jovem foi buscar um vaso cheio de água e, debruçando-se sobre ele, pronunciou estranhas palavras de que não me lembro. Rezou muitas orações. Em seguida, passou a jogar a água sobre o vitelo, dizendo mais ou menos assim:

– "Deus pode mais que os homens e desfaz todas as feitiçarias, que são obras do demônio. Se tu, bezerro, eras homem, em nome do nosso Criador, volta a ser homem!"

Ditas essas palavras, derramou o resto da água na cabeça do animal e este, imediatamente, recuperou a forma humana!

Estava ali, diante de mim, alegre e sorridente, o meu querido filho. Abraçamo-nos cheios de júbilo, tão emocionados que nem podíamos falar.

O rapaz concordou, prazerosamente, em casar-se com a filha do rendeiro e de fato o matrimônio ficou marcado, ali mesmo, para data próxima.

Alguns dias antes de a moça unir-se ao meu filho, ela veio dizer-me que era chegado o momento de punir a minha mulher. Não queria matá-la, mas iria transformá-la num animal, exatamente o que ela fizera com a escrava e o rapaz.

Atendendo ainda ao meu pedido, a moça fez com que minha esposa se tornasse uma corça, forma que eu preferi, a fim de que eu pudesse olhá-la sem repugnância.

O velho lavrador concluiu finalmente a sua história, arrematando:

– Seguiram-se anos tranquilos na minha vida. Faz algum tempo, meu filho ficou viúvo e resolveu viajar, para distrair-se. Como estou sem notícias dele, saí de casa a procurá-lo. Mas entendi que, por prudência, devia trazer comigo esta corça, que é minha mulher, como já sabeis. Desse modo, evito que esse bicho perigoso faça das suas. O inimigo, quando é temível, deve estar sempre muito bem vigiado...

OS CÃES NEGROS

Quando o velho da corça acabou de narrar as suas aventuras, o que era acompanhado pelos cães pretos pediu permissão para contar também os estranhos fatos que lhe haviam sucedido e que ele considerava tão extraordinários como aqueles que tinha ouvido.

Como os presentes manifestassem o maior interesse, ele começou:

– O meu pai era um homem rico, sobretudo trabalhador e justo. Sua maior preocupação era garantir o futuro dos filhos, a fim de que, com sua morte, nenhum viesse a sofrer necessidades.

Quando ele faleceu, tinha conseguido seu intento, porque havia deixado mil moedas para cada um dos três filhos. Esse dinheiro serviu para nos dedicarmos ao comércio, já que, por influência do nosso pai, tínhamos adquirido boa prática nesse gênero de atividade.

Um dos meus irmãos, no entanto, manifestou desejo de deixar a nossa terra natal, dizendo que iria negociar em países estrangeiros, pois assim aliaria o útil ao agradável, ganhando dinheiro e viajando.

Foi dessa maneira que ele partiu, poucos dias depois de termos feito a partilha dos bens deixados pelo defunto.

Eu instalei a minha loja e o mesmo fez o segundo irmão. Nossa vida decorria normalmente. Prosperávamos a olhos vistos e gozávamos do melhor conceito, pelo nosso modo criterioso de comerciar. Os nossos conhecidos e amigos dispensavam-nos a maior consideração.

Decorrido um ano, estava eu no meu estabelecimento, atendendo aos muitos fregueses que me procuravam, quando à porta surgiu um mendigo. Estava vestido de trapos sujos e rotos, com os cabelos e barba grandes.

Tirei uma moeda para dar ao miserável, cuja fisionomia era magra e chupada. Mas o recém-chegado recusou-a, e ao me ouvir dizer "Deus vos guarde", replicou:

– Pelo visto, você não me está reconhecendo. Sou forçado a acreditar que meu aspecto é bastante triste e desagradável.

Pela voz e ao examiná-lo mais atentamente, caí das nuvens, como se diz. Vi, com surpresa e consternação, que se tratava do meu irmão mais velho, o que fora viajar.

Com o maior carinho, levei-o para dentro e mandei que lhe preparassem uma ceia. Enquanto ele comia com a avidez de um faminto, passei a indagar-lhe de sua vida e dos resultados que obtivera nos seus trabalhos no estrangeiro.

– Nem é preciso perguntar – disse ele. Pelos meus andrajos e pela má aparência que ostento, você percebe que tudo me tem saído mal na vida.

De fato, eu já tinha concluído isso por mim. Mandei logo fechar a loja e cuidei do meu irmão com todo o desvelo. Depois de proporcionar-lhe um banho, cedi-lhe as minhas melhores roupas. Em pouco, sua aparência era outra e até no seu olhar se operava uma completa transformação. Ficou sorridente, bem disposto e jovial.

Que ele tinha perdido até o último vintém nos seus insucessos, parecia fora de dúvida. Fui então examinar os meus livros para dar um balanço nos haveres. Tive a satisfação de verificar que, num ano apenas de atividade, tinha duplicado o meu capital. Meu pai me deixara mil moedas e eu já possuía duas mil.

Em vista disso, chamei meu irmão e disse-lhe:

– Do balanço que fiz na minha escrita, averiguei que tenho, em dinheiro, dois mil cequins, o dobro do que me deixou o nosso pai. Como a sua situação é desfavorável, vou dar-lhe mil cequins.

Ele abraçou-me com entusiasmo:

– Você é generoso, meu caro mano! Não sei como agradecer-lhe, pois, a falar verdade, muito tempo faz que não vejo tal importância nas minhas mãos. Faltou-me sorte na tentativa de enriquecer.

Fiz-lhe ver que o conveniente seria não viajar mais, aconselhando-o:

– É melhor que você estabeleça os seus negócios aqui junto de nós. Um ajuda o outro e as coisas sairão às mil maravilhas.

Ele aceitou a sugestão sem dificuldade e fez tudo o que eu dizia. Em breve, viu que eu tinha razão, pois o seu trabalho rendia. Vivemos, assim, alegres e satisfeitos.

O velho dos cães pretos parou um momento, para comentar com os que o ouviam as lutas de sua vida. – "Não temos sossego, meus senhores. O que vale no nosso mundo é a fé em Deus, que nos dá vigor para enfrentar os contratempos. Como os senhores vão ver agora mesmo, estavam longe de acabar as minhas preocupações, apesar de todos os esforços que eu fazia para ajudar os meus parentes". E em seguida a essas palavras, continuou a história:

– Alguns tempos depois dos acontecimentos que narrei, o meu segundo irmão, o mais moço, não sei por que ideia atravessada que lhe entrou na cabeça, tomou a súbita decisão de liquidar os seus negócios e ir dedicar-se ao comércio no estrangeiro.

Fiz o que pude para afastá-lo de semelhante propósito.

– Não faça isso, homem – disse-lhe eu. Você viu bem o que aconteceu ao nosso irmão: no fim de um ano, ele voltou maltrapilho e sem vintém.

O meu irmão mais velho muito me ajudou na tentativa de convencê-lo. Não prevaleceram os conselhos sensatos. O rapaz resolveu partir e partiu.

Organizou sua viagem com aparato e seguiu com uma enorme caravana. Para onde foi, nunca fiquei sabendo nem perguntei: mas do fundo do coração fiz votos pela sua felicidade.

Dito e feito como eu havia pensado, o insucesso do meu irmão mais moço foi completo. Não havia ainda decorrido um ano de sua partida e já ele regressava em estado lastimável.

Minha atitude com ele foi igual à que tive para com o anterior. Vesti-o com minhas melhores roupas e dei-lhe mil cequins. Chamei-o de parte, mostrando-lhe que, por não ter ouvido aos meus conselhos, perdera tudo. E concluí:

– Espero que você se estabeleça conosco e não mais se arrisque em empresas arrojadas.

Ele concordou comigo, dizendo que realmente se arrependera de suas loucuras. Mas, com aqueles mil cequins, iria recomeçar tudo, exercendo a profissão junto da família.

De fato, assim fez. E todos nós ficamos alegres e satisfeitos. Os nossos negócios corriam bem, o nosso capital multiplicava-se.

Certo dia – prosseguiu o velho na sua narrativa – fui procurado pelos meus dois irmãos. Notei logo que queriam falar-me de assunto importante. Eles vinham propôr-me nada mais nada menos do que largar a loja e fazer com eles uma viagem de negócios.

Continuaram insistindo comigo, alegando que poderíamos alcançar lucros magníficos, contanto que levássemos belas e variadas mercadorias. Eu sempre recusando, sempre censurando-os pela insensatez.

Nunca vi homens tão teimosos e obstinados. Dias e dias, durante cinco anos, assediaram-me com as suas propostas, descreveram-me tantas vantagens e tanto imploraram, que me decidi a acompanhá-los.

Começamos a fazer os preparativos da viagem. Eu tinha alguns animais para conduzirem as mercadorias e passei a liquidar a minha loja.

Todavia, quando se tratou de comprar as fazendas – sedas, tapetes e outros tecidos – para vendermos no estrangeiro, tive enorme surpresa. Os meus irmãos já não possuíam um vintém dos mil cequins que eu lhes dera, na época em que eles chegaram à minha casa em estado lamentável.

Compreendi então os motivos por que queriam viajar, levando-me em sua companhia. De uma vez que era impossível recuar, dadas as providências que eu já tomara, não lhes fiz recriminações. Muito ao contrário, disse-lhes:

– Meus irmãos, eu disponho no momento de seis mil cequins. Nós vamos arriscar a metade e os restantes ficarão guardados em um lugar seguro, para hipótese de não sermos felizes. Nesse caso, reabriremos as nossas lojas.

Dei a cada um mil cequins, reservei mil para mim e num canto da casa enterrei os três mil que sobraram e era agora as minhas únicas economias.

Adquirimos as necessárias fazendas, que escolhemos das melhores e das mais bonitas. Colocamos a carga no lombo dos animais, despedimo-nos dos nossos parentes e partimos.

Ao fim de uma semana, alcançávamos o litoral e tomamos um barco a vela, continuando a viagem pelo mar. Embora estivesse apreciando aquele novo gênero de vida, ponderei aos manos que não me servia, pois não tinha o hábito de ficar tanto tempo ausente da minha casa e dos meus amigos. Ao cabo de um mês de navegação, chegamos a um porto movimentadíssimo.

Não nos foi difícil vender as nossas mercadorias com grandes lucros. Eu, que sempre fui dedicado ao comércio e, portanto, tinha mais prática, obtive resultados magníficos, muito superiores aos conseguidos pelos meus irmãos. Vendi tudo e bem vendido.

Meus irmãos perguntavam-me se eu estava arrependido de segui-los. Garanti-lhes que não:

– Muito ao contrário, manos. Estou satisfeitíssimo, pois fiz bons negócios. E agora, levando esses artigos para a nossa terra, espero obter rendimentos consideráveis.

Quando tudo estava em ordem, cuidamos de regressar. Foi aí que tivemos um encontro de consequências inesperadas. À beira de um riacho, vimos uma jovem vestida de trapos, suja e triste, mas de uma beleza fora do comum.

A moça aproximou-se de mim, com modos humildes e beijou minha mão. Achei naturalmente estranha aquela atitude, pois ela nem sequer me conhecia, e perguntei-lhe a razão do seu procedimento.

Em vez de responder-me, ela apenas disse:

– Meu senhor, peço-lhe que se case comigo e me permita acompanhá-lo.

Eu nem sabia o que dizer e expliquei-lhe que era impossível satisfazer o seu desejo. Casamento não se resolvia daquela maneira imprevista.

A jovem baixou os olhos e disse:

– Sei que estou mal vestida e assim não posso ser agradável à vista de ninguém, mas asseguro que se o meu senhor se casar comigo, terá motivos de grande satisfação. Continuei recusando e ela insistindo. A cada momento, no entanto, eu a achava mais encantadora. Sua fisionomia, além de extremamente bela, denotava bondade. Acabei vencido pela tentação e também pena que ela me inspirava. Pensei comigo que tão fascinante criatura talvez não tivesse pai nem mãe e vivesse desamparada neste mundo de Deus. Decidi-me, finalmente:

– Pois sim. Casemo-nos e que seja a nossa felicidade!

Dei-lhe inúmeros vestidos e algumas joias. Depois de arrumada convenientemente, quase não a reconhecia. Era então muito mais formosa do que eu imaginava.

Casamo-nos sem demora, pois eu desejava regressar ao meu lar distante. E assim, tomamos o nosso barco e começamos a navegar de volta. Durante a viagem, pude conhecer as prendas de espírito e coração da minha esposa. Sentia-me feliz perto dela e dediquei-lhe todo o meu carinho e amor.

O ancião interrompeu mais uma vez a sua narrativa, porque os dois cães pretos, nesta altura da história, puseram-se a ladrar furiosamente. Todos os presentes estranharam o fato, porque os animais, até então, se achavam quietinhos e encolhidos num canto. O velho explicou:

– Os senhores saberão agora mesmo o motivo de estarem esses dois cães ladrando. Ouçam-me com atenção.

Intimou os cães a se calarem e continuou:

– Cheio de ventura e completamente enamorado pela minha linda mulher, eu não notei que meus irmãos passavam o dia silenciosos e carrancudos.

O nosso barco sulcava as águas do mar, com suas velas brancas muito enfunadas. Enquanto eu e minha mulher conversávamos, eles tramavam contra nós. Estavam roídos de inveja, pois não tinham feito negócios tão lucrativos quanto os que eu, habilmente, realizara. Minha alegria irritava-os, por ser próprio dos invejosos ter ódio dos felizes. No entanto, eu tinha feito por eles o máximo e da melhor da boa vontade.

Já havíamos navegado muitos dias quando, uma tarde, vi os dois conversando reservadamente. Aproximei-me e eles calaram-se imediatamente.

Não dei importância ao fato. À noite, acordei com um ruído e, mal abri os olhos, recebi uma pancada na cabeça, que me deixou atordoado. Não vi mais nada, senão que um me carregava e outro arrastava minha mulher.

Ainda agora, minha alma sofre de saber que meus irmãos tiveram a coragem de nos atirar ao mar. Caí n'água e afundei, sem poder nadar, já que estava meio sem sentidos. Quis gritar e não pude. As ondas revoltas envolveram-me, naquela noite sinistra.

Iria morrer, decerto. Acontece, porém, que a minha esposa era fada, pertencendo portanto à família dos gênios, e isto foi a minha salvação. Ela veio em meu socorro, agarrou-me pelo braço e em pouco eu, completamente aturdido, sentia-me leve e arrastado sobre as águas, no meio de densa escuridão.

Devo ter dormido muito ou então permanecido desacordado, porque quando acordei, era dia claro. Olhei em volta e compreendi que estava numa ilha deserta. O oceano rugia por todos os lados.

Não sabia o que pensar. Se por um lado eu estava salvo, por outro me via prisioneiro naquele recanto afastado. Minha mulher compreendeu a minha angústia e apressou-se em dizer:

– Meu querido esposo, salvei-te a vida e mostrei-me grata. Quanto tu me encontraste à beira daquele riacho, eu quis experimentar a generosidade do teu coração. Foi assim que, sendo fada, escolhi o disfarce que pusesse à prova os teus sentimentos. E vi que, realmente tu és um homem bom, que procura ver nos outros não a riqueza ou as roupas e sim as prendas da alma.

Confesso que fiquei bastante confuso ao ver que tinha esposado uma fada. Mas, fada ou não, eu a amava profundamente. Tomei-lhe as mãos, aquelas mãos que me livraram da fúria do mar, e beijei-as. Estava assombrado com aquilo tudo, ao mesmo tempo que crescia a amizade que a encantadora moça fizera nascer no meu coração.

Minha adorável companheira informou-me de que em breve eu estaria em meu lar e que os meus irmãos seriam punidos:

– Só ficarei satisfeita quando aqueles dois malvados perderem a vida. Eu me encarrego disso.

Agradeci-lhe o que me fizera. Quanto aos meus irmãos, roguei-lhe:

– Minha adorada esposa, peço-te que sejas condescendente com eles. Não há dúvida de que me fizeram muito mal e foram impiedosamente ingratos. Todavia, são meus irmãos e prefiro que nada lhes aconteça.

Consegui, com muitas súplicas, abrandar a ira da fada, pois prometeu-me ser menos rigorosa na penalidade que aplicasse aos dois infelizes.

Não sei explicar como saí daquela ilha. Só lembro que, de um modo miraculoso, a boa fada me transportou sobre o oceano, terras e cidade e me deixou exatamente sobre o terraço da minha residência. Tudo isso foi feito com incrível rapidez. Com verdadeiro pasmo, reconheci o lugar onde eu me encontrava. Penetrei na casa e fui primeiramente buscar os três mil cequins que havia enterrado desde a ocasião em que me convenceram a fazer viagens. Lá os encontrei e com eles reorganizei a minha vida.

Imediatamente, minha loja estava de novo montada. Abri as suas portas, e os fregueses vizinhos, mercadores e amigos foram visitar-me, manifestando sincero júbilo pelo meu regresso. Tive o enorme prazer de verificar que eu era benquisto e agradeci a Deus a proteção que nunca me faltou.

Ao entrar num dos cômodos da casa, vi estes dois cães pretos, que hoje me acompanham por toda parte. Estes se encaminharam para mim com ar submisso e olhos tristes.

Fiquei intrigado, naturalmente, porque não os conhecia. Além disso, suas demonstrações de humildade me pareciam estranhas.

Nesse momento, a fada apareceu na minha frente e explicou:

– Meu bom marido, fica sabendo que estes cães são os teus irmãos. Como tu me pediste que não os matasse, resolvi puni-los de outra maneira e condenei-os a viverem dez anos sob esta forma. Quanto às valiosas mercadorias que perdeste, serás devidamente recompensado. Eu afundei o barco em que eles velejavam, depois de te jogarem ao mar, e ensinar-te-ei o local onde poderás encontrar as fazendas e objetos que trazias.

Dito isto, tornou-se invisível outra vez.

Agora que os dez anos de castigo estão cumpridos, vou ao encontro da fada, a fim de que os meus irmãos recuperem a forma humana.

Dessa maneira, o ancião concluiu a sua assombrosa história que, como a do velho da corça, e a do terceiro velho, valeu para que o gigante perdoasse o mercador condenado à morte.

Os ouvintes estavam realmente impressionados e olharam os dois cães pretos, que ganiam tristemente. O gigante perguntou ao velho, com curiosidade:

– E tu perdoarás todo o mal que te fizeram esses cães? Por que nãos os deixa nessa forma o resto da vida?

– Não, ó gênio dos gênios, respondeu o narrador. Assim como Deus tem sido generoso comigo, tenho o dever de o ser com os meus semelhantes. Ademais, esses pobres irmãos já sofreram o bastante.

Com essas palavras e com amáveis cumprimentos, saiu acompanhado pelos seus irmãos, isto é os dois cães negros.

O PESCADOR E O ESPÍRITO DAS TREVAS

Já muito velho e doente, um pobre pescador vivia cheio de aborrecimentos com sua situação. É que, não tendo forças suficientes para o trabalho, mal conseguia garantir o sustento de sua família. Para agravar ainda mais as suas aflições, um fato estranho vinha preocupando os moradores daquela aldeia, quase todos inteiramente dedicados à pesca. É que, por razões inexplicáveis, desde algum tempo haviam desaparecido os peixes daquela região do mar, onde ele e seus companheiros sempre pescaram com os melhores resultados. Lá uma vez ou outra, conseguiam apanhar um peixe e às vezes, nem isso. Todos, naquele lugar, achavam-se preocupadíssimos com essa escassez, em águas outrora tão generosas. Muitos iam deixando a aldeia, certos de que se não quisessem morrer de fome, deveriam procurar outro ponto da costa marítima.

– Este lugar está amaldiçoado, diziam alguns com convicção.

– Que terá acontecido, que afasta daqui todos os peixes? – perguntavam outros, intrigados com o fenômeno.

Certa madrugada, o velho pescador, que havia dois dias nem se animava a sair de casa, resolveu tentar a sorte, pois seus filhos nada tinham para comer. Foi em direção da praia, com o propósito de lançar as redes quatro vezes, número que se impusera por hábito e que jamais ultrapassava.

Tomou o seu barco e rumou para o mar alto, depois de fazer as suas orações. Logo de início, seu coração dilatou-se de alegria, pois sentiu, pelo peso, que suas redes não voltavam vazias. – "Graças a Deus", exclamou ele, no auge da satisfação. Pensou na mulher e nos filhos que deviam aguardá-lo com impaciência.

Seu regozijo, porém, não durou muito. Em vez de peixe, viera o esqueleto de um burro. O ancião, com maus pressentimentos, atirou fora aquela carcaça horrível e tratou de consertar a rede nos lugares onde os pesados ossos a romperam. Lançou-a de novo ao mar e recolheu um cesto cheio de pedras e lodo. Da terceira e da quarta vez, o mesmo insucesso: nem um peixe.

O homem ficou desesperado porque, segundo o seu costume, não podia lançar as redes senão quatro vezes. Sentou-se no barco e ficou silencioso. Hora e horas, permaneceu ali, com a cabeça entre as mãos, sacudido pelas ondas.

Mas era preciso fazer alguma coisa, tomar alguma providência imediata, pois em sua casa não havia sequer um pedaço de pão. Voltou à praia e procurou seus amigos mais íntimos, com os quais obteve para ao menos enganar o estômago de seus meninos.

Entrou em casa triste e abatido. Expôs o acontecido à esposa e esta, para animá-lo, disse:

– Não importa. Amanhã, certamente, tu serás mais feliz. Deus não nos deixará desamparados. Reza.

– Rezei, mulher, rezei. Não sei o que é isto: só sei que ninguém consegue apanhar um peixe. Há momentos em que eu tenho vontade de ver na minha rede nem que seja o próprio diabo!

– Não digas blasfêmias, homem! Cuidado com as palavras, que ainda podes arrepender-te!

– Está bem, mulher. Vamos ver se amanhã a sorte é menos avarenta.

Na madrugada seguinte, o pescador voltou ao barco e rumou para a sua ingrata tarefa, agora procurando lugares mais distantes. O dia estava ainda escuro.

Foi com emoção que lançou as redes, esperando bastante tempo, ao fim do qual as recolheu, para ter a primeira decepção. Evitou perder a calma e tentou a segunda vez, sem melhor resultado, o mesmo acontecendo no terceiro esforço.

O bom velho sentiu os olhos embaciados pelas lágrimas. Só lhe restava agora uma oportunidade, já que não ia além da quarta vez. O céu começava a clarear.

Apesar de quase louco com aquela desgraça, ele lembrou-se de rezar, como fazia invariavelmente ao amanhecer. E assim, dirigiu o olhar para as alturas, murmurando: – "Senhor, vós bem sabeis que tenho mulher e filhos, que vivo só do meu trabalho honesto. Sabeis também que, por antiga promessa, lanço as minhas redes ao mar apenas quatro vezes. Pois bem; três vezes já fiz isto sem o menor fruto. Permiti, senhor, que eu seja mais feliz da quarta vez, colhendo pelo menos um peixe"!

Após este ardente apelo à Providência Divina, ele jogou às águas revoltas, pela quarta e última vez, as suas redes. Aguardou o tempo suficiente com a maior emoção. Ao puxá-las, no entanto, viu que não traziam senão um vaso de cobre.

Sua revolta foi imensa. Desgrenhou os cabelos com fúria, esbravejando:

– Águas malditas, que recusam o sustento de minha família. Que viesse nestas redes o próprio diabo!

Voltou em direção da praia e caiu sobre as areias, chorando como uma criança. Ao fim de alguns instantes, pegou o vaso de cobre e o examinou, concluindo que de qualquer maneira, não era inútil o achado. Falou consigo mesmo:

– Um objeto de cobre tem sempre algum valor. Não faltará um fundidor que me dê algumas moedas por ele. Ora, pois, aqui está uma solução!

O homem olhou o vaso atentamente, sacudiu-o e percebeu que estava vazio. Se não tinha nenhum conteúdo, quando nada valia pelo metal de que era feito. Reparando nele melhor, verificou que na sua tampa de chumbo, bem fechada, havia um selo com o signo de Salomão.

Considerou então que o vaso devia conter qualquer coisa preciosa, pois do contrário não estaria tão cuidadosamente fechado. Sacudido pela ambição e pela curiosidade, cortou o selo e meteu a faca em volta da tampa, arrancando-a.

Ficou desiludido, porque nada havia no seu interior. Cansado pelo esforço que fizeram, sentou-se na praia e colocou o vaso na sua frente. Estava triste, muito triste. Daí um instante, observou com a maior surpresa que de dentro dele escapava uma fumaça. Esta cresceu, cresceu e logo transformou-se numa formidável coluna de fumo enegrecido, que escureceu o sol, cobriu a praia, o mar e o horizonte.

Quando a fumaça escapou toda do vaso, aquela nuvem espessa transformou-se na figura medonha de um gênio duas vezes mais alto que o maior dos gigantes.

Num assombro sem limite, o pescador quis fugir, mas não pôde dar um passo, pois o terror lhe tirara a força das pernas. Tentou fazer uma oração e dos lábios secos não lhe saiu uma palavra, nem sua cabeça era capaz de unir uma ideia com outra. Ficou paralisado e trêmulo, de olhos pregados naquela extraordinária aparição. O monstro, sem notar a presença do homem, que à sua frente era pequenino como um rato diante de um elefante, ergueu para o céu os braços descomunais e trovejou as seguintes palavras:

– Salomão, grande profeta de Deus! Agora sei que é poderosa vossa sabedoria. Nunca mais terei o atrevimento de desafiar o vosso espírito nem de desrespeitar o vosso nome! Estou livre, finalmente!

O pescador, já agora mais sereno, teve a coragem de dirigir-se ao gigante, reprovando-o:

– Espírito soberbo, deixa de dizer blasfêmias. Não sabes que Salomão, o profeta, desapareceu há milhares de anos e que estamos quase no fim dos séculos? Que fizeste ao filho de David, para ter ele te encerrado neste vaso?

O gênio olhou para baixo, procurando a pessoa que lhe falava. E, com um riso feroz, mostrando os dentes pontudos, respondeu com uma voz que poderia ser ouvida a grande distância:

– Velhote insignificante, como tens a ousadia de me chamar espírito orgulhoso, se sabes que com um piparote sou capaz de destruir-te? Fala com mais cuidado, se queres de mim alguma coisa antes de eu matar-te!

Surpreendido, exclamou o ancião:

– Matar-me? Logo a mim, que te salvei? Esqueces, ó gênio, que me deves a libertação?

– Devo-te a liberdade, é certo, mas nem por isso deixarás de morrer nas minhas mãos, porque jurei há mais de dois mil anos, dia por dia, que o meu primeiro ato, ao safar-me deste vaso maldito, seria matar aquele que o abrisse. Foste tu: é a tua sorte!

– Então pagas o bem com o mal? Deve ser o demônio!

– Sim! Respondeu o gênio com uma gargalhada aterradora. Sou o que os homens chamam de espírito das trevas!

O pescador levou as mãos à cabeça e gritou-lhe:

– Agora compreendo, gênio satânico, por que os peixes desapareceram destas regiões do mar. É que tu lançavas a maldição nas águas, enquanto nossas famílias passavam fome! Não estás satisfeito com o mal que já nos causaste?

– Tens razão em assim pensar, disse o gigante e acrescentou: – Por onde o vaso passava, no oceano imenso, os peixes fugiam. Mas não estou satisfeito com a fome que sofreram a tua família e a dos teus companheiros. É necessário que eu te mate.

Nessa altura, travou-se uma acalorada discussão entre os dois, cada um procurando apresentar os seus melhores argumentos. O pobre velho pediu-lhe:

– Conta-me então a tua história e por que estavas preso nesse vaso?

O gigante atendeu ao seu pedido:

– Eu tenho o orgulho de dizer que fui um daqueles grandes espíritos que se rebelaram contra a vontade divina, por reconhecer a nossa superioridade sobre todos os mortais.

Os demais gênios reconheceram Salomão, o profeta de Deus, prestando-lhe obediência. Isto era uma atitude vil e covarde. Por isso, eu e Sacar não quisemos submeter-nos a tal baixeza. Começamos a agir com plena independência.

Descontente com a nossa rebeldia e para vingar-se, o poderoso monarca encarregou o seu primeiro ministro Assaf de prender-me, ordem que este executou prontamente, levando-me à presença do seu amo, que me aguardava instalado solenemente no seu trono.

O grande Salomão, filho de David, censurou-me por não reconhecer o seu poder e ordenou-me que mudasse de atitude. Respondi que estava decidido a não mais obedecer-lhe, que dali por diante eu era absolutamente livre, agindo segundo meu alto critério.

Indignado, o poderoso rei exigiu que eu lhe prestasse novo juramento de fidelidade, sob pena de castigar-me. A ameaça só me trouxe maior irritação. Disse-lhe abertamente que não faria nenhum juramento e não lhe seria fiel.

Vendo que eu não queria sujeitar-me à sua autoridade, Salomão, como supremo castigo para tamanha desobediência, encerrou-me neste vaso. Para segurança contra minha possível fuga, ele mesmo fechou a tampa e nela imprimiu o selo, onde está impresso o grande nome de Deus.

Em seguida, entregou o vaso ao seu primeiro-ministro, para que o lançasse ao mar. Isto foi feito, com grande pesar da minha parte, que me vi, desde então, abandonado na infinita solidão dos oceanos. Fui tocar na costa de todos os países, ao sabor das ondas, levando a toda parte o meu ódio e o meu desespero.

– E nunca foste encontrado no decorrer desses inumeráveis séculos passados? – indagou o pescador.

– Nunca, respondeu o gigante de um modo sombrio.

– Pois então – tornou o outro – por aí vês o favor que te prestei. Devias mostrar-te agradecido. Em vez de me recompensares, falas em matar-me!

O gigante sobrecarregou a fisionomia e esbravejou:

– Escuta o resto da minha história e compreenderás por que a tua morte é inevitável. No correr do primeiro século do meu cativeiro, jurei que enriqueceria a pessoa que me libertasse antes de passados cem anos. O século extinguiu-se e ninguém veio em meu auxílio.

Durante o segundo século, prometi que daria tesouros fabulosos ao meu salvador. Não fui mais feliz e continuei a rolar pelas águas dos mares, sofrendo a minha horrível humilhação. No terceiro prometi um reino imenso e poderes sobrenaturais a quem me devolvesse a liberdade. Faria dessa pessoa uma das mais poderosas do mundo. Nada valeu, porque o século passou como os anteriores.

Por fim, já furioso com a tremenda escravidão num cárcere tão estreito e escuro, jurei que mataria aquele que me salvasse. Conceder-lhe-ia apenas o favor de escolher o gênero de morte preferido.

Eis aí, pescador, por que hás de morrer inapelavelmente. Podes no entanto fazer a escolha...

O infeliz homem, após essa terrível sentença, começou a lamentar o seu destino:

– Que desventura a minha! Vim aqui pescar um peixe para os meus filhos famintos e acabo prestando um serviço de valor incalculável a um monstro sem nenhuma gratidão. Rogo-te, ó gênio, que anules o teu implacável juramento.

– Não! Há muitos séculos que faço diariamente esse juramento e não posso anulá-lo num instante.

– Se razoável, insistiu o velhinho, transido de pavor. Se me perdoares, prometo que rezarei todas as manhãs para que não caias nas ciladas dos teus numerosos inimigos. Ao passo que, se me matares, Deus, o supremo senhor dos mundos, não te perdoará esta malvadeza.

– Não, velhote! A tua morte é tão certa como estar eu, o gênio dos gênios, a te falar. Trata de dizer-me como preferes morrer, pois não tenho tempo a perder. Fiquei preso mais de dois mil anos e quero dispor de minha liberdade.

O pescador que não se conformava, renovou as suas súplicas. Fez-lhe ver que tinha mulher e três filhos menores, que certamente morreriam na maior miséria. E arrematou os seus apelos com estas palavras:

– Não vês, ó gênio, que por tua causa eu já tenho sofrido muito, visto tua presença nestas plagas ter trazido a fome à minha família? Não vês que te fiz um grande bem e em troca queres me fazer um grande mal?

O gênio permaneceu insensível e gritou:

– Não tenho tempo a perder! Escolhe o modo de morrer, pois esta é a única graça que te concedo.

Ao ver que falhavam todos os seus recursos de argumentação, o pescador lançou mão de um expediente para ir adiando a sua morte, até arranjar uma saída salvadora.

Assim procedendo, disse:

– Já que é inevitável a minha morte, conformo-me com a vontade divina. Antes, porém, de escolher o gênero da morte, peço-te, ó gênio, que satisfaça a minha curiosidade.

– Pergunta o que quiseres, mas tens que resolver dentro de poucos instantes.

– És capaz de provar que estavas dentro desse vaso tão pequeno?

– Claro que estava, velho tolo. Pois não viste?

– Não vi nada. Apenas vi-te aparecer na minha frente. Por isso, peço-te que dês uma prova de que falas a verdade, entrando outra vez no lugar de onde saíste.

O monstro recuou:

– Não estou aqui para satisfazer os teus caprichos. A demonstração que me pedes me faria perder mais tempo do que disponho. Digo-te que já estou perdendo a paciência. Não deves abusar tanto. Aguardo apenas a tua escolha. Apressa-te.

O ancião, meditando um pouco, disse:

– Pois bem, gênio, vou escolher as condições em que devo morrer. Tu mesmo disseste que, quando eras prisioneiro do vaso, prometeste matar aquele que te desse a liberdade, concedendo-lhe apenas a regalia de escolher a maneira de sua morte.

– É verdade. Assim farei.

– Então, em nome de Deus, que estava impresso no signo de Salomão, exijo que cumpras o teu juramento, sob pena de incorreres na ira do filho de David.

O gigante estremeceu ao ouvir o nome de Salomão e compreendeu que era obrigado a cumprir o juramento. Sua voz atroou, furiosa:

– Cumpro o que jurei, mas não me irrites. Deixo-te escolher, porém mato-te inapelavelmente. Concedo-te agora apenas um instante, ou me considerarei desobrigado da promessa.

– Pois desejo morrer contente, tornou o pescador, e para isso é necessário satisfazer a minha curiosidade, convencendo-me do que duvido. Prova que estavas dentro do vaso, entrando nele novamente.

– Ousas duvidar, homem incrédulo? Repito que aí estava e tu me viste muito bem sair de dentro dele.

O pescador insistiu:

– Tenho razão de duvidar, uma vez que um só dos teus dedos é muitas vezes maior do que o vaso. Além disso, é esta a maneira que eu escolho para morrer: de curiosidade plenamente satisfeito.

– Está bem! Bradou o gigante. Vou atender o teu último desejo na terra!

E em seguida a essas palavras, o gênio transformou-se de novo numa espessa fumaça, que cobriu o céu, o mar e toda a praia. Depois, aquela imensa coluna de fumo foi, pouco a pouco, entrando no vaso, até não restar mais nada de fora.

O pescador, com uma agilidade surpreendente, deu um salto sobre o vaso e fechou-o com a tampa, pondo o selo mágico no devido lugar. E, dando uma boa gargalhada, gritou:

– Espírito maldito, chegou a tua vez de pedir misericórdia! Tu é que vais escolher o gênero de morte que preferes! Hei de avisar todos os pescadores de minha aldeia, de que tu eras a causa de nossa miséria. E nós todos vamos colocar-te em lugar seguro.

O gênio estava possesso dentro de sua estreita prisão, fazendo os maiores esforços para sair. Mas o signo de Salomão tirava-lhe as forças e todo o seu poder. Vendo que nada podia fazer, resolveu mudar de tática e disse com fingida brandura:

– Pescador amigo, não vês que tudo não passava de uma brincadeira? Achas então que eu iria ser tão ingrato contigo?

– Vejo que agora estás mansinho, porque sou o mais forte. Implorei-te clemência e tu zombaste de mim. Terias, certamente, executado as tuas ameaças sinistras, se eu não usasse a inteligência para anular o teu poder. Maior do que tu, alma danada, é a sabedoria de Salomão, o profeta de Deus!

Vitorioso e satisfeito, o velho pescador pôs o vaso debaixo do braço e foi para a aldeia, contar o ocorrido aos amigos e companheiros.

Todos os moradores do lugar correram à sua casa, e ele narrou diante do povo o que lhe acontecera na praia. Muitos ou quase todos, naturalmente, não acreditavam que naquele vaso tão pequeno estivesse contido um gigante das proporções que ele descrevia.

O ancião, em vista daquela incredulidade, disse simplesmente:

– É fácil verificar se estou ou não dizendo a verdade. Há muito tempo que não aparecem os peixes nos mares onde pescamos. Pois proponho o seguinte: que os meus companheiros façam comigo uma longa viagem pelo oceano e bem distante daqui deixaremos este vaso sinistro. E então veremos retornar a abundância aos nossos lares.

A proposta foi aceita, embora os pescadores achassem que o seu velho amigo, estivesse com o juízo virado. Tomaram os seus barcos e navegaram vários dias, ao fim dos quais, amarraram uma enorme pedra no vaso, a fim de que este descesse ao fundo do oceano e lá ficasse para sempre.

Cumprida a tarefa, voltaram às suas casas e prepararam as redes para a madrugada seguinte.

Dito e feito como afirmara o pescador, aquela boa gente gritava de alegria quando eram recolhidas as redes atiradas ao mar. Pela primeira vez, após largo período de escassez e fome, aqueles homens retornavam cantando, com os seus barcos abarrotados de peixes...

O HOMEM QUE ENTENDIA A LINGUAGEM DOS ANIMAIS

Era mesmo extraordinário o dom que tinha aquele lavrador, dono de muitas propriedades em terras férteis, nas quais criava todas as espécies de gado. Porque era justo e bom de coração, ou por outros motivos que não podemos alcançar, Deus lhe dera a faculdade de entender a linguagem dos animais.

Isto proporcionava-lhe, decerto, horas da maior distração, pois em casa, entre as suas criações, ou nos campos, entre as aves e outros irracionais, muitas vezes se punha a ouvir o que conversavam, percebendo as suas preocupações e o juízo nem sempre favorável que faziam dos homens. Os pássaros, sobretudo, queixavam-se de suas maldades. Não podiam admitir que eles os matassem por simples diversão, quando não os prendiam em gaiolas por um condenável prazer.

De uma vez, chegou até a ficar bastante comovido na casa de um rico, onde várias pessoas, alegres e despreocupadas, elogiavam o belo rouxinol que soltava maravilhosos trinados numa gaiola dourada. Ninguém percebia, senão ele, que a pobre ave, ao invés de cantar, como todos supunham, lamentava amargamente a liberdade perdida, com saudade dos bosques em que vivera outrora, à sombra das árvores e dos riachos murmurantes.

O lavrador sentiu o coração apertado, mas nada podia dizer aos presentes, como nunca aliás, poderia dizer nada a quem quer que fosse. Aquele dom lhe foi dado sob a condição de jamais revelar a outrem o que ouvia, pois se tal o fizesse, perderia a própria vida. E ele, naturalmente, mantinha com o mais extremo cuidado esse segredo inviolável.

Porque agora, depois de adquirir essa rara faculdade, sabia que os sofrimentos não eram só dos homens, mas de todos os seres viventes, em suas propriedades não permitia que os filhos e os empregados maltratassem os animais, de nenhuma forma e sob nenhum pretexto.

Lá um dia, ao entardecer, foi ele ao estábulo, a ver se tudo estava em ordem e se havia ração suficiente para o boi e o burro que ali viviam juntos. Logo à entrada parou e ficou a escutar, pois ouviu o boi dizer ao burro:

– Tu és bem feliz, meu velho amigo. Levas uma vida que me mete inveja.

– Como assim? – interrogou o seu companheiro de estrebaria.

– Vê bem a diferença de tratamento que recebemos. Passei o dia inteiro seguro ao arado, arrastando-o para sulcar a terra dura como pedra, queimado pelo sol ardente, arquejando de cansaço e de sede. Não me faltaram hoje, como nos outros dias, as ferroadas impiedosas que me sangram as carnes. É só eu retardar um passo e lá me vem o ferrão sobre o lombo dolorido. Depois desse trabalho tormentoso, maltratado por um homem sem coração, sou recolhido a este cantinho imundo e ainda me dão uma erva seca para comer.

Enquanto isso, tu és bem tratado, tens criado que te lava, raspa o teu pelo com carinho e livra-te dos carrapatos. Todo esse cuidado para que, de vez em quando apenas, carregues o nosso dono num ou noutro passeio à cidade. Compreendes agora por que invejo a tua sorte.

O burro, tocado pela vaidade, ouviu as lamúrias do boi com indiferença e com um ar superior, mastigando tranquilamente a sua tenra forragem. Após alguns instantes de silêncio, voltou-se para o boi e disse-lhe:

– Cada um tem o destino que merece, de acordo com a sua inteligência. Tu és um idiota e por isso não passas de um joguete nas mãos do teu senhor. De que valem a sua força e os teus poderosos chifres? Não valem nada, decerto, pois não tens coragem nem habilidade para melhorar a tua vida.

– Queres saber de uma coisa? – continuou o burro. No teu lugar, eu mostraria claramente a minha disposição de não trabalhar tanto. Soltaria mugidos enérgicos, ameaçaria com os chifres quando me ferroassem, e nada de me fazer andar depressa, porque eu daria parte de lerdo ou doente.

– Achas que semelhante atitude daria bons resultados? – perguntou o seu humilde companheiro.

– Como não? Até nessa pergunta revelas a tua falta de astúcia. Ora, esta. E ainda por aí, quando um indivíduo mostra entendimento curto, chamam-lhe burro. Deviam chamar-lhe boi, que é porventura o mais obtuso de todos os animais. Acaso ignoras que se te mostrasses doente, o nosso amo te daria trabalho mais leve e alimentação melhor, já que ele tem o maior interesse pela tua saúde? Segue o que te digo e verás como tenho razão.

O boi ficou deveras impressionado com o sábio conselho, enquanto o lavrador, que estivera atento à conversa, saiu bastante pensativo. E esta agora, pensava ele, de o burro andar metendo rebeldias na cabeça de um boi tão pacato. Coçando o queixo, murmurou consigo mesmo: "Até entre os animais há velhacos; mas vamos ver o que me prepara o danado do asno".

Seus receios tinham fundamento, porque no dia seguinte o boi ficou mesmo ruim de serviço. Mostrou-se lerdo na sua tarefa habitual e ameaçador quando o ferroavam. Ao entardecer, não tinha cumprido nem a metade de suas obrigações costumeiras. Pela primeira vez, rejeitou a ração de erva seca e fingiu-se doente.

O empregado, supondo o animal gravemente enfermo, foi imediatamente comunicar o fato ao patrão. Este compreendeu tudo, pois esperava que isso acontecesse. Considerando que era chegado o momento propício de castigar o orelhudo conselheiro, disse apenas ao rapaz:

– Já que as coisas estão assim, atrele o burro ao arado, para ele lavrar a terra em substituição ao boi. E não tenha pena desse malandro: trabalho pesado de sol a sol, sem um minuto sequer de descanso.

Tudo foi feito como ordenado. Nunca a terra foi lavrada, num só dia, em tão grande extensão, sob um sol que parecia labaredas de fogo.

À tardinha, quando o burro, trôpego e ensopado de suor, retornou ao seu canto, quase não se mantinha em pé. Além disso, em vez de encontrar a boa forragem de sempre, viu que lhe fora reservado um molho de capim seco.

O miserável quadrúpede, com o corpo dolorido até os ossos e num desespero sem nome, concluiu que se tinha metido numa embrulhada dos seiscentos mil diabos. O boi, abanando o rabo com satisfação, dizia-lhe que, graças ao seu excelente conselho, tinha passado um dia magnífico. Mas o coitado nem ouvia as bazófias do companheiro e pensava consigo mesmo: "Foi sem dúvida o demônio que me levou a ser tão imprudente. Bati com a língua nos dentes e estou numa encrenca danada, pois comecei perdendo a boa vida que tinha. Tenho que arranjar um meio de corrigir esta grave situação. Ou eu me livro dessa medonha trabalheira ou sou capaz de ficar com os ossos à mostra em menos de uma semana".

Depois do jantar, bastante curioso de saber como o asno recebera a reviravolta da sorte, o lavrador foi com a sua mulher sentar-se perto do estábulo, sob o pretexto de gozar a frescura da noite, que estava enluarada. Assim, palestrava com a esposa, mas de sentidos atentos para os dois animais.

Daí a pouco, ouviu o burro, visivelmente irritado, perguntar ao boi:

– Afinal, que pretendes fazer amanhã, meu bom compadre?

– Eu? É simples, muito simples, respondeu o outro. E acrescentou, com um brilho vitorioso no olhar: – tudo o que me ensinaste. Escavo o chão com as patas, quando o criado aqui chegar; ameaço atacá-lo a chifradas e finjo-me gravemente enfermo. Comigo, agora, as coisas vão ser bem diferentes. Meu dono e o criado hão de ver o que é lidar com um boi escolado...

– Pois olha bem, meu amigo – tomou o burro de um modo solene. O melhor é voltares a trabalhar com boa disposição, porque hoje, ao retornar do campo, ouvi o nosso amo dizer ao criado que está disposto a matar-te, se não ficares bom depressa. Argumentava ele que, visto estares imprestável, o mais prudente é liquidar-te de uma vez e repartir com os pobres a tua carne, já que assim terás ao menos alguma valia.

E, assumindo um ar sinistro, o burro concluiu a advertência:

– Aviso-te como amigo. Deixa as manhas e mostra ânimo, ou não terás mais que um dia de vida.

O boi aprumou-se de repente, com as ventas dilatadas pelo susto e mugindo de pavor. Sacudia o corpo com energia, asseverando que voltaria ao trabalho com vigor redobrado. É que, de fato, se achava muito bem disposto.

A tática do burro produzira, como vimos, efeito imediato. E o lavrador, que acompanhava a cena, deixou escapar uma gostosa gargalhada.

Sua mulher voltou-se para ele com surpresa e perguntou-lhe:

– Estás ficando doido ou viste alguma coisa para rires assim? Que há de engraçado aqui?

– Nada, minha boa mulher, nada.

– Nada como, se deste uma gargalhada sem mais nem menos? Vamos, conta o que foi.

O lavrador ficou realmente embaraçado ante a insistência da pergunta e apenas disse:

– Não posso, de maneira nenhuma, satisfazer o teu desejo. Digo somente que ouvi uma conversa interessante entre o burro e o boi. O que eles falavam é segredo que nunca revelarei a ninguém, visto que, se o fizer, perderei a vida!

– Ora, esta é muito boa! Já vi que me queres fazer de tola. Se não me disseres o que se passou entre esses dois animais, abandono-te, juro!

– Mulher, mulher, não insistas. Tenho um dom que Deus me deu sob condição terrível. Se eu interpretar a quem quer que seja o que ouço da linguagem dos irracionais, morrerei fatalmente. Se te atendo hoje, terás remorso amanhã, mas já será tarde. Esquece a gargalhada.

Apesar de tão sensatos argumentos, a teimosa mulher não se conformou com a recusa. Trancou-se no quarto e ficou insensível aos pacientes apelos que o marido lhe fazia, através da porta fechada. Ela dia e noite, sempre com aquela ideia fixa: – "Quero saber a conversa do boi com o burro"!

O pobre lavrador ficou atormentado com a situação. Não podia satisfazer o capricho da esposa, mas lamentava sinceramente o estado de abatimento a que chegara a sua dedicada companheira. Vários dias haviam decorrido e ela, querendo vencer a sua resistência, deixara de alimentar-se.

Era difícil encontrar uma saída para tão complicada dificuldade, pensava o desconsolado marido. É que ele amava ardentemente aquela que era mãe dos seus filhos e que vivia ao seu lado desde a mocidade.

Por fim, temeroso pela sorte da mulher, que não saía do quarto e persistia em não tomar alimento nenhum, o lavrador decidiu sacrificar-se. Sentou-se à porta do quintal, dizendo consigo mesmo: – "É melhor que eu morra. Conto de uma vez o meu segredo e evito tamanho desgosto à minha esposa que, a continuar desse jeito, não terá vida por muitos dias. Tudo isso é muito triste, porém inevitável".

Amargurado, profundamente amargurado, ficou de mão no queixo, olhando as suas criações no terreiro. As galinhas ciscavam o chão, cocoricando, enquanto o cachorro cochilava em um canto.

A manhã estava belíssima, com um céu azul, sem um farrapo de nuvem. O lavrador viu, ao longe, o boi arrastando o arado, silencioso, humilde, e chegou a sorrir, pensando na peça que o burro lhe pregara. Mas entristeceu-se outra vez, ao voltar o pensamento para a sua situação. Tinha que morrer e deixar todas aquelas coisas de que ele tanto gostava.

Foi nesse momento que o cão se levantou indignado e perseguiu o galo, reprovando seu procedimento:

– Como você tem coragem de espancar uma galinha por causa de uns miseráveis grãos de milho? Não se envergonha de promover essa algazarra por coisa tão insignificante?

– E você, que tem com isso? – interrogou o galo, empertigando-se todo.

– Mais juízo, galo velho ridículo; disso é que você precisa. Você devia ter mais consideração com o nosso dono, que está aí a observar-nos. Além disso, ele se mostra preocupadíssimo com questões graves.

– Isso é lá com ele, respondeu atrevidamente o galináceo, enquanto o lavrador tomava interesse pela discussão.

– Não é correto o seu procedimento, insistiu o cão. O pobre homem está deveras aflito, porque a mulher teima em saber um segredo que ele não pode revelar, sob pena de morrer. E eu receio que ele não tenha força bastante para resistir. Generoso de coração como sempre foi, é capaz de sacrificar-se, dando a vida em troca da satisfação da esposa.

– Bom, já vi que o nosso amo não é um homem de verdade, tornou o impertinente galo.

O cachorro cresceu sobre ele, ameaçador:

– Como se atreve a dizer semelhante asneira a respeito do seu senhor? Não vê que a mulher dele chora dia e noite, comovendo-o com tantas lágrimas?

O galo riscou o chão com as esporas, meditou um pouco e, aprumando a crista com arrogância, deu a sua opinião sobre o assunto:

– O nosso amo, coitado, é decididamente fraco. Digo e repito. Com uma só mulher, vê-se em tais apuros. Imagine que eu domino cinquenta galinhas neste terreiro e nenhuma tem a ousadia de levantar o topete contra a minha autoridade. Minhas ordens são respeitadas sem discussão. Um galo é um galo e um homem deve ser um homem.

– Que faria você no caso?

– Eu? Ah, meu cão tolo, comigo o tempo ficaria quente nesta casa. No lugar do meu senhor, pegaria a mulher pelos cabelos e dava-lhe uma surra de moer os ossos, até que ela desistisse de meter o nariz em questões que não são da sua conta. É preciso saber lidar com mulheres bisbilhoteiras.

O lavrador, nessa altura da conversa, deu um tapa na testa, como quem encontra uma solução procurada. Sim, senhor, era inteligente e arguto o velho galo!

Resolveu, naquele instante mesmo, aplicar na mulher o método sugerido. Assim pensou e assim fez.

Dirigiu-se imediatamente ao quarto da esposa e, batendo de leve na porta, perguntou-lhe se ainda queria saber o que o burro dissera ao boi. Ela, rápida e alegre, abriu a porta, dizendo que sim e que era até um absurdo ele ter custado tanto a satisfazer a sua vontade.

O lavrador, sem mais explicações, pegou-a pelos cabelos e começou a espancá-la com vigor. – "Queres saber a conversa do burro com o boi? Pois toma"! E aplicava-lhe fortes bofetadas no rosto, dando-lhe arrancos e esfregando-a severamente contra as paredes.

A mulher estava engasgada de surpresa e terror, porque jamais esperara tal reação do marido. E, após meia hora de pancadas, dizia em prantos que tudo não passara de um capricho, que não queria saber de segredo nenhum, não lhe interessava conversa de animais e que a deixasse em paz, pelo amor de Deus!

Depois de exigir que ela, sob juramento, prometesse nunca mais fazer-lhe perguntas indiscretas, o lavrador saiu vitorioso e satisfeito. Chegou até a janela que dava para o quintal, com a alma aliviada. Olhou o seu cão, tão amigo e dedicado, e o galo solene entre as galinhas, com a pose de um verdadeiro rei. E pensou consigo mesmo que um homem inteligente tem sempre alguma coisa a aprender, até com os irracionais.

O SULTÃO SANGUINÁRIO

A Pérsia teve, na Antiguidade, sábios e valorosos sultões, da dinastia dos Sassânidas, que souberam dar ao país um largo período de esplendor. Conquistaram as Índias e alargaram, os seus domínios até a China, construindo assim um dos maiores e mais poderosos impérios do seu tempo.

Um desses reis era particularmente querido pelo seu povo, graças à sua sabedoria e prudência, ao mesmo tempo que o temiam os seus vizinhos, pois dispunha de exércitos aguerridos e bem disciplinados. Tinha ele dois filhos: Schahriar, o mais velho, moço de raras virtudes, e Schahzenan, igualmente nobre de sentimentos.

Ao falecer o ilustre monarca, Schahriar subiu ao trono, sendo coroado com grandes pompas e festas que duraram muitos dias. Pelas leis persas, Schahzenan não tinha nenhum direito e devia viver como qualquer cidadão comum; isso, porém, não o aborreceu.

O novo rei, no entanto, estimava grandemente o irmão; por isso, escolheu-o para governar um dos seus Estados, a grande Tartária, cuja capital era a bela cidade de Samarcanda.

Dessa maneira, Schahzenan partiu para tomar posse do governo, enquanto Schariar iniciava o seu reinado, cheio de grandes responsabilidades e desejoso de seguir o exemplo de seu grande pai, cuja morte todos os vassalos ainda choravam.

Ele escolheu para esposa uma de suas primas, jovem bela e inteligente, filha de um irmão do sultão morto e senhor de incalculável fortuna.

Foi extremamente feliz, nos primeiros tempos, com esse casamento. Além de apaixonado pela mulher, esta o ajudava, com inteligência e habilidade, a resolver os negócios do reino, bem como o tratava com o maior carinho.

Schahriar considerava-se um sultão feliz. E de fato o era, porque correspondia à confiança do seu povo, sendo aclamado como um soberano justo e bom.

Escoaram-se dez anos. Ele começou então a sentir saudades do seu irmão, com o qual sempre esteve satisfeito, pela sua maneira prudente de governar Tartária.

Certo dia, recebeu a triste notícia, por intermédio de um mensageiro de Samarcanda. Havia falecido a esposa de Schahzenan e este estava inconsolável. Schahriar ficou sinceramente abalado com o infortúnio do irmão, ao qual era muito ligado desde a infância e a juventude. Resolveu por isso enviar à Tartária, para buscá-lo, uma embaixada sob a chefia do seu vizir.

O primeiro-ministro do sultão e sua comitiva foram recebidos com grandes honras em Samarcanda. O governador da Tartária, apesar de muito abatido pela sua recente viuvez, desfez-se em manifestações de júbilo com aquela visita, e a sua primeira preocupação foi perguntar pelo soberano. O vizir satisfez-lhe a curiosidade e acrescentou:

– Minha incumbência na grande Tartária, senhor, é conduzir-vos à presença do rei, que está saudoso da vossa pessoa.

– É verdade, meu caro vizir. Dez anos faz que não nos vemos e também eu sinto o mesmo. O tempo não diminuiu a amizade que nos une. Fico, portanto, muito honrado com o interesse do sultão, que além de meu irmão querido, é meu generoso protetor. Partiremos imediatamente, assim que eu escolher um substituto para governar na minha ausência.

O encontro dos dois irmãos foi comovente, pelo carinho e satisfação com que se abraçaram, ambos em lágrimas. Passaram o dia juntos, trocando ideias sobre vários assuntos e recordando o passado. A longa separação parecia ter aumentado o afeto que os ligava.

Shahriar, com o propósito de distrair o governador da Tartária de suas amarguras, promoveu um banquete em sua homenagem, convidando nobres e cortesãos para animarem a esplêndida recepção. Fez tudo quanto ditava a sua alma, para aliviá-lo da morte da esposa.

Apesar de todas as atenções do irmão, dos meios de ele lançava mão para confortá-lo, Schahzenan continuava triste. O sultão fazia realizar suntuosas festas e animadas reuniões, porém ele não comparecia a nenhuma delas, preferindo ficar sozinho nos vastos aposentos que lhe foram reservados numa parte independente do enorme palácio.

Certo dia, Schahriar organizou uma grande caçada numa região afastada da capital, onde abundavam de preferência veados, e convidou Schahzenan. Tendo este se recusado a acompanhá-lo, com a desculpa de que se achava indisposto, o sultão não quis insistir e, deixando-o em liberdade, partiu com o vizir e outros cortesãos de sua confiança.

O melancólico governador da Tartária, sempre lamentando intimamente a perda de sua dedicada companheira, quase não saía do quarto. À noite, ficava, horas e horas, debruçado na janela que dava para os imensos jardins em volta do edifício. Não esquecia as suas mágoas.

Foi de uma dessas vezes que notou um movimento estranho no jardim, quando a noite já ia alta. Não obstante a escuridão, viu alguns vultos pulando o muro e dirigindo-se sorrateiramente para o interior do palácio.

Essa ocorrência, como era natural, despertou-lhe suspeitas, sobretudo por se achar ausente o sultão.

Schahzenan deixou passar algum tempo e, descalço para não fazer ruídos, foi apurar o que se passava. Percorreu com extremo cuidado os enormes salões, às escuras, e nada viu de anormal. Desceu as escadarias e percorreU a parte inferior do prédio, de ouvidos atentos. Ao fundo de um longo corredor, percebeu um raio de luz escapando pela fresta da porta de um cômodo.

Aproximou-se com cautela e colocou os ouvidos à porta, pois estava certo de que, embora essa atitude não fosse correta, alguma coisa grave verificava-se ali, visto que ninguém salta muros de um palácio na ausência do soberano, a não ser por motivos extraordinários.

O que Schahzenan escutou era de alarmar. A esposa de Schahriar estava ali reunida com vários oficiais e nobres, tramando a queda do marido, cujo trono ela pretendia para o seu pai, que no seu entender fora lesado pelo sultão morto.

Acrescentava ela que se casara com Schahriar, seu primo, para vingar-se do pai deste, que era irmão do dela.

Trama sinistra, que resultaria fatalmente na morte do rei. E a rainha, como sempre acontece nessas ocasiões, havia encontrado muitos cúmplices para ajudá-la. Os indivíduos invejosos e de mau caráter estão sempre dispostos a trair alguém.

Schahzenan recolheu-se aos seus aposentos particulares, estirou-se na cama e ficou pensando que Alá o trouxera ali para defender o irmão de uma das mais odiosas conspirações de que tinha notícia.

Schahzenan permaneceu vigilante, procurando seguir o curso dos acontecimentos. Dessa maneira, foi com alívio que, dois dias depois, viu seu irmão chegar de volta da caçada, alegre e expansivo.

Aproveitando um momento em que se encontravam sozinhos, chamou-o de parte e disse-lhe:

– Meu caro irmão, é grave o que tenho a dizer-te. Por obra de Alá, vieram ao meu conhecimento fatos que podem abalar o império e ensanguentar o povo.

O sultão deixou transparecer na fisionomia o maior espanto e não soube o que dizer, apenas exclamou, com voz trêmula:

– Impossível!

Schahzenan explicou-lhe então, pormenorizadamente, o que ouvira na reunião secreta, sobretudo o que a sultana dissera aos seus cúmplices.

Schahriar, emocionado e pálido de surpresa, sentou-se numa poltrona e pôs as mãos na cabeça, sem saber o que decidir. Refeito do abalo, começou a indagar com desespero:

– Inacreditável, meu irmão! Não estarás enganado? A minha esposa chefiando uma conspiração contra mim? Não posso crer em semelhante absurdo! Estás certo do que dizes?

– Absolutamente certo. Durante a tua ausência, vi até conspiradores saltando o muro do palácio, alta noite. Por isto, bem vês a gravidade do que te digo. Uma revolta na casa do rei pode alastrar-se por todo o país.

O sultão mandou chamar imediatamente o vizir e ordenou-lhe que incumbisse elementos da maior confiança para apurar com urgência as denúncias de Scahzenan e prender os implicados no movimento.

Schahriar não se conformava com a traição da esposa, que ele amava apaixonadamente e que era a primeira a conspirar contra o trono. É verdade que o pai dela sempre fora um príncipe despeitado, mas ainda assim não podia admitir a atitude da mulher a quem ele devotava a mais ardente amizade e com quem dividia as honras da coroa.

Seu coração sangrava. E do sofrimento moral passou ao ódio, quando o ministro lhe veio dar conta da incumbência que recebera. O vizir, muito pálido, disse-lhe em tom soturno:

– Senhor, infelizmente são verdadeiras todas as suspeitas. A rainha vossa esposa, de acordo com alguns oficiais, vem de fato tramando contra vós, com o fim de colocar no trono o pai dela, que considera usurpado, muito embora as leis do reino sejam claras e não lhe assegurem nenhum direito nesse sentido.

– Como soubeste disso?

– Meus espiões agiram rapidamente, e devo informar-vos de que já estão presos os principais militares envolvidos no movimento.

O monarca, ferido pela ingratidão da esposa, foi dominado por uma espécie de loucura. Nos primeiros momentos, desorientou-se com a certeza de que ela não o amava e com os perigos que ameaçavam o Estado. Deu largas passadas pelo salão, para um lado e outro, estacando de repente. Seus olhos fuzilavam de rancor.

Recomendou ao vizir que fossem executados prontamente os oficiais traidores. Ao mesmo tempo, rogou ao seu irmão:

– É necessário que voltes agora mesmo para a Tartária, a fim de garantir a ordem no país. Imploro-te a maior rapidez de ação.

E, despedindo-se de Schahzenan com um abraço afetuoso, dirigiu-se para os aposentos da sultana.

Ao ver descoberto o seu ousado plano, ela procurou negar tudo, queixou-se de ser vítima de intrigas, chorou, mas caiu em várias contradições. Tanto bastou para que fosse morta ali mesmo pelo seu furioso marido.

Estava consumada a vingança do sultão. Sua alma, porém, ficou irremediavelmente triste. Descrente das mulheres, proibiu festas e reuniões no palácio, entrando num regime de vida solitária. Trabalhava muito, para esquecer as suas dores, e falava pouco. Tornara-se carrancudo e irritado. Já não fazia nem as suas orações matinais.

Passado algum tempo, o vizir fez-lhe ver a necessidade de casar-se de novo, pois a um soberano não assentava bem a viuvez. Devia constituir família, já que não tinha filhos e precisava deixar um herdeiro do trono.

Schahriar bradava que nunca mais pensaria em casamento, pois só gostara de uma mulher, e esta mentira ao seu amor. Para não ter outra decepção, era melhor permanecer sozinho.

O ministro, porém,contestava:

– Não é justo nem razoável, senhor. Um soberano tem que dar exemplo aos seus vassalos, casando-se e constituindo um lar honrado. Além do mais, porque uma mulher não se revelou merecedora do vosso amor, isto não quer dizer que todas sejam ingratas. Pensai bem, porque vosso coração sofre, e no entanto uma esposa dedicada sabe consolar o marido.

O rei continuava inflexível e o ministro cada vez mais insistente. De certa feita, Schahriar, cansado de ouvir conselhos e ainda possuído de amargura, gritou para o vizir:

– Pois bem! Achas que não posso ficar viúvo, porque isto impressiona mal? Casar-me-ei, sem dúvida, porém não haverá mulher capaz de zombar de minha amizade! Desposarei todos os dias uma jovem e matá-la-ei no dia seguinte ao do casamento! Está incumbido de me arranjar uma esposa por dia e de mandar decapitá-la ao amanhecer!

O vizir estava horrorizado com aquela decisão. Mas não pôde dizer nada em face das ordens impiedosas que recebera.

Em vista disso, trouxe-lhe a filha de um dos generais do seu exército. Realizou-se o casamento, e no dia seguinte, com lágrimas nos olhos, foi conduzir a moça ao terrível sacrifício. Chegou mesmo a chorar, quando viu rolar a cabeça da indefesa criatura.

Assombrado e atônito, o vizir continuou vários dias executando a sua fúnebre missão, que lhe causava a maior repugnância. Muitas pobres donzelas ele fez morrer dessa maneira bárbara – sempre com a maior consternação de sua parte.

Os desatinos do sultão, a fúria sanguinária que dele se apoderara e a desgraça de tantas moças causaram profundo abalo na população da capital do reino. Muitas famílias choravam suas filhas, vítimas do profundo rancor do monarca. Outras mudavam-se de cidade, querendo fugir à desgraça que as ameaçava.

O simples nome do rei da Pérsia enchia de pavor os corações das jovens em idade de casar. O que antes seria uma honra excepcional, passou a ser um decreto da fatalidade, que todas evitavam com pavor.

O vizir, rebaixado à condição de carrasco, sofria por vários motivos. Primeiro, porque o revoltava aquela sangrenta missão; segundo, por se sentir considerado uma figura sinistra, e terceiro, por ver-se incapaz de evitar tantos males e aflições.

Como, no entanto, os cortesãos começassem a ficar indignados e o povo, sacudido de revolta, já fizesse ameaças na rua, abertamente, o ministro animou-se a advertir o rei:

– Senhor, creio que ultrapassastes os limites da ira. O sacrifício de tantas donzelas inocentes torna o vosso nome odiado.

– Que me importa isso? Tu mesmo não quiseste que eu deixasse a solidão de viúvo?

– Acontece, Majestade, que o povo já manifesta claramente a sua indignação, e daí a termos que enfrentar acontecimentos graves é um passo.

Essa advertência tornou Schahriar ainda mais enfurecido. De punhos cerrados, ele esbravejou:

– Manda chicotear em praça pública os que ousarem censurar-me e cumpre as minhas ordens à risca, se não quiseres morrer também!

– Peço-vos então, senhor, que me poupeis dessa miserável obrigação de matar quem não cometeu nenhum crime. Designai outro verdugo para as revoltantes execuções. Já fiz muito de minha parte.

– Não! – berrou Schahriar. – Tu começastes e tu acabarás, enquanto fores meu ministro. Assim te ordeno!

– E se eu, porventura, não quiser mais ser vosso ministro? Digo-vos com franqueza que preferia voltar à minha vida particular, abandonando as honras do meu cargo, que é agora penoso e está manchado de sangue.

O sultão caminhou para ele ameaçadoramente, dizendo-lhe:

– Se quiseres renunciar ao cargo de ministro, agora que tens uma missão a cumprir, serás executado antes de deixares este palácio. Tua cabeça será colocada no ponto mais central da cidade, a fim de que o povo conheça o preço da desobediência.

O pobre homem ficou esmagado diante da promessa aterradora, pois sabia, antes de tudo, que o rei, com o espírito obscurecido pelo desespero, não vacilaria em cortar-lhe a cabeça.

Saiu dali para continuar no seu triste dever de buscar esposas para o soberano e em seguida tirar-lhes a vida.

Cada vez mais abatido pelas contrariedades, o vizir queixou-se um dia da situação, com as suas duas filhas, Scheherazade e Dinazarda. Comentavam exatamente a tragédia nacional em que se haviam transformado aqueles horríveis fatos.

Scheherazade, a mais velha, possuía grande formosura e um espírito superior, desenvolvido por leituras e por uma memória prodigiosa, que retinha tudo quanto estudava de filosofia, história, medicina, artes e poesia.

Depois de ouvir atentamente o pai, a bela moça abraçou-lhe o pescoço e murmurou aos seus ouvidos:

– Meu querido pai, rogo-lhe que me conceda o meio de pôr fim as barbaridades com que o sultão apavora as famílias da cidade,

– Não acredito que sejas capaz, minha filha. Em todo o caso, dize o que pretendes fazer e verei se posso auxiliar-te.

– De uma que é o senhor incumbido de escolher diariamente uma esposa para o sultão, peço-lhe que me proporcione a honra de casar com ele.

O vizir deu um salto, alarmado com a pretensão de Scheherazade.

– Deves estar brincando! Sabes o que me pedes, filha? O rei jurou pela sua alma fazer degolar pela manhã a jovem que ele desposar no dia anterior. Como desejas que eu, o teu pai, seja o teu próprio carrasco?

Replicou Scheherazade:

– Embora conheça o perigo a que me exponho, nem por isso desistirei. Quero ser a escolhida desta vez.

– Não, isso não! – bradou o homem alucinado.

E, com o intuito de convencê-la, o vizir contou-lhe várias histórias, para no fim tirar conclusões em favor de sua negativa.

A encantadora jovem, no entanto, não cedia na estranha obstinação.

– De qualquer maneira, meu pai, suplico o seu consentimento para eu satisfazer o meu desejo. Quero casar-me com o sultão.

Nessa altura, quem passou a implorar foi o pobre ministro. Lançou mão de todos os argumentos para demovê-la de semelhante propósito, falou, falou, e concluiu com um apelo exaltado.

Scheherazade ouviu tudo em silêncio, mas continuou firme:

– Ainda assim, meu pai, estou decidida a casar-me com o senhor absoluto da Pérsia, mesmo que isto me custe a vida.

Com profunda amargura e depois de novos esforços inúteis, o vizir considerou-se derrotado pela energia e ânimo da filha. Saiu calado e foi comunicar ao sultão que a sua próxima esposa seria Scheherazade.

Schahriar surpreendeu-se, não sabendo que motivos levariam o vizir ao tremendo sacrifício dos seus sentimentos de pai. O ministro explicou:

– É minha filha que assim quer, Majestade. Diz ela que não se assusta com o destino que a espera e acha que é uma honra ser vossa esposa, ainda que somente por um dia,

– Ignoras que amanhã serás obrigado a decepar a cabeça de tua filha?

– Desgraçadamente, senhor, vossas ordens serão cumpridas, como sempre foram.

– Nesse caso, aqui a aguardo.

Scheherazade recebeu com entusiasmo a comunicação do acordo entre o rei e seu pai. Vendo este desconsolado, assegurou-lhe que o seu casamento, em breve, se tornaria motivo de júbilo. O vizir, porém, não entendeu o que ela queria dizer e chegou a julgá-la meio perturbada.

No dia seguinte do enlace matrimonial, a donzela surgiu diante do soberano ostentando um rico e belíssimo vestido, que realçava os seus encantos.

Realizadas as cerimônias, o monarca e a nova sultana retiraram-se para um dos luxuosos salões do palácio, onde ficaram conversando. Schahriar estava deslumbrado com a sua beleza, assim como atraído pelos seus dotes espirituais.

Quando anoiteceu, o sultão percebeu lágrimas descendo pelas faces de Scheherazade, o que o levou a perguntar-lhe carinhosamente:

– Por que choras?

– Tenho uma irmã, senhor, à qual me ligo pelo maior afeto e desejava que ela passasse esta noite junto de mim. Vós me concedeis este grande favor?

Schahriar concordou imediatamente. No mesmo instante, foram buscar Dinazarda e instalaram no quarto nupcial um divã para ela. Tudo isso, aliás, já havia sido combinado pelas duas irmãs, que tinham estudado um plano antes. A primeira parte do mesmo dera certo; restava a segunda, ou seja, a mais importante.

Uma hora antes de romper a manhã, Dinazarda murmurou:

– Querida mana, peço-te que pela última vez me repitas uma daquelas atraentes histórias que sabes. Será o último prazer que me dás...

Scheherazade perguntou ao sultão se lhe consentia satisfazer o pedido da irmã.

– Consinto! – disse Schahriar amavelmente.

A bela sultana contou então uma história, das muitas que sabia, começando pela do mercador e o gênio, cheia de aventuras empolgantes.

Como o dia começasse a clarear, ela interrompeu a narração, dizendo que, infelizmente, não havia tempo para continuar. E disse isto de propósito, por saber que o rei era obrigado a levantar-se cedo a fim de presidir ao Conselho de Estado, que àquela hora já devia estar à sua espera.

– Que pena! – exclamou Dinazarda.

– O que segue é exatamente o mais extraordinário, mas só poderias ouvir o resto se me fosse permitido viver ainda hoje.

Ora, o soberano, que acompanhara a história com enorme prazer, disse à esposa:

– Concedo que vivas ainda hoje, para concluir o conto, cujo fim quero também saber. Serás executada amanhã.

O vizir passara a noite angustiado. Foi, portanto, com surpresa e alegria que viu o rei entrar na sala do Conselho, bem disposto, sem lhe dar a funesta ordem de costume.

Assim, de acordo com Dinazarda, que deveria sempre fazer perguntas e comentários, a bela sultana, todas as noites, contava ao seu real marido uma história e a interrompia, ao amanhecer, no ponto culminante do seu interesse. De maneira que, curioso de conhecer o desfecho dos fascinantes contos, ele ia poupando-lhe a vida, para ouvir o resto das narrativas.

Eis como continuaram por *Mil e Uma Noites* as histórias que ficaram assim denominadas. Scheherazade evitou, desse modo, a sua morte e abrandou os sentimentos de Schahriar, provocando sua imaginação de coisas maravilhosas e sábias. Fez também que governasse o seu povo com brandura, para grandeza do reino e eterna glória de Alá.

OS TRÊS CALÊNDERES E CINCO SENHORAS DE BAGDAD

No tempo em que reinava o famoso califa Harun al Raschid, havia em Bagdad um jovem que, apesar de ganhar a vida como carregador, era bastante espirituoso e alegre.

Certo dia, estava ele no lugar de costume, esperando que alguém lhe desse alguma coisa para transportar, quando uma bela senhora, ainda muito moça, dele se aproximou e disse-lhe:

– Pega o teu cesto e acompanha-me.

O rapaz, alegre por encontrar serviço e por seguir tão agradável pessoa, fez prontamente o que ela mandava, exclamando: – "Dia feliz! Ô dia de boa sorte!".

Foram parar diante de uma casa fechada, a cuja porta a dama bateu discretamente. Surgiu logo um velho de barbas brancas, a quem ela entregou dinheiro sem uma palavra. O respeitável ancião sabia naturalmente de que se tratava, porque voltou com uma vasilha de bom vinho.

– Põe isto no cesto, disse a dama ao carregador.

O bom homem cumpriu a ordem e foi andando satisfeito, a cantarolar: "Dia feliz! Ô dia de boa sorte"!

A moça parou numa venda e escolheu maçãs, pêssegos, damascos, limões, cidras, marmelos, tâmaras, laranjas. E, em seguida, fez uma braçada de flores, com jasmins, açucenas, murta, lírios e manjericão. Mais adiante comprou funcho, alcaparras, estragão, pepinos e outras conservas em vinagre. Adquiriu depois avelãs, pinhões, alfarrobas, nozes e amêndoas.

Andando sempre, ia comprando o que lhe apetecia, como todas as espécies de massas, noz-moscada, pimenta, gengibres, vários quilos de carne e mais provisões e gulodices.

O carregador já estava meio espantado com o volume das mercadorias e sentindo o peso demasiado. Com o seu bom humor característico, chacoteou:

– Minha encantadora senhora! Não fui avisado da quantidade de compras que pretendeis fazer. Se assim acontecesse, teria alugado um camelo para levá-las. Devo dizer-vos que nem o cesto tem mais espaço nem eu tenho forças para conduzir carga maior.

A jovem riu-se e resolveu comprar apenas mais algumas pequenas coisas, rumando para casa. Chegaram então a um palácio majestoso, com belas colunas de mármore e enorme portal de marfim.

Quem abriu a porta foi uma moça tão linda, que o carregador, já admirado com a beleza da casa, ficou boquiaberto, quase deixando cair o cesto. Nunca vira beleza igual.

A moça das compras percebeu, sem dificuldade, o transtorno que ia na alma do rapaz e o motivo que o causava. Ficou a observá-lo, divertida com as contrações do seu rosto, esquecendo-se de que a porta se achava aberta, até que a outra a advertiu:

– Que esperas para entrar, mana? Não vês que o pobre homem está meio arriado com o peso da carga?

Dentro do palácio, o carregador foi observando a sua magnificência e luxo. Havia um suntuoso vestíbulo e em seguida um largo pátio, cercado por uma galeria aberta que se comunicava com muitos aposentos. Ao fundo do pátio, viu um riquíssimo sofá sustido por quatro colunas de ébano adornadas com diamantes e pérolas. Bem no centro daquela área, erguia-se um tanque de mármore, onde por uma boca de leão jorrava água cristalina.

Apesar da carga que o incomodava, o rapaz mostrava-se encantado. E daí a pouco, foi inteiramente deslumbrado que viu aparecer uma terceira senhora, mais bela que a segunda. Ele observou que esta devia ser a principal da casa, dadas as gentilezas e atenções com que as outras a tratavam.

A dama bateu e surgiu logo um velho de barbas brancas,
a quem ela entregou dinheiro sem uma palavra.

Apesar da carga que o incomodava, o rapaz mostrava-se encantado. E daí a pouco, foi inteiramente deslumbrado que viu aparecer uma terceira senhora, mais bela que a segunda. Ele observou que esta devia ser a principal da casa, dadas as gentilezas e atenções com que as outras a tratavam.

Tinha razão. Esta senhora, jovem também, chamava-se Zobeida. Dirigindo-se a Safia (a que abrira a porta) e a Amina (que fizera as compras), observou ela:

– Não se esqueçam, manas, de que este senhor não tem a resistência de um camelo. O coitado mal se aguenta em pé com o peso que traz. Descarreguem-no.

Amina, Safia e a própria Zobeida aliviaram o homem, ajudando-o a despejar o cesto. A seguir, Amina pagou-lhe generosamente.

Muito satisfeito com a remuneração, o carregador, no entanto, não se retirava, contemplando como um babaque as três donzelas. Zobeida supôs que ele tomava alento, mas vendo que a demora se prolongava demais, interrogou:

– Que espera, senhor? Não está satisfeito com o que recebeu?

– Estou muito bem pago, minha senhora, disse ele. Peço desculpas por ter ficado um pouco mais do que devia. É que estou deveras intrigado com um fato. Numa casa tão bela, vejo três senhoras de rara formosura, e nenhum homem. Damas sem homens é coisa triste, assim como é melancólico um grupo de homens sem mulheres... Além do mais, afirma-se aqui em Bagdad que, para haver completa alegria à mesa, é preciso que estejam presentes ao menos quatro pessoas. Como as senhoras são apenas três, creio que completo a conta, embora não seja digno de tanta honra...

Riram todas dos argumentos do jovem e da sua insinuação de comer dos petiscos que carregara e que denunciavam um grande banquete. Mas Zobeida, já com ar sério, censurou-o:

– Não me agrada a sua indiscrição. Sem lhe dever explicações, quero todavia dizer-lhe que somos três irmãs e por hábito não gostamos de interferência de estranhos em nossa vida. Recomenda um bom escritor: "Guarda o teu segredo que, uma vez revelado, deixa de ser teu. Se não és capaz de guardar um segredo, como podes exigir que o conserve aquele a quem o confiaste"?

– Não me enganei, senhoras, quando as considerei distintas. Ora, devo dizer que não me falta também algum verniz de espírito. Embora o destino não me concedesse melhor profissão, sempre me dediquei ao estudo de boas obras de literatura, história e ciência.

Peço, portanto, licença para citar o que diz o ilustre autor, com muito acerto: "Confiemos os nossos segredos às pessoas que sabem guardá-los. Sejamos precavidos apenas com as pessoas reconhecidamente indiscretas". Um segredo que me esteja confiado está tão seguro, como se estivesse fechado num gabinete, cuja chave se perdesse.

Zobeida apreciou a vivacidade de inteligência do moço, percebendo que ele desejava ficar para o banquete. E, sorridente, observou:

– Você compreende que preparamos um grande festim. Não se esqueça, porém, de que fizemos enormes despesas não sendo justo que alguém dele participe sem dar a sua contribuição.

Safia acrescentou que, segundo um conhecido ditado, quem traz alguma coisa, tem a sua parte, e quem nada traz, retira-se com a sua parte. Amina, porém, teve simpatia pela causa do pobre carregador e pediu às irmãs:

– Deixem o homem ficar, queridas manas. Considerem que ele se mostra capaz de nos divertir. Considerem ainda que eu não teria podido fazer tantas compras, tão rapidamente, não fosse a sua boa vontade. Além do mais, ele soube tornar agradável a minha tarefa, dizendo tantas coisas espirituosas e fazendo observações tão interessantes...

O carregador, num impulso de reconhecimento e alegria, atirou-se aos pés de Amina, agradecendo-lhe as generosas palavras com que ela o defendia. Com promessas de proceder com a submissão de um escravo, quis até restituir o dinheiro que recebera. Zobeida, porém, ordenou-lhe que o guardasse, acrescentando:

– Não pode ser-nos devolvido o dinheiro com que recompensamos quem nos serviu. Consinto que fique, mas observe bem as condições. É necessário manter absoluta reserva e a maior decência em nosso meio.

Amina pôs na mesa variados manjares, vinhos e taças de ouro. As senhoras tomaram seu lugar à mesa e mandaram o rapaz sentar-se ao seu lado, o que ele fez rapidamente, maravilhado com a honra que lhe era concedida. Não sabia se admirava as belas moças ou os apetitosos guisados.

Aos primeiros bocados, Amina encheu a taça e bebeu. Obedecendo a um costume dos árabes, na mesma taça ofereceu vinho às suas irmãs, que o sorveram delicadamente. Em seguida, passou-a ao carregador, que com um gesto elegante, beijou a mão de Amina e entoou uma cantiga. As damas cantaram também, e o banquete transcorreu com a maior alegria.

À noite, uma das jovens fez ver ao rapaz que era hora de retirar-se. Ele, porém, objetou com eloquência:

– Minhas encantadoras senhoras, aonde irei nesse estado? Bebi tanto e de tal sorte as admirei, que me seria impossível achar o caminho de casa. Estou com o espírito obscurecido. Permitam que eu passe a noite aqui, em qualquer canto. Amanhã estarei bom e então retirar-me-ei.

A sedutora Amina, ainda uma vez, assumiu a sua defesa e pediu às irmãs:

– Deixem o coitado ficar. Ele divertiu-nos bastante e, inegavelmente, bebeu além da medida.

Zobeida concordou, impondo contudo nova condição:

– Concedemos-lhe esta graça. No entanto, veja o que vir nesta casa, não nos faça nenhuma pergunta nem se intrometa nas ações que praticarmos, por mais estranhas que lhe parecerem. Leia o que está escrito em cima daquela porta.

O rapaz, seguindo o seu gesto, leu estas palavras em grossas letras de ouro: "*Quem fala do que não lhe diz respeito, ouve o que não quer.*"

Embora meio confundido pelo álcool, ele prometeu:

– Afirmo, senhoras, que não violarei as ordens que me deram!

Foram então colocadas na sala numerosas velas, preparadas com resina aromática e âmbar, que derramavam uma luz discreta e um perfume agradável.

Seguiu-se uma animada reunião, em que todos recitaram versos e cantaram, enquanto as três irmãs procuravam embriagar cada vez mais o carregador, com intuito de se divertirem à custa de suas graças.

Conversavam e riam alegremente, quando ouviram bater à porta. Safia correu a ver quem chamava àquela hora avançada e pouco depois voltou dizendo:

– Creio, manas, que vamos divertir-nos ainda muito nesta noite. Estão aí três calênderes, ou pelo menos indivíduos com o trajo igual aos dos adeptos dessa seita religiosa. O curioso neles é que todos são caolhos, faltando-lhes o olho direito; trazem rapadas as sobrancelhas, a barba e a cabeça.

Dizem que chegaram agora, pela primeira vez, a Bagdad, e como já é noite alta, rogam pelo amor de Deus pousada, nem que seja na estrebaria. São jovens, parecem ter espírito. Não consigo pensar nas figuras deles sem vontade de rir. Queria que os vissem, manas. Estou curiosa de saber por que os três perderam exatamente o olho direito.

O carregador atirou-se aos pés de Amina, agradecendo-lhe as generosas palavras com que ela o defendia.

As irmãs estavam indecisas, pois não era decerto conveniente receber visita de desconhecidos em tais circunstâncias. Como, porém, Amina insistisse, dizendo que eles só ficariam até o amanhecer, acabaram concordando, não sem recomendar:

– Que entrem, mas avisados de que não lhes será permitido interferir no que não for do seu interesse exclusivo. Hão de ser absolutamente discretos.

Momentos depois, entravam na sala, fazendo respeitosos cumprimentos, os três calênderes. Quando, no entanto, observaram o carregador, julgaram ver na sua vestimenta, semelhante à dos calênderes que não rapavam as sobrancelhas e a barba, um dos inimigos de sua seita, e um deles resmungou:

– Aí está um dos nossos irmãos árabes revoltados com a nossa disciplina.

O moço, apesar de meio adormecido e com a cabeça esquentada pelo vinho, não gostou da confusão que faziam de sua pessoa e, sem levantar-se, disse-lhes arrogante:

– Não lestes a inscrição na porta? Eu não sou calênder nem da vossa seita nem da dos vossos adversários. Nunca pertenci à vossa religião, e assim como vivo à minha maneira, vivei à vossa!

– Meu bom homem! Replicou o que havia falado – não vos encolerizeis. Não queremos aborrecer-vos. Ao contrário, estamos prontos para receber as vossas ordens. Como sabeis, a seita dos calênderes nos obriga a andar pelo mundo, viver de esmolas e ser humildes.

O ligeiro incidente não foi além. Os recém-chegados sentaram-se à mesa e foram fartamente servidos, não tendo a esperta Safia se descuidado de dar-lhes de beber. Já bastante alegres com os vapores do álcool, os calênderes propuseram executar um concerto. Safia trouxe-lhes instrumentos; enquanto eles tocavam, as moças cantavam e riam.

A reunião assim decorria, alegremente, quando passaram pela rua três pessoas. Eram o califa Harun al Raschid, seu vizir Giafar e Mesrur, guarda do seu palácio, todos eles disfarçados em mercadores. O soberano tinha o costume de, à noite, percorrer a cidade com os seus dois auxiliares, metidos nesse modesto trajo, a fim de verificar se tudo estava quieto e em ordem.

De maneira que, ao ouvirem os instrumentos e as gargalhadas, o califa disse:

– Há pândega por aqui. Vai saber o motivo da algazarram, Giafar.

O ministro, pouco amigo de complicações, respondeu que não era oportuno e explicou:

– Deve haver aí gente bêbada, Majestade. Como nós estamos disfarçados em modestos comerciantes, pode alguém não gostar da intervenção e desrespeitar vossa real pessoa.

– Não importa, faze o que te ordeno, insistiu o califa.

Giafar bateu à porta e Safia foi quem a abriu. Ao dar com tão rara beleza, ao clarão da lua, o vizir fez um respeitoso cumprimento e disse:

– Mil perdões, senhora! Somos três mercadores de Mossoul, chegados há dias com ricas fazendas que temos num armazém onde nos hospedamos. Hoje fomos passar o dia na casa de um mercador amigo, que promoveu uma festa em nossa honra. Bebemos demais e, já de noite, barulho que fazíamos atraiu uma patrulha, sendo presos alguns convidados.

Quanto a nós, conseguimos escapulir; mas temos receio de encontrar nova patrulha ou a mesma, antes de chegarmos à hospedaria. Além disso, na estalagem não se abre a porta a ninguém a estas horas da noite. Desta maneira, minha senhora, teríamos que dormir ao relento...

O vizir calou-se por um instante e foi diretamente ao assunto que era seu objetivo:

– Por termos ouvido vozes nesta casa, tomamos a liberdade de bater e solicitar pousada até de manhã. Se nos julgarem dignos de participar do divertimento, prometemos manter-nos com a maior reserva na festa. Caso contrário, peço-lhe que nos deixe passar a noite em qualquer canto da casa.

Safia foi saber das irmãs se elas consentiam em atender ao pedido, e estas, bondosas e simples, concordaram. O califa, o vizir e o guarda do palácio foram então introduzidos na sala. Fizeram delicadas saudações, tendo Zobeida lhes dito:

– Antes de tudo, quero fazer-lhes um pedido. Não falem das coisas que forem de nosso único interesse e não perguntem a razão do que virem mesmo que lhes pareça estranho.

– Não tenha receios, minha senhora – respondeu o vizir, em nome dos três. Somos mercadores estranhos na cidade e não queremos pecar por curiosidade ou indiscrição.

Foi servido vinho aos três visitantes. O califa observava a extraordinária beleza e espírito cintilante das jovens que os acolheram.

Era cada vez mais expansiva a alegria dos presentes. Os calênderes resolveram dançar e o fizeram magnificamente, conquistando a simpatia do califa e dos seus companheiros.

Terminada a dança, Zobeida levantou-se, fez um sinal a Amina para que a imitasse e disse aos visitantes:

– Espero que os senhores nos permitirão fazer, sem constrangimento, o que é dos nossos hábitos.

Amina arrumou as louças, afastou a mesa e desimpediu a sala, que foi varrida por Safia. Esta rogou aos calênderes que se acomodassem num dos sofás, enquanto indicava outro ao califa e aos seus companheiros. Depois ordenou ao carregador:

– Venha ajudar-nos. Você já é quase pessoa da casa e deve cooperar conosco.

Dito isto, Amina pôs uma cadeira no meio da sala. Em seguida abriu a porta de um grande cômodo, acenou ao carregador para que a acompanhasse e entregou-lhe duas cadelas negras que apresentavam sinas de pancadas por todo o corpo.

Nesse momento, Zobeida levantou-se e dirigiu-se para o carregador e disse com ar grave:

– É triste o nosso dever, mas temos que cumpri-lo.

Arregaçou as mangas, empunhou o chicote que Safia lhe deu e retirou das mãos do rapaz a corda que segurava uma das cadelas. E, sem se importar com os gritos lancinantes do animal, açoitou-o impiedosamente. Cortou-lhe as carnes a violentas chicotadas, de tal maneira que a pobre cadela, não suportando a dureza do flagelo, em pouco tombou os sentidos.

Zobeida ergueu então a sua vítima pelas patas dianteiras, olhou-a tristemente e chorou, juntamente com Amina, durante muito tempo. Depois enxugou as suas lágrimas e as da cadela, beijou-a com ternura e entregou-a ao carregador apalermado, ordenando-lhe que a levasse e trouxesse a outra.

O segundo animal foi castigado do mesmo modo, repetindo-se a mesma cena de choro e ternura por parte de Zobeida.

Os presentes estavam espantados com o que tinham visto, mas nada disseram nem perguntaram conformo havia sido combinado. O carregador dizia consigo mesmo que as moças deviam ser malucas, pois de outro modo não se explicava aquela barbaridade. Por que maltratar as cadelas para depois chorar e beijá-las?

O califa era o mais impaciente e curioso, fazendo sinais ao vizir para que pedisse informações. Girafar, porém, fingia não perceber os gestos de Harun al Raschid.

Em meio do pesado silêncio, Amina surgiu do outro gabinete, trazendo um grande estojo de cetim, que abriu, dele retirando um alaúde. Safia afinou o instrumento, passando a tocar e cantar belas e tristes canções. Já fatigada, passou o alaúde a Amina, que também cantou.

Quando esta terminou, Zobeida aplaudiu com entusiasmo:

– Muito bem, Amina; cantaste maravilhosamente!

Em vez de responder, Amina, sentindo-se mal de repente, abriu ansiosa a parte superior do seu vestido, com horrível falta de ar, mostrando, logo abaixo do pescoço, grandes manchas arroxeadas e feias cicatrizes. Imediatamente, com espanto de todos, a pobre moça perdeu os sentidos.

Suas irmãs correram a socorrê-la, enquanto um dos calênderes resmungou:

– Estranhos espetáculos. Teria sido melhor dormirmos ao relento que presenciar coisas tão desagradáveis.

O califa aproximou-se então dos três calênderes e indagou:

– Como se explicam essas flagerações de pobres cadelas e agora o desmaio dessa senhora, horrososamente mutilada

– Nada sabemos, senhor. Aqui entramos um pouco antes do senhor, e nos achamos também bastante surpreendidos.

Ingadago, o carregador, igualmente possuído de assombro, exclamou:

– Sei lá! É a primeira vez que venho a esta casa.

O califa cochichou então aos ouvidos dos outros:

– "Nós somos sete e podemos forçar estas mulheres a dar-nos explicações".

O vizir não concordou, pois todos tinham aceitado as condições impostas pelas donas da casa. Depois, murmurou aos ouvidos do soberano: "Vossa Majestade tenha paciência, que eu apurarei tudo amanhã".

Apesar do prudente aviso, Harun al Raschid insistiu em obter as explicações. Os demais concordaram com a proposta do rei, de que o carregador devia fazer as perguntas em nome deles.

O rapaz, também já intrigado, não relutou em cumprir sua missão dirigindo-se a Zobeida:

– Os cavalheiros desejam saber por que foram espancadas as duas cadelas e ainda a origem das cicatrizes que apresenta aquela senhora que há pouco desmaiou.

As três irmãs procuravam embriagar o carregador, com Intuito de se divertirem com suas graças.

Zobeida, com o olhar brilhando de indignação, respondeu aos presentes:

– Vejo que fiz mal em conceder-lhes o favor de entrar nesta casa. Supus que estava lidando com homens honrados, capazes de cumprir a palavra. Pois bem, os senhores vão agora saber quanto custa essa impertinência.

Em seguida, bateu palmas três vezes e gritou:

– Venham depressa!

No mesmo instante, abriu-se uma porta e surgiram sete negros agigantados de alfanjes nas mãos e caras ameaçadoras. Sem nenhuma dificuldade, lançaram os sete visitantes por terra e ergueram os alfanjes para lhes decepar as cabeças.

Os infelizes estavam aturdidos com a rapidez da cena, mas tiveram um instante de esperança quando a moça ordenou aos pretos:

– Esperam um pouco. Tenho que fazer esses intrusos algumas perguntas!

O carregador, apavorado, bradou:

– Senhora, peço clemência. A culpa é desses abelhudos, que me encarregaram de fazer perguntas indiscretas! Os maiores responsáveis são esses calênderes caolhos. Por causa deles vou ter indigestão pelo que não comi...

Zobeida riu desta última expressão do moço e interpelou os outros:

– Revelem-me a verdadeira identidade de cada um.

O carregador, afoito por se livrar do negro que o subjugava, deu um salto e, pondo-se de pé, foi o primeiro a narrar a sua história. E o fez com tanta graça e espírito que as moças sorriram, enquanto ele procurou sentar-se comodamente num sofá. Seu gênio de pândego salvara-lhe a pele.

Zobeida dirigiu-se então as calênderes, querendo saber se eram parentes, vistos serem caolhos todos os três.

Um deles informou:

– Não, minha senhora. Pertencemos apenas à mesma seita religiosa, isto é, à ordem dos calênderes.

A moça interrogou outro para saber se o seu defeito era de nascimento, ao que ele respondeu:

– Não, este defeito proveio de uma aventura que merecia ser escrita. Foi em consequência de tais fatos que mandei rapar a barba e sobrancelhas e tomei o hábito de calênder.

O último deles respondeu a mesma coisa e informou:

– Somos todos três filhos de sultões. E nossos pais são, podeis crer, soberanos de prestígio no mundo.

Zobeida, mais calma, e interessada no que ouvira, ordenou-lhes:

– Pois conte cada um a sua história. É a única maneira de se livrarem da morte. Caso contrário, aí estão os meus escravos negros para os matar.

No meio do silêncio geral, o primeiro calênder começou a narrar as suas aventuras, que veremos no capítulo seguinte.

HISTÓRIA DO PRIMEIRO CALÊNDER

O primeiro calênder percorreu o olhar tristonho pela sala e assim começou a sua narrativa:

– Nasci num palácio, filho de rei, cercado, portanto, do maior conforto e regalias. Meu pai tinha um irmão que governava um país vizinho. Eu visitava frequentemente os domínios desse meu tio, pois não só gostava dele, mas ainda me dava muito bem com o seu filho, um príncipe quase da minha idade.

Eu e meu primo estávamos ligados por uma sincera amizade, e prova disso é que ele me confiava os seus mais íntimos segredos. Por esta razão, da última vez que o vi, estranhei sua conduta para comigo, apesar da maneira tão agradável como me recebeu.

Explico-lhes os que me intrigou nessa ocasião. Fui tratado pelo meu primo com o maior carinho e atenção, como das vezes anteriores em que nos encontramos. Depois do jantar, saímos a passear pelo jardim. Em dado momento, disse-me ele com ares misteriosos:

– Vou mostrar-te o que fiz desde a tua última visita.

Diante de meu olhar indagador, continuou ele:

– Há vários meses, querendo realizar um plano secreto, empreguei vários operários de minha absoluta confiança para construir um abrigo que ninguém é capaz de descobrir. É claro, no entanto, que te exijo o mais rigoroso segredo. Quero ainda que não me perguntes nada.

Comprometi-me a respeitar as condições impostas. Quando anoiteceu, saímos em silêncio e, aproveitando o claro luar, enveredamos por um caminho estreito que foi dar a um cemitério.

Apesar da minha estranheza, nada perguntei. Estávamos juntos a um grande e suntuoso túmulo, porém mal cuidado. No centro do mesmo havia uma sepultura, cuja tampa ele abriu com o maior cuidado. Pude observar então que por ali se descia numa escada em caracol. O túmulo se transformara, em suma, num perfeito esconderijo. Era aquela a obra a que ele se referia.

Mal tinha eu saído do meu espanto, disse ele em tom imperioso, já descendo a escada:

– Coloca a laje no lugar, assim que eu descer, joga terra por cima e volta. No mais, já sabes que não deves nunca pronunciar uma palavra sequer acerca do que viste. Volta imediatamente.

Sem obter maiores explicações, regressei ao palácio do meu tio sultão e recolhi-me aos meus aposentos, pois me achava atordoado com os vapores do vinho que bebera antes de sair.

No dia seguinte, despertei com a cabeça doendo. Refleti no que se passara de noite e julguei ter sonhado. Por isso mandei o criado saber se meu primo já havia acordado e se podia receber-me. O que vim então a saber deixou-me inquieto e ainda mais intrigado. O príncipe não dormira no palácio e ninguém dava notícias dele.

O criado me tranquilizou:

– Ultimamente, senhor, isto tem acontecido com frequência.

Ora esta! – pensei comigo – o caso do túmulo fora uma realidade. Notei que os cortesãos, em cochichos pelo palácio, estavam também preocupados.

Sai dali e fui ao cemitério, onde havia muitos túmulos iguais ao que eu vira. Examinei um por um e não consegui encontrar o que procurava. Durante três dias pesquisei inutilmente a entrada secreta.

Meu tio tinha ido a uma caçada, achando-se ausente vários dias. E eu, desanimado de esperá-lo, pedi aos ministros que lhe apresentassem as minhas despedias quando ele voltasse. Expliquei-lhes que eu já me demorara longe da corte de meu pai mais tempo que de costume. Notei que os ministros se achavam perturbados com o desaparecimento do meu primo. Eu, porém, havia jurado nada dizer e nada disse.

O calênder interrompeu por um instante a sua narrativa e pediu um copo d'água, sendo atendido por Safia. Depois continuou:

– Foi daí por diante que começaram as minhas amarguras. Porque quando cheguei à capital onde governava o sultão meu pai, encontrei o palácio cercado por numerosa guarda. Pedi explicações do fato ao oficial e este respondeu com arrogância:

– O sultão vosso pai foi deposto e quem ocupa o trono, por vontade do exército, é o grande vizir. Em consequência disso, tenho ordens do nosso soberano para vos prender.

Os guardas conduziram-me à presença do vizir, que se tornara um sanguinário tirano.

Minha situação era má. Este feroz ministro, que usurpara o poder com traiçoeiras manobras, alimentava contra mim um velho ódio. É que, desde menino, eu gostava de atirar com arco e flecha. E, certo dia, estando na varanda, entendi de acertar um pássaro; infelizmente, errei o alvo e a seta foi cravar-se no olho do vizir, que se encontrava no terraço de sua residência.

Fiquei aborrecidíssimo com o acontecido e fui pessoalmente apresentar desculpas ao vizir. Tudo inútil, porque o homem conservou sempre o maior rancor, que ele, aliás, não perdia oportunidade de demonstrar.

Por isso mesmo – acrescentou o calênder, tão logo me viu na sua presença, o terrível usurpador do trono investiu contra mim e vazou-me o olho direito com os dedos. Não satisfeito com sua diabólica vingança, ordenou que me encerrassem numa caixa e, depois de me cortarem a cabeça, jogassem meus restos às aves de rapina.

O carrasco e seu ajudante levaram-me, assim, dentro da caixa para o campo, num lugar completamente ermo. Na hora do sacrifício, porém, ajoelhei-me a seus pés e, entre lágrimas, implorei misericórdia.

Os dois homens estavam inflexíveis, e o algoz, já de alfanje na mão, disse com certa brandura que me animou:

– Não podemos poupar-vos, meu jovem, pois se o sultão descobrir um dia que não cumprimos as suas ordens, nós é que perderemos a cabeça.

Fiz-lhes ver então que isto jamais aconteceria, visto que meu tio era também sultão e eu iria para a sua corte, de lá nunca mais voltando. Podia deixar-me partir sem receios.

Com visível compaixão de mim, ele hesitou um pouco e finalmente concordou:

– Ide daqui depressa! Abandonai o império e nunca mais retorneis, porque não posso perder a minha vida por ter poupado a vossa!

Beijei-lhe as mãos, agradecido, e tratei de desaparecer. Quando me vi sozinho, consolei-me da perda de meu olho, que me era precioso, sem dúvida; considerei que era melhor ser caolho, mas continuar vivendo.

Ainda abalado pelos acontecimentos e com o olho sangrando, eu não podia andar muito. Ocultava-me durante o dia e de noite caminhava. Foi desse modo que consegui um dia chegar ao reino do sultão meu tio.

Ele ouviu a narrativa das minhas desgraças com expressão profundamente triste e exclamou:

– Meu Deus! Já ando amargurado com a perda do meu filho e agora perco de maneira tão trágica, o meu irmão e ainda vejo-te nesse estado, meu sobrinho!

Em prantos, meu tio me contou tudo quanto fizera para desvendar o misterioso desaparecimento do filho. Fiquei comovido com seu desespero e entendi que era justo quebrar o juramento feito ao príncipe, a fim de aliviar a alma angustiada do seu pai. Revelei o que eu sabia.

O sultão ouviu-me com ansiedade e, ao fim de minhas palavras, exclamou:

– Tua revelação me enche de esperanças, querido sobrinho! Leva-me ao túmulo a que te referiste. Iremos sozinhos fazer as pesquisas, em virtude do juramento que ele te exigiu. Tu verás que ele tinha motivos de sobra para pedir absoluta reserva.

Fomos disfarçados ao cemitério e logo às primeiras buscas tivemos a sorte de encontrar o esconderijo. Bastante surpreso por ter encontrado o túmulo tão rapidamente, removi a pedra que o obstruía e ergui a tampa do alçapão com dificuldade.

O sultão desceu primeiro pela escada e eu o segui ansioso. Embaixo, num pequeno salão, encontramos uma atmosfera desagradável, já que o cômodo estava cheio de fumaça. Passamos a outro compartimento, muito espaçoso, e encontramos também grande quantidade de fumaça. Havia ali considerável reserva de alimentos. Notava-se ainda o maior conforto naquele palácio subterrâneo.

Não havia porém, nenhum vestígio de gente. No entanto, viam-se camas e poltronas, como sinais evidentes de que o lugar era frequentado por muitas pessoas.

Tudo fizemos para abrir uma enorme porta que deparamos. Tivemos que arrombá-la com auxílio de pesados móveis. Mal ela se abriu a um golpe mais forte, saiu do quarto uma espessa coluna de fumaça.

O algoz com visível compaixão de mim, hesitou um pouco e finalmente concordou em deixar-me fugir.

Ficamos então horrorizados com o que vimos. Tudo ali havia-se queimado recentemente, e num leito amplo, quase todo destruído pelo fogo, estava o corpo do meu primo, carbonizado e irreconhecível.

O sultão cambaleou de emoção e murmurou a custo:

– Pobre filho! Deus o puniu. Era um traidor e teve o destino dos desleais.

Como eu nada entendesse do que meu tio dizia, ele explicou:

– Eu sabia, caro sobrinho, que o pobre rapaz, levado por ambições e certamente por influência de cortesãos não menos ambiciosos, conspirava contra mim. Por isso, mandou construir esse esconderijo, onde pudesse, com maior segurança, reunir-se com os seus companheiros, tramando contra o trono.

– Impossível! Não estais enganado, meu tio?

– Mil vezes não! Eis por que eu tinha o maior empenho em descobrir onde ele se achava, pois queria neutralizar a sua ação, sem lhe fazer nenhum mal. A Divina Providência castigou-o antes que eu pudesse salvá-lo de seus próprios erros.

Apesar de indignado com o procedimento do príncipe, que tivera como prêmio um fim trágico, o pobre pai chorou copiosamente. Eu também não me contive e caí em prantos.

O sultão abraçou-me, dizendo com ternura:

– Meu querido sobrinho, perdi meu filho indigno, mas encontro em ti quem o substitua. Tu serás daqui por diante o herdeiro do meu trono. Saiamos daqui e esqueçamos tudo isso.

Regressamos ao palácio, onde ninguém dera pela ausência do soberano. Quando vi que tinha perdido o meu lar, mas havia conquistado outro, senti-me um tanto aliviado. A fatalidade, porém, não deixava de perseguir-me. Poucas horas depois, ouvimos um rumor de trombetas, tambores e outros instrumentos usados pelas forças militares.

Fomos verificar o que era e tivemos uma surpresa terrível. No horizonte surgiam, levantando uma nuvem de poeira, hordas guerreiras que tinham invadido o país. Tratava-se de um exército formidável, marchando contra a cidade, sob o comando do mesmo vizir que destronara meu pai e usurpara o seu reino. Vinha ele agora apoderar-se dos domínios do meu tio.

O sultão dispunha de poucas forças, pois nunca tivera senão intenções pacíficas. Procurava governar o seu povo com brandura e sabedoria, detestando a guerra. Mesmo assim, bradou ele com energia:

– Vamos lutar, sobrinho! Vai depressa ordenar aos meus oficiais que se arregimentem e façam frente ao inimigo!

Fiz rapidamente o que me era mandado. Os habitantes da cidade foram conclamados à luta e a aceitaram com coragem. A guarda do palácio ficou a postos.

Em poucas horas, começou encarniçada batalha. As tropas do vizir usurpador eram em muito maior número, adestradas e aguerridas. Não obstante isso, os nossos homens resistiram aos ataques com bravura. E meu tio, com inquebrantável energia, estava em toda a parte animando os defensores da capital.

Durante vários dias, os combates sucederam-se, cada vez mais sangrentos. Os atacantes, embora lentamente, obtinham vantagens e ganhavam terreno.

Nossos soldados não esmoreciam, mas apresentavam sinais de cansaço, pois a superioridade do inimigo era enorme.

Já sentíamos a impossibilidade de manter por muito tempo a resistência. Começavam a faltar víveres. A fome agora era uma ameaça sinistra. O sultão continuava, no entanto, de ânimo firme.

Certa manhã, os invasores tomaram a cidade de assalto e atacaram o palácio. A situação estava perdida. O sultão meu tio defendeu com heroísmo o seu último reduto, mas acabou tombando morto. Quanto a mim, fugi desorientado para o vasto jardim e, como já fosse noite, consegui saltar o muro, no momento em que já me perseguiam.

A escuridão me favoreceu. Lembrei-me então do esconderijo em que morrera meu primo e para lá me dirigi. Pude permanecer no interior do triste túmulo, por muitos dias, porque lá havia grande quantidade de alimentos.

Sofri muito nesse lugar sombrio, onde encontrei um cômodo que não fora atingido pelo fogo. Sozinho, no meio de um silêncio profundo, sem ter com quem me desabafar, chorei muitas vezes, desanimado de viver.

Acontece que um dia, sentindo fome, procurei alimento e nada encontrei. Haviam-se esgotado as provisões. Perecer de fome não era possível, como impossível era continuar ali. Assim, ao escurecer de certo dia, abandonei o horrível esconderijo e procurei a proteção de um oficial amigo do sultão, homem fiel e da maior confiança.

Em sua casa fui recebido com bondade e nela permaneci até que surgiram motivos de inquietação. Esse oficial soube que o maldito vizir, não contente de matar meu pai e meu tio, havia descoberto que eu não fora morto conforme ele ordenara e procurava-me com o fim de completar as suas diabólicas intenções.

Recorri então a um ardil para fugir da cidade e não perder a vida. Raspei a barba e as sobrancelhas, disfarcei-me com o hábito de calênder e pus o pé no mundo.

O expediente deu certo, porque todos me tomavam por um membro dessa religião, e assim consegui enganar até os mais hábeis espiões do vizir.

Uma vez longe do país que foi do sultão meu tio, passando sempre distante dos povoados, viajei tranquilo, embora sofrendo de fome e frio. Andei até chegar às fronteiras deste poderoso império, governado pelo afamado califa Harun al Raschid.

Decidi vir até Bagdad, com o fim de procurar o generoso soberano, contar-lhe a minha história e pedir sua proteção.

Estou viajando há alguns meses e cheguei hoje a esta bela cidade, ao anoitecer. Foi aqui que fiquei conhecendo um destes calênderes. Ele saudou-me, retribuí e concluímos que ambos éramos estrangeiros. Pouco depois aproximou-se de nós o terceiro calênder, que nos disse ser também de outro país.

Como nenhum sabia para onde ir, achamos que devíamos juntar-nos.

E o primeiro calênder concluiu assim a sua narrativa:

– Já tarde da noite, não sabíamos onde pousar, já que não tínhamos nenhum dinheiro para pagar uma hospedaria. A boa sorte encaminhou-nos para esta casa, a cuja porta tivemos a ousadia de bater. Aqui encontramos boa acolhida, como todos sabem.

Dirigindo-se especialmente a Zobeida, o falso calênder disse:

Cumpri as vossas ordens, senhora, dando-vos a história verdadeira da minha desdita. Agora sabeis que sou um príncipe escorraçado e os motivos por que perdi o olho direito, rapei a barba e as sobrancelhas, e estou em vossa presença disfarçado de religioso.

Zobeida estava satisfeita e comovida. Disse ao primeiro calênder que se considerasse livre, podendo retirar-se. Ele, porém, suplicou:

– Senhora, vós permitiste ao carregador permanecer nesta casa, depois de ter contado a sua história. Rogo-vos conceder-me igual honra, pois desejo ouvir a dos meus companheiros e retirar-me com eles.

A moça concordou.

HISTÓRIA DO SEGUNDO CALÊNDER

Assim que o seu companheiro conclui o relato de suas desventuras, o segundo calênder pediu permissão para falar e começou:

– Para que todos compreendam por que tenho este defeito no olho direito é necessário que eu conte os fatos mais importantes da minha vida.

Saibam que eu também nasci príncipe. O sultão meu pai, notando que eu, desde muito criança, tinha uma inteligência privilegiada e extremamente desenvolvida para a minha idade, fez questão de incumbir os mais afamados mestres do reino de me educarem.

Foi desse modo que, orientado com o maior carinho, estudei proveitosamente letras, ciências e belas-artes. Aprendi de cor o livro sagrado da nossa religião, li os mais célebres autores, dediquei-me à poesia e em pouco fiquei conhecendo várias línguas.

Além disso, especializei-me em desenhar os caracteres da nossa língua arábica, de tal modo que nem mesmo os mais notáveis calígrafos tinham uma letra tão bonita quanto a minha.

Ninguém me superava nesse mérito; de sorte que minha fama ultrapassou as fronteiras do país e chegou até a corte das Índias. Por isso, o monarca daquele reino distante quis conhecer-me e enviou um embaixador para me buscar, com ricos presentes.

Orgulhoso e alegre, meu pai animou-me a empreender essa viagem, dizendo que era útil a um príncipe conhecer cortes estrangeiras e que, além de me ser conveniente a amizade do rei das Índias, tudo isso completava a minha instrução.

Segui, portanto, o embaixador, levando pequena comitiva, já que a viagem era longa e cheia de dificuldades.

Pareciam intermináveis as estradas. No entanto, a viagem era atraente e no primeiro mês decorreu sem incidentes. Um dia, porém, tivemos que enfrentar os azares da sorte.

É que avistamos uma grande nuvem de poeira, surgindo logo em nossa direção cerca de cinquenta cavaleiros bem armados e ameaçadores. Eram ladrões. Sabiam, decerto, que conduzíamos em dez cavalos a nossa preciosa bagagem e valiosos presentes para o sultão das Índias.

Nem consigo reproduzir o que então se passou. Como éramos poucos, fomos cercados facilmente e tivemos que lutar com redobrada bravura para defender nossas vidas. Pouco adiantou nosso esforço porque meus guardas tombaram mortos, o mesmo acontecendo ao embaixador e à sua comitiva.

Eu já estava ferido, assim como o meu cavalo. No meio da terrível confusão e vendo que era inútil resistir sozinho, esporeei o animal com violência e fugi em disparada. Mais adiante, porém, o cavalo tropeçou e caiu morto, pelo cansaço e pelo sangue que perdia.

A minha salvação foi estarem os ladrões tão cobiçosos dos despojos que não se preocuparam em perseguir-me. Ferido, só e sem recursos em terra desconhecida, abandonei a estrada e caminhei sem rumo pelos campos.

Temeroso de cair novamente nas mãos dos bandidos, evitei os caminhos, andando sem parar e alimentando-me de frutos do mato. Durante um mês, suportei essa penosa caminhada, cansado, sujo e com a roupa em farrapos.

Certo dia, avistei uma grande cidade, num vale maravilhosamente verde e florido. Enchi-me de ânimo e esperanças, pois considerei que num meio civilizado eu estava pelo menos seguro contra malfeitores.

Meu aspecto era o de um mendigo, mas entrei serenamente na cidade e, passando pela loja de um alfaiate, resolvi entrar para pedir-lhe informações sobre o lugar. O homem mostrou interessar-se por mim, perguntando-me quem eu era. Contei-lhe então tudo o que me sucederam e ainda revelei minha identidade.

O alfaiate ouviu-me com atenção e depois me advertiu com feições sombrias:

Pouco depois aproximou-se de nós o terceiro calênder,
que nos disse ser também estrangeiro.

– Cuidado rapaz. Não repita a ninguém o que você acaba de me dizer. O rei deste país é inimigo ferrenho do sultão seu pai certamente lhe fará algum mal, se souber de sua presença na cidade. Muito cuidado.

Vendo-me triste e abatido, o alfaiate ofereceu-me alimento e pousada, o que aceitei de bom grado. Dias depois, como eu já me achasse refeito e bem disposto, ele veio perguntar se eu sabia algum ofício no qual pudesse ganhar a minha subsistência.

Respondi com orgulho que sabia Direito, gramática, línguas e outras, inclusive fazer versos.

– Pois com tudo isso – disse o alfaiate sisudamente – você aqui não ganharia o suficiente para comprar um pedaço de pão. Letras não enchem barriga nesta terra. Já que você é tão incapaz, arranje uma roupa curta e vá ao mato apanhar lenha. Dou-lhe uma corda e um machado para o serviço. Depois, leve ao mercado os feixes, que você conseguirá viver independente e ao mesmo tempo ocultar a sua qualidade de príncipe.

Considerei que não havia outro remédio para minha situação, visto que eu tinha necessidade de viver e não podia ser reconhecido, se quisesse conservar a minha pele. Aceitei o conselho.

☙❧

– No dia seguinte, prosseguiu o segundo calênder – eu deixava de ser príncipe para me transformar num lenhador. Machado e corda ao ombro, parti para o mato.

À tarde, regressei satisfeito, pois vendera uma boa carga de lenha, por uma moeda de ouro. E assim continuei, trabalhando com afinco, apesar de não estar habituado a serviço tão duro. Em pouco tempo, restituí ao alfaiate o dinheiro que me emprestara e ainda me sobraram algumas moedas.

Correu um ano. Eu não vivia alegre, mas pelo menos estava de algum modo conformado com a minha sorte, pois alimentava esperança de poder um dia regressar ao meu país.

De certa vez que fui buscar lenha, internei-me bastante na floresta e dei com um belo e tranquilo sítio. Ali me entreguei à tarefa de sempre, descendo o machado na raiz de uma árvore enorme.

Em dado momento, notei que por baixo dessa raiz havia uma argola de ferro ligada à tampa de um alçapão. Levantei-a com esforço e vi uma escada. Desci cautelosamente, empunhando o machado.

Ao fim da escada, enchi-me de assombro, ao mesmo tempo que estava maravilhado. Havia ali um colossal palácio subterrâneo, tão intensamente iluminado como se nele penetrasse por todos os lados a luz do sol.

Entrei por uma galeria, entre colunas de jaspe, bordadas de ouro maciço. Ao chegar a uma sala ricamente decorada, parei embevecido e cheguei a supor que eu estivesse sonhando.

Nesse instante, tive uma surpresa ainda maior, porque veio a mim a mais bela moça que já vi até hoje e perguntou-me com naturalidade:

– Quem sois? Homem ou gênio? Como entrastes aqui?

Gaguejando pela perturbação de que me achava possuído, respondi-lhe que era homem e não passava de humilde lenhador.

– Há vinte e cinco anos que resido nesta mansão subterrânea e é a primeira vez que vejo um homem, disse ela. Como conseguistes entrar aqui?

Senti de repente uma profunda simpatia por aquela criatura tão bela e ao mesmo tempo tão triste. Depois de elogiar os seus encantos, contei-lhe como penetrara nos seus domínios secretos.

Não contente, narrei-lhe ainda as minhas aventuras, desde o dia em que deixara o palácio do sultão meu pai.

Ela ouviu-me com interesse e exclamou, ao fim de minhas palavras:

– Vós sois então um príncipe! Estou certa de que me compreendereis, pois já percebestes que sou infeliz.

– Uma coisa, porém, não compreendo, atalhei eu. E acrescentei: Vós me dissestes que aqui estais há vinte e cinco anos e vossa aparência, no entanto, é a de uma jovem.

A bela moça sorriu e explicou:

– Não sou ainda velha, mas tenho conservado a minha juventude por obras de um ente poderoso e mágico.

– Confesso que eu nada percebia daquilo tudo. E ela continuou:

– Vivo cheia de dolorosas recordações. Já ouvistes, certamente falar do grande Epitimaro, sultão da Ilha de Ébano, assim chamada por nela existir em abundância a preciosa árvore.

Pois eu sou filha daquele soberano. Meu pai resolveu casar-me com um príncipe, que era meu primo e fabulosamente rico. Acontece que um gênio, tendo-se apaixonado por mim, arrebatou-me às vésperas do casamento.

Sem saber como, vi-me de um momento para o outro neste lugar. Ao recuperar os sentidos, o gênio surgiu à minha frente, dizendo que eu nada receasse, mas que tinha de me casar com ele.

Repeli-o naturalmente, censurando o seu grave procedimento. Tanto bastou para que ele se irritasse. Com terríveis ameaças, gritou:

– Amas certamente o príncipe a que ias ligar-te! Conservo-te, porém, neste esconderijo até que o esqueças e resolvas aceitar-me como teu marido! Nunca mais sairás daqui!

Entre lágrimas, a encantadora jovem concluiu:

– É assim que estou isolada do mundo há vinte e cinco anos. Tenho aversão cada vez maior ao gênio e não posso deixar de ser sua prisioneira enquanto não aceitar a sua proposta de casamento, coisa que jamais acontecerá, pois o detesto, pelo abuso de me escravizar aos seus poderes sobrenaturais.

Eu estava deveras penalizado com a sorte da pobre princesa. Propus-lhe fugir daquele estranho palácio; ela, no entanto, afastou as minhas ilusões:

– Não penseis em tal! O gênio descobrir-me-a com toda a facilidade e vós estaríeis morto!

– Que faremos, então?

– Peço-vos que não me abandoneis. O gênio vem aqui de dez em dez dias, perguntar-me se já estou decidida ao casamento. Nesses intervalos, vireis visitar-me, a fim de que estudemos com calma um plano de fuga. Mas cuidado, muito cuidado!

O calênder interrompeu por um instante a sua narrativa, para explicar aos presentes que além de condoído da sorte da moça, estava apaixonado por ela, como se conhecesse desde muitos anos. Queria libertá-la, levando-a para a casa do pai dela, onde a tomaria por esposa. E, notando que todos o ouviam com o maior interesse, continuou:

– Passei a visitar a princesa solitária com frequência, ficando no palácio subterrâneo varias horas. Todavia, por mais que déssemos trato às ideias, não conseguíamos encontrar um meio seguro de fuga. Aquilo me desesperava.

Um dia, revoltado demais com a situação, tomei bons copos de vinho que a princesa me ofereceu. Sob o efeito dos vapores do álcool gritei:

– Deixai de receios! Vós sois mulher e a mulher, por natureza, é medrosa. Vamos embora, que vos ofereço o meu nome e uma vida ao ar livre!

– Não vos iludais, ó príncipe! – respondeu ela – seria a nossa perdição. É invencível o poder dos gênios.

– Que invencível nada! Quando volta ele aqui?

– Daqui a seis dias, a menos que eu o chame com o talismã que ele me deu.

– Que raio de talismã é esse?

Ela então mostrou-me um estranho objeto, com caracteres mágicos, e eu, completamente alucinado, berrei:

-Tudo isto é uma tolice! Sou capaz de exterminar esse gênio odiento e outros que houver no mundo!

Sem ouvir os rogos da princesa, fiz em pedaços o maldito talismã, atirando-o ao chão com violência.

Tão longo se partiu o mágico objeto, o palácio tremeu com um ruído pavoroso. Seguiu-se um estrondo impressionante e tudo ficou em trevas. Só aí compreendi, tardiamente, o erro que cometera.

– Que é isto? Indaguei desorientado.

– Escapai imediatamente, se quereis salvar a vida, respondeu aflita a princesa.

Não vacilei em seguir o conselho e o fiz tão rapidamente que esqueci o machado e a corda. Assim que cheguei à escada, o palácio abriu-se e o gênio entrou como um furacão.

Parei no alto da escada e ouvi o furioso recém-chegado gritar com a princesa:

– Por que me chamaste? Responda depressa!

A pobre moça lhe disse que, sentindo-se indisposta, bebera um pouco e por acaso tropeçara no talismã;

O gênio berrou como um possesso:

– Mentes! Estás certamente tramando com alguém a tua fuga. Por que se encontram aqui este machado e esta corda?

– Nunca vi esses objetos, ó gênio. É que tu vieste com tal impetuosidade, que por certo os arrastaste de qualquer lugar, disse com medo a jovem.

O gênio não aceitou a explicação e começou a aplicar-lhe violentas pancadas.

Nesta altura, não tive coragem para ouvir os lamentos da princesa e acabei de subir a escada. Fora, desci a tampa do alçapão e cobri-a de terra. Cheio de angústia e perturbado, pus uma carga de lenha nas costas, partindo para a cidade. Meu pensamento, porém, ficaria para trás.

☙

Ao ver-me, o alfaiate disse alegremente, como sempre:

– Desta vez, você demorou-se bastante na floresta. Fico satisfeito de saber que nada lhe aconteceu.

Sorri agradecido, mas não revelei nenhuma coisa do que me sucedera nem lhe expliquei por que voltava sem o machado e sem a corda.

Fui para o meu quarto torturado de remorsos pela minha imprudência, da qual se tornara vitima a princesa. Momentos depois, veio o alfaiate informar-me da presença de um velho desconhecido, que dizia ter achado no caminho o machado e corda, desejando restituí-lo a mim pessoalmente.

Ao ouvir isto, tremi da cabeça aos pés, pois esses utensílios eu os havia deixado no palácio. Antes mesmo de eu me recuperar do susto, a porta abriu-se e o velho surgiu com o machado e a corda.

O ancião era o próprio gênio que foi logo me dizendo:

– Sou neto de Eblis, o poderoso gênio, cuja força herdei. Este machado e esta corda te pertencem, não é verdade?

Nem tive tempo de responder. Ele pegou-me pela cintura e carregou-me pelos ares. Depois, com a mesma rapidez, desceu à terra, o solo abriu-se e mergulhamos até o palácio onde se encontrava a princesa.

Olhando ferozmente para a moça, o gênio perguntou-lhe:

– Não é este o teu cúmplice?

A infeliz moça, toda ensanguentada, em prantos e estendida no chão, olhou-me com ternura, respondendo:

– Não sei quem é esse homem. Nunca o vi.

– Sempre mentindo! Esbravejou o gênio. É ele que aqui veio para ajudar-te na fuga. É ele a causa dos teus sofrimentos.

– Não o conheço, insistiu ela.

Levantei a tampa com esforço e vi uma escada que desci cautelosamente.

– Ah! não o conheces? Pois então te é indiferente. Prova isto; aqui tens um alfanje, corta-lhe a cabeça. Anda, só assim provarás que dizes a verdade – ordenou o gênio estendendo-lhe a arma.

– Impossível. Não tenho forças para manter-me de pé. Além disso, como poderia matar um homem desconhecido e portanto inocente?

O gênio, cada vez mais irritado dirigiu-se a mim:

– E tu? tens coragem de dizer que não conheces essa mulher?

É claro que eu, tendo causado a desgraça da princesa não poderia senão retribuir a sua fidelidade. Por isso, respondi negativamente, dizendo ser a primeira vez que a via.

O maldito gênio então replicou:

– Se é verdade o que afirmas, toma este alfanje e corta-lhe a cabeça. Feito isto, acreditarei que nunca a viste e restituir-te-ei a liberdade.

– Pois bem! – respondi eu e tomei o alfanje.

Aproximei-me da princesa da Ilha de Ébano, não para matá-la, claro, mas para mostrar-lhe por olhares e sinais que se ela tivera a nobreza de sacrificar a vida por mim, eu estava igualmente disposto a morrer.

Quando notei que ela entedia o que eu desejava exprimir com meus gestos, atirei o alfanje para longe e enfrentei o gênio com palavras severas:

– Monstro sem entranhas! Nunca mataria essa pobre moça, que não conheço e que está prestes a entregar a alma a Deus. Recuso-me a obedecer às suas sinistras ordens. Faça de mim o que quiser!

O diabólico ser pegou então no alfanje e acabou de matar a bela princesa com um golpe.

Caminhei para ele resoluto, mas fui detido e imobilizado pelos seus poderes sobrenaturais. Com um riso satânico, ele veio em minha direção. Ao que eu lhe disse estar pronto para receber o golpe mortal.

Ante minha serenidade, o gênio mudou de tática e explicou:

– Como não te incomodas de morrer e também porque não conseguiste fazer a princesa fugir, em vez de matar-te, vou transformar-te em cão, burro ou ave, conforme tua escolha.

Ouvindo isto, renasceu em mim a esperança de abrandá-lo e escapar à sua cólera. E disse-lhe:

– Gênio terrível, você puniu com crueldade uma jovem inocente. Se não é seu propósito tirar-me a vida, como espero, seja então generoso por completo. Faça o que com toda a clemência, fez o melhor homem do mundo para com outro que lhe tinha inveja e rancor. É um exemplo digno de ser seguido.

O gênio, com visível curiosidade, meditou um pouco e perguntou-me o que tinha havido entre esses dois homens.

Trata-se da história do invejoso e do invejado, disse o calênder aos presentes, que o ouviam ansiosos. Se quereis ouvir...

– Queremos! Disse Zobeida com entusiasmo, no que foi seguida pelos demais.

– Então, prosseguiu o calênder, vou contar-vos essa história exatamente como a narrei ao gênio. Antes, porém, desejo tomar um pouco de água.

O INVEJOSO E O INVEJADO

Tomada a água que Amina lhe trouxera, o calênder falou:

– Numa grande cidade, viviam, paredes meias dois homens. Morando quase na mesma casa, seria natural que se tornassem amigos. Mas aconteceu exatamente o contrário, porque um deles, egoísta e cheio de inveja, passou a odiar tanto o vizinho, que este resolveu mudar-se.

Não podia ele compreender o motivo daquele ódio, pois sempre prestara bons serviços ao invejoso. Tendo deliberado afastar-se de tão desagradável vizinhança, vendeu sua casa e transferiu-se para capital do país comprando uma chácara num bairro distante.

A habitação era cômoda, tinha um belo jardim e ao lado um amplo pátio, onde havia uma cisterna abandonada.

O bom homem, tão logo adquiriu a propriedade, vestiu um hábito de dervixe. É que, desejando levar uma vida mais recolhida, entendeu ser melhor tornar-se num religioso mulçumano. Mandou construir várias celas em sua casa e transformou-a numa comunidade de adeptos daquela religião.

Em breve, a fama de suas virtudes correu longe. Devotos de lugares distantes o procuravam, em busca dos benefícios de suas orações, e voltavam apregoando as bênçãos que julgavam ter obtido por seu intermédio.

Essa fama chegou um dia aos ouvidos do invejoso que, mostrando mais uma vez ter uma alma perversa, deixou sua casa, com o fim de exterminar seu antigo vizinho e benfeitor.

Procurou, assim, o abrigo dos dervixes onde foi recebido com carinho pelo superior da comunidade religiosa, que era o invejado. Afirmou então a este que viera de sua cidade com o fim especial de comunicar-lhe um assunto importante. E disse-lhe:

– Seria conveniente passearmos no pátio, sozinhos. Já que é quase noite, peço-lhe mandar os seus dervixes se recolherem, pois assim poderemos conversar à vontade.

Tudo feito como ele pedia, saíram os dois a passear, tendo o invejoso iniciado uma conversa sem nexo. Ao passarem junto da cisterna, o perverso empurrou a sua vítima para o fundo do poço. Imediatamente, afastou-se dali, certo de que ninguém vira sua criminosa ação, e regressou satisfeito a casa. Agora, pensava ele, havia desaparecido para sempre o homeme que lhe despertava tanta inveja.

Acontecia, porém, – observou o segundo calênder – que a velha cisterna, sem uso desde muitos anos, era habitada por fadas e gênios. E esses seres invisíveis resolveram amparar o virtuoso homem, que foi ao fundo sem sofrer o menor arranhão. Ele percebeu que alguma coisa estranha o salvara da morte certa. E ficou quieto.

Daí a pouco, ele ouviu uma voz dizer: – "Sabes quem é este homem cuja vida salvamos"? Como outras vozes respondessem que não, a primeira replicou: – "Este homem abandonou sua casa e veio morar neste lugar, com a esperança de abrandar a inveja de um vizinho que lhe protegia e que lhe retribuía tanta bondade com um ódio mortal. Seu inimigo só não o matou, graças ao nosso socorro. E vejam bem: a fama dele é tão grande, que o sultão vem amanhã visitá-lo, para que ele faça orações em favor de sua filha princesa".

Após curto silêncio, outra voz quis saber por que a princesa necessitava das orações do bondoso dervixe. A primeira completou então as suas informações: – "É que ela está possuída pelo gênio Maimoun, filho de Dindim, que se enamorou dela". E prosseguiu: – "Mas eu sei como esse bom homem pode curá-la. É coisa fácil. No convento há um gato preto com uma mancha branca na cauda. É só arrancar sete pelos dessa mancha, queimá-los e passar as cinzas na cabeça da moça. No mesmo instante, a princesa ficará livre do gênio que a perturba".

O superior dos dervixes não perdeu uma só palavra dessa conversação entre fadas e gênios, para ele preciosíssima. Quando o dia amanheceu conseguiu abandonar a cisterna.

Recebido com alegria pelos dervixes, que passaram a noite inteira a procurá-lo, o superior contou-lhes a maneira como o hóspede ingrato tentara matá-lo e em seguida recolheu-se à sua cela.

Mal se acomodara no leito, veio o gato preto de que ele ouvira falar na véspera. O animal aproximou-se, como que pedindo carícias, do que se aproveitou ele para lhe arrancar sete pelos da mancha branca da cauda e guardou-os para quando precisasse deles.

Não tardou muito em chegar à porta do convento o sultão acompanhado de numerosa comitiva. O soberano, dirigindo-se em particular ao chefe da comunidade, perguntou-lhe se sabia os motivos que o traziam ali.

– Creio que é a doença da princesa, senhor, a razão desta grande honra para mim.

– Isso mesmo! – exclamou o sultão entusiasmado com a sabedoria daquele homem. Eu consideraria um bem mais precioso que a minha própria vida se as vossas orações curassem a minha filha.

– De uma vez que Vossa Majestade a traga aqui, tudo farei, com a ajuda de Deus, para curá-la, respondeu o homem.

Pouco depois, por ordem do rei, chegou a princesa, com um séquito de mulheres e criados. Vinha rigorosamente coberta, de modo que ninguém lhe via nem o rosto.

O superior dos dervixes, após orar com fervor, pediu um braseiro, queimou nele os sete pelos e jogou as cinzas sobre a cabeça da moça. Tanto bastou para que o espírito de Maimoun, filho de Dindim, soltasse um grito medonho e deixasse livre a princesa.

Liberta da maléfica influência de Maimoun, a bela jovem recuperou o juízo, ergueu o véu que lhe cobria o rosto e perguntou:

– Que vim fazer aqui? Quem me trouxe?

O sultão abraçou a filha maravilhado com a sua repentina cura. E, beijando a mão do virtuoso dervixe, perguntou aos seus oficiais:

– Que prêmio merece quem assim curou minha filha?

Responderam todos que merecia casar com ela.

– Exatamente – concordou o soberano. Quero que o dervixe case com ela e desde já o considero meu genro.

Realizado o casamento, pouco tempo depois morreu o vizir, tendo o sultão nomeado o genro para o alto cargo. Não demorou muito e faleceu o sultão. Este não tinha herdeiros, o que levou os chefes da religião e o exército a aclamarem o bom homem, colocando-o no trono.

Ao passarem junto ao poço o perverso empurrou o dervixe para o fundo.

Realizado o casamento, pouco tempo depois morreu o vizir, tendo o sultão nomeado o genro para o alto cargo. Não demorou muito e faleceu o sultão. Este não tinha herdeiros, o que levou os chefes da religião e o exército a aclamarem o bom homem, colocando-o no trono.

Assim, pois, transformou-se o dervixe no sultão do grande reino. Um dia passeava ele com a sua corte, quando viu o invejoso entre o povo. O novo soberano disse então a um dos seus ministros:

– Trazei aquele homem à minha presença, tomando o cuidado de não assustá-lo.

Ao chegar o invejoso, o sultão tratou-o com amabilidade com amabilidade, dando-lhe mil moedas de ouro e vinte cargas de mercadorias preciosas. Dessa maneira, recompensou sua maldade com um gesto generoso.

Foi esta história – declarou o calênder – que eu contei ao gênio que assassinou a princesa da Ilha de Ébano, ao fim da qual lhe disse:

– Ó gênio, siga o exemplo daquele bondoso homem, que esqueceu o mal que lhe fizera o invejoso, e na hora em que tinha nas mãos a vida do seu inimigo, resolveu obsequiá-lo, em vez de puni-lo.

Como o calênder se calasse por uns instantes, Zobeida indagou ansiosa:

– E o que fez o gênio?

– É isto o que vou contar, disse o outro:

II

Atendendo à pergunta da Zobeida e ao interesse com que todos ouviam a sua narrativa, o calênder prosseguiu:

– A verdade é que, apesar da história do invejoso e do invejado, não houve meio de eu abrandar totalmente a fúria do gênio. Resolveu ele, de modo inflexível:

– Deixo-te com vida. Mas não ficarás sem uma punição à altura de tua ousadia.

Dito isto, levou-me com violência através da abóboda do palácio subterrâneo, que se abriu para lhe dar passagem, e ergueu-me tão alto que a terra chegou a parecer-me um farrapo de nuvem.

Então, despenhou-se vertiginosamente da altura e veio parar no topo de uma montanha. Ali, recolheu um punhado de terra e atirou sobre mim murmurando algumas palavras enigmáticas. Afinal, exclamou:

– Deixa a figura de homem e toma a de um macaco!

E desapareceu com um estrondo.

Olhei para o meu corpo com terror. Estava transformado num mono. Fiquei ali, sem saber onde estava, pois tudo indicava que o gênio me deixara numa terra distante.

Pensava comigo: – "E agora, que posso fazer com a forma de um símio? O primeiro cuidado que devo ter é evitar os caçadores."

Resolvi finalmente descer a montanha e atingi uma vasta planície. Andei, andei, andei. Decorrido um mês, encontrei uma praia e respirei com prazer o ar do oceano.

O tempo estava claro e o mar calmo. Divisei uma embarcação que navegava à distância de meia légua da terra. Peguei então um tronco de árvore e dois paus, com os quais me aventurei ao mar até alcançar o barco.

Marinheiros e passageiros corrreram à amurada curiosos. Alguns marujos riam a bom rir, exclamando:

– Essa é muito boa! Um macaco navegando! Que quererá esse bicho?

Quando cheguei a bordo, subindo por uma corda, vi que corria grande perigo. É que navegantes e mercadores extremamente supersticiosos, gritavam:

– Lancem esse mono às águas. O diabo do bicho é de mau agouro.

Diziam outros:

– O melhor é matá-lo, pois o símio dá azar!

Calculei comigo que seria difícil eu sobreviver como macaco entre os homens. Sem poder falar, vali-me no entanto do único recurso ao meu alcance: corri até o capitão, caí a seus pés, fiz gestos suplicantes e chorei. Ele compreendeu esta linguagem desesperada e resolveu proteger-me, chegando a ameaçar os que tentavam matar-me.

Com ventos favoráveis, chegamos sem novidade a um movimentado porto. Muitas pessoas subiram ao barco, para rever amigos ou pela simples curiosidade de colher informações de terras longínquas, onde a embarcação tocara. Subiram também oficiais que vinham da parte do sultão daquele país falar aos mercadores.

Um dos oficiais disse aos negociantes:

– O sultão, que por nosso intermédio vos apresenta boas-vindas, pede que cada um de vós escreva algumas palavras neste pergaminho. É que morreu o nosso primeiro vizir, homem de grande entendimento e notável calígrafo. O soberano admirava os escritos do punho de seu ministro, que de fato tinha uma letra primorosa. Por isso, jurou que só dará o cargo a quem escrever tão bem quanto o falecido. Muitos candidatos de todo o império têm aparecido, mas até agora nenhum se mostrou digno de ocupar o posto de vizir.

Alguns mercadores, entre os mais ilustrados, escreveram frases no rolo que lhes foi apresentado.

Quando terminaram, avancei e tirei o pergaminho da mão do último que escrevera. Todos julgaram que eu ia rasgar o rolo ou atirá-lo à água e promoveram um alarido ensurdecedor.

Observaram, todavia, que eu fazia sinais de desejar imitá-los na escrita e ficaram admirados. E, como nunca tinham visto macaco escrever, riram condescentemente, tentando arrebatar-me o pergaminho.

O capitão veio em minha defesa, vociferando:

– Deixem-no! Se borrar ou estragar o pergaminho, castigá-lo-ei; se, porém, escrever corretamente, reconheço-o como filho, porque já tive um menino que não possuía a metade da inteligência desse mono...

Peguei então na pena e escrevi, nos seis tipos de letra conhecidos entre os árabes. Amostras caligráficas. Cada uma delas continha uma quadra improvisada em louvor ao sultão.

Já disse que, além dos meus intensos estudos, me dediquei ao desenho dos caracteres da língua árabe. Em consequência, a minha letra ultrapassava em perfeição não só a dos mercadores mas também as de todos os concorrentes do país.

O sultão, vendo a minha, não fez caso das dos mercadores. E ordenou aos oficiais:

– Levai o melhor cavalo da estrebaria e colocai-o à disposição da pessoa que escreveu estes seis tipos de letra.

Os oficiais riram e explicaram ao soberano que se tratava de um macaco. Sim, um macaco havia escrito aquilo tudo na presença deles!

O sultão arregalou os olhos de espanto e disse que desejava ver, imediatamente, um símio com qualidades tão singulares. De maneira que atravessei as ruas empoleirado no cavalo do rei. As janelas, as portas e todos os lugares estavam coalhados de curiosos. Correra a notícia de que o monarca havia escolhido um macaco para ministro.

Cheguei ao palácio, onde me aguardavam o rei e os cortesãos.

O soberano estava no trono. Dele me aproximei fazendo reverências. Depois beijei o solo, inclinei-me respeitosamente e sentei-me sobre o rabo enrodilhado. Os cortesãos estavam boquiabertos, mostrando não compreender como um símio percebia de etiqueta tanto quanto um cavalheiro bem educado.

A cerimônia teria sido completa, se eu pudesse ajuntar a fala aos meus gestos eloquentes. Os macacos, porém, nunca falaram, e o fato de eu ter sido homem não me dava este privilégio, que naquele momento seria de efeito desconcertante.

Ao fim de algum tempo, o rei despediu os cortesãos e chamou-me para os seus aposentos, onde, por ordem sua, nos serviram comida. Fez-me um sinal para que eu sentasse junto dele, e eu, na sua presença e na dos criados, servi-me com a maior distinção.

Terminada a magnífica refeição, pedi por acenos que me dessem um tinteiro que eu vira sobre uma mesa. Escrevi então num grande pêssego versos que traduziam o meu reconhecimento ao monarca. E depois que me deram uma bebida especial, escrevi mais versos com inspiração e fluência.

O soberano, assombrado, sem querer acreditar no que via, exclamou:

– Deus poderoso! Um ente humano que tivesse o engenho desse macaco seria considerado um dos homens mais eminentes do reino.

Em seguida, trouxeram um tabuleiro de xadrez, e o sultão perguntou-me se eu queria jogar com ele. Com sinais e reverências, demonstrei que aceitava aquela honra. O sultão ganhou a primeira partida, enquanto eu levei a melhor na segunda e na terceira. Com receio, porém, de isso desgostá-lo, compus uma quadra, na qual lhe dizia, para o consolar, que dois exércitos lutaram o dia inteiro, com denodo, e de tarde, fizeram as pazes e passaram a noite juntos, em cordialidade, no campo de batalha.

De tal sorte o rei se achava maravilhado, que mandou chamar a filha, a fim de que ela pudesse também admirar o extraordinário fenômeno.

Ao entrar no aposento em que nos encontrávamos, a princesa cobriu o rosto precipitadamente e disse:

– Oh, não me avisaram de que havia um homem estranho neste quarto.

– Como, filha? Aqui só estão pessoas que podem ver teu rosto: eu e os escravos, observou o rei.

– Enganai-vos, meu pai, esclareceu a moça. Esse macaco é um ente humano. E devo dizer-vos que se trata de um jovem príncipe, filho de poderoso rei.

– Não é possível, filha! Vê bem o que dizes.

– Estou certa do que digo. Foi um gênio, filho da filha de Eblis, que o transformou em símio. Praticou essa maldade, depois de matar cruelmente a princesa da Ilha de Ébano.

O sultão apertou as mãos, atônito, e perguntou-me se era verdade o que dizia a princesa. Fiz que sim com a cabeça.

Ele voltou-se para a filha, indagando:

– Hoje é para mim um dia de surpresas e confusões. Como vês coisas que nossos olhos não desvendam?

A princesa recordou então ao seu pai que tivera uma velha aia, entendida de magias. Com ela aprendera sessenta regras de ciência oculta. Garantiu que com a aplicação de tais regras, poderia transferir a capital do reino para o meio do oceano ou para além do Cáucaso.

Assim, pois, conhecia as pessoas encantadas. E não só isso: bastava olhá-las para saber quem eram e como foram transformadas.

– Não te julgava entendida nesses assuntos, disse o rei.

– Nunca voz disse nada, meu pai, porque não deve a gente gabar-se.

– Nesse caso, ponderou o soberano, dever ser capaz de livrar o pobre príncipe da maldita feitiçaria. O coitado tem agora uma forma ridícula, e por certo sofre horrivelmente com isso.

– Sim, sou de fato capaz disso e estou pronta para fazê-lo, se assim ordenares.

– Pois executa isso imediatamente. Quero torná-lo meu vizir e, já que é príncipe, também fazê-lo teu esposo. Mãos à obra!

Nesse momento, raiou dentro de mim uma grande esperança. Confesso que eu já estava cansado de ser macaco.

A princesa foi, sem demora, buscar uma faca em cuja lâmina estavam gravadas algumas palavras em hebraico. Chamou-nos todos para um pátio secreto do palácio e recomendou que nos mantivéssemos na galeria que o circundava.

No meio do pátio, traçou um grande círculo e escreveu nele algumas palavras em árabe antigo, além de outros chamados caracteres de Cleópatra.

Colocou-se depois no centro do círculo, fez esconjurações, com termos cabalísticos, e recitou versículos do Alcorão. Aos poucos, o ambiente foi escurecendo, de modo a parecer noite, como se a engrenagem do mundo se deslocasse. De súbito, apareceu um gênio, neto de Elbis, sob a forma de um leão descomunal.

A princesa encarou-o com altivez e exclamou:

– Cão danado! Em vez de apareceres humildemente, tens a ousadia de apresentar-se sob essa forma horrenda. Tens a pretensão de intimidar-me?

O Leão rugiu:

– Ousadia é a tua, pois te esquece de que fizemos um juramento solene de não nos ofendermos mutuamente!

E dito isto, a fera abriu a boca enorme para devorar a princesa. Mas a jovem saltou para trás e arrancou um cabelo da juba do leão, cabelo esse que ela, com duas palavras misteriosas, transformou numa espada. E, rápida, de um só golpe, partiu o leão ao meio.

As duas partes do leão desapareceram, ficando apenas a cabeça, que no mesmo instante se converteu num escorpião. A princesa tomou então a forma de uma serpente e travou combate, até que o escorpião, em desvantagem, mudou-se em águia. A moça virou uma águia ainda maior e voou ferozmente no encalço do adversário.

Nós todos assistíamos a esse espetáculo estarrecidos, disse o calênder. E seguimos com os olhos as duas águias, que desapareceram na altura.

Pouco depois, abriu-se a terra diante de nós, saiu da enorme fenda um gato preto e branco, de pelo eriçado. Atrás dele veio um lobo negro a persegui-lo. O gato, em desespero, mudou-se em lagarto e escondeu-se dentro de uma romã que por acaso havia caído de uma romeira. A romã cresceu até o tamanho de uma abóbora e ergueu-se até a altura do telhado, para em seguida cair no pátio, partindo-se em centenas de pedaços.

O lobo, já transformado em galo, pôs-se a engolir os bagos da romã. Quando supôs ter devorado todos, viu que restava um perto de um riacho. Ao tentar tomá-lo no bico, o bago saltou para a água, já em forma de peixe. O galo converteu-se num peixe maior, continuando a luta debaixo d'água.

Estavam ansiosos pelo desfecho da peleja, que prosseguia encarniçada. Após algumas horas, ouvimos ruídos que nos fizeram estremecer. E surgiram o gênio e a princesa envoltos em fogo.

Lançavam grandes labaredas um contra o outro. O combate ficara agora mais impressionante. Em dado momento, o gênio deixou a princesa e veio jogar-nos grandes línguas de fogo. Mas a valente filha do rei correu em nosso socorro, afastando o adversário com vigorosas chamas.

Apesar do esforço da moça, sua intervenção não evitou que fosse queimada a barba do sultão e que ficasse carbonizado um dos seus escravos. Quanto a mim, fui duramente atingido, pois uma fagulha me inutilizou o olho direito.

Fiquei ali sem saber onde estava, pois tudo indicava que o gênio me deixara numa terra distante.

Dentro em pouco, no entanto, ouvimos gritar: – "Vitória! Vitória!" E a princesa retornou ao seu estado natural, enquanto o gênio já não passava de um monte de cinzas.

A heroica jovem, derrotando o diabólico inimigo, não quis perder tempo e, tomando uma vasilha de água, derramou-a sobre mim. Disse umas palavras mágicas e concluiu assim:

– Se és mono por encanto, recobra a tua forma primitiva!

Num átimo, voltei à minha condição de homem, mas com um olho a menos – disse o calênder.

Apressei-me em agradecer à princesa, porém ela não o permitiu e, voltando-se para o seu pai, disse-lhe:

– Estou vitoriosa, mas não tenho senão alguns momentos de vida. Fui penetrada pelo fogo, que está a me queimar por dentro. Não aconteceria isso, se eu visse a tempo o bago de romã que havia restado, pois eu tê-lo-ia engolido, e estava terminada a luta. Reduzi o gênio a cinzas, mas não posso evitar que eu própria seja vítima das armas que usei.

O calênder, demonstrando estar possuído de intensa emoção ao recordar a narrativa, dirigiu-se especialmente a Zobeida:

– Senhora, mal a princesa terminou sua explicação, soltou uns gemidos, cambaleou e caiu pesadamente no chão. Em breve era um monte de cinzas, como o gênio.

Indescritível amargura apoderou-se de mim. A generosidade da minha salvadora custara-lhe a vida. O seu inconsolável pai, não suportando o desespero, desmaiou e esteve um mês de cama, em estado gravíssimo. Quando começou a convalescer, o infeliz sultão mandou chamar-me e disse:

– Príncipe, mandei chamar-vos para vos dar uma ordem da qual depende a vossa vida.

Baixei a cabeça e assegurei-lhe que obedeceria prontamente. Ele então continuou:

– Desfez-se para sempre a minha felicidade, pois a morte de minha filha é um mal irremediável. Toda a desgraça que sofro sucedeu com a vossa chegada à minha corte, o que me leva a crer que a vossa presença é aziaga. Portanto, retirai-vos em paz, mas rápido, porque não quero que outros males venham afligir-me, arrastados pela má sorte que vós trazeis. Aconselho-vos ainda a que não volteis aos meus domínios, pois se tal acontecer algum dia, vós sereis terrivelmente punido.

Não encontrei palavras para desculpar-me. Além disso, o sultão despediu-me com rancor. Retire-me com a alma dilacerada. Sem saber que rumo tomar, entrei num barbeiro, mandei rapar a barba e as sobrancelhas, após o que enverguei o hábito de calênder.

Andei por vários países, sempre chorando a desdita que causei a duas belas princesas. Sou um infeliz. Depois de muito vagar por este mundo, decidi vir a Bagdad apresentar-me ao poderoso califa Harun al Raschid, a fim de pedir-lhe proteção, pois sei que o chefe dos crentes tem um grande coração. Cheguei esta noite e a primeira pessoa que encontrei foi o calênder que falou antes de mim.

E o segundo calênder arrematou:

– Já sabeis, senhora, por que me encontro em vossa casa.

Zobeida, comovida, mandou o homem retirar-se. Como os anteriores, ele pediu permissão para ficar e foi atendido.

HISTÓRIA DO TERCEIRO CALÊNDER

I

O terceiro calênder não esperou que Zobeida lhe desse a palavra e assim começou a sua história:

– Minha senhora, o que vou contar é bem diferente do que ouvistes. Os dois príncipes disfarçados como eu em calênderes, que falaram antes de mim, perderam um olho cada um deles, por obra do acaso ou do destino. Eu perdi o meu por minha culpa, em virtude dos acontecimentos que vou narrar.

Chamo-me Agib, que quer dizer "Maravilhoso", e sou filho de um rei que se chamava Cassib. Morto o meu pai, tomei posso dos seus Estados, fixando residência na mesma cidade onde sempre vivemos, à beira-mar.

O reino compunha-se de muitas províncias, na terra firme, e de várias ilhas, quase todas à vista da capital. Tão logo subi ao trono, empreendi numerosas viagens aos meus domínios, fazendo completa inspeção dos mesmos.

Mas não fiquei satisfeito, porque essas viagens me despertaram a ambição de descobrir novas terras além das ilhas que me pertenciam. Sempre tive também inclinação para aventuras. Por isso, mandei armar dez navios, com os quais nos arriscamos ao mar.

A navegação foi tranquila e proveitosa durante quarenta dias. Depois, enfrentamos uma tempestade, em que estivemos na iminência de naufragar. Na manhã seguinte, o tempo serenou e pudemos chegar a uma ilha onde descansamos.

Em vista do sucedido, ordenei o retorno aos meus Estados. Com grande surpresa, no entanto, verifiquei que o piloto não sabia onde nos encontrávamos. Do alto do mastro, um marinheiro anunciou que só se viam céu e água, mas que a boa distância se distinguia uma mancha negra.

Ao ouvir isto, o piloto tremeu e, subitamente perturbado, exclamou:

– Estamos perdidos! Toda a minha experiência é impotente para afastar-nos do perigo. Estamos perdidos!

E caiu num choro tal, que a tripulação ficou alarmada. Quando lhe perguntei o motivo daquele estranho desespero, ele explicou:

– A tempestade desviou-nos do rumo, senhor. Amanhã, pelo meio-dia, estaremos junto daquele ponto negro, que é uma montanha preta, verdadeira mina de imã. Isso quer dizer que desde já vossa frota começa a ser atraída, em virtude dos pregos e das ferragens que existem nos navios.

Relutei em acreditar e o piloto insistiu:

– Estou certo do que afirmo. Amanhã, a certa distância, a força do imã será tão poderosa que todos os pregos e ferros serão projetados na montanha. E as embarcações se desmancharão sob os nossos pés, indo ao fundo.

Aterrado, prosseguiu o homem: – A montanha está coberta de ferragens, o que aumenta o poder de atração. Ela é escarpada e tem no alto um cavalo de bronze, sobre o qual está um cavaleiro do mesmo metal, que tem no peito uma couraça de chumbo, onde estão impressos caracteres talismânicos. Segundo a tradição, senhor, essa estátua é a causa dos naufrágios e não cessará de causar a desgraça dos navegantes que passarem perto dela, enquanto não for destruída.

As revelações do piloto abalaram-nos. Eu e toda a tripulação julgamos ter chegado a nossa última hora. Todavia, cada um tratou de sua tarefa, pois – é claro – restava-nos uma esperança de salvação.

Passamos uma noite horrível, cheia de apreensões. Ao romper do dia seguinte, vimos com nitidez a montanha sinistra. Ao meio-dia, estávamos tão perto dela, que realizaram as previsões do piloto. Os pregos e as ferragens do navio voaram para a montanha, contra a qual bateram com grande ruído. Os navios desconjuntaram-se e mergulharam imediatamente. E todos os que iam comigo desapareceram tragados pelas águas revoltas.

Deus compadeceu-se de mim e permitiu que eu me salvasse agarrado a uma tábua, que as ondas impeliram até o monte fatídico. Ali cheguei e por sorte aportei a um local onde havia degraus na rocha, o que me possibilitou chegar ao alto da montanha, embora com extrema dificuldade.

Ajoelhei-me e dei graças ao Criador, pela mercê de me ter conservado a vida. Não me achava, contudo, nem um pouco tranquilo, visto ser quase impossível escapar daquele lugar ermo.

Mal anoiteceu, dormi profundamente, em virtude do meu abatimento e cansaço. Foi então que, em sonho, me apareceu um velho de longas barbas e disse:

– Escuta bem, Agib. Ao acordares, cava a terra, sob teus pés, e acharás um arco de bronze e três flechas de chumbo. Essas armas foram fabricadas para libertar a humanidade de tantos males que a ameaçam. Atira as flechas contra a estátua: o cavaleiro cairá no mar, e o cavalo para o teu lado, devendo enterrá-lo no local em que encontraste o arco e as flechas. O mar então se encrespará subindo até o alto da montanha. Verás no dorso das ondas um barco levando um homem com um remo em cada mão. O homem é de bronze, mas diferente do que derrubarás. Toma o barco sem pronunciar o nome de Deus. Em dez dias, o homem te conduzirá a outro mar, de onde poderás regressar ao teu país. No entanto, o êxito depende de não pronunciares o nome de Deus.

Despertei esperançoso e, cavando a terra, vibrei de alegria ao verificar que era exato tudo quanto me dissera o ancião. De posse do arco e da flecha, disparei certeiramente. Caiu a estátua, enterrei o cavalo e vi o mar agitar-se, subindo até o alto da montanha. Chegou o barco com o homem de bronze.

Sentei-me calado no barco, sem pronunciar o nome de Deus, e o homem começou a remar. Decorreram nove dias de navegação, ao fim dos quais avistei uma ilha. Considerei-me então livre do perigo e, num ímpeto de contentamento, exclamei:

– Louvado seja Deus!

No mesmo instante em que deixei escapar essa exclamação, o barco e o homem de bronze afundaram.

Tive que nadar o dia todo e a noite seguinte, que veio escura como breu. Meu cansaço era enorme. Estava desesperançado de salvar-me, quando uma onda imensa me jogou à praia. Com receio de que outra me levasse, afastei-me com dificuldade e depois dormi profundamente.

A tempestade desviou-nos do rumo, disse o piloto. Amanhã, pelo meio-dia, estaremos junto daquela montanha negra.

No dia seguinte, vi-me numa ilha deserta, mas pitoresca, na qual havia grande variedade de frutas. Alimentei-me, porém tristemente, pois verifiquei estar longe de terra e sem possibilidade de salvação.

Meu abatimento durou pouco, visto que não tardou em aparecer um barco a vela, cortando as ondas em direção a ilha. Receoso das intenções dos tripulantes, achei prudente esconder-me e subi a uma árvore frondosa, de onde podia observar tudo sem ser visto.

A embarcação deixou na praia dez escravos, que traziam ferramentas para cavar. Supus que fossem enterrar algum tesouro. Os homens penetraram no interior da ilha e começaram a abrir um grande buraco. Concluído o trabalho, que durou muito tempo, trouxeram móveis e alimentos em grandes quantidades, o que me levou a concluir tratar-se de um subterrâneo.

De novo saíram e regressaram ao barco, para depois voltarem agora acompanhados de um velho e de um jovem. Penetraram todos na cova, enquanto eu, no alto da árvore, estava cada vez mais intrigado. Ao fim de algumas horas, surgiram os homens e recobriram com terra a entrada do subterrâneo. E então notei, com a maior estranheza, que o moço ficaria no esconderijo.

Assim que a embarcação desapareceu no horizonte, resolvi elucidar aqueles fatos. Cavando a terra, dei com uma escada de pedra e fui encontrar, embaixo, uma grande sala. Havia ali um sofá, um tapete e ricos coxins de seda. E comodamente recostado, o moço refrescava-se com um leque.

Ele assustou-se quando me viu, porém tranquilizei-o:

– Nada tendes a temer de mim. Sou rei e filho de rei; minha presença não vos trará nenhum mal. Ao contrário, aqui estou para livrar-vos deste sepulcro. Não sei como vos deixastes sepultar sem a menor resistência, pois do alto de uma árvore presenciei tudo o que se passou desde a vossa chegada...

O jovem tranquilizou-se e fez-me sentar ao seu lado – disse o terceiro calênder – e eu fui logo manifestando a minha curiosidade de conhecer os motivos de o deixarem só num subterrâneo, naquela ilha deserta.

O moço vacilou um instante, mas depois me disse o seguinte:

– Já que dizeis ser rei e filho de rei, vou narrar-vos fatos que achareis estranhos.

Meu pai é um rico lapidário, que esteve longos anos sem filho, o que lhe dava grande desgosto. Um dia, ele sonhou que teria um herdeiro, o qual no entanto morreria cedo. Com efeito, quando nasci os astrólogos vaticinaram: "Este menino viverá até os quinze anos nesta idade, correrá risco de perecer e será difícil salvá-lo. Mas se escapar, terá longa existência". E explicaram mais: "Ao atingir este menino os seus quinze anos, o príncipe Agib, filho do rei Cassib, derrubará a estátua do cavaleiro de bronze da montanha-imã, e esse mesmo príncipe causará a morte desta criança, cinquenta dias após aquele acontecimento".

Fiquei impressionado com o que ouvia, pois de fato, eu, Agib, filho do rei Cassib, tinha sido levado àquela ilha por acaso – disse o terceiro calênder, acrescentando: Além disso, já havia derrubado a estátua, como previram os astrólogos.

O filho do lapidário, sem perceber a minha emoção, prosseguiu:

– Como as dolorosas previsões concordassem com o seu sonho, meu pai tomou a precaução de mandar construir este abrigo secreto, a fim de me esconder, quando soubesse ter sido derrubada a estátua. Ora, isto aconteceu há dez dias, e por isso vim refugiar-me aqui durante quarenta dias. Não creio – concluiu o jovem – que o príncipe Agib venha encontrar-me debaixo da terra, numa ilha deserta.

Quando o jovem se calou, eu zombei intimamente dos astrólogos e do seu terrível horóscopo, visto não ter a menor intenção de fazer mal a quem quer que fosse e muito menos a quem eu acabava de conhecer naquele instante. Para animá-lo, disse-lhe:

– Não vos impressioneis e tende confiança em Deus. Estou contente porque, depois de ter naufragado, aqui me acho para vos defender de qualquer perigo. Nestes quarenta dias, temidos em consequência das sinistras previsões dos astrólogos, aguardarei a chegada do barco que virá buscar-vos, e nele espero que vosso pai me consinta regressar ao meu reino.

O moço encheu-se de confiança em mim. E, naturalmente, não lhe disse que eu era o tão temido príncipe Agib.

No dia seguinte, fui buscar água, preparei a comida e inventei jogos para nos divertimos. Assim agi nos 39 dias subsequentes.

No quadragésimo e, portanto, último dia do vaticínio, já estávamos convencidos de que os astrólogos se haviam enganado. Eu pessoalmente os considerava estúpidos e impostores, por terem previsto a morte do jovem às minhas mãos. De manhã, o rapaz exclamou alegre:

– Príncipe! Chegamos aos quarenta dias, e eu estou vivo, graças a Deus e à vossa proteção!

A seu pedido, aquecia água para ele tomar banho, após o que ele foi recostar-se na cama e repousar, como era de seu costume.

O moço desejou comer uma talhada de melão com açúcar. Trouxe-lhe melão num prato, mas como não encontrasse faca para o cortar, perguntei-lhe se sabia de alguma.

– Aqui, nesta sacola, por cima da minha cabeça – informou ele.

Alonguei o braço e lá encontrei uma faca. Todavia, o movimento que fiz e minha precipitação levaram-me a enrodilhar um pé na manta que cobria o jovem. Perdi o equilíbrio e caí sobre ele de tal modo que cravei a faca, profundamente, no seu coração.

Sua morte foi instantânea.

O calênder, visivelmente transtornado ao relembrar esse triste capítulo de suas aventuras, afirmou:

– Não sei como descrever o meu desespero. Tornei-me assassino quando faltavam apenas algumas horas para que minha vítima estivesse fora de perigo. Confesso: chorei como uma criança e pedi a Deus que, se eu fosse o culpado daquela morte, não me deixasse viver mais tempo.

Refletindo depois que minhas lamentações de nada valiam e que a qualquer momento chegaria o pai do infeliz rapaz, abandonei o subterrâneo e cobri a sua entrada com terra.

Calculei que se o ancião me visse, ordenaria certamente a minha morte pelos seus escravos. Seriam inúteis as minhas alegações de inocência e involuntariedade, pois ninguém pode conter a alucinação de um pai nessas circunstâncias. Assim pensando, voltei a empoleirar-me no alto da frondosa árvore.

Mais tarde, vi a chegada do velho e dos escravos, que penetraram sem demora no subterrâneo, de lá voltando com o corpo do jovem. O seu enterramento se deu junto da árvore em que eu me encontrava. Sofri com o pranto e os soluços do pai inconsolável. E chorei mais uma vez.

II

Estava eu de novo sozinho na ilha deserta. De noite, recolhia-me ao subterrâneo. Assim vivi um mês, triste e desanimado.

Ao fim desse tempo, notei que o mar diminuía bastante e, em consequência, a ilha tornava-se maior. A terra firme parecia menos distante. De fato, as águas haviam descido tanto, que somente um curto espaço separava a ilha do continente.

Aventurei-me então à travessia, com água até os joelhos, sendo forçado a nadar apenas uma pequena parte, alcançando o outro lado.

Andei durante muito tempo sobre a areia e vi ao longe uma fogueira, quando já pisava terreno mais firme.

Apressei o passo, mas em breve compreendi o meu erro. O que eu julgava ser uma fogueira, não passava de efeito dos raios do sol sobre um castelo de cobre.

Contemplei admirado a estranha e bela construção e para lá me encaminhei, na esperança de repousar. Já próximo, notei que passeavam em seus jardins dez rapazes de boa aparência, com uma característica singular: eram todos os dez caolhos e, mais ainda, o defeito de todos era exatamente no olho direito! Com eles passeava também um alto e respeitável velho.

Parei, atônito, a contemplar aquele grupo de caolhos – todos do mesmo lado. Eles acercaram-se de mim e mostraram-se alegres de me ver. Trocamos cumprimentos, tendo os jovens indagado da razão de minha presença naquele recanto solitário. Contei-lhes então a minha história, desde a saída do reino.

Depois de me ouvirem com interesse, convidaram-me a entrar no castelo. Com eles atravessei numerosas salas, aposentos e gabinetes ricamente mobiliados. Chegamos a um salão onde havia dez pequenos sofás azuis, que de dia serviam como assentos e de noite se transformavam em leitos.

Ao certo, em outro sofá mais abaixo e da mesma cor, sentou-se o velho, enquanto os dez rapazes tomavam lugar nos dez de tipo uniforme.

Um dos moços disse-me:

– Sentai-vos no tapete, amigo, e não pergunteis nada do que fazemos, nem por que somos defeituosos do olho direito. Considerai que a curiosidade é, às vezes, a perdição de uma pessoa.

O velho levantou-se, voltando daí a pouco com a ceia dos dez caolhos, servindo-me também com a maior gentileza. Em seguida, trouxe um copo de vinho para cada um.

Todos haviam-se interessado pela minha história. Tanto que me pediram que a contasse de novo, o que fiz prontamente. Assim estivemos conversando grande parte da noite, até que um deles, notando que já tarde, lembrou ao ancião:

– Bem vedes que são horas. Precisamos cumprir as nossas obrigações. Trazei-nos o necessário.

O velho saiu novamente e regressou trazendo na cabeça dez bacias cobertas de panos azuis. Entregou uma a cada rapaz, juntamente com uma vela.

Os jovens descobriram as bacias, que continham cinza, carvão e fuligem. Misturaram tudo isso e lambuzaram os rostos e as cabeças. A seguir, começaram a chorar, a bater no peito e na cabeça, gritando:

– Eis o fruto de nossa vida inútil e nossa curiosidade!

Clamaram assim a a noite inteira. De madrugada, resolveram calar-se. O velho trouxe-lhes água, e os flagelados lavaram-se, mudaram de roupa e foram repousar.

Eu é que não consegui dormir, espantado deveras com aquele estranho espetáculo. Já com sol quente, levantamo-nos. Quando nos reunimos, arrisquei uma pergunta:

– Senhores, as extravagâncias que presenciei nesta casa me impedem de cumprir a promessa que vos fiz. Seja qual for a desventura que me espera, pergunto-vos por que lambuzastes os rostos, preparando aquela horrenda choradeira, e por que vos falta a todos o olho direito?

Contentaram-se eles em dizer que eu não devia meter o nariz em assuntos que não eram da minha conta.

À noite, como se repetissem as ridículas cenas, insisti em saber a razão daquilo. Um deles me recomendou:

– Esquecei o que vistes. Se até agora não atendemos aos vossos rogos, é por não querermos que vos suceda a nossa desgraça.

Afirmei que estava disposto a arrostar tudo, ao que o mesmo jovem me disse se eu não moderasse minha curiosidade, ficaria sem o olho direito. E acrescentou:

– Caso isso vos aconteça, não podereis residir conosco, porque está completa a lotação dos caolhos neste castelo.

Ainda assim, continuei insistindo, e ele acabou cedendo ante minha teimosia.

Os dez foram então buscar um carneiro, mataram-no e, tirando-lhe o couro, entregaram-me a faca de que se tinham servido, instruindo-me:

– Vamos colocar-vos dentro desde couro e costurá-lo. Quando nos retiramos, virá uma enorme ave, chamada "Rochedo", a qual, julgando tratar-se de um carneiro, vos levantará até as nuvens. Mas não vos assusteis, caro senhor, porque a ave descerá e vos deixará no alto de uma montanha.

Logo que vos sentirdes em terra, rasgai o couro com a faca e desembaraçai-vos. O pássaro, ao ver-vos, fugirá amedrontado. Após isso, caminhai até encontrardes um castelo. Entrai, como nós fizemos. Lá vereis o que nós vimos. Nada mais podemos dizer-vos, senão que perdemos o olho direito, como certamente perdereis o vosso.

Dito isto, envolveram-me na pele do carneiro, costurando-a, e desapareceram.

III

Tudo se passou como os caolhos haviam dito. Quando cheguei ao castelo, cuja porta estava aberta, vi um amplo pátio, com noventa e nove portas de sândalo e uma de ouro. Outras portas davam acesso às escadas que levavam aos pavimentos superiores.

As cem portas que mencionei davam entrada para jardins ou lugares onde havia tesouros e preciosidades deslumbrantes. Entrei por uma e fui até um salão em que estavam sentadas quarenta moças de indescritível beleza, mas todas de semblante tristonho. Contudo, alegraram-se ao me verem e me cumprimentaram sorridentes:

– Sede bem-vindo, senhor!

Uma delas falou:

– Ficamos satisfeitas com a vossa chegada, cavalheiro. Aqui vivemos o ano inteiro sem ter notícias do que vai pelo mundo. Supomos que trazeis notícias para nos contar e que nos alegrareis com a vossa palestra. É muito triste viver num lugar deserto, apesar de todo o conforto e riqueza que desfrutamos.

Confesso que fiquei bastante intrigado com aquelas palavras, já curiosos de saber por que ali viviam aquelas quarenta damas, tão gentis e tão formosas. Esta maldita curiosidade tem sido a minha perdição. Apesar de reconhecer o meu defeito, estava dominado pelo desejo de desvendar o mistério.

Serviram-me deliciosos guisados e vinhos finos. Comi apetite voraz as variadas iguarias que me ofereceram. Em seguida, pediram que eu lhes contasse as minhas aventuras. Atendi com prazer e quando terminei, era noite. As jovens então trouxeram velas e instrumentos de música, tocaram, cantaram e dançaram. Foi esplêndida a festa, realizada com ordem e distinção.

De madrugada terminaram as diversões, e elas, com a maior cortesia e respeito, indicaram os aposentos em que eu deveria repousar.

Na manhã seguinte, ofereceram-me roupas e acompanharam-me à piscina, tudo isso com cativante gentileza e bondade.

Os dias foram correndo e eu nem sequer me lembrava de abandonar aquele palácio, onde não era direito permanecer tanto tempo. Todas as noites reuníamo-nos no grande salão, eu contava-lhes fatos e coisas da minha vida, inteirando-as ainda dos acontecimentos em diversos países.

O certo é que tudo isso me agradava, fazendo-me esquecer as desventuras passadas. Sentia-me ligado por uma amizade pura aquelas moças tão bondosas e simples.

Com isso, passou quase um ano, período em que eu, comendo os mais deliciosos manjares, bebendo os melhores vinhos, passeando e divertindo-me, não queria saber de nada. De maneira que foi com a maior surpresa que, certa manhã, fui procurado pelas quarenta jovens, que vinham comunicar-me a sua partida. Uma delas disse:

– Caro príncipe, vamos separar-nos, porquanto hoje mesmo partiremos.

Supliquei-lhes que me dissessem o motivo daquela partida dispondo-me a auxiliá-las naquela circunstância, pois notava que todas tinham o semblante triste.

– Não importa o motivo – responderam. Queremos apenas dizer, príncipe, que muito apreciamos a vossa inteligência e a vossa maneira tão respeitosa de nos tratar. Sois inegavelmente um cavalheiro distinto e agradável.

Dizendo isto, choraram. Fiquei penalizado e insisti em que me confiassem o seu segredo. Elas vacilaram tendo uma me observado:

– Receamos que não tenhais bastante domínio sobre vós, e nesse caso ser-vos-ia fatal o conhecimento de certas coisas.

– Por Deus, senhoras, explicai-vos. Podeis falar, que nada temo.

Mais resoluta, uma das jovens resolveu atender aos meus pedidos:

– Pois bem, caro príncipe, ficareis sabendo apenas o essencial. Somos todas princesas, filhas de reis, e vivemos juntas, mas ao fim de um ano somos obrigadas a ausentar-nos por quarenta dias, por razões que não podemos revelar-vos. Depois voltamos a este palácio. Ontem acabou o ano e hoje é preciso que nos separemos.

Depois de um instante de silêncio, a moça continuou:

– Antes de sairmos, deixamos-vos todas as chaves, especialmente as das cem portas. No interior das salas encontrareis inúmeras diversões com as quais amenizareis a vossa solidão. No entanto, muito cuidado. Para o vosso bem, evitai abrir a porta de ouro. Se fizerdes isso, haveis de arrepender-vos, ao passo que nós lamentaremos a vossa sorte, pois não vos desejamos nenhum mal.

O calênder interrompeu a sua história por uns momentos, podendo notar que todos aguardavam o seu desfecho com o maior interesse. Depois de fazer um esforço de memória, continuou:

– O mal, minhas senhoras e meus senhores – disse ele – foi eu ter ficado sozinho naquele vasto castelo. Passei a observar minuciosamente todos os objetos e cuidei logo de abrir as portas para verificar o que havia nos cômodos. Claro que eu não me esquecia da recomendação com referência à de ouro.

Peguei a chave da primeira e entrei num jardim como nunca havia imaginado. O mais singular é que ali se encontravam as mais variadas espécies de árvores carregadas de frutos saborosos, com um processo de irrigação original e científico, segundo as exigências da época e de cada uma.

A segunda porta levou-me a outro jardim assombroso. A terceira dava para um enorme aviário, todo de mármore e madeiras preciosas, no qual se viam os mais belos pássaros, que cantavam maviosamente.

Assim prossegui até o entardecer, quando me recolhi aos meus aposentos. Estava disposto a abrir todas as demais portas, menos a centésima, que era a de ouro. No dia seguinte, abri uma porta e o que vi foi coisa de pasmar. Encontrei um edifício de estranha arquitetura, com quarenta portas, cada uma das quais dava acesso a um tesouro fabuloso, que faria inveja aos mais poderosos reis da terra.

Um deles, por exemplo, continha montões de pérolas, algumas, por incrível que pareça, do tamanho de um ovo de pomba; nos outros, havia dezenas de milhares de diamantes, esmeraldas, barras de ouro, prata e todas as demais preciosidades conhecidas.

Nessa altura, o calênder advertiu:

– Não me deterei, senhoras e senhores, em descrever essas maravilhas, que estão acima das palavras. Devo apenas dizer que no decorrer dos dias abri noventa e nove porta e detive-me na centésima. Por coincidência, no dia seguinte deveriam regressar as jovens, que certamente me proporcionariam os meios de eu retornar ao meu reino.

Não fosse eu tão curioso, e hoje seria um homem feliz. Mas fiquei desesperado por saber o que havia além da porta de ouro. E pensava comigo que o melhor era satisfazer o meu desejo antes da chegada das moças as quais impediriam a minha loucura.

A tentação venceu-me. Abri a porta fatal, aquela em que eu prometera não tocar. Assim que dei volta à chave e entrei, um perfume agradável, mas de estranho efeito, fez-me perder os sentidos. Todavia, ao dar acordo de mim novamente, ao invés de ter em conta aquele aviso, fechar a porta e sair, persisti em minha curiosidade e avancei.

O cômodo em que penetrei era vasto. Vários candelabros de ouro com velas acesas iluminavam o local, todo ele recendendo a aromas esquisitos. Havia ainda lâmpadas cheias de óleo composto de perfumes diversos.

Olhei em volta e vi um garboso cavalo negro. Aproximei-me e observei que tinha sela e freio de ouro maciço. Sua manjedoura continha ceva e água de rosas. Agarrei-o pela crina e trouxe-o para fora, querendo vê-lo à luz do dia. Em seguida montei-o.

Não consegui, contudo, que ele andasse. Servindo-me então de uma varinha que encontrara na estrebaria, fustiguei-o com vigor. Ao tomar a primeira varada, o animal relinchou e – coisa extraordinária – abriu umas asas que eu não tinha observado e foi pelos ares como um estranho de gigantesco pássaro.

Fiquei alucinado com aquilo, mas tratei de equilibrar-me da melhor maneira e aguentei-me.

Após voar a grande altura, numa velocidade espantosa, o cavalo desceu para o terraço de um castelo e atirou-me violentamente fora da sela de modo que resvalei para trás, tendo a ponta de sua cauda me arrancado o olho direito.

E assim fiquei caolho, conforme me haviam prognosticado os dez senhores que tinham o mesmo defeito.

O cavalo tornou a alçar voo e desapareceu nos céus, enquanto eu, depois de levantar cambaleante, andei pelo terraço com a mão na órbita, onde sentia dores agudas, e desci para um salão em que encontrei dez sofás dispostos em círculo e outro ao meio. Aí, reconheci que estava de novo no palácio de onde saíra.

Os dez caolhos estavam fora, e eu ali os aguardei, lamentando a minha sorte. Quando eles chegaram, em companhia do ancião, disseram-me:

– Muito sentimos o que vos aconteceu, senhor, apesar de nossa advertência. Estas agora caolho como nós. Tudo o que vos aconteceu, sucedeu-nos da mesma forma, por obra de nossa curiosidade. Fostes

Mas fiquei desesperado por saber o que havia além da porta de ouro

imprudente como nós. Sentimos não será possível a vossa permanência aqui. Em vista disso, deveis retirar-vos e tomar o caminho de Bagdad, onde encontrareis quem vos proteja.

Ensinaram-me o rumo gentilmente e eu despedi-me deles. No meio do caminho, rapei as barbas e as sobrancelhas, e vesti estas roupas de calênder.

Após longa e cansativa viagem, cheguei hoje aqui, ao anoitecer. As portas da cidade, encontrei estes dois colegas. Apesar de admirados de nos vermos com o mesmo defeito, não tivemos tempo de conversar sobre as desgraças que nos uniram. Estávamos preocupados em arranjar abrigo e foi assim que chegamos até esta casa.

Aí tendes a minha história – concluiu o terceiro calênder.

Zobeida disse então ao terceiro calênder que podia retirar-se, visto estar satisfeita com a sua história. Este, porém, manifestou o desejo de permanecer, curioso de ouvir o que contariam os outros senhores que não haviam ainda falado. E teve permissão de ficar.

Depois de dar esse consentimento, Zobeida dirigiu-se ao califa, ao vizir Giafar e ao guarda do palácio Mesrour, os quais ela supunha fossem simples mercadores:

– Podeis falar, senhores. É a vossa vez.

Os três ficaram em situação embaraçosa, pois de fato não podiam revelar a sua verdadeira identidade. O califa respondeu habilmente:

– Minha senhora, para vos atendermos, temos que repetir o que já dissemos ao entrar em vossa casa. Não passamos de modestos mercadores e chegamos de Moussoul para vender as belas fazendas que trouxemos e que se acham no lugar onde nos hospedamos.

Já explicamos que estivemos em uma festa, onde o excessivo ruído acabou por atrair a patrulha. Tratamos de escapulir, mas como fosse tarde demais, não pudemos recolher-nos à nossa estalagem. Sem abrigo, passamos por aqui e fomos acolhidos por vossa generosidade.

Como vedes, senhora, nossa história é muito mais simples que a desses senhores. Nada temos de interessante para contar, mas assim mesmo cumprimos as vossas ordens.

Zobeida ficou um tanto indecisa e insatisfeita com aquela explicação. Ao notarem isso, os calênderes rogaram-lhe que tivesse para com os mercadores a mesma bondade que tivera para eles. A moça sorriu e exclamou:

– Pois bem! Estão todos perdoados, mas retirem-se já desta casa.

O tom severo da moça e os olhares ameaçadores dos escravos não admitiam réplica. Os homens saíram sem mais uma palavra. Na rua, enquanto o carregador tomava o seu rumo, o califa perguntou aos calênderes:

– E vós, aonde ireis a estas horas?

– Estamos pensando exatamente nisto, senhor – responderam eles.

– Podeis seguir-nos, que vos tiraremos do apuro.

Assim dizendo, Harun al Raschid disse ao ouvido do seu ministro Giafar:

– Amanhã, dar-nos-emos a conhecer aos pobres príncipes. Quero mandar escrever as histórias desses moços, porque merecem figurar nos anais do meu reino.

O vizir levou os calênderes para a sua residência, e o califa e Mesrour regressaram ao palácio.

O rei, porém, não conseguiu dormir. Estava excitado pela curiosidade de saber os motivos pelos quais Zobeida havia maltratado tanto as cadelas e a razão de Amina ter o peito cheio de cicatrizes. Pensou coisas com tal insistência que quando amanheceu, não havia pregado olho nem um minuto.

Mal rompera o sol, estava ele no trono para dar audiência, como era seu costume. À chegada de Giafar, Harun al Raschid disse-lhe:

– Meu caro vizir, não há por ora nenhum assunto importante para despachar. O que eu desejo é que vás imediatamente buscar as três damas em cuja casa estivemos ontem. Traze também os calênderes.

O vizir não se deteve. Procurou as moças e transmitiu-lhes a ordem delicadamente, mas sem falar nos acontecimentos da véspera. Elas cobriam os rostos com o véu e acompanharam-no. Giafar levou também os calênderes, os quais já sabiam que tinham visto o califa, sem o conhecerem por causa do seu diesfarce.

O monarca recebeu todos com gentileza e disse às jovens:

– Senhoras, não vos assusteis por saberdes que na noite passada penetrei na vossa casa, disfarçado em mercador. Receais naturalmente ter-me ofendido. Devo dizer-vos que nenhuma queixa tenho de vossa atitude, porque nós é que procedemos mal, desrespeitando vossas recomendações.

Com um sorriso benevolente, o soberano Harun al Raschid prosseguiu:

Ao descer ao terraço de um castelo, o cavalo atirou-me violentamente fora da sela, de tal modo, que a ponta do seu rabo arrancou-me o olho direito

– Mandei que viésseis aqui apenas para saber os motivos de fatos que me impressionaram em vossa casa. Assim, pois, quero saber por que uma de vós, depois de açoitar as cadelas pretas, chorou com os pobres animais? Também desejo saber por que outra tem o peito coberto de cicatrizes.

Era uma ordem do califa, o quinto da poderosa casa dos Abbas. Devia ser cumprida e foi no mesmo momento. Zobeida falou primeiro.

HISTÓRIA DE ZOBEIDA

I

Dispondo-se a contar a sua história, assim falou Zobeida:

– Chefe dos crentes! O que vou narrar-vos é tão extraordinário que acharei natural se vós não quiserdes acreditar. É, no entanto, a pura expressão da verdade.

Por mais estranho que vos pareça, as duas cadelas negras são minhas irmãs, como eu, filhas do mesmo casal, e em breve vos direi por que foram transformadas em animais. Esclareço ainda que as duas moças que vivem comigo, e aqui se acham presentes, são também minhas irmãs, mas pelo lado paterno, ou seja do segundo casamento do meu pai. A que tem cicatrizes chama-se Amina; a outra, Safia e eu, Zobeida.

Quando morreu o nosso pai, repartimos igualmente o que ele nos deixara. Estas duas meias irmãs que agora estão comigo foram viver com a mãe delas. Quanto a mim e às duas outras irmãs, ficamos juntas, já que nos vimos órfãs de pai e mãe.

Acabei ficando só, pois minhas duas manas resolveram casar-se. Pouco tempo depois do casamento, o marido da primeira vendeu todos os bens e, ajuntando o que apurara aos cabedais da esposa, foi com ela para a África. Homem de hábitos censuráveis, ali ele dissipou o que possuía em banquetes e gastos inúteis, de tal maneira que ficou na miséria. Não contente com isso e querendo ver-se livre da mulher que já nem podia sustentar, terminou por expulsá-la de casa.

Minha irmã regressou então a Bagdad, após demorada e penosa viagem. Procurou minha casa em estado lastimável, doente, faminta e maltrapilha. Senti por ela imensa compaixão. Dei-lhe roupas, tratei-a com ternura e disse-lhe:

– Mana, considero-te como se fosses minha mãe, já que és mais velha do que eu. Quero dizer-te que, na tua ausência, dediquei-me à criação do bicho-da-seda, e com isso os meus haveres se multiplicaram. Tudo o que tenho está à tua disposição.

Em perfeita harmonia, vivemos juntas alguns meses. De nossa terceira irmã não tínhamos notícias, o que muito nos aborrecia. Um dia, no entanto, ela também chegou em estado tão lamentável quanto a mais velha, porque o marido a maltratava da mesma maneira. A esta, igualmente, dei o mais afetuoso acolhimento.

E assim ficamos vivendo as três, como antigamente. Algum tempo depois, as minhas irmãs, sob o pretexto de que não era justo ficarem dando-me despesas, comunicaram-me o seu propósito de casarem novamente, pois, por uma verdadeira coincidência, tinham ficado viúvas no decorrer de um período relativamente curto.

Tudo fiz para demovê-las de semelhante intento, dizendo que muito me admirava não ter o primeiro enlace lhes servido de lição. Deviam antes – insistia eu – escolher um marido honrado e justo, evitando toda e qualquer atitude precipitada.

Foram inúteis essas palavras. As duas fecharam os ouvidos às minhas razões. Estavam decididas a casar-se e casaram-se.

Parecia que eu adivinhava tudo, visto que os meus pressentimentos se confirmaram totalmente, da primeira como da segunda vez. Correram alguns meses e eis que voltaram elas cheias de lamentações. Disseram-me com humildade:

– "Sendo mais nova do que nós, és contudo mais ajuizada. Se nos aceitares de novo em tua casa, mana, juramos não cair outra vez em desatinos".

Em resposta, abracei-as com ternura e afirmei-lhes que continuava tendo por elas igual estima. Retornamos à vida em conjunto, sem pensar nos erros passados. Nossa casa voltou a ficar alegre, e nada nos contrariava, já que meus recursos eram grandes, permitindo-nos o maior conforto e tranquilidade.

Desfrutamos um ano da mais completa harmonia. Minhas economias prosperavam. Em face disso, resolvi fazer uma viagem marítima, com fim de aventurar parte dos meus bens no comércio. Fomos então a Balsora, onde comprei um barco a vela e o carreguei de valiosas mercadorias.

Preparado o belo e amplo veleiro, iniciamos a viagem com vento favorável. Saímos do Golfo Pérsico numa clara manhã, cheias de ânimo e confiança. Em alto mar, seguimos o rumo das Índias, cujos portos, de enorme movimento, eram propícios a vantajosas transações.

Ao fim de vinte dias – continuou Zobeida a sua história – avistamos terra. Era um monte elevado dominando uma grande cidade. Como o vento nos ajudava, em breve entramos no porto.

Minhas irmãs sentiam-se cansadas e preferiram repousar um pouco antes de descer. Eu, porém, ansiosa de ver coisas novas e costumes interessantes, desembarquei sozinha e imediatamente.

Logo à entrada da cidade, vi um grupo de homens, uns sentados, outros, de pé, com armas nas mãos, parecendo estar de guarda. Tinham um aspecto de tal modo horrível, que me assustei. Vendo que permaneciam imóveis, fiquei mais tranquila e aproximei-me deles.

Recuei aterrorizada, ao verificar que aqueles homens estavam petrificados!

A custo, recobrei a serenidade e continuei a andar. Passei por várias ruas. Encontrei homens aqui e ali, em diversas posições, mas todos sem movimento, completamente petrificados!

Era desconcertante o meu espanto. Confesso que comecei a sentir-me amedrontada; minha curiosidade, porém, era tão grande que eu não me detinha. No bairro dos comerciantes, quase todas as lojas estavam fechadas. Nas poucas que se conservavam abertas, havia pessoas no mesmo estado, isto é, transformadas em pedras.

As chaminés das casas não soltavam fumaça. Não se ouvia o menor ruído em nenhuma parte. Concluí então que todos os habitantes daquela cidade tinham sido convertidos em pedra. Pensei logo que aquela horripilante tragédia deveria ser algum castigo da Providência Divina.

Ia fazendo essas tristes considerações quando cheguei a uma enorme praça. Ali vi um majestoso edifício e calculei que devia pertencer a algum príncipe. Sua bela porta, coberta de chapas de ouro, estava aberta de par em par, mostrando um imponente reposteiro e uma lanterna suspensa na parte superior da entrada. Resolvi transpor a pesada cortina e entrar na esperança de encontrar algum ser vivo.

Logo à entrada da cidade vi um grupo de homens, uns sentados, outros de pé, com armas nas mãos, parecendo estar de guarda.

Tive novo assombro, ao deparar no vestíbulo, porteiros e guardas petrificados. Atravessei um largo pátio em que havia grande multidão. Parecia que uns iam e outros vinham, mas em verdade não passavam todos de estátuas de pedra, imóveis como o que já vira naquela cidade fantasma. Aí também reinava um silêncio impressionante.

Percorri diversos pátios, cada qual mais amplo, até que parei diante de um gigantesco edifício, cujas enormes janelas, protegidas por grades de ouro, me deram a impressão de corresponder aos aposentos da rainha.

Entrei no majestoso prédio e numa sala dei com muitos escravos negros petrificados; noutra mais luxuosa, estava uma dama igualmente de pedra, com uma coroa de ouro na cabeça e um colar de pérolas no colo.

Eu estava maravilhada com a imensa riqueza que tinha diante dos olhos. Cheguei finalmente a um salão onde estava o trono de ouro, cravejado de esmeraldas. Sobre esse trono via-se um coxim ornado com pérolas, e do cetro vinha uma luz resplandecente. Aproximei-me e descobri um brilhante do tamanho de um ovo de avestruz.

Em cada lado do trono havia tochas acesas, o que me levou à conclusão de ali existir alguém com vida, pois as velas não podiam conservar-se senão por tempo terminado. Quem seria? – pensei eu. Que estranha criatura poderia viver numa cidade de habitantes petrificados?

Era no entanto, quase noite, e eu diligenciei voltar ao barco. Perdi-me, contudo, naquele terrível labirinto de salas e corredores. Entrei aqui, saí ali, atravessei vastos cômodos e fui encontrar-me de novo na sala do trono.

Fiz nova tentativa de abandonar aquele descomunal edifício, já angustiada e arrependida da minha ousadia. Não tive maior sucesso. Depois de dar mil voltas, surpreendi-me outra vez na enorme sala do trono. Tive vontade de gritar e chorar, só não fazendo isso por compreender que seria sem o menor proveito. Além do mais, calculei que seria perigoso chamar atenção sobre minha presença. Talvez houvesse por ali algum entre malfazejo, capaz de punir a minha intromissão.

Já cansada, resolvi passar a noite ali, porque ao menos tinha a luz das tochas para diminuir o medo de ver-me sozinha naquele ermo. Mas não dormi, impressionada com o ambiente e com o silêncio de morte, que me permitia ouvir a minha própria respiração. Rezei as minhas orações e fiquei quieta, quieta.

A certa hora, chegou-me aos ouvidos algo que me animou. Tive a impressão de que um homem recitava orações, com exaltado fervor e no tom usado nos templos. Levantei-me cautelosamente, tomei uma das tochas e segui na direção da voz. Parei junto de um cômodo e espreitei que aquele gabinete, pelo seu interior e disposição, era um lugar destinado a orações, Ali estava um jovem lendo em voz alta o livro sagrado de nossa religião.

Eu tinha enfim encontrado um ser vivo na cidade sinistra. Estava atônita, mas ao mesmo tempo confortada. Empurrei a porta e disse estas palavras:

– Louvado seja Deus que nos favoreceu com uma venturosa viagem. Confio em que sua infinita bondade nos leve de volta ao nosso país.

O rapaz olhou tranquilamente e murmurou:

– Quem sois, minha senhora, e que buscais neste país tão desventurado? Se me responderdes, retribuirei com informações sobre minha pessoa e sobre o tremendo desastre aqui sucedido.

Em poucas palavras, eu disse de onde vinha e os objetivos da minha viagem. Em seguida, manifestei-lhe minha surpresa pelo que vira na cidade.

O moço, esbelto e simpático, deixou escapar um sorriso melancólico, enquanto eu sentia uns impulsos conhecidos no coração. Depois de guardar o livro, ele falou, no mesmo tom sereno:

– Senhora, o que ides ouvir é uma prova do infinito poderio de Deus. Esta cidade era a capital de um próspero reino, de que meu pai se tornou soberano. Tanto ele, porém, como na sua corte e todos os súditos, eram magos, isto é, adoradores do fogo e de Nardoun, antigo rei dos gigantes rebeldes a Deus. Foi em consequência disso que surgiu a catástrofe que desabou sobre todos nós.

Como o jovem se calasse, não me contive e supliquei-lhe:

– Continuai, por favor. Estou ansiosa por saber como se deram essas coisas extraordinárias, pois aqui vi tantas pessoas mortas de modo estranho e tantas maravilhas perdidas, que a minha curiosidade é imensa.

– Pois então ouve atentamente, que vou satisfazer vosso desejo, respondeu ele. E prosseguiu: – Embora meus pais fossem adoradores de ídolos e de espíritos rebeldes, eu alcancei a boa sorte de ter como ama, na minha infância, uma virtuosa senhora, que sabia de cor o livro sagrado da nossa religião e o explicava com clareza. E ela dizia-me sempre: – "Príncipe, não há senão um Deus verdadeiro. Não deveis reconhecer e adorar outros, pois isso trará a perdição da vossa alma".

Com essa ama aprendi a ler o árabe, exercitando-me no santo livro. Ela morreu, afinal, mas eu fiquei bem instruído quanto aos princípios da religião, e, portanto, cada vez mais horrorizado com o culto do falso deus Nardoun e da adoração do fogo.

Há três anos – continuou o jovem – ouviu-se de repente, na cidade, uma voz atroadora, pronunciando estas palavras que todos ouviram distintamente: – "*Habitantes, deixai o culto de Nardoun e do fogo; adorai o único Deus verdadeiro, o Deus misericordioso*".

A mesma voz repetiu essas palavras durante três anos seguidos. Os moradores se sentiam apavorados, mas a verdade é que ninguém procurou converter-se. Passado o instante do medo, esqueciam logo a advertência.

Por isso mesmo, um dia, entre as três e quatro horas da madrugada, todos os habitantes da cidade foram subitamente transformados em pedra, no lugar e na posição em que se encontravam. Meu pai e minha mãe não escaparam do castigo e tiveram igual destino.

– De maneira que somente vós fostes poupado, observei eu comovida.

– Exatamente, disse o príncipe. Devo esta graça à bondosa ama que me educou. A justiça de Deus é perfeita, e assim aqui estou eu salvo da tragédia que atingiu o meu povo. Agora, mais do que nunca, jamais me esquecerei de que só há um Deus verdadeiro.

E o moço concluiu:

– Estou convencido, minha bela senhora, de que, tendo-me salvo, Deus vos enviou para meu consolo nesta insuportável solidão.

A narrativa do príncipe e sobre tudo suas últimas palavras acabaram de inflamar a minha afeição. E concordei com ele:

– De fato, príncipe, também eu não tenho dúvidas de que a mão de Deus me conduziu a este porto, a fim de vos proporcionar o meio de deixardes este país funesto.

Podereis ir em meu navio até Bagdad. Ofereço-vos acolhida em minha casa, até que o poderoso chefe dos crentes, o califa Garun al Raschid, vos conceda as honras que mereceis. O célebre monarca reside naquela cidade, e quando souber da vossa desdita, estou certa de que não vos negará amparo. O meu barco está a vossa disposição.

De manhã, rumamos para o porto. Passamos apressadamente pelas ruas silenciosas e tristes no meio daquelas impressionantes figuras imobilizadas. No navio, todos estavam sobressaltados com a minha demora.

Minhas irmãs correram ao meu encontro, perguntando-me o que sucedera. Falavam as duas ao mesmo tempo, não me dando tempo de explicar nada.

O capitão do navio, de olhos arregalados, sentindo-se no dever de me dar uma explicação por não ter saído com os escravos à minha procura, disse:

– Senhora, quando anoitecia, sem que vós chegásseis, desci do barco com alguns escravos e meti-me pela primeira rua que encontramos. Qual não foi, porém, a minha surpresa ao dar de frente com esses medonhos fantasmas que enchem esta cidade mal-assombrada.

Os negros fizeram uma gritaria dos diabos e eu, de minha parte, já com os cabelos arrepiados, sentia as pernas bambas e trêmulas. Não tivemos coragem de prosseguir. Por isso mesmo, senhora, admiro a vossa coragem.

Achei graça no capitão, que ainda tinha o pavor estampado na fisionomia. Apresentei minhas manas ao príncipe, e contei-lhes o sucedido.

Fiz desembarcar toda a mercadoria do barco, para substituí-la pelas preciosidades que mandei escolher no palácio real. Aí surgiram grandes dificuldades, pois os escravos estavam tomados de pavor.

Intimei-os a cumprir a tarefa, e os coitados carregavam enormes caixas, passando com extremo cuidado e visível terror entre os homens de pedra. Quando acontecia esbarrar nalgumas daquelas tristes figuras, os negros gritavam alucinados e jogavam a carga ao chão, fugindo em disparada. Era uma verdadeira labuta forçá-los a voltar ao serviço. Apesar disso, tudo foi feito a contento.

É evidente que veio uma insignificante parcela das riquezas e maravilhas que eu tinha admirado, pois seriam necessárias muitas embarcações para transportar a Bagdad tudo quanto de valioso existia na régia habitação. Mesmo assim, minhas irmãs ficaram satisfeitíssimas com o bom negócio que fazíamos, já que a nova carga era uma fortuna incalculável. Nem sequer pensávamos no que era impossível levar.

E assim partimos de volta a Bagdad.

II

Zobeida continuou:

– A viagem de volta decorria a mais alegre possível. O príncipe, minhas irmãs e eu passávamos o dia conversando animadamente. O sucesso da empresa, o bom estado de espírito e o curioso desfecho da aventura tornavam-nos bastante comunicativos. Além do mais, tínhamos agora uma serena confiança no futuro, já que poderíamos viver com tranquilidade, sem atropelos e sem preocupações de nos metermos em outros negócios, visando a lucros.

Essa harmonia durou pouco, no entanto. A minha cordialidade com o belo príncipe deixou as manas enciumadas. Um dia, ousaram perguntar-me que faríamos dele quando chegássemos a Bagdad. Em tom brincalhão, respondi-lhes que o tomaria por esposo. E, voltando-me para o príncipe, acrescentei, com o mesmo propósito de brincadeira:

– Caro senhor, quando chegarmos a Bagdad, é minha intenção oferecer-vos a minha pessoa como esposa, prometendo que serei uma humilde escrava da vossa vontade. Estou convencida de que um homem da vossa condição não pode viver sem lar, e é por isso que vos faço esse surpreendente oferecimento. Aceitareis?

O príncipe riu com bom humor. Depois, fixando os seus olhos nos meus, respondeu com a maior naturalidade:

– Não sei se falais a sério, senhora. Quanto a mim, tenho a declarar-vos, perante vossas irmãs, que aceito desde já a oferta. Mas não como escrava e sim como esposa, diante de Deus, por estar seguro de que foi a Divina Providência que vos guiou até mim, com o objetivo de me tornar feliz depois de tanta desgraça.

Soltei um grito de alegria, pois de fato eu alimentava pelo príncipe uma grande afeição, desde o momento em que o vira pela primeira vez.

Minhas irmãs, porém, emudeceram inexplicavelmente. Notei então que a partir daquele instante não era o mesmo o afeto que me dedicavam.

Elas passaram a conversar pouco comigo. Ficavam as duas o dia inteiro conversando reservadamente, e quando eu me aproximava, ou calavam-se ou mudavam de assunto. Eu sofria com aquela atitude, mas nada podia fazer, visto que as duas deliberadamente me evitavam.

Por fim, entramos no Golfo Pérsico, e assim bem próximo de Bagdad. Confesso que era enorme minha ansiosidade de chegar ao fim da viagem. Manifestei esse sentimento às manas e notei que algo de estranho se passou no semblante das duas. Esboçaram um sorriso forçado e trocaram olhares significativos. Fingi não ter percebido o gesto e afastei-me. A conduta de ambas, no entanto, deixava-me cada vez mais aborrecida. Nesse dia, cheguei a chorar amargamente. Não me conformava com a hostilidade delas, eu que as amava do fundo do coração.

Esperávamos chegar no dia seguinte. Durante a noite, procurei recolher-me cedo, a fim de, dormindo, esquecer a minha impaciência. Altas horas – salientou Zobeida com lágrimas nos olhos – minhas perversas irmãs tiraram-me da cama e lançaram-me às águas revoltas do oceano. O mesmo fizeram ao príncipe, cujo grito cheguei a ouvir. O pobre moço morreu logo, conforme pude concluir depois. Mesmo na angústia de lutar contra a morte, em meio às ondas furiosas, ainda me doeu profundamente o gesto ingrato das irmãs que eu tanto protegera da melhor boa vontade.

Tive melhor sorte do que o meu pobre noivo. Bracejei com desespero e energia, conseguindo manter-me à superfície por muito tempo. Nadava no escuro, sem ver um palmo à frente e sem esperança de salvar-me. Acredito que não morri por milagre. O príncipe, mais forte do que eu, havia sido tragado pelas águas.

Horas depois, quase sem forças e já a perder os sentidos, encontrei pé. Marchei resolutamente para onde me parecia divisar terra. E desse modo, cheguei a uma praia, onde me estirei de comprido, quase morta de cansaço. Ainda escuro, eu não tinha noção do lugar em que me encontrava. Mas isso pouco importava naquele hora dramática do meu destino: o importante é que Deus, na sua infinita misericórdia, continuava me protegendo.

Ao amanhecer, reconheci que estava numa ilha deserta, a pouca distância de Balsora. Rendi graças ao Senhor, que me havia ajudado em situação tão difícil. Fiz enxugar a minha roupa ao sol, bebi água num riacho e procurei algumas frutas, com as quais me renasceu a esperança de salvação.

Em seguida, abriguei-me à sombra de uma árvore. Poucos instantes haviam decorrido, quando vi com espanto uma serpente de asas enormes e largas, que vinha em minha direção, arrastando-se com dificuldade e agitando a língua. Percebi que o animal sofria.

Levantei-me então e vi outra serpente maior fazendo esforços para devorar a primeira, já bastante ferida. Em vez de fugir, conforme o meu primeiro impulso, fiquei compadecida e, num ímpeto de coragem, tomei uma pedra e esmaguei a cabeça da agressora. Vendo-se livre, a outra imediatamente alçou voo, desaparecendo no horizonte.

Quanto a mim – prosseguiu Zobeida – voltei a abrigar-me à sombra da árvore e adormeci profundamente.

Não sei quanto tempo durou o meu sono. Ao despertar, o sol já tinha passado do meio do céu. E imaginem o meu assombro ao ver perto de mim uma mulher negra, de feições agradáveis e olhar bondoso, a qual trazia duas cadelas da mesma cor.

Após o choque de surpresa que tive, recobrei a calma e perguntei-lhe:

– Quem sois e que quereis de mim?

A negra me disse:

– Não vos assusteis, minha boa senhora. Aqui estou unicamente para vos agradecer o serviço que me prestastes.

Fiz-lhe ver que não entendia nada do que ela dizia, pois na verdade nunca a tinha visto antes e, portanto, não poderia ter-lhe prestado nenhum serviço. A preta tornou a sorrir e explicou:

– Eu sou a serpente que há pouco salvastes de um terrível inimigo. Não fosse a vossa coragem, a estas horas eu estaria morta.

Para vos manifestar a minha gratidão – continuou ela – e para vingar-vos, busquei o auxílio de outras companheiras, fadas como eu, e levamos toda a valiosa mercadoria do vosso barco para os vossos armazéns em Bagdad, depois de termos afundado a embarcação. Não tivestes, portanto, nenhum prejuízo no que se refere aos fabulosos tesouros.

– E minhas irmãs, pobrezinhas, que foi feito delas? – gritei angustiada.

A fada negra continuou:

– Bem se vê que tendes um coração de ouro, ao vos preocupardes com a sorte de duas criaturas sinistras que tudo fizeram para vos tirar a vida. Estas duas cadelas são as vossas irmãs, às quais dei esta forma, para puni-las. Mas este castigo não basta. Eu vos direi oportunamente como devem ser tratadas. Por enquanto, o mais importante é tirar-vos desta ilha deserta.

Assim falando, a fada colocou-me sob um dos braços, enquanto com o outro tomava as cadelas. Maravilhada e ao mesmo tempo atônita, vi-me transportada no espaço, chegando com incrível rapidez a Bagdad.

Na minha cidade, pude ver efetivamente, nos meus armazéns, as preciosidades que eu trazia no barco. Aquilo tudo me parecia inacreditável. Mas ali na minha frente, convencendo-me da verdade, estavam os fabulosos tesouros que eu colocara no barco.

Em parte, fiquei satisfeita de ver em meu poder a imensa fortuna, com a qual eu nunca mais teria preocupações no futuro. Não pude, contudo, evitar as lágrimas, que correram abundantemente pelas minhas faces. É que pensei no trágico fim do príncipe e na sorte das minhas irmãs, que nesse momento, em forma de cadelas, começaram a latir furiosamente.

Chorei durante muito tempo, até que a fada, interrompendo os meus soluços, entregou-me as cadelas e me instruiu:

– Deveis dar cem chicotadas, diariamente, nessas cadelas.

Dilatei os olhos com horror. Eu não teria coragem de cumprir aquela implacável recomendação. E objetei:

– Mas, senhora, não basta o terrível castigo a que estão as pobres submetidas? Já é doloroso estarem condenadas a viver sob essa forma tão humilhante.

A minha salvadora insistiu no seu propósito. Eu fiz lhe ver que, afinal de contas, minhas irmãs tinham de fato cometido uma ação indigna contra mim; não haviam, porém, conseguido o seu intento, e isso era o bastante para que não fossem tão cruelmente castigadas, além de ser nosso dever perdoar a quem nos faz mal.

A fada foi inflexível e falou com energia:

– Sob pena de eu vos transformar também, ordeno, em nome daquele que domina os mares, que deis todas as noites cem chicotadas em cada uma de vossas irmãs, para que as mesmas paguem o mal que cometeram contra vossa pessoa e contra a do príncipe.

Não tive outro recurso senão prometer que cumpriria fielmente as ordens recebidas. E a fada desapareceu.

Zobeida concluiu em prantos a sua narrativa, dirigindo-se com forte emoção ao soberano:

– Desde então, conforme Vossa Majestade presenciou em minha casa, tenho que executar a dolorosa tarefa de maltratar de maneira tão bárbara as minhas irmãs, que são agora duas cadelas magras e horrivelmente feridas. É por isso que, depois de cumprir a triste obrigação, eu me abraço a elas e choro. Para não ficar tão só no meu sofrimento é que chamei para minha companhia estas duas irmãs pelo lado paterno, as quais me confortam com a sua presença.

Esta é a minha história, senhor, a mais amargurada que uma pobre moça pode ter.

Quando Zobeida se calou, todos estavam comovidos, principalmente o califa.

A negra indicando as cadelas disse – estas duas cadelas são as vossas irmãs às quais dei essa forma, para puni-las.

HISTÓRIA DE AMINA

I

O califa Harun al Raschid sentiu-se de fato profundamente comovido com a história de Zobeida e ficou meditando como uma jovem de sentimentos tão elevados e puros podia sofrer daquele modo, em razão de sua própria bondade. Ao mesmo tempo, considerou que é triste o destino dos que violam a lei de Deus, como o daquelas criaturas que, por inveja e ciúme, não hesitaram em cometer um crime hediondo.

Agora, era maior a curiosidade do soberano em ouvir o que Amina tinha para contar. Queria saber tudo, disposto como estava a fazer qualquer coisa em favor daquelas moças. Por isso, pediu delicadamente à irmã de Zobeida que falasse.

Amina assim começou narrando a sua vida:

– Chefe dos crentes! Não é necessário repetir o que Vossa Majestade já sabe pela narrativa de minha irmã. Quero apenas acrescentar que minha mãe, algum tempo depois de ficar viúva, resolveu casar-se com um dos homens mais ricos desta cidade. Em vista disso, entregou-me todos os bens que meu pai deixara e que eram consideráveis.

Fiquei rica, portanto, e não me tardou aparecer casamento. Mas não fui feliz com esse enlace, pois não havia decorrido um ano e eu me via também viúva. Dessa maneira, aumentou a minha fortuna, porque aos bens de meu pai vieram juntar-se os do meu marido, sendo que só estes subiam a noventa mil cequins.

Tal soma garantia uma renda suficiente para manter-me com decência e despreocupada do futuro. Por isso, decorridos seis meses, mandei fazer dez vestidos luxuosos, que me custaram dez mil cequins. Uma vez terminado o ano de luto, comecei a usá-los. E naturalmente era apreciada por toda a gente a elegância com que eu me apresentava.

Em suma, passei a ser considerada uma das senhoras mais distintas de Bagdad. Foi por isso, certamente, que um dia vieram fazer-me um pedido singular. Estava eu em casa, entretida nas minhas obrigações habituais, quando fui avisada de que uma mulher desconhecida queria falar comigo. Tratava-se de uma senhora bastante idosa, que me saudou humildemente, com excesso de reverências e curvaturas, para em seguida me dizer:

– Minha boa senhora, sei que vos importuno. Perdoai-me, no entanto, pois tenho uma filha órfã que se casa hoje, mas como não somos daqui, não temos relações na cidade. Esta circunstância é para nós bastante desagradável, visto que desejávamos dar a entender à família do noivo que não somos desconhecidas e que, portanto, temos também uma posição decente na sociedade.

Foi assim, minha senhora, que eu me lembrei de rogar-vos o favor de comparecerdes à festa do casamento. Vossa presença muito nos honraria, além de mostrar aos demais convidados que eu e minha filha possuímos, entre nossas amizades, uma pessoa de vossa categoria.

Ao concluir essas palavras, a pobre velha tinha os olhos cheios de lágrimas. Fiquei comovida, sobretudo tocada pela sua humildade e aflição. Depois de meditar um pouco, concordei em atender ao seu pedido. Ela não se conteve de alegria: abraçou-me, beijou minhas mãos e disse que voltaria à noite, para buscar-me.

Em seguida, procurei o meu melhor vestido, embelezei-me com um colar de grandes pérolas, anéis, pulseiras e adornos brilhantes. Foi com impaciência que aguardei o momento de ostentar tudo aquilo, não propriamente por vaidade, mas para contentar e encher de orgulho a noiva e sua preocupada mãe. Esse desejo levou-me a ser requintada no meu preparo.

Por fim, chegou a velha e ficou radiante de alegria com a minha figura. Olhou-me demoradamente e disse:

– Ah, senhora! Os parentes do meu genro, entre os quais se contam as principais damas da sociedade, já se encontram no lugar da cerimônia. Tenho a certeza de que todos vos admirarão, pois não acredito que lá apareça uma jovem tão bem vestida e com tantos encantos. Podemos ir quando quiserdes.

Saímos, a velha na frente e eu depois, seguida de minhas escravas, igualmente vestidas com o maior apuro. Pude observar que eu era admirada por quantos passavam. Aliás, formávamos um belo cortejo a despertar admiração.

Íamos por ruas movimentadas e sujas, às vezes incomodadas pela poeira que o movimento de animais levantava. Por isso mesmo, fiquei bastante surpreendida quando chegamos a uma rua larga, muito limpa e regada.

Chamou-me a atenção o fato de estarem as casas igualmente limpas, com aspecto agradável. Percebia-se que naquilo tudo foram postos os maiores cuidados na véspera, como preparativo de um acontecimento importante.

Após alguns momentos, vi uma suntuosa casa, que se distinguia entre as demais. Na porta principal, alta e com estranhas decorações. Havia esta inscrição em letras de ouro: *Aqui é a morada eterna da alegria.*

– É aqui, disse a velha.

– Mas quem mora nesta bela residência? – perguntei cheia de curiosidade.

A velha sorriu e apenas murmurou:

– Em breve sabereis, minha senhora. Só posso dizer-vos que é aqui o lugar da cerimônia. Por aí bem vedes que os parentes do meu futuro genro são gente de recurso e elevada posição. Não obstante isso, estou agora tranquila, porque a vossa presença se destacará, prestigiando a minha filha.

Com visível satisfação e gestos ligeiros, a pobre mulher bateu à porta, que logo se abriu.

Entrei numa ampla sala, ricamente adornada. Os móveis eram luxuosos e de aprimorado bom gosto. Objetos artísticos de ouro, incrustados de pedras preciosas, denotavam os enormes recursos dos proprietários e compunham um ambiente de acentuada distinção.

Veio ao meu encontro uma linda e atenciosa jovem, que me cumprimentou amavelmente, fazendo-me assentar perto dela. Eu estava, confesso, intrigada com a sua maneira um tanto minuciosa de reparar na minha figura. Estranhei também a rapidez com que, feitas as apresentações, a velha se retirou para o interior da casa.

A moça continuava olhando-me sorridente, denotando querer entrar num assunto, sem saber como fazê-lo. Pude em breve compreender a sua indecisão e a delicadeza do que ela pretendia de mim. Mas eu, inocente até aquele instante, procurei dizer alguma coisa apenas para iniciar a conversa e vencer o nosso constrangimento.

Ela não prestou atenção ao que eu disse e revelou-me as maquinações que me haviam preparado:

– Minha senhora, viestes aqui para assistir a um casamento, mas suponho que a solenidade vai decorrer de maneira diversa da que imaginais.

Meu olhar era de indagação, pelo que ela prosseguiu mais claramente:

– Meu irmão, que é um homem simpático e gentil, está apaixonado pela senhora, só de ouvir a descrição que fizeram de vossa beleza. Ele sabe muito bem qual é a vossa posição na sociedade; quanto à posição dele, posso garantir-vos que é também distinta; adianto que se porventura casásseis com ele, isso não vos traria nenhum desdouro. Em suma, para ir diretamente ao assunto, sou portadora dos rogos do meu irmão, que vos propõe tomar-vos como esposa. Junto ao pedido dele o meu ardente apelo para que aceiteis.

A inapropriada proposta me deixou surpreendida demais para dar uma reposta imediata. Além do que, depois da morte do meu marido, nunca pensei em contrair segundas núpcias.

Vendo minha indecisão, a bela moça calculou que eu recusava a proposta de seu galante irmão, e manifestou enorme desgosto. Mas a verdade é que eu, depois de meditar um pouco, dei meu consentimento.

Fez-se então um silêncio na sala, após o qual a boa senhorita bateu palmas, surgindo logo um rapaz esbelto. Confesso que, ao vê-lo, considerei-me feliz em ter sido escolhida por ele e em ter aceito o seu pedido.

Ele sentou-se ao meu lado. Pela sua palestra notei que era cavalheiro distinto. Após alguns momentos, quando nos achávamos mais á vontade e conversávamos alegremente, a moça bateu palmas de novo. Dessa vez entrou um cádi.

Surpreendi-me ao ver o oficial de justiça que, muito solene, leu o nosso contrato de casamento e o fez assinar por quatro testemunhas que trouxera consigo.

Tudo estava, assim, preparado. Meu novo esposo, cessadas as manifestações e cumprimentos dos presentes, solicitou de mim apenas a observância das seguintes condições: Não falar a outro homem, nem permitir que senão ele visse o meu rosto.

Sempre fui muito caseira. Por isso, achei que seria fácil cumprir a exigência; respondi-lhe que estava de acordo. Meu marido sorriu satisfeito:

– Tudo farei para vos ser agradável, de uma vez que cumprais o estipulado. É que sou bastante ciumento e não quero que outro homem veja o vosso rosto ou vos dirija a palavra.

Foi desse modo que, por um ardil que muito me agradou, repentinamente me vi casada pela segunda vez.

Eu não conhecia o meu marido, senão de poucas horas, é verdade. Ele, no entanto, pareceu-me, em tudo e por tudo, um cavalheiro em que eu podia confiar plenamente.

Não tive, assim, maiores preocupações e cuidei de encarar o futuro com serena confiança. Só pedi a Deus que velasse por mim, sobretudo não me permitindo que em nada eu desagradasse ao meu esposo.

II

Amina calou-se por alguns instantes, com o olhar tristonho, como se agora lhe fosse penoso recordar o passado. Depois, com uma expressão amargurada, prosseguiu:

– O primeiro mês de casamento decorreu cheio de felicidades. Eu era tratada com todo o carinho e retribuía com afeto a bondade de eleito do meu coração. Ele tudo fazia para me ser agradável, assim como eu me desdobrava em atenções com ele.

Ao fim desse tempo, em que eu não havia tocado o pé fora de casa, tive precisão de um pouco de seda. Pedi licença ao meu marido para sair, ao que ele prontamente respondeu:

– Podeis sair sempre que precisardes, desde que seja observado a rigor o meu pedido.

Preparei-me, cobri o rosto com o véu e levei comigo a velha que fora intermediária do casamento e que vivia em minha casa, além de duas escravas. Senti-me contente por verificar que o meu bondoso companheiro depositava em mim toda a confiança.

Na rua mais movimentada da cidade, a dos mercadores, a velha disse-me:

– Minha boa ama, em vez de ficarmos a andar de loja em loja, o que seria demorado e maçante, vou levar-vos à casa de um jovem comerciante, meu conhecido, e lá encontrareis decerto o que desejais. Ele possui as mais variadas espécies de fazendas.

Aceitei a sugestão e deixei-me conduzir. Entramos na loja de um mercador moço, cujo aspecto me desagradou, pois ele estava visivelmente sob os efeitos do álcool. Sentei-me e a velha pediu ao comerciante que nos mostrasse as sedas mais bonitas que tivesse. Ela queria inicialmente que eu mesma fizesse o pedido e escolhesse: mas eu fiz-lhe ver que uma das condições do meu casamento era a de não falar com outro homem que não fosse o meu marido.

O moço apresentou várias amostras e, voltando-se para mim, disse:

– Minha encantadora senhora, aproxime-se e veja esta maravilha de seda. Que retraimento é esse? Eu bebi um pouco, é verdade, mas não sou nenhum bicho de meter medo a ninguém!

Não apreciei aquela maneira de falar, enquanto a velha o advertiu severamente:

– Reconheça o seu lugar, homem estouvado. Saiba que essa senhora é de posição distinta e que, além do mais, não fala a outro homem senão ao seu esposo.

O impertinente negociante não se deu por achado; antes se irritou com a censura:

– Ora, ora! Então o marido é deveras ciumento! Pois agora é que eu quero vê falar alguma coisa comigo. Aparece-me cada uma! Nunca tive conhecimento de uma pessoa que, não sendo muda, estivesse impedida de falar com outra.

– Cale-se! Gritou a velha.

– Não me calo, ora essa!

A velha, trêmula e irritada, entendeu ser melhor não discutir com o grosseiro indivíduo. Em lugar de retrucar, perguntou o preço do tecido.

O desaforado moço demonstrou o propósito de continuar as suas inconveniências. Deu uma gargalhada estrepitosa e berrou:

– Não vendo esta seda nem por ouro nem por prata. Não sou nenhum selvagem, para ser tratado com tanto desprezo. A seda não tem preço, mas ofereço-a de graça à sua gentil ama, se ela erguer o véu e me mostrar o seu rosto, que deve ser muito belo!

Ordenei à velha que lhe dissesse ser ele muito mal-educado e atrevido. Um comerciante deve ter compostura e não dirigir o seu estabelecimento embriagado. A minha companheira, longe de obedecer-me, insinuou que o pobre mercador pedia uma coisa insignificante:

– Não precisais nem falar, senhora; basta levantar o véu, apenas isso, para que ele veja o vosso rosto. Estará assim satisfeito um capricho inocente desse coitado, enquanto vós tereis de presente uma bela peça de fazenda. Vede bem, que é uma raridade...

Resisti um pouco dizendo:

– Não! Prometi não mostrar o meu rosto a nenhum homem. Saiamos daqui. Há muitas lojas na cidade, onde poderemos comprar o que desejamos, sem necessidade de eu quebrar o meu juramento.

Retrucou ela, com insistência:

– Posso garantir-vos que em nenhum lugar encontraremos coisa tão maravilhosa. Tenho costume de fazer compras para várias pessoas que se valem de minha experiência e conheço, portanto, todas as lojas. Em nenhuma das demais vós encontrareis seda como esta, que vos é oferecida de presente.

Continuei resistindo, pois estava de fato antipatizada com o grosseiro comerciante. No entanto, ansiosa por possuir a seda, cometi a leviandade de aceitar o conselho. Com grande acanhamento, aproximeme do balcão e levantei o véu, para acabar de vez com tanta insistência e ir-me embora com o tecido. Afinal de contas – pensei comigo – assim eu me livraria da incômoda situação e sairia daquela casa imediatamente, com uma peça de seda capaz de meter inveja a qualquer pessoa do mais exigente gosto.

Foi este, sem dúvida, o meu maior erro. Porque o malvado homem, num gesto rápido e cruel, meteu-me as unhas no rosto com violência, deixando-me dois profundos ferimentos. E berrou feroz:

– Isto é para acabar com o orgulho da vossa beleza!

Recuei de espanto com aquela brutalidade. E quando senti o sangue me correr pelas faces, foi tal o meu desgosto que desmaiei. Fiquei assim até que o mercador, caindo em si, teve tempo de fechar a loja e fugir.

Ao recuperar os sentidos, estava cercada pela velha e pelas escravas, que me haviam coberto o rosto habilmente, a fim de que ninguém percebesse o que me acontecera.

Apreendida de ter causado tão grave incidente, a velha tudo fazia para consolar-me:

– Minha querida ama, peço mil perdões pelo acontecido! Fui a maior culpada, mas não podia supor o mercador capaz de tanta maldade!

– E agora? Perguntei com voz sufocada pelo desespero.

– Voltemos rapidamente para casa. Lá vos aplicarei um remédio que vos curará por completo. Ao fim de três dias, estarão desaparecidos os vestígios da unhada.

Eu estava abatida e em extrema debilidade. Chegando à casa, desmaiei de novo. A velha fez-me demorados curativos, eu voltei a mim e fui deitar-me. Pedia a Deus que tudo aquilo passasse sem maiores consequências, Não pude, porém, dominar os terríveis receios que me assaltavam e faziam-me tremer da cabeça aos pés.

☙❧

À noite, veio o meu marido, como sempre alegre e satisfeito. Notando que eu tinha o rosto envolto num pano, ficou sério e indagou o motivo daquela providência.

Disse-lhe que eram dores de cabeça. Pensei que com essa explicação ele se daria por satisfeito. Ele, contudo, chegou uma vela bem perto das minhas faces e viu os ferimentos. Perguntou surpreendido:

– Como aconteceu isso?

Não respondi logo, sem saber como iniciar a explicação, enquanto ele, com uma fisionomia cada vez mais carregada, insistia:

– Como acontecei isso?

Eu não tinha muita culpa e poderia ter dito a verdade, não fosse o receio de descontentá-lo. Até então, eu nunca lhe dera o menor aborrecimento, e por isso queria poupar-lhe o primeiro. Obedecendo a esse raciocínio, disse-lhe que tinha ido comprar seda, de acordo com o seu consentimento, e que um lenhador passara junto de mim, numa rua estreita demais, tendo uma ripa me arranhado o rosto. Não era coisa de importância, acrescentei.

Meu esposo encolerizou-se de maneira imprevista. Foi tomado de uma fúria sem limites e passou a ameaçar céus e terra. Caminhando de um lado para o outro, vociferava:

– Isto não fica sem uma lição. Amanhã, ordenarei ao chefe de polícia que prenda todos os lenhadores da cidade e os mande enforcar. Não me conformo com a imprudência desses malditos!

Invadiu-me um frio pavor, temendo ser a causa da morte de tantos inocentes. Se tal acontecesse, de nada mais valeria a minha vida, pois o remorso me perseguiria até o fim dos meus dias. Disse-lhe então:

– Seria lamentável que se cometesse tamanha injustiça. Porque um é culpado involuntário do que aconteceu, todos devem pagar com o próprio sangue?

– Claro! Gritou ele, acrescentando: ao menos assim, os que resolverem daqui por diante a ser lenhadores, terão mais cuidado nas ruas. Vão morrer de qualquer maneira!

– Pois eu me sentiria indigna do vosso perdão se desse origem a semelhante desgraça.

Ele calou-se de repente, olhando-me desconfiado. Passou a mão pelo rosto com visível ansiedade e perguntou-me, com voz pausada:

– Falais em perdão? Cada vez entendo menos. O melhor é contardes sinceramente o que devo pensar dessa ferida. Queira Deus que eu possa perdoar-vos...

Seu tom era ameaçador. Sua passadas abalavam o quarto com um ruído soturno. Seus olhos tinham um brilho indecifrável e intimidavam-me. Tudo isso me levou mais uma vez a ocultar a verdade. Com um sorriso forçado e fingindo a maior naturalidade, disse-lhe:

– Não interpreteis afoitamente as minhas palavras. Vós estais conturbado sem grandes motivos. Acalmai-vos e então eu exporei tudo.

– Contai-me então o que se deu. Meu espírito está cheio de dúvidas. Quero ouvir tudo agora mesmo, pois deveras estou intrigado com a vossa conduta. Quereis passar por vítima de um lenhador imprudente e depois falais em perdão, como se tivésseis incorrido numa falta.

Procurei outra versão do acontecimento e afirmei-lhe que um vendedor de vassouras, montado num burro, vinha distraidamente e que o animal me dera um esbarrão, e, consequência, caí e bati com o rosto num pedaço de vidro.

Supus que assim se abrandasse a sua ira, pois no caso ficaria eu tão culpada como o vendedor, já que eu me confessava do mesmo modo distraída. E não se podia culpar um irracional. Engano meu, porque o meu marido não se conformou:

– Se assim é – tornou ele – amanhã mesmo Giafar ordenará a morte de todos esses vassoureiros. Irei cedinho recomendar-lhe a severa medida.

– Por Deus, senhor! Exclamei angustiada. Os pobres vassoureiros não são culpados de nada. Como quereis matá-los?

– Como? Não são culpados? Estou vendo que todas essas histórias não passam de mentiras. Venha a verdade que não suporto mais esta situação! Apressai-vos em dizer exatamente o que se deu!

– A verdade, simplesmente, é que eu sofri um desmaio e caí. Pronto! Chega de falar em execuções impiedosas. Não me tortureis tanto!

Em seguida, procurei o meu melhor vestido, embelezei-me com um colar de grandes pérolas, anéis, pulseiras e adornos brilhantes.

Ao ouvir estas palavras, meu marido perdeu a paciência e ficou numa irritação de louco. Sua fisionomia transformou-se de maneira impressionante.

– Estou farto de mentiras! – rugiu ele de punhos cerrado e trêmulo de raiva. – Os que tem a ousadia de mentir-me, não conhecem o meu poder. Vós estais abusando da minha generosidade, exatamente por não me conhecerdes bem!

Saiu do quarto batendo a porta com violência.

Amina explicou então aos que a ouviam, dirigindo-se especialmente ao califa:

– Fiquei mais tranquila quando ele se retirou do quarto. Calculei que, passado aquele momento, talvez se tornasse mais compreensivo e eu pudesse contar-lhe a verdade. Devo dizer que se até ali eu tinha mentido, sem me sentir tão culpada, era naturalmente por conhecer o seu exagerado ciúme. E desejava, além do mais, evitar-lhe uma contrariedade, para não perder o seu afeto.

Meu marido, no entanto, voltou daí a pouco mais rancoroso do que quando saíra. Cravou em mim um olhar fuzilante e resmungou:

– Então, tentais iludir-me! Vereis que isto não acontecerá.

E chamando três escravos, aos brados, disse-lhes:

– Tirem minha esposa da cama e estendam-na aí no solo.

Os escravos executaram a ordem prontamente, muito embora eu resistisse, pedindo que me deixassem onde estava. Como um me segurasse pelo tronco e outros pelos pés, mandou que o terceiro fosse buscar um alfanje. Minha alma gelou-se com esta última ordem.

Quando o escravo regressou com a terrível arma, meu esposo, numa cólera sem limites, determinou-lhe:

– Parta o corpo dessa mulher em dois e lance os despojos nas águas do Tigre. Que as suas carnes sirvam de alimento aos peixes! É este o castigo que dou às pessoas que me enganam. Eu ofereci-lhe o meu coração e ela faltou aos seus juramentos! Quero vê-la em pedaços agora mesmo. Faça o que eu digo já!

O escravo vacilou, aterrorizado com a tarefa que lhe cabia, mas ai dele se não obedecesse. Ergueu o alfanje, porém seu braço ficou paralisado, como se houvesse repentinamente se petrificado.

– Fira! Por que se detém? Que espera você para executar minha ordem?

O escravo olhou para mim e, compreendendo que era forçado a obedecer, disse-me:

– Senhora, chegaram os vossos últimos momentos de vida. Se tendes algumas disposições a fazer, apressai-vos. É meu dever matar-vos dessa maneira.

Eu considerava-me abatida pela fatalidade e nem sequer pensava numa possibilidade de salvação. Mas ao ouvir aquelas palavras solenes, tive um derradeiro impulso de reação: levantei a cabeça e, fitando com indivisível ternura o meu esposo, murmurei:

– Vede bem a que estado me encontro reduzida. É preciso que eu morra em plena mocidade, sem ter cometido nenhum mal? Meditai um pouco no que ides fazer, pois um dia o remorso vos atormentará.

Não pude continuar, porque a emoção me cerrou a garganta. As lágrimas saltaram dos meus olhos e os soluços me sacudiram. Queria continuar falando, implorar misericórdia, provar minha inocência, e não consegui. Uma infinita amargura apoderou-se de mim, e só meus olhos falavam a linguagem do desespero.

Aquela explosão de angústia não comoveu o homem que eu amava. Ao contrário, ele rugiu que seriam inúteis minhas súplicas. Fiz-lhe um supremo apelo de generosidade e perdão. Como resposta, ele ordenou ao escravo que cumprisse o seu dever:

– Execute as minhas ordens ou você também morrerá.

Nesse instante, porém, entrou a velha, que fora ama de criação do meu esposo, e caindo aos seus pés, gritou:

-Meu filho, como prêmio de vos ter criado com amor e dedicação, rogo que não executeis o vosso sanguinário propósito. Meditai antes de cometer esse crime. Quem mata pode acabar sendo punido com a morte. Que dirão de vós depois os homens de bem? Dirão que manchastes a vossa honra e certamente vos desprezarão! Considerai que o perdão é a maior virtude de uma alma forte.

As lágrimas da velha e o seu tom comovido, assim como a energia de suas censuras, tocaram o meu carrasco, que passou as mãos no rosto, meio desorientado com a tempestade dos seus sentimentos. Foi assim que, após curta hesitação, disse à ama:

– Está bem. Em vossa intenção, concedo-lhe a vida, mas faço questão de que ela conserve sinais que lhe recordem para sempre a sua falta. Disso a minha esposa não se livrará. Porque não sei, até agora, o que exatamente lhe aconteceu. Só ouvi mentiras da sua boca. Não posso tolerar que me enganem, a mim que não engano ninguém.

Em seguida, intimou o escravo a castigar-me com uma vara flexível até que as minhas carnes sangrassem. E ele começou a executar a ordem com a mais cruel violência. Batia-me tanto no peito como nas costas. Batia com toda a força dos seus possantes músculos, como se ele também me voltasse o maior rancor. Eram tão dolorosos os golpes, que perdi os sentidos, e já a essa altura outros escravos também me maltratavam com igual fúria. O meu castigo foi espetáculo brutal; tão brutal que me dói recordá-lo.

Soube depois que meu marido mandou levar-me a uma casa, onde a velha cuidou dos meus ferimentos. Estive no leito quatro meses, entre a vida e a morte, e ficaram-me as cicatrizes que Vossa Majestade viu ontem.

Durante o tempo em que fiquei acamada, sofria duplamente. As dores das feridas tiravam-me o sono nas noites longas e arrancavam-me gemidos profundos. Por outro lado, moralmente eu sofria muito mais por ter perdido o amor e a companhia daquele a quem eu me devotara de coração.

Sentia-me igualmente vítima de uma inominável injustiça, convencida como estava de que eu não merecia aquele tratamento desumano.

Assim que me encontrei em condições de andar e sair, pensei em procurar a casa do meu primeiro esposo, que estava desocupada desde o seu falecimento. No local, com enorme espanto, verifiquei que não havia pedra sobre pedra. Toda a rua estava arrasada!

Perguntei a um velho mendigo que estava sentado pouco adiante se sabia quem fizeram aquilo. Ele respondeu:

– Não sei, minha senhora; ao chegar de manhã, como faço sempre para colher uma esmola das pessoas que passam, não vi senão estas ruínas. Ninguém sabe quem demoliu as casas.

Eu, no entanto, não tinha dúvidas de que o meu marido, em sua tremenda cólera, sem se contentar em demolir a casa, mandara pôr abaixo tudo quanto havia na rua.

Era uma violência das mais criminosas. Apesar de revoltada, eu não podia fazer nada, pois o autor da façanha tivera o cuidado de manter-se oculto, sem deixar provas do seu ato. Além do mais, compreendi que seria inútil qualquer queixa, sendo evidente que o meu algoz fazia parte de um poder absoluto.

Com a alma magoada, inteiramente sem recurso, só encontrei um meio de fugir ao completo abandono. Vali-me de minha bondosa irmã, que Vossa Majestade já ouviu antes de mim. A minha querida Zobeida acolheu-me com ternura e aconselhou-me a ter paciência:

– Isto é o mundo e devemos suportá-lo com coragem. Arrebata-nos os bens, os amigos, os maridos e, às vezes, tudo junto. Só a justiça de Deus é perfeita. Por isso, devemos confiar no nosso Criador, que não nos deixa faltar o seu amparo.

Em seguida, narrou-me as suas desventuras: a perda do jovem príncipe, por obra dos ciúmes de suas desnaturadas irmãs, a transformação destas em cadelas e o seu triste dever de castigá-las diariamente. Finalmente, entre outras provas de amizade, apresentou-me à irmã Safia, que também se recolhera ao seu lar, após a morte da nossa mãe.

O destino, pelo caminho do sofrimento, havia nos reunido. E demos graças a Deus por nos vermos as três juntas. Faz tempo que levamos uma vida sossegada. Como a alimentação está a meu cargo, eu mesma saio com frequência para fazer compras.

Foi o que aconteceu ontem. Tendo que escolher e comprar as mercadorias, incumbi um carregador de as levar. Ora, a escolha recaiu num homem jovial, e tantas graças ele dizia, que lhe permitimos ficar, a fim de nos distrair.

Ao cair da noite, chegaram os calênderes suplicando-nos que os abrigassem até o dia seguinte. Demos consentimento ao seu pedido, impondo a condição de se manterem reservados, pois decerto iriam ver, como viram, coisas estranhas.

Após os calênderes, bateram à porta três "mercadores de Mossoul", um dos quais Vossa Majestade, que conhece o resto dos acontecimentos.

III

O califa Harun al Raschid, assim que Amina concluiu a sua narrativa, permaneceu silencioso por algum tempo. O soberano, que era reconhecidamente um homem de sentimentos nobres, mostrava-se comovido com o que ouvira. Como rei, compenetrado dos seus deveres, tinha o hábito de sempre ouvir com o maior interesse as queixas e sofrimentos dos seus súditos, fazendo logo alguma coisa em favor dos que, em qualquer aflição, recorriam à sua pronta generosidade.

Com os olhos rasos d'água e fisionomia tristonha, ficou diante dos presentes, sem saber o que dizer ou sem saber como começar a dizer o que lhe ditava o seu justo coração. Nunca até então tomara conhecimento de dramas tão estranhos e tão repassados de dor, como aqueles que foram vividos pelos três calênderes e as belas senhoras de Bagdad. Igualmente dignas de pena eram todas elas, inclusive as que se achavam transformadas em cadelas, em consequência de sua própria maldade.

Finalmente, quis dar provas de sua grandeza de alma aos três calênderes e às damas. Levantou-se e, abandonado as formas protocolares, dirigiu-se a Zobeida:

– Senhora, vossa tragédia é comovente e ainda vos punge a sensibilidade, renovando diariamente grandes amarguras.

– Assim é, acrescentou Zobeida, porque não tenho sequer o direito de esquecê-la, visto como sou forçada a espancar, até não sei quando, as minhas pobres irmãs transformadas em animais.

Continuou o soberano:

– A fada que vos apareceu em forma de serpente e vos impôs tão terrível obrigação, não vos indicou o seu paradeiro ou não prometeu voltar um dia e restituir as vossas irmãs ao primitivo estado? Seria possível que ela as condenasse a viverem como cadelas pelo resto da existência?

– Chefe dos crentes – respondeu Zobeida – tinha-me esquecido de contar-vos um pormenor que agora adquire grande importância. A fada, antes de partir definitivamente, entregou-me um punhado de cabelos e recomendou que se algum dia eu precisasse do seu auxílio, queimasse dois desses cabelos. Feito isso, garantiu ela, apareceria no mesmo instante, ainda que estivesse a mil léguas de distância.

– Onde estão esses miraculosos cabelos? – indagou o califa, relutando em acreditar no que ouvia.

Zobeida levou a mão a uma parte do seu vestido e, mostrando a preciosa madeixa, respondeu:

– Aqui estão, Majestade; nunca deixei de trazê-los comigo, mas não sabia em que momento deveria utilizar-me dos seus poderes encantados. Confesso que o meu espírito se acha, desde a minha desdita, bastante conturbado. Acontece ainda que, tendo recebido da fada a triste imposição, temia que ela interpretasse o meu chamado como um desejo de fugir ao cumprimento do que me foi ordenado, sob pena de grave punição.

– Chamemos imediatamente a fada – decidiu o califa. Não há dúvida de que este é o momento próprio.

Zobeida pediu que lhe trouxessem um braseiro, e em pouco era atendida, em meio à ansiedade de todos. Ninguém, de resto, acreditava muito no que se esperava acontecer. Sob os olhares incrédulos, ela atirou os cabelos ao fogo. Levantou-se uma fumaça de cheiro ativo e imediatamente o palácio foi sacudido por um tremor soturno.

Os presentes mal se haviam recuperado do susto, quando diante do monarca apareceu uma senhora ricamente vestida. Era a fada que disse:

– Eis-me aqui, chefe dos crentes. Estou pronta para receber vossas ordens. Venho de terras distantes, varando os ares mais veloz do que todos os pássaros, a fim de saber vosso desejo.

O califa, ainda meio desorientado com o imprevisto do acontecido, dirigiu a palavra à mulher encantada:

– Tenho dois pedidos a fazer-vos, ó fada. Primeiramente, teria grande prazer em que restituísse à sua primitiva forma as duas jovens que transformastes em cadelas, desobrigando a irmã das mesmas de espancá-las todos os dias. Haveis de convir que, embora autoras de uma ação nefanda, as coitadas já pagaram sobejamente o seu crime. Se merecem ainda castigo, cabe a Deus puni-las além do que já sofreram até aqui.

– Vossa Majestade estareis agora mesmo com a vossa ordem cumprida. Onde estão as cadelas?

Os animais foram trazidos à presença da fada, que pediu uma vasilha com água. Em seguida, molhando as mãos no líquido, pronunciou umas palavras incompreensíveis. Andou para um lado e outro, murmurando frases misteriosas, após o que borrifou as cadelas e exclamou:

– Pelo mesmo poder que vos transformou em cadelas, recuperai a forma humana!

Num instante, todos viram, em lugar das cadelas, duas moças de feições bonitas, mas extremamente abatidas, magras e humildes. Assim que se vira de novo como entes humanos, caíram aos pés de Zobeida e lhe pediram perdão, entre lágrimas abundantes.

Zobeida chorava também de alegria e emoção. Perdoou as irmãs pelo mal que lhe haviam feito, exigindo, porém, que elas fossem morar sozinhas. É que não queria arriscar-se mais a ser traída. Mas prometeu dar-lhes parte de sua fortuna, a fim de que elas não passassem nenhuma necessidade.

Terminada essa cena tocante, a fada dirigiu-se a Harun al Raschid:

– Chefe dos crentes, vós dissestes que tinha dois pedidos a fazer. Um já está atendido; qual é o outro?

– O outro é que façais desaparecer as horríveis cicatrizes do peito de Amina, dizendo ao mesmo tempo o nome do bárbaro que contra ela cometeu tanta crueldade, além de reduzir às cinzas as suas propriedades. Faço questão de conhecer esse homem, que deve ser o mais desalmado de todo o meu reino.

A fada molhou novamente as mãos na água da vasilha e, murmurando as palavras anteriores, borrifou o peito de Amina, fazendo desaparecer imediatamente as feias cicatrizes.

A moça ficou radiante de felicidade, enquanto os presentes assistiam àquilo tudo maravilhados. Quando cessaram as manifestações de espanto e ao mesmo tempo de júbilo, a fada assumiu um ar solene. Essa atitude fez reinar no vasto salão um silêncio pesado, pois todos compreenderam que ia ser feita uma grande revelação. E ela falou:

– Chefe dos crentes! Resta agora descobrir o esposo de Amina, o responsável por tamanha barbaridade. Receio, porém, que não gosteis de ouvir o seu nome.

– Como não? Na qualidade de rei, tenho o dever de conhecer o autor dessa covardia e empenhar-me para reparar o mal que ele cometeu. Dizei de quem se trata!

– Ele está bem perto daqui. É o príncipe Alamino, vosso filho predileto.

Foi uma surpresa geral, inclusive para o monarca, que estava longe de supor tal coisa. Nem sabia que o seu filho tinha casado secretamente. E a fada prosseguiu imperturbável:

– Sim, é o vosso filho Alamino. Ele enamorou-se de Amina, pela descrição que fizeram de sua formosura. Assim, lançou mão de um ardil para atraí-la à sua casa e fazê-la sua esposa. Devo dizer que o jovem agiu bem intencionado e desejou sinceramente torná-la feliz. Os seus propósitos foram, portanto, os mais elevados e sinceros.

– Mas não entendo bem essa contradição do meu filho, que aliás sempre me pareceu um rapaz sensato. Como então teve ele a coragem de maltratá-la desse modo? – indagou o soberano, querendo apurar todos os pormenores dos fatos.

A fada esclareceu:

– Nesse particular, o príncipe Alamino excedeu-se, não se pode negar; mas o fez por um ciúme exaltado, até certo ponto desculpável num moço de espírito ainda pouco amadurecido. Por outro lado, é inegável também que Amina merece uma parte da censura, por não lhe ter dito logo a verdade. Ninguém consegue conquistar amor e admiração com mentiras, mesmo que essas mentiras sejam de algum modo justificáveis. Arranjando evasivas e subterfúgios, despertou grande desconfiança no marido, que passou a imaginar falta maior de sua esposa.

Depois de assim falar, a fada saudou o califa com uma respeitosa reverência e desapareceu. Mas uma vez reinou o silêncio no salão onde se verificavam tão extraordinários acontecimentos e onde todos continuavam sob os efeitos das palavras da mulher encantada.

O soberano, tranquilo e enérgico, como era do seu feitio, viu enfim chegado o momento de agir, de acordo com o seu alto critério. Atento aos princípios de sua reconhecida prudência, dirigiu-se para perto de uma janela e, olhando as árvores do jardim, meditou demoradamente. Seu semblante espelhava serenidade e decisão.

Harun al Raschid mandou primeiro chamar o seu filho Alamino. Diante do príncipe, disse-lhe com ternura:

– Meu filho, quero que medites bem numa ação que cometeste e nos motivos que a ditaram. Deves saber muito bem a que me refiro.

Fez-lhe ver então que estava a par do seu casamento secreto, pelo que não o censurava, de vez que agora conhecia Amina e estava certo de que ela merecia o seu amor.

O jovem, possuidor de sentimentos elevados, percebeu logo o sentido das palavras do pai, cuja nobreza ele conhecia e admirava. Antes mesmo que seu real progenitor continuasse, Alamino falou:

– Depois que tudo passou e eu pude refletir com mais calma, concluí que tinha sido severo demais a minha pobre esposa. Estou sinceramente arrependido, assim como me sinto feliz por estarem curadas as cicatrizes que lhe ficaram. Se Amina me conceder o seu perdão e quiser esquecer o passado, recebo-a de novo como minha esposa, porque ainda a amo como antes. Nesse caso, prometo reparar o meu erro e tratá-la com o carinho que ela merece.

Amina, que estava ao lado, ficou radiante com o que ouvia. Os dois jovens abraçaram-se comovidos e retiraram-se para recomeçar a vida de casados, que por sinal foi longa e cheia de alegrias.

O rei, satisfeitíssimo com esse desfecho, voltou o seu pensamento para os calênderes. Ali estavam três moços cujo destino fora tormentoso. Resolveu aproveitar os seus bons sentimentos e a experiência que haviam adquirido na adversidade. Deliberou escolhê-los para governadores de três dos seus estados, dizendo-lhes:

– Muito tendes aprendido na vossa existência. Esses padecimentos de nada valeriam se não vos trouxessem prudentes lições. Ides agora governar três dos meus Estados. Peço-vos que tenhais em mente uma recomendação importante: a de tudo fazerdes para que o seus governados não passem nunca pelo que já sofrestes. Que as vossas amarguras passadas sejam um estímulo para o bem.

Os calênderes, reconhecidos, beijaram-lhe a mão.

Restava finalmente Zobeida. O soberano, que já admirava as suas belas qualidades de caráter e coração, declarou-lhe que a tomava por esposa, com o que ela se mostrou feliz e orgulhosa. E ainda propôs o chefe dos crentes que as três outras irmãs de Zobeida se casassem com os calênderes, filhos de reis. Todos se manifestaram de pleno acordo, aliás com o maior agrado.

Com isso, celebraram-se os contratos nupciais, que foram assinalados por grandes festas em todo o reino, em cujos anais ficaram estas belas ações do monarca, por ter ele feito a ventura de tantas pessoas que haviam suportado numerosas desgraças.

Ao lado de Zobeida, Harun al Raschid governou por longo tempo, no seu palácio em Bagdad. E à medida que os anos passavam, mais o amavam os seus súditos. Estes o abençoavam pela justiça e sabedoria dos seus atos.

Ainda hoje se diz que Harun al Raschid, foi grande, porque grande era o seu coração.

O PRÍNCIPE MAHMUD E SUAS AVENTURAS

Vivia há muitos séculos nas Arábias um rei magnífico, que governava os países do Sind, e tinha um filho chamado Mahmud.

Era este príncipe um jovem assaz traquinas e ousado, grande amigo dos exercícios das armas e das aventuras, e singularmente amestrado nos misteres da cavalaria, apesar dos seus verdes anos.

Embora às vezes deixasse arrastar-se por seu gênio a cometer travessuras menos dignas, fazia perdoar-se facilmente pela bondade que lhe predominava no coração, e nunca necessitado algum se havia aproximado dele sem obter auxílio ou consolação.

Um dia contaram a Mahmud a história maravilhosa da princesa Fatime, filha do Sultão Emir-bem-Naoman, que tinha sua residência em região longínqua.

Esta princesa era tão formosa que de todos os pontos do mundo sua beleza havia atraído numerosos príncipes e cavalheiros pretendentes à sua mão.

Para obter, porém, este tesouro, era mister resolver três problemas tão difíceis que ainda ninguém havia podido acertar, e os infelizes aspirantes tiveram de pagar a sua ousadia com a vida, segundo a lei inexorável do cruel Sultão, pai da bela Fatime.

Esta história tal impressão fez no ânimo do príncipe Mahmud, que este já não vivia senão sonhando com Fatime, e, não podendo mais resistir, foi ter com o rei seu pai, comunicando-lhe a resolução que havia tomado de partir em busca das terras de Emir-Ben-Naoman, e apresentar-se candidato à mão da formosa princesa.

Grande comoção apoderou-se do velho soberano ao ouvir este projeto ominoso de Mahmud; empregou todos os meios possíveis para despersuadir o filho, pondo em relevo os grandes perigos que apresentava a empresa; mas, vendo por fim que tudo era inútil, resignou-se, e deu o seu consentimento.

Mahmud lançou-se aos braços de seu pai, e lhe disse:

– Nada receies; bem sabes que não me falta valor; com o auxílio do céu hei de conseguir a mão de Fatime, e, em lugar de *um* filho, hás de ter *dois* para amar-te e suavizar-te os velhos dias.
E correu a encilhar o seu melhor ginete, e a armar-se convenientemente, e sem demora partiu em busca da corte do Sultão Emir-Ben-Naoman, seguido apenas por um fiel escudeiro.

Depois de ter caminhado três dias, dormindo ao relento, fazendo travesseiro do selim, os dois viajantes alcançaram a margem de um vasto deserto, no qual a perder de vista não se descobria nem árvore, nem sombra de arbusto. E como o sol já estivesse prestes a entrar, Mahmud resolveu passar ali a noite, sob a última palmeira que demarcava a entrada do deserto.

Desencilharam os cavalos, e como a fome ainda era maior que o cansaço, puxaram da maleta bem recheada e puseram-se a comer com assinalado apetite.

Mal, porém, haviam mastigado os primeiros bocados, quando viram adejar por cima do deserto densa nuvem, que se aproximava velozmente com grande sussurro. E a nuvem vinha chegando como rajada de vento, e por fim desceu aos pés dos viajantes, e Mahmud conheceu então que era um bando enorme de pássaros de todas as espécies. E os pobres bichinhos pareciam tão cansados e esfaimados, e olhavam o príncipe com olhares tão suplicantes, que Mahmud pediu ao fiel escudeiro todo o pão que havia na maleta, e o esmigalhou para os pedintes. Estes comeram alegremente, e, depois de restaurados, gorjearam os seus agradecimentos em todos os tons. Um estorninho deu então três saltos à frente, voou sobre a mão de Mahmud, limpou o bico, e disse:

– Quem dá aos necessitados empresta a Deus. Hoje nos prestaste um grande serviço; talvez que algum dia possamos pagar-te. Toma esta pena da minha asa, e conserva-a bem. Se te vires em aperto, esfrega-a entre os dedos, e verás se sabemos ser gratos.

E todos voaram e desapareceram como uma visão, e Mahmud, depois de guardar a pena na sua carteira, dormiu perfeitamente, como sói dormir o justo e piedoso.

No dia seguinte, Mahmud e seu fiel escudeiro continuaram o seu caminho, entranhando-se no deserto, e andaram, andaram três dias até alcançar a margem de frondosa floresta.

Muito se alegraram quando penetraram sob os zimbórios formados pelas árvores seculares levemente agitadas pela brisa da tarde e cheios dos aromas de mil e mil espécies preciosas.

Resolveu Mahmud pernoitar naquele sítio ameno, e, depois de haverem soltado os cavalos para que pudessem pastar a erva odorífera, puxaram da maleta, e trataram de restaurar as suas próprias forças.

Eis senão quando de todos os lados ouvem fortíssimo tropel, e de repente vêm surgir animais de todas as espécies, leões e tigres, leopardos e elefantes, raposas e lebres, enfim, uma multidão tão variada e numerosa, que as vastas planícies não a podiam conter. E todos estes quadrúpedes olhavam com olhos cobiçosos a maleta dos viajantes, que Mahmud bem percebeu que morriam de fome, e atirou-lhes das suas provisões, que, milagrosamente nunca diminuíam, apesar da distribuição. Saciados assim os famintos, um leão majestoso deu três passos à frente, estendeu a mão a Mahmud, e lhe disse:

– Aos que tinham fome deste de comer; uma boa ação, porém, nunca é estéril. Talvez chegue o momento em que possamos mostrar-nos gratos. Toma estes três cabelos da minha juba. Se te vires algum dia em aperto, esfrega-os na palma da mão, e verás para que prestamos.

E, dito isto, o leão apertou a mão do príncipe, deu volta, e desapareceu com os companheiros como uma visão. Mahmud, porém, guardou os cabelos do leão junto à pena do estorninho, e deitou-se com a satisfação que causa uma boa ação.

No dia seguinte, ao continuar a sua viagem, Mahmud e seu fiel escudeiro encontraram um ancião de aspecto venerável, que muito lhes aconselhou voltassem, e não se precipitassem nos perigos que existiam no império de Emir-Ben-Naoman. Vendo, porém, a firmeza de Mahmud, e sendo interrogado a cerca do caminho a seguir, apontou uma montanha alta e íngreme que ao longe se erguia envolta em vapores azulados, e, despedindo-se disse:

– Que o céu os proteja, desventurados!

Mas Mahmud já galopava, sempre seguido do fiel escudeiro, em direção ao pé da montanha, que alcançou ao cair da noite.

Bem queria o escudeiro persuadir o príncipe de que seria vantajoso acampar ali, a fim de dar descanso aos animais e restaurar-lhes as forças para a ascensão do serro escarpado. Mas o príncipe lhe disse:

– O que podes fazer hoje não deixes para amanhã.

E, dando de acicates ao seu ginete, principiou a subida.

À meia encosta, e já com noite cerrada, ouviram canções melodiosas de vozes estranhas, e, seguindo a direção, descobriram de longe uma grande caverna, em cujas paredes e abobadas se moviam milhares de luzes. Aproximando-se mais, viram um exército de anãezinhos, que, com martelo e picaretam ao luzir das suas lâmpadas, arrancavam minerais preciosos do seio da roca, acompanhando o seu trabalho assíduo de formosos cantares.

Mahmud parou um momento para contemplar este povinho estranho e ativo, admirando a rapidez dos seus movimentos e do seu labor.

Depois chegou-se à entrada da caverna, e pediu agasalho ao rei dos anãezinhos, que veio a seu encontro de coroa na cabeça e de cetro na mão, e além disso revestido de púrpura régia.

– Sejas bem-vindo, nobre estrangeiro. Não nos falta lugar para te albergar. Mas não poderemos ofertar-te comida, porque nós mesmos estamos mortos de fome por ter-se-nos acabado as provisões.

– Saberá V. M., respondeu o príncipe, que uma mão lava a outra. V. M. dá-me agasalho em seu reino maravilhoso, e eu darei de comer a V. M. e a todo o seu povo.

Quando os anãezinhos ouviram tais palavras auspiciosas, largaram a sua ferramenta, e acudiram pressurosos, porque o seu rei havia dito a verdade, o que prova que era um soberano que conhecia as necessidades de seu povo.

Mahmud chamou o sei fiel escudeiro com a maleta inesgotável, e ofereceu aos anãezinhos banquete tão opíparo e esplêndido, que aquele povinho de diminuta estatura toda a noite encheu a caverna de “saúdes” estrondosas, erguidas ao seu nobre e generoso anfitrião.

Beberam e comeram com o mesmo ardor que haviam revelado no trabalho, e a cada bocado, cada trago que engoliam, estreitavam mais os laços de amizade que já os unia ao jovem príncipe.

Quando este de madrugada ia pôr-se a caminho, el-reizinho deu três passos à frente, endireitou a coroa caída sobre uma das orelhas, e disse com grande ternura:

– Meu nobre e jovem amigo, a ti devemos a melhor noite que passamos em nossa longa vida. Derramaste a alegria em nossos corações; fica certo que nunca o havemos de esquecer. Toma este anel. Se algum dia te vires em aperto, coloca-o no dedo índice da não esquerda, e verás se sabemos ser gratos.

Mahmud abraçou cordialmente o reizinho, alçando-o do chão; S. M. estava tão comovido que derramou uma lágrima, e seguiu Mahmud muito tempo com a vista, fazendo-lhes com o cetro acenos amistosos.

Do cume da montanha Mahmud descobriu a capital do Sultão Emir-Ben-Naoman, e, soltando a rédea ao seu ginete, que alegremente relinchava, e deitava a crina às auroras matutinas, não tardou em chegar com o seu fiel escudeiro às portas do magnífico palácio do Sultão.

Emir-Ben-Naoman, rodeado dos seus cortesãos, no meio dos quais se destacava a figura ominosa do carrasco, já esperava Mahmud no pátio de honra.

Todos olhavam com uma certa comiseração o jovem príncipe tão gentil e formoso, porque o julgavam perdido, e o carrasco já parecia sentir comichões nas mãos.

– Nobre e grande Sultão, disse Mahmud depois de apear-se, – penetrou a fama da formosura de tua filha até o pé do trono do rei meu pai, e eis-me aqui para sujeitar-me às provas que te dignares impor-me. Vencer ou morrer: eis a minha divisa.

Os cortesãos iam aplaudir, quando um olhar feroz do seu senhor lhes gelou o verbo na garganta.

– As tuas palavras, – disse o terrível Emir-Ben-Naoman, – estão em harmonia com a tua gentil figura. Falta ver se a tua firmeza e força não se desmentem. Vejo que estás prevenido, e homem prevenido vale por dois. Se saíres vitorioso das provas, a mão de minha Fatime é tua, e te garanto que meio universo te invejará. Se, porém, fores vencido, pertences a este senhor, o carrasco, que é a minha mão direita na administração do meu país. Saiba agora qual é a primeira prova que te imponho. Vês aquele montão de cereais? Ali há trigo e centeio, ervilhas e lentilhas, cevada e arroz, tudo bem misturado. Antes do romper do dia deverás ter catado e separado em montões especiais estes cereais... senão... carrasco!

E, dito isto, o terrível Sultão recolheu-se ao palácio com todos os seus cortesãos, e no umbral o carrasco ainda se voltou uma vez, e deitou um olhar a Mahmud, como dizendo:

– Amanhã, meu rapagão, travarás conhecimento com o meu alfange!

Mahmud, porém, mediu com os olhos o montão enorme de cereais, e soltou um suspiro. A ideia da possibilidade de ir parar às mãos do carrasco, em lugar de cair nos braços da formosa Fatime, era realmente pouco animadora. Mahmud, porém, pôs mãos à obra, e ao cabo de algumas horas apenas havia catado a milionésima parte do montão. Abandonou a tarefa, e sentou-se a meditar. O resultado das suas meditações foi considerar-se perdido. Quis então escrever algumas linhas de despedida a seu pai, e uns versos a Fatime, satisfazendo assim um dever sagrado e mitigando uma paixão veemente.

Puxou da carteira... e a primeira coisa que lhe caiu às mãos foi a pena do estorninho.

– Quem sabe, – disse consigo, – se daí não me virá salvação. Vamos sempre experimentar.

E esfregou a pena entre os dedos.

Eis senão quando grande sussurro corta os ares, com a violenta rapidez do vento, e milhões de pássaros descem ao pátio, capitaneados pelo estorninho.

– Chamaste-me, jovem e nobre amigo; qual o aperto em que te achas?

Mahmud contou ao estorninho as suas mágoas.

O pássaro bateu três vezes com o bico, o que equivale a uma risada, e disse:

– É só isto? Já verás como havemos de zombar do terrível Sultão.

E, dando suas ordens, todos os pássaros se puseram a catar os grãos, e, muito antes do romper do dia, trigo e cevada, ervilhas e lentilhas, arroz e centeio, cada qual estava em seu montão, separado, limpo e simetricamente arrumado.

– Estás satisfeito, meu nobre amigo? – perguntou o estorninho.

– Muitíssimo, – respondeu Mahmud.

– Pois bem, aprendeste qual o valor dos verdadeiros amigos em um momento de precisão. Adeus, e queira-nos sempre bem.

E voaram e desapareceram como uma visão, e Mahmud deitou-se contente ao relento, e dormiu deliciosamente até que de manhã foi despertado pelo ruído que fazia o Sultão ao reaparecer com seus cortesãos.

Emir-Ben-Naoman, ao ver a bonita solução do primeiro problema, esboçou um sorriso, e proferiu o monossílabo: – Bem! – que eletrizou todos os cortesãos, a ponto de soltarem altos brados de aplauso, menos o carrasco, que via diminuída uma das probabilidades a seu favor.

O Sultão levou o príncipe ao palácio, que era uma verdadeira maravilha de arquitetura, luxo e riqueza, e, ao som das harpas e dos címbalos, principiou um banquete esplêndido para festejar o primeiro triunfo de Mahmud, festa que durou até o cair da tarde. Então o Sultão conduziu Mahmud a um formoso e extenso jardim, mostrou-lhe um tanque vastíssimo, e lhe disse:

– Eis aqui em que consiste a segunda prova: até ao romper do dia tens de apresentar este lago dessecado de modo que haja desaparecido a última gota de água. Se não o conseguires, cairás vítima do carrasco.

Mahmud sorriu-se meigamente, e disse:

– Espero satisfazer os desejos de Vossa Majestade com valor e firmeza.

E mal o Sultão se havia recolhido aos seus aposentos, Mahmud tomou os cabelos de leão, e esfregou-os na palma da mão.

De todos os lados do jardim ouviu-se grande tropel, e um exército de leões e tigres, elefantes e girafas, camelos e gazelas, e muitos outros, fez irrupção no jardim, capitaneado pelo leão, e este veio parar em frente de Mahmud, e disse:

– Alegrou-nos o teu chamado, porque sabemos que vamos ter o gosto de prestar-te serviço. Diz e depressa em que consiste, para acabar com a nossa impaciência.

Contou-lhe Mahmud o que dele exigiam, e mal o leão ouvira esta narração, rugiu uma gargalhada formidável, e disse:

– Em boa oportunidade vem o assunto; estamos hoje tão sequiosos como estávamos esfaimados no dia em que nos destes de comer, e já verás o que faremos deste lago.

E, ao seu mando, todos os animais rodearam o lago, mergulharam o foicinho na água, e beberam, beberam, beberam, que antes do romper do dia a última gota de água havia desaparecido.

Então o leão chegou-se outra vez perto de Mahmud, e, apertando-lhe a mão, disse:

– Leio em teus olhos o contentamento, o que muita alegria nos dá. Agradeço teres-te lembrado dos teus amigos, que sempre hão de querer-te bem.

E, dito isto, todos desapareceram como uma visão, e Mahmud, encantado do segundo triunfo, adormeceu junto de um plátano frondoso, e só acordou ao som da poderosa interjeição lançada pelo Sultão e repetida pelos cortesãos na quinta potência de sua força, quando estes viram com que nitidez o príncipe havia vencido a segunda prova.

– Não sei, – disse o Sultão com um sorriso de satisfação, – de que meios te valeste para triunfar assim. Mas sem dúvida és de boa estirpe e tempera. Vamos almoçar!

E houve outro banquete mais esplêndido ainda que o da véspera, e todos entregaram-se à grande alegria, menos o carrasco, que principiava a inquietar-se deveras.

Quando nasceram as primeiras estrelas, o Sultão conduziu o príncipe a um terreno baldio defronte do palácio, onde se via grandes depósitos de madeiras e materiais, e, com voz um tanto preocupada, Emir-Ben-Naoman disse a Mahmud:

– A terceira e última prova é a mais terrível. De todas estas madeiras e materiais deves construir até o romper do dia um palácio mais vasto e mais formoso do que o meu. Se o conseguires, Fatime é tua, e com ela todas as alegrias do paraíso deleitarão a tua vida. Se sucumbires, porém, o carrasco te espera, e entre nós te o digo, muito o sentiria, porque aprendi a querer-te.

– Descansa o espírito, poderoso Sultão, – disse Mahmud, – tenho fé em que o carrasco ficará logrado.

E mal o Sultão se havia recolhido ao interior do seu palácio, colocou o príncipe o anel do anãozinho no índice da mão esquerda, e viu adejar pelos ares noturnos milhões de luzinhas que a princípio pareciam lâmpadas dos seus amiguinhos, cujo rei, por fim, desceu diante de Mahmud e lhe disse:

– Estremeceu o nosso coração de júbilo quando ouvimos o teu brado. Eis-nos aqui anelantes de satisfazer os teus desejos.

– Ah! disse Mahmud, se Vossa Majestade soubesse o que querem que eu faça! É coisa sumamente difícil, e quem sabe se possível.

– Dize sempre.

– Vês aquelas madeiras, aqueles materiais?... querem que eu construa até o romper do dia, com eles, um palácio mais suntuoso que o do Sultão.

– E isto te preocupa? – perguntou o reizinho com uma risada de satisfação. – Já verás como havemos de eclipsar aquela bicoca!

E, dando as suas ordens aos anãezinhos, estes de tal modo se houveram com seus martelos, seus serrotes e seus machados, que antes do romper do dia estava pronto um palácio deslumbrante de gosto artístico, luxo e riqueza.

O reizinho veio então despedir-se do príncipe, dizendo-lhe:

– Bem vês, querido príncipe, o valor que têm os verdadeiros amigos em um momento de aperto quando sabem acudir a tempo. A princesa fará a tua felicidade e tu a deste povo, porque vamos levar conosco o carrasco.

E, dito isto, todos desapareceram como uma visão, e Mahmud foi dormir em um dos aposentos esplêndidos do magnífico palácio construído pelos seus amigos, e sonhar sonhos deliciosos.

Quando de manhã o Sultão chegou à janela, e viu a maravilha que se erguia no terreno baldio na véspera, soltou tamanha exclamação, de admiração, que todos os cortesãos acudiram correndo, caindo aos empurrões, uns mal vestidos, outros em trajos menores. E todos seguiram a correr o Sultão, que passara ao palácio novo para felicitar o príncipe e abraçá-lo como seu filho.

No mesmo dia tiveram lugar as bodas de Mahmud e Fatime; o jovem príncipe quase morreu de alegria quando viu a beleza da princesa, e conheceu que era tão meiga, quão formosa.

Duraram as festas oito dias, e com tal esplendor que os anais do império nunca poderão contar todos os pormenores. O povo ainda mais se alegrou quando soube que o carrasco, que havia desaparecido misteriosamente, não seria mais substituído.

Ao cabo de oito dias, os jovens esposos, acompanhados do fiel escudeiro, partiram para o reino de Mahmud, onde foram recebidos com grande satisfação pelo velho rei, que ainda por muitos anos teve a ventura de presenciar a felicidade de seus filhos.

HASSAN O CORDOEIRO

No glorioso reinado do Califa Harun, vivia em Bagdad um pobre cordoeiro, que tinha mulher e cinco filhos, e nem sempre ganhava para satisfazer às mais imperiosas necessidades da vida, apesar de erguer-se com o sol e de trabalhar até ao surgir das estrelas.

Contudo não se revoltava Hassan contra a sorte, nem tão pouco perdia o gênio alegre que a natureza lhe havia concedido, e muitas vezes, depois da parca refeição, sentava-se no meio de seus filhos, e lhes contava histórias divertidas e contos maravilhosos.

Nessa época existiam na mesma cidade homens ligados pelos mais estreitos laços de amizade, Saadi e Ali, dos quais o primeiro era imensamente rico, enquanto que o segundo apenas era abastado. Queriam-se muito, o que não impedia que frequentemente discutissem sobre o mérito das riquezas, avançando Saadi que não se podia ser verdadeiramente feliz senão dispondo de valiosos tesouros, ao que Ali respondia que todo o ouro do mundo não valia mais do que um sopro quando não vinha acompanhado de uma boa consciência.

Empenhados um dia nestas controvérsias, pouco a pouco abandaram o tema principal, e entraram a indagar dos meios pelos quais um homem muito pobre poderia alcançar grande fortuna. Afirmava Saadi que os pobres eram pobres porque haviam nascido pobres, ou porque haviam esbanjados as riquezas que possuíam.

– Olha aquele cordoeiro, – disse ele a Ali; – sempre que aqui passo vejo-o trabalhar com afinco, e contudo parece bem miserável. Opino eu que bem depressa adquiriria fortuna, se possuísse o dinheiro necessário para contratar oficiais e aprendizes, e comprar as provisões precisas para alargar o seu negócio.

Sorriu-se Ali, e disse:

– Tu, és rico, porque não experimentas a coisa, dando-lhe este dinheiro?

Saadi aceitou a proposta de Ali sem hesitação. Aproximou-se de Hassan, sempre metido em sua tarefa pesada, e, pondo-lhe a mão no ombro, lhe disse:

– Descansa um momento amigo, e conta-me a tua vida.

Hassan, apesar de um pouco intimidado pelos ricos trajes dos dois amigos, descreveu-lhe sinceramente as suas circunstâncias precárias.

– E julgas, – perguntou Saadi, depois de uma pequena pausa, – que poderias melhorar a tua sorte, se alguém te desse duzentos sequins?

– Com essa soma, – retorquiu Hassan, – conseguiria ser mais rico do que o mais opulento cordoeiro da cidade.

Saadi puxou uma bolsa bem recheada, e ofereceu-a a Hassan, dizendo-lhe:

– Confio em ti, e dou-te estes duzentos sequins. Emprega-os bem; se fores feliz, não me hei de arrepender do mimo. Dentro em pouco voltaremos, para ver como vão os teus negócios.

Ao pobre Hassan parecia tudo isto um sonho maravilhoso.

Depois da partida dos dois amigos, apalpou repetidas vezes a bolsa cheia de ouro, e, convencido, enfim, da realidade, fechou a oficina, e encaminhou-se para a miserável choça, onde abrigava a família. Pelo caminho meditou sobre o emprego de sua nova fortuna.

– Aparto, – dizia ele, – dez sequins para comprar cânhamo, e os restantes cento e noventa escondo em meu turbante, para não perdê-los.

E, feito isso, voltou para a cidade, comprou grandes provisões de cânhamo, com as quais carregou quatro mariolas que as levaram a oficina.

Em seguida Hassan adquiriu um belo pedaço de carne para mimosear a sua mulher e seus filhos, e dirigiu-se ao seu casebre.

De repente desceu dos ares um abutre, e agarrou o pedaço de carne que Hassan levava na mão. O pobre cordoeiro para salvar o banquete dos seus, lutou valentemente com o abutre; no calor da contenda caiu-lhe o turbante no chão, e a ave de rapina, abandonando a carne, atirou-se ao turbante, e com ele ergueu-se aos ares... levando a fortuna de Hassan.

Grande vozeria levantou o cordoeiro, auxiliado pelos transeuntes, no intuito de assustar a ave de rapina, para ver se deixava cair o turbante; mas foi em vão, e poucos momentos depois o abutre havia desaparecido aos olhos de todos.

Hassan maldisse da sorte, e contou aos circunstantes que o pássaro, no turbante, lhe havia levado grande soma de dinheiro; poucos acreditaram a história, e outros dele zombaram, porque tão mal havia sabido guardar o seu dinheiro. Cabisbaixo, afastou-se o cordoeiro, comprou um turbante novo com o resto do dinheiro, e só ficou sendo possuidor do cânhamo, do pedaço de carne e do turbante novo, em troca dos duzentos sequins, correndo ainda o risco de ser tido por mentiroso o velhaco, quando contasse a Saadi o que havia acontecido.

Em casa ainda aumentou-se-lhe a mágoa, quando viu a mulher desatar em choro amargo ao ouvir a triste narração; mas tudo neste mundo acaba, a alegria como a tristeza, e assim Hassan, ao cabo de algum tempo, recuperou seu bom humor, e continuou, como antes, os seus trabalhos na oficina.

Passaram-se assim algumas semanas, até que por acaso Saadi e Ali estenderam seu passeio até perto da oficina de Hassan. Resolveram visitar o cordoeiro, e encontraram-no mais ou menos nas mesmas circunstâncias da primeira vez: apenas o turbante parecia um pouco mais asseiado.

– Bem vês, – sorriu Ali, – de nada serviu o teu dinheiro, Saadi.

Este, porém, zangou-se deveras, e perguntou a Hassan o que havia feito dos duzentos sequins.

O pobre do cordoeiro no primeiro momento se havia assustado com a presença dos dois amigos; mas como, por fim, tinha limpa a consciência, contou sem hesitar a sua triste aventura.

Saadi duvidou naturalmente da veracidade da narração de Hassan:

– Confessa a tua verdade, – disse ele; – dissipaste o dinheiro em festanças, e pretendes agora enganar-nos com histórias que não têm senso comum!

Hassan, porém, protestou calorosamente, e, havendo Ali contado algumas outras histórias de abutres; ficou abalado um tanto o ânimo de Saadi, que disse por fim:

– Pois seja como for, quero fazer segunda experiência. Toma esta outra bolsa, que também contém duzentos sequins, mas tem cuidado. Se não a empregares bem, nada mais esperes de mim, porque toda a generosidade tem os seus limites.

Hassan agradeceu profundamente aos dois amigos, e estes retiraram-se, deixando o cordoeiro entregue a profundas meditações, sobre o modo de cuidar do seu tesouro. Durante estas meditações estéreis, porém, desceu à noite, e o cordoeiro recolheu-se à casa. Ao entrar no seu quartinho, deu fé de um velho boião que há muito tempo permanecia em um canto, cheio de farelo, sem que lhe tivesse chamado a atenção. Neste boião, pensou, podes esconder teu dinheiro; ninguém se há de lembrar de bulir nele. Dito e feito, lá foi parar o dinheiro debaixo do farelo, menos dez sequins, que Hassan havia apartado como da primeira vez. Nada disse à mulher, com medo de que ela desse com a língua nos dentes, e deitou-se a dormir.

No dia seguinte, levantou-se bem cedo, foi à cidade e comprou tantas provisões de cânhamo e linho, que mal chegaram os dez sequins que havia levado para pagar tudo.

Entretanto, a mulher, que ficara arrumando a casa, ouviu gritar na rua: "Sabão! Sabão!", e lembrou-se que se lhe havia acabado este artigo tão necessário. Como não tinha dinheiro, cogitou o que poderia trocar por alguns pedaços de sabão, e, deparando com o boião velho, tomou-o, e foi oferecê-lo ao mercador em câmbio de um pau de sabão. Efetuou-se o negócio, e a mulher, que acabava de dar cento e noventa sequins por tão vil mercadoria, julgou ter feito um ótimo arranjo.

Quando Hassan voltou para arrumar as provisões compradas, foi ter logo ao quarto para alegrar a vista com o aspecto do precioso boião, e quase caiu morto de susto quando viu que o seu tesouro havia desaparecido. Chamou em altos brados a mulher, perguntou-lhe o que era feito do boião, e quando esta lhe referiu com grandes contentamento e ótimo negocio que fizera, Hassan caiu em desespero, e revelou a pobre da mulher a nova desventura que viera persegui-los. Penalizou esta perda cruel muito a mulher, mas ela não deixou de deitar a culpa ao marido, que, por falta de confiança nela, havia preparado o prejuízo, e desatou-se uma boa briga entre os dois; por fim, porém, viram que o melhor era fazerem as pazes: os sequins estavam perdidos, e toda a choradeira e todas as alegações não serviam para readquiri-los.

Hassan continuou os seus mesquinhos trabalhos, lembrando-se com grande susto de Saadi e de Ali que não tardariam de visitá-lo.

Com efeito, um belo dia apareceram, e Hassan bem vontade teve de fugir; mas já era tarde; os amigos o haviam visto, e Saadi mostrou-se sumamente incomodado quando achou o cordoeiro no mesmo estado miserável. Ao ouvir a triste aventura, disse:

– Não hei de sacrificar outra bolsa de ouro para quem tão mal sabe guardar o seu dinheiro.

– Meu bom senhor, – disse Hassan, – não há em minha casa arca, nem armário, e nem necessidade havia destes trastes, porque de ordinário nada tenho para guardar. O boião estava há muito tempo esquecido no seu canto; mal escondi nele os sequins, e o demônio fez com que a minha mulher se lembrasse dele. Bem vê, senhor, que nasci para ser pobre, e não há remédio.

Enquanto Hassan deu estas explicações, Ali viu no chão um pedaço de chumbo. Alçou-o deu-o a Hassan, e disse:

– Agora toca-me a vez de ajudar-te. Toma este pedaço de chumbo calcado ao pó; talvez que com ele faça mais facilmente fortuna do que com o ouro do meu amigo Saadi.

Riu-se Hassan, mas guardou o chumbo no bolso enquanto que Saadi disse indignado a Ali:

– Como podes ser tão néscio de tirar esperanças de um pedaço de metal tão vil, quando os meus sequins para nada serviram?

Ali encolheu os ombros, e esboçou um sorriso como quem dizia: – Quem sabe? – e os dois amigos se afastaram com promessa de voltar.

De noite, depois da refeição frugal, Hassan contou a seus filhos algumas histórias maravilhosas, e por fim todos se deitaram resignados com a sua sorte.

Nesta mesma noite um vizinho do cordoeiro, que era pescador, ao preparar as suas redes para ir pescar pela madrugada, viu que em uma delas faltava um peso de chumbo. Como os armazéns estivessem fechados, o pescador não teve remédio senão incomodar os vizinhos para ver se algum deles o tirava do apuro; ninguém, porém, tinha chumbo, de modo que por fim a mulher do pescador se resolveu a bater também na porta de Hassan, que a princípio havia desprezado por conhecer-lhe a extrema pobreza. A mulher do cordoeiro já queria despachar com as mãos vazias, quando Hassan se lembrou do pedaço de chumbo que Ali lhe havia dado, saltou da cama, e deu-o a vizinha, satisfeito por poder prestar-lhe um pequeno serviço. A mulher do pescador ficou também contente e prometeu que traria de presente todos os peixes que seu marido pescasse no primeiro lance, e o pescador, ao receber o chumbo, disse que ela havia procedido bem, e que cumpriria com a promessa.

O primeiro lance deu só um peixe, mas de bom tamanho e bem criado; o pescador, fiel a sua promessa, apartou-o para Hassan, e continuando a pescaria, esta foi tão abundante que encheu o batel até a borda, e o pescador voltou para casa cheio de alegria, mandando levar imediatamente o peixe a mulher de Hassan.

Esta, ao ver o presente formoso, suspirou de contentamento, e, pondo-se a cortar o peixe, disse:

– Que bela ceia terá hoje o meu pobre Hassan!

Ao abrir o estômago do peixe, a mulher encontrou um corpo duro, muito brilhante; ela pensou que era um pedaço de vidro, quando realmente tinha entre as mãos um formosíssimo carbúnculo. Não conhecendo o seu valor, atirou-o as crianças, que com ele brincaram até que de noite o pai voltou, e se acendeu a lâmpada. Então os pequenos viram que a pedra, cada vez que se colocava a sombra, despedia raios luminosos; todos queriam fazer a experiência; puseram-se a brigar, e fizeram tal algazarra, que Hassan indagou do motivo desta desordem, e quando soube a particularidade da pedra, tomou-a, e, escondendo-a na mão, viu que esta se alumiara como se rodeasse uma vela. Ainda por algum tempo o pai brincou com os filhos; depois deu ordem a estes que se deitassem, e guardou a pedra no banco da chaminé.

Ao deitarem-se, a mulher contou a Hassan como tinha havido a pedra; admirou-se o cordoeiro, sem dar, todavia, grande importância a joia, porque nada sabia de pedras preciosas. Quando por fim apagaram a vela, a pedra pôs-se a reluzir com tanto fulgor que toda a casa ficou iluminada.

As crianças, ao verem esta luz maravilhosa, saltaram da cama e dançaram, e soltaram tamanhos gritos de alegria, que só a grande custo o pai as pode atirar a cama, ordenando-lhes que estivessem quietas, para não incomodar toda a vizinhança. Vendo o pai tão sério, os pequenos pegaram no sono, e Hassan disse a mulher:

– Três proveitos já me deu o pedaço de chumbo de Ali: o prazer de obsequiar um vizinho, um bom peixe e economia de azeite, porque, enquanto tivermos a pedra, não precisamos de lamparina.

Ao lado da casa de Hassan morava um judeu muito rico, que negociava em joias. O quarto de dormir do joalheiro apenas era separado por um tabique da alcova de Hassan, de modo que o judeu percebeu todo o alvoroço feito pelas crianças do cordoeiro.

– Será bom indagar amanhã de manhã, – disse a mulher, – o que se passou em casa do vizinho.

E esta, mais curiosa ainda do que o marido, aguardou no dia seguinte a saída de Hassan, para ir tagarelar com a mulher do cordoeiro. Depois de algumas perguntas insignificantes, indagou por fim da causa do barulho noturno.

A mulher de Hassan contou-lhe então toda a história maravilhosa da pedra, e mostrou esta a judia, que viu no primeiro momento que era um carbúnculo valiosíssimo. Disfarçou, porém, a sua emoção, e perguntou sorrido a mulher do cordoeiro se não lhe queria vender a pedra.

– Nada vale, – acrescentou, – mas como tenho outro igual, servia-me para um par de brincos.

E ofereceu-lhe uma bagatela.

A mulher de Hassan já estava disposta a ceder o carbúnculo; mas as crianças puseram-se a chorar com tanta insistência, que ela disse baixinho a judia que voltasse mais tarde.

A joalheira bem via que nesse momento nada podia obter; recomendou a cordoeira que não mostrasse a pedra a outras pessoas, e correu a informar de tudo a seu marido.

Este exclamou:

– Mulher, esta pedra deve ser nossa; porque, se é como dizes, não há outra igual no mundo, e nem todo ouro do universo chega para pagá-la pelo seu valor. Volta, pois, logo a casa de Hassan; oferece pouco para principiar; aquela gente é pobre, e talvez venda o carbúnculo por uma ninharia. Se não quiserem, vai oferecendo mais, até obtê-lo por qualquer preço.

De tarde a judia voltou a casa de Hassan, e disse a cordoeira:

– Querida vizinha, o meu marido deseja obter a pedra; quer vendê-la?

A mulher, porém, teve medo de concluir o negócio sem o consentimento de Hassan, e, quando a judia ouviu isto, assustou-se, e ofereceu vinte sequins. Então a cordoeira, que não era tola, desconfiou, e declarou que nada faria sem estar presente o seu marido. A judia ofereceu então cinquenta, sessenta, setenta, oitenta, cem sequins.

A isto chegou Hassan, e, informado do que se tratava, compreendeu que a pedra era preciosa, e disse que só por muito ouro a venderia.

A joalheira elevou sucessivamente as suas ofertas até cinquenta mil sequins.

Hassan, porém, disse:

– Bem vejo que fazeis empenho em possuir a pedra; vender-lh'a-hei, se me der cem mil sequins e nada menos. Se assim quiser, muito que bem; se não, a venderei a outro joalheiro, que me dará mais ainda.

A judia julgou não poder decidir do caso sem o consentimento do marido. Correu a casa, e chamou o joalheiro, que ofereceu oitenta mil sequins; mas, vendo que o cordoeiro se zangava, anviu, por fim, ao seu pedido e fechou-se o trato.

– Querido vizinho, – disse ele, – tanto dinheiro não tenho em casa; por hoje deveis contentar-vos com dois mil sequins; amanhã recebereis o resto. E como Hassan consentisse, o judeu correu a buscar dois sacos cheios de ouro, e no dia seguinte trouxe ainda noventa e oito sacos. Assim a pedra passou as mãos do judeu, e Hassan ficou tão rico que até o fim dos seus poderia viver esplendidamente sem trabalhar.

Mas não dava para isto o gênio ativo do cordoeiro. Organizou convênios com todos os seus colegas da cidade, que se obrigaram a vender-lhe de ora em diante todos os seus produtos, de modo que Hassan ficou com o monopólio do artigo, mandando construir grandes armazéns em todos os bairros da capital, e o seu negócio tornou-se o mais florescente de todos. Não esqueceu-se Hassan da família; em um ponto muito ameno mandou edificar um belo palácio, e dali em diante já não era simplesmente Hassan, o cordoeiro, mas, o *senhor* Hassan, acatado e respeitado de todos.

Um belo dia os dois amigos Saadi e Ali, passeando pelo sitio onde existira dantes a mísera oficina do cordoeiro, encontraram um bem sortido armazém, e, tomando informações, souberam a história de Hassan, que lhes pareceu incrível. Correram a residência do antigo protegido, e ficaram atônitos, quando viram o belo palácio, onde Hassan, o Sr. Hassan, o opulento industrial descansava das suas tarefas diárias. Tendo batido, um escravo ricamente trajado abriu-lhes a grade, e conduziu-o a uma sala de espera pomposa, onde os convidou a aguardar a seu senhor. Ao cabo de alguns momentos, apareceu Hassan, e, mal havia reconhecido os dois amigos, correu a abraçá-los, louco de alegria por vê-los em sua casa.

Viu-se assaltado por um dilúvio de perguntas, e a todas, satisfez, dando aos amigos todos os pormenores do que lhe havia acontecido, instando por fim com eles para que passassem alguns dias em sua companhia, ao que os amigos gostosos, anuíram. Hassan mostrou-lhes todas as particularidades do seu palácio, e banquetearam-se depois alegre e esplendidamente. No dia seguinte, Hassan convidou os seus hóspedes e acompanhá-lo a uma formosa casa de campo que possui a duas léguas da cidade, a margem do rio, pois que desejava apresentar-lhe a mulher e filhos que ali residiam.

Fez-se a viagem rápida e agradavelmente em bem alcatifada barca, e, quando os amigos penetraram no jardim, viram que era uma verdadeira maravilha, que encerrava as flores mais raras e odoríferas, as frutas mais suculentas e esquisitas. Formosa floresta limitava o jardim pelos lados, e no fundo erguia-se a elegante casa de campo. Já de longe os pequenos haviam avistado seu pai, e correndo vieram abraçá-lo e rodeá-lo. Compreenderam então os dois amigos que Hassan era tão bom pai, quão negociante perito. Chegou também a mulher do cordoeiro, que, apresentada a Saadi e a Ali, os acolheu cordialmente, e bem depressa todos formaram um grupo de amigos íntimos e carinhosos.

Alguns dias depois, estando sentados Hassan com seus amigos em um formoso terraço, a gozarem da fresca da tarde, Saadi disse com um sorriso:

– Hás de confessar agora, meu amigo, que não deves a tua fortuna ao pedaço de chumbo de Ali, mas sim aos quatrocentos sequins que eu te dei. Não te zangues, mas custa-me crer a história como a contaste.

Esta incredulidade de Saadi afligiu Hassan profundamente; mas só podia afirmara de novo o que já havia narrado, sendo comentado favoravelmente por Ali, sem que, contudo, convencesse Saadi. Apareceram então no terraço os dois filhos mais velhos de Hassan com o seu preceptor, e um deles trazia na mão um ninho de construção singular.

– Vê este ninho, meu pai? – disseram; – tirámo-lo de uma arvora da floresta, atraídos pela circunstância de ser construído dentro de um turbando velho.

Hassan agarrou o ninho, contemplou-o um momento e exclamou:

– Misericórdia do céu! É o turbante dos sequins, e os cento e noventa devem ainda achar-se nele. O ninho está construído tão artisticamente que não pode confundir-se com obra de mão de homem. A fazenda do turbante, desbotada, bem mostra o tempo que esteve exposta a intempérie, e assim tenho uma prova irrecusável da veracidade da minha narração.

Os amigos, e principalmente Saadi, ficaram atônitos. Por fim, desmancharam com alguma dificuldade o trançado complicado do ninho, e encontraram os cento e nova sequins. Saadi disse, contudo:

– Devo render-me a evidência; está explicado um dos enigmas, apesar de que ainda não possa compreender que um abutre largue um pedaço de carne para roubar um turbante. Creio, entretanto, que o outro enigma ficará sem solução, pois que estou convencido de que a tua fortuna emanou dos duzentos sequins que te dei na minha segunda visita.

Incomodou-se Ali com esta pertinácia, e quis ir-se embora, mas Hassan o deteve, e disse:

– Assim como Allah forneceu uma prova, pode enviar a outra; esperemos, e vivamos entretanto em paz.

Por mais divertida que fosse a existência na casa de campo de Hassan, tiveram os dois amigos Saadi e Ali de lembrar-se dos afazeres que tinham na cidade. Marcado o momento da partida, Hassan mandou encilhar quatro formosos cavalos persas, e ele e seus hóspedes seguiram para Bagdad, acompanhados por um criado. Pelo caminho apearam-se em uma hospedaria para refrescar, porque o dia estava bastante pesado.

O criado pediu cevada para os animais, mas o estalajadeiro se achava desprevenido e situado longe de qualquer outra habitação; para sair do apuro lembrou-se de um boião velho cheio de farelo que tinha guardado; deu-o ao criado, e quando este derramou o farelo na manjadoura, viu cair um objeto avultado; agarrou-o, e conheceu que era uma bolsa com dinheiro.

Alegrou-se o criado pelo amo, porque conhecia a história dos sequins perdidos com uma porção de farelo; correu ao interior da hospedaria, apresentou a Hassan a bolsa, dizendo:

– Vê o que encontrei em um boião de farelo que o estalajadeiro deu-me para os cavalos.

Hassan pediu o boião, contemplou-o um momento, e reconheceu-o como tendo sido sua propriedade.

– Deus seja louvado! – disse a Saadi; – eis aqui a segunda prova para convencer-te de que falei a verdade.

E mandou chamar o estalajadeiro, que, sendo perguntado pela origem do boião, declarou havê-lo comprado alguns anos atrás a um mercador de sabão; que ninguém dera apreço ao objeto, que ainda por muito tempo poderia ter permanecido no seu canto, se o criado dos ilustres viajantes não tivesse pedido forragem para os cavalos.

Então Ali disse com ar de triunfo a Saadi:

– Viste agora, meu amigo, que o acaso e a sorte, as vezes, muito mais depressa conduzem a fortuna, do que grandes somas de dinheiro.

Saadi abraçou Hassan, e pediu-lhe perdão por haver duvidado de sua palavra; o antigo cordoeiro, porém, disse:

– Só agora, que já não há como duvidar de mim, gozarei em paz da minha fortuna e da tua amizade; o nosso amigo Ali compreendeu-me mais depressa, porque sabia que, além do ouro, existem ainda muitos outros tesouros neste mundo.

E por longos anos estes três homens viveram na mais estreita amizade.

AS VIAGENS DO CORCUNDA MORTO.

Depois de uma noite de insônia, achava-se de muito mau humor o Sultão Mahmud de Kashgar.

DespachouIussuf, seu lacaio, em busca do jogral de sua corte, esperando distrair-se com os seus esgares e ditos picantes que sempre trazia prontos.

Voltou, porém, Iussuf com a noticia que Hakin, o corcunda, não havia aparecido de noite em palácio.

Com esta participação o monarca ficou ainda mais incomodado, e deu ordem que todos se pusessem a caminho, para procurar o corcunda e trazê-lo imediatamente a sua presença, sob pena de castigos exemplares.

Correram os lacaios e funcionárias em todas as direções, dizendo entre si que não queriam repartir a sova que o jogral havia de apanhar quando o encontrassem.

E, contudo, encontraram-no, e não apanhou sova alguma, porque... o corcundinha estava morto.

Eis aqui como deram com o jogral.

Em sua corrida chegaram a praça onde tinham lugar as execuções das sentenças de morte.

No cadafalso os ajudantes do carrasco seguravam por baixo dos braços o cadáver do jogral para que fosse visto pelo povo reunido, enquanto que o chefe de polícia, colocado ao lado de quatro cidadãos algemados, dizia:

– A história do corcundinha e destes quatro cidadãos me parece tão extraordinária, que não me posso resolver a mandar enforcar os acusados. Vou consultar primeiro o Sultão, nosso senhor.

E, descendo do cadafalso, encaminhou-se para o palácio, seguido do carrasco e dos seus ajudantes, que conduziam o cadáver de Hakin e os quatro algemados.

Em presença de Mahmud prostrou-se o chefe de polícia, beijou três vezes o chão e disse:

– Senhor poderoso, perdoa ao teu servo humilde, se tão cedo vem importunar-te. Mas o caso é tão singular, que só tu, comendador dos crentes, podes sentenciar.

Mandou o Sultão que se erguesse o chefe de sua policia e referisse o caso aludido.

– Senhor, disse o funcionário, esta madrugada um dos meus empregados conduziu a minha presença um mercador cristão, dizendo que o apanhara em ato de homicídio, agregando que o cadáver do assassinado se achava no saguão da minha casa. Procedi a vistoria no defunto, e reconheci nele Hakin, o jogral de Vossa Majestade. Interrogando depois o mercador, este confessou imediatamente o seu crime. Mandei alçar o cadafalso, e fui ter ao lugar da execução com o preso e o cadáver de Hakin, enquanto que os pregoeiros publicavam a sentença pelas ruas.

No momento em que o carrasco ia enforcar o mercador, aparece todo esbaforido um indivíduo fornecedor de Vossa Majestade, gritando já de longe que suspendessem a execução, pois que o assassino era ele.

E tal história me contou, que não me era permitido duvidar; ordenei que o enforcassem em lugar do mercador cristão.

Quando lhe deitaram a corda ao pescoço, aparece outro, completamente fora de si, exclamando que o matador de Hakin era ele.

Depois de ouvir as explicações deste, – um médico judeu – compreendi que efetivamente merecia ser enforcado, em lugar do outro, e neste sentido dei minhas ordens.

Mal, porém, o carrasco se preparava, quando aparece desta vez um alfaiate, declarando que sua consciência não lhe permitia deixar executar um inocente, e vinha, pois, confessar que o verdadeiro culpado era ele.

Após todos estes episódios estranhos, não me animei a sentenciar, e apresento a Vossa Majestade o mercador, o fornecedor, o médico e o alfaiate, para que o meu soberano decida de sua sorte.

– Antes de sentenciar, disse o Sultão, preciso conhecer a fundo o caso. Chega-te, alfaiate, e conta fielmente o que sabes.

Deu um passo a frente o interpelado, e depois de muitas reverencias disse:

– Sabe já Vossa Majestade que sou alfaiate. Ontem a noite, sentado em minha tenda, cozia com afinco num caftan que ficara de entregar hoje. Veio pela minha rua abaixo aquele corcundinha, tocando em um tambor, e parou-me na porta, cantando muitas coplas acompanhando-se sempre com os seus rufos. Gostei muito da festa, e convidei-o para ceiar em minha casa, pensando que minha mulher também se alegraria com as artes do corcundinha. Aceitou este, fechei a tenda e fomos a minha casa, onde efetivamente continuaram os divertimentos, enquanto comíamos bem e bebíamos melhor. Serviu-nos a mulher um magnífico prato de peixe, que mereceu grandes louvores do meu hóspede. De repente, este empalidece e cai ao chão. Havia-se engasgado com uma espinha, e morreu de repente. Figure-se Vossa Majestade o susto que levei. Antevi polícia, carrasco e cadafalso, e quase enlouqueci de dor.

– O que há de ser de mim, exclamava eu, arrancando os cabelos; Allah, Allah, tem pena de mim e salva-me deste apuro!

E dava com a cabeça na parede.

Minha mulher, que ao princípio também se assustara muito, recuperou o sangue frio.

– Deixa -te de lamentações, disse ela; o que precisamos é livrarnos deste corcunda. Perto daqui mora um médico judeu. Vamos arrastar o cadáver para a casa dele e deitá-lo na escada.

Reanimaram-me um pouco as palavras de minha mulher.

– Dizes bem, exclamei, e tens mais juízo do que eu. Mãos a obra!

Envolvemos o cadáver em um pano e o arrastamos até a casa do médico. A porta, porém, já estava fechada, porque era alta noite.

Tocou minha mulher a campainha; e uma criada veio abrir-nos.

– Aqui trazemos um homem bem doente, disse minha mulher, que precisa dos serviços do seu amo. Vá preveni-lo, e para que ele não pense que somos alguns pobretões, incapazes de pagar, leve-lhe desde este sequim.

A criada tomou o dinheiro e foi-se. Imediatamente transportei o corcundinha ao último grau, no alto da escada, e coloquei-o de modo que o menor movimento o devia precipar ao saguão.

Em seguida fugimos, minha mulher e eu, bem alegres de havermos escapado assim a polícia, ao carrasco e ao cadafalso.

Hoje, porém, ouvi com profundo terror que iam enforcar o médico.

Não me sofreu a consciência calar-me. Fui, pois, acusar-me, como acabo de fazê-lo a Vossa Majestade, e juro que disse toda a verdade.

Chamou Mahmud o médico judeu e lhe disse:

– Conta tu agora, mas vê bem que não me mintas, se não te mando enforcar pelos pés.

Prostrou-se todo tremulo o judeu e exclamou:

– Purissimo sol de magnanimidade e misericórdia comendador dos crentes, que me seque a língua, e que eu seja enforcado pelos pés, se faltar a verdade.

Ontem a noite estava estudando no meu gabinete, quando entrou minha criada, deu-me um sequim, e me disse que estava em baixo um doente que precisava dos meus serviços. Pareceu-me de bom agouro o sequim, e acudi depressa ao chamado, sem dar tempo a criada de alumiar a escada. De repente tropeço em um vulto, e por um triz não despenho do alto da escada. Enquanto me seguro no corrimão, ouço rolar pelos degraus um corpo pesado.

– Deus meu, exclamei, o que será isto! Venha luz depressa.

E quando veio a luz, vi o doente que devia curar... e que estava morto, bem morto.

– Ai! De mim, me lamentei; o que há de ser de mim? Vem amanhã S. Ex. o Sr. chefe de polícia e me tranca na cadeia. Se não me acodem Moysés e os profetas, sou um homem morto!

Minha criada, porém, magnífico senhor, mulher astuta e decidida, põe-se a rir e me diz:

– Deixe-se de lamentos. Pegue no defunto, suba ao telhado do nosso vizinho, o fornecedor imperial, e deite o corcundinha pela chaminé a baixo.

Achei esplêndido o conselho da criada, e com o auxilio dela consegui conduzir o cadáver ao ponto designado e encaixá-lo na chaminé.

Em seguida procurei a minha cama, dando graças aos profetas e à minha criada, que me haviam livrado do aperto. Quando, porém, hoje de manhã soube que ia enforcar o fornecedor, corri a acusar-me para evitar uma iniquidade. Eis toda a verdade, poderoso senhor.

Acenou o Sultão ao fornecedor que se chegasse e falasse.

Este disse:

– Soberano dos fiéis, ao lado de minha casa tenho um grande armazém, onde guardo as minhas provisões de comestíveis.

Percebi há muito que os ratos me causavam grande prejuízo, mas não havia remédio senão aturá-los. Ontem a noite, ao recolher-me ao meu quarto de dormir, contíguo ao dito armazém, vejo ao clarão da lua, na chaminé, um objeto escuro, e reconheço duas pernas humanas. Sou forte e robusto; por conseguinte não me assustou a descoberta. Alegrei-me muito, dizendo comigo:

– Olá, amiguinho, és tu que me roubas, enquanto acusava os pobres dos ratos! Agora verás como te pago.

E pego um porrete, agarro o ladrão pelas pernas, tiro-o de um puxão da chaminé; ele cai de todo o seu comprimento ao chão, e sem perder tempo com palavras inúteis, dou-lhe uma sova mestra.

Depois de muitas porretadas, digo-lhe:

– Safa-te agora, se não queres segunda amostra!

O corcunda, porém, não se move. Dou-lhe um pontapé; nada! Lembra-me então a possiblidade de havê-lo morto. Acendo uma lâmpada, e verifico estar em presença de um cadáver já hirto e frio. Confesso que levei um bom susto, mas não perdi a calma. Agarrando o corcundinha e levando-o nas costas, transportei-o para defronte de uma tenda da vizinhança, onde encostei-o na porta, e voltei para casa, pensando;

– Allah Kerim! Deus é misericordioso. Por mim pode ficar encostado até o fim do mundo.

E peguei no sono. Esta manhã, porém, soube que iam enforcar um mercador acusado de haver assassinado um corcundinha.

Lembrei-me da minha aventura noturna, e, não, querendo ver castigar um inocente por um crime por mim cometido, fui acusar-me. Eis toda a história, poderoso soberano!

Chamou então Mahmud, o mercador, e, ordenou-lhe que contasse por sua vez o caso, e obedecendo este, falou assim:

– Senhor magnífico, passei ontem de noite algumas horas em alegre reunião de correligionários meus, onde não poupamos o vinho de Schiras, de modo que, ao recolher-me, descrevia zig-zags sofríveis pelas ruas da cidade. Por muito tempo não atinei com o caminho da minha casa, porque as ruas e as praças e todos os edifícios corriam a roda de mim com grande velocidade. Por fim conheci que estava perto de um estabelecimento balneário, e lembrei-me que um banho me faria bem. Dei alguns passos precipitados, tropecei, cai contra uma tenda e resvalei no chão. No mesmo momento um corpo pesado caiu em cima de mim, atravessando-se-me no pescoço. Julguei que era assaltado por algum bandido. Defendi-me valorosamente, atirei com o corpo do assaltante para um lado, e dei-lhe um murro formidável na cabeça. Inerte jazia o corpo, e continuei a dar-lhe murros. Neste momento fui surpreendido por um agente policial, ao qual expliquei que o malvado ladrão havia tentado matar-me. O policial, porém, examinando o corpo do indigitado ladrão, viu que estava morto, e prendeu-me. O resto da história já foi referida a V. M. pelo chefe de polícia.

Quando o mercador se calou, mandou o Sultão que trouxessem o cadáver, e reconheceu nele o se jogral Hakim, o corcunda.

Em seguida ordenou aos médicos que vissem se realmente havia uma espinha na garganta de Hakin, e quando com efeito a espinha foi encontrada, disse o Sultão:

– Bem vejo que todos os quatro acusados são inocentes. Podem retirar-se em paz.

Não esperaram eles outro convite e escaparam-se mais que depressa.

Mahmud, porém, ordenou que enterrassem o corpo do jogral, e disse:

– Farsas bastantes inventou durante a vida, e ainda depois de morto continuou o seu ofício. Que o enterrem depressa, antes que reviva, apesar de ter sido morto três vezes depois de falecer.

E com estas ocorrências se havia dissipado o mau humor do Sultão, para maior tranquilidade dos seus cortesãos e crédito póstumo do seu jogral.

O PRÍNCIPE ACHMET E A FADA PARIBANU

Era uma vez um Sultão, que tinha uma filha formosíssima, e três príncipes que eram seus sobrinhos.

Enquanto pequenas, as crianças brincavam juntas e muito se queriam; em uma certa idade, porém, cessou esta boa liberdade; a princesa *Amina* passou a viver com a sua ama em uma torre isolada, onde os três príncipes, *Hussein, Ali* e *Achmet*, não podiam visitar; brincavam, pois, sem ela, exercitavam-se em todas as prendas de bons cavaleiros, e cresciam fortes e robustos, vivendo em boa amizade e harmonia. Eram todos os três de belo aspecto; Achmet, porém, o mais moço era o mais formoso e mais amável, sem ter, todavia, consciência disto.

Assim chegaram, Hussein aos seus vinte anos, Ali aos dezenove e Achmet aos dezessete, quando o Sultão lembrou-se de mandá-los chamar para fazer-lhes uma boa surpresa.

– Vão buscar-me os ***três***, -disse ele, e a criadagem já sabia que assim falava dos três príncipes, que outra designação não lhes dava nunca.

Compareceram os três moços mui agitados das corridas e dos exercícios de armas, e perguntaram:

– Que nos quer, querido tio?

– Escutem bem, rapazes, – disse o Sultão; – não ignoram que algum dia terei de morrer, como qualquer outro mortal, e, embora esteja agora bom e são, quero ter certeza quem de vós será o meu sucessor no trono. Mas só pode suceder-me quem for marido da princesa, minha filhinha. Quem de vocês quer casar com ela?

– Eu! – gritaram os três a um tempo.

Achou tanta graça o Sultão nesta resposta uníssona, que soltou formidável gargalhada:

– Alegro-me com esta boa resposta, – disse por fim; – mas em três maridos para Amina sobejam dois. Concordam nisto?

– Concordamos, – disseram os irmãos.

– Vamos ver então como arranjamos o negócio. Creio que o melhor será que tu, Hussein, tomes à esquerda, tu, Ali, à direita, e tu, Achmet, o caminho da frente, para correrem mundo, e trazerem-me, daqui a um ano, o objeto mais raro e curioso que houverem encontrado. Quem me entregar o melhor presente obterá a mão de Amina. Aceitam a proposta?

– Aceitamos, – exclamaram os irmãos.

E cada um já se via em sonhos possuidor do melhor presente, e por conseguinte habilitado a ser marido da formosa Amina, e voltaram alegremente para os seus divertimentos.

O Sultão, porém, mandou chamar o seu estribeiro-mor e lhe disse:

– Manda preparar-me três dos meus melhores cavalos, e envia-me o meu alfaiate imperial.

Veio o alfaiate, e o Sultão ordenou-lhe que tomasse medida aos três príncipes e prontificasse, dentro de oito dias, trajes deslumbrantes, sob pena de perder a cabeça, e que lhe mandasse o seu tesoureiro.

Foi-se pressurosamente o alfaiate, e veio o tesoureiro.

– Traz-me do meu tesouro, – disse o Sultão, – três bolsas iguais, contendo cada uma quatro mil sequins, e despacha-te.

Correu o tesoureiro a perder o fôlego, e trouxe as três bolsas pedidas, que o Sultão deitou provisoriamente em seu cofre, cuja chave guardou no bolso para evitar que o dinheiro se escapasse por distração.

Oito dias depois o alfaiate trouxe três trajes deslumbrantes, bordados de ouro e pedras finas, e o soberano ficou tão contente do trabalho, que deu um anel de preço ao alfaiate, e disse:

– Corre e manda-me os *três*; hão de estar no pátio a fazer asneiras.

Voou o alfaiate, e vieram os três correndo e gritando:

– Amiguinhos, – disse o Sultão, – é tempo de partir. Dou a cada um de vocês um belo cavalo das minhas estrebarias, um traje magnífico e uma bolsa com quatro mil sequins para a viagem. Aprontem-se, e a caminho.

Não esperaram segundo convite os príncipes. Cada um agarrou o seu traje, e correu ao seu aposento a vestir-se e enfeitar-se; cingiram a sua melhor espada, e quando voltaram a apresentar-se ao Sultão, folgou este em vê-los tão guapos. Abraçou-os um por um, não poupando os bons conselhos; em seguida entregou-lhes as bolsas de dinheiro, e os três desceram as escadas do palácio fazendo soar garbosamente a sua armadura; montaram seus fogosos ginetes e partiram. O Sultão, da janela, seguiu-os com a vista, e quando desapareceram, deitou-se o soberano, chorou bastante, porque muito queria aos três, e depois foi visitar a sua filha Amina, à qual contou toda a aventura.

Os três, entretanto, seguiam bem dispostos o seu caminho; cada um dizia que descobriria a melhor coisa, e ao cabo de três dias chegaram a uma encruzilhada, onde pararam.

– Aqui, queridos irmãos, vamos separar-nos, – disse Hussein. – Quanto a mim, sigo pela frente.

– E eu tomo pela direita, – disse Ali.

– Neste caso, – observou Achmet, – seguirei pela esquerda.

– Daqui a um ano havemos de reunir-nos novamente neste ponto, se não tivermos perecido.

Apertaram-se a mão cordialmente, e um seguiu pela frente, o outro pela direita e o terceiro pela esquerda. Havia o príncipe Hussein ouvido falar muitas vezes das grandes riquezas da cidade de Bisnagar, situada no centro da África, e tomou resolutamente a direção necessária para alcançar aquela praça das maravilhas. Passou assim de cidade à cidade, de aldeia à aldeia, indagando de tudo, encontrando às vezes coisas bem bonitas, mas esperando sempre encontrar mais adiante coisa melhor. Já haviam decorrido cinco meses dos doze concedidos, quando viu aparecer os zimbórios de Bisnagar, que reluziam e brilhavam aos raios do sol.

– Não há tempo a perder, – disse consigo Hussein; – se não volto depressa, chegarei tarde na encruzilhada e meus irmãos esperarão de balde por mim.

Deu de acicates ao seu ginete, e não tardou em chegar às ruas esplêndidas de Bisnagar, onde dos dois lados se erguiam palácios maravilhosamente formosos.

Parou defronte de um hotel, apeou-se, entregou o cavalo a um criado, e foi assear-se e enfeitar-se para percorrer a pé a magnífica cidade. No bazar viu objetos de arte, de ouro, prata e pedras preciosas, expostas em grandes montões; mas, apesar da riqueza destes objetos, nenhum lhe parecia reunir as qualidades exigidas pelo tio, e já começava a impacientar-se, quando topou com um homem chão, que trazia na mão um tapete velho e rapado e gritava:

– Quem me compra este tapete por três mil sequins?

Todos os circunstantes soltavam gargalhadas e zombavam do mercador, dizendo que ninguém seria tão tolo de dar uma fortuna por um trapo velho.

Hussein, porém, teve um palpite de que este tapete devia ter qualidades ocultas, e que talvez lhe servisse; chamou o mercador e lhe disse:

– Em que consiste a virtude deste tapete, para ser tão caro?

– Magnânimo príncipe, – respondeu o mascate, – basta estender este tapete no chão, sentar-se nele, e desejar ser transportado a um lugar qualquer, e em um momento se efetua a transferência.

– Bem, – disse Hussein, – compro-te o tapete; mas primeiro vamos experimentá-lo, porque não adquiro nabos em saco.

– Pois não. – disse o mercador.

Estendeu o tapete, colocou-se nele com o príncipe, e este desejou ser transportado ao seu hotel, e no mesmo momento achou-se no seu quarto. Cheio de júbilo, entregou os três mil sequins ao mercador, que se afastou com o dinheiro.

Hussein, porém, pulou e cantou de contente, exclamando:

– Agora Amina será minha mulher, e eu serei Sultão.

E quase enlouqueceu de alegria. Já queria sentar-se no tapete, e voltar para casa; mas lembrou-se que ainda lhe sobravam sete meses, e resolveu empregá-los em percorrer o mundo. Entregou o que era seu ao dono do hotel, sentou-se no tapete, e gritou:

– A Pequim!

Apenas havia proferido a palavra, e já se achava em Pequim, cujas particularidades admirou, percorrendo depois toda a China, e muitos outros países, até que o tempo marcado chegou ao seu termo. Então voltou a Bisnagar, recebeu do hoteleiro seus trens, e partiu para a encruzilhada, onde teve de esperar pelos seus irmãos, que ainda não tinham chegado.

O príncipe Ali, entretanto, havia seguido o seu caminho, excogitando o que poderia comprar para ganhar a vitória; mas de nada pôde lembrar-se que o satisfizesse. Resolveu então entregar-se à boa estrela, e tomou o caminho de Schiras, na Pérsia. Daí a pouco alcançou uma grande caravana, com a qual seguiu viagem, por montes e vales, rios e regatos, e extenso deserto por fim. Pouco lhe agradou esta viagem, porque de dia queimava o sol, tanto que já se achava tostado como um mouro, e de noite eram assaltados por leões e tigres, de modo que mais de uma vez teve de valer de sua boa espada, para trucidar algum leão formidável, ou decapitar algum tigre traiçoeiro.

Embora estas façanhas lhe granjeassem grande respeito entre os negociantes da caravana, aborrecia-se Ali, e foi, pois, com grande prazer que viu finalmente aparecer a cidade de Schiras. Um dos negociantes ofereceu-lhe a casa, o que o príncipe aceitou agradecido. No mesmo dia da chegada percorreu as ruas e o bazar de Schiras em busca de um objeto bem raro, e andou muitos dias seguidos, sem achar coisa que o contentasse. Quando ia já maldizendo de sua sorte, o seu hóspede apresentou-lhe um homem, que trazia na mão um pequeno cilindro de marfim.

– Trago-lhe um objeto bem curioso, – disse o seu hóspede; – previno-o, porém, de que é um tanto salgado.

O príncipe tomou o canudo, contemplou-o por todos os lados, sem descobrir-lhe particularidade alguma extraordinária, e disse:

– Quanto pedes por isto?

– Três mil sequins, nem um ceitil menos, – disse o estrangeiro.

– Está doido, homem! – exclamou Ali; – três mil sequins por esta coisinha? Pensa que sou algum tolo? Ponha-se já no andar da rua, se não dou-lhe uma boa tunda!

– Devagar, príncipe, – disse o homem; – conheça primeiro as virtudes do objeto, e depois veremos se não muda de parecer. Não me faltam aliás compradores, e não preciso nem do seu dinheiro, nem da sua tunda. Olhe por este lado do tubo; deseje ver algum indivíduo ou algum objeto, e em um momento o verá, como se estivesse perto dele.

O príncipe tomou o tubo, olhou para dentro e viu em cada extremidade um disco de vidro,

– Boa coisa há de ser, – murmurou incredulamente.

Mas desejou sempre ver o seu tio.

No mesmo momento apareceu-lhe o Sultão no meio do seu conselho, e viu que estava de boa saúde. Quase deixou cair o óculo de espanto. Depois procurou Amina, e encontrou-a rodeada de suas fámulas, brincando e chacoteando. Virando-se então para o homem, disse:

– Meu bom amigo, fico com o óculo e dou-lhe já os três mil sequins, porque este objeto tem para mim mais valor do que pode pensar. Despediu o homem satisfeito, e abraçou o seu hóspede, exclamando jubiloso:

– Descobri a melhor coisa do mundo; Amina será minha mulher e eu serei Sultão!

E tanto fez que o negociante julgou que o pobre Ali havia perdido o juízo. Este pouco a pouco serenou o ânimo, ficou ainda alguns meses em Schiras, e partiu depois para a encruzilhada sabida, onde encontrou o seu irmão Hussein, ao qual bradou ainda de longe:

– Ganhei! Ganhei! Coisa como trago não há outra no mundo!

Hussein sorriu e pensou:

– Espera um pouco, meu parvo, e verás como te enganas!

O príncipe Achmet não havia precisado de tanto tempo como os irmãos para encontrar o que procurava.

Triste e magoado seguira o seu caminho, olhando muitas vezes para trás, enquanto via os penachos dos turbantes dos outros dois príncipes, e quando haviam desaparecido de todo, Achmet apeou-se, soltou o cavalo, sentou-se no chão e chorou amargamente a separação dos seus irmãos. Chegou então um velhinho, que parou diante do príncipe, e lhe disse:

– Querido príncipe, cessa de chorar; daqui a um ano tornarás a ver os teus irmãos bons e sãos. Vem agora comigo, que te tratarei muito bem, e te darei uma coisa bem bonita e extraordinária.

E tão carinhoso se mostrou, que Achmet enxugou as lágrimas, chamou seu cavalo, e disse:

– Mas quem és tu, meu bom velhinho?

– Já o verás, vindo comigo.

Achmet tomou o cavalo pela rédea e encaminhou-se com o velhinho para um desfiladeiro que demorava apenas um quarto de légua dali. Entraram e passaram por entre rochedos altíssimos, até que chegaram a um vale muito formoso, parecido com um grande tabuleiro de flores esquisitas, onde reinava uma primavera eterna.

– Paremos aqui, – disse o velhinho; – toma a tua espada e bate contra o rochedo,

Obedeceu Achmet, tirou faíscas dos rochedos, e imediatamente abriu-se o paredão, e o príncipe descobriu uma caverna maravilhosa.

– Moraremos aqui, até que tenhas de voltar à encruzilhada; fica, pois, a teu cômodo.

Assim disse o velhinho, e o príncipe anuiu logo, pensando que se iria embora quando a coisa o aborrecesse.

Havia na gruta duas riquíssimas camas com cortinados de púrpura bordados de ouro, e quando chegou a noite Achmet deitou-se em uma e o velhinho em outra, e dormiram até pela manhã.

No dia seguinte o velhinho disse a Achmet:

– Agora, meu príncipe, tenho de pedir-te um favor. Sou o rei dos anões, *Mata-mosquito,* e gastei muito tempo e trabalho para construir esta gruta. Quando estava concluída e queria morar nela, veio ter comigo uma grande serpente, ameaçou-me, e disse: “Se pensas, meu Mata-mosquito, que hás de habitar sozinho esta gruta, muito te enganas. Sou o rei *Traga-sapos,* e tomarei conta da gruta todas as vezes que eu quiser; raspa-te, pois, senão te trago com couro e cabelo. Ao cabo de seis meses pode voltar, porque empreenderei uma viagem, e durante a minha ausência cuidarás da habitação, trazendo tudo bem limpo e asseado. Ouviste?" Que havia eu de fazer? Tive de entregar a minha linda morada ao imundo *Traga-sapos,* porque me faltavam forças para enxotá-lo. Antes de ontem acabaram-se os seis meses, e a serpente empreendeu a viagem, de modo que temporariamente posso habitar aqui, Agora te peço que cortes a cabeça à serpente logo que ela voltar. Morta ela, terei descanso, e em recompensa te darei um lindo presente para habilitar-te a comparecer dignamente perante o teu tio. Queres satisfazer o meu pedido?

– Sim, disse o príncipe, hei de matar o feio Traga-sapos.

Então alegrou-se muito o rei dos anões, e divertiu o príncipe com muitos passatempos agradáveis, até que se aproximou o dia em que os três irmãos deviam juntar-se na encruzilhada; mas a serpente não chegou, e Achmet, não podendo mais tardar, apanhou o seu cavalo, encilhou-o e entrou na caverna para despedir-se de Mata-mosquito.

– Espera um momento, – disse o rei dos anões, – toma esta bela maçã, quero recompensar-te de tua boa vontade. A serpente não volta, e, se voltar, eu mesmo a matarei; quis apenas experimentar-te para ver se eras capaz de prestar-me o teu auxílio. Saíste bem da prova, e serás feliz no mundo, se fechares sempre o coração à maldade e aos maus pensamentos. Esta maçã tem grandes qualidades, e muito custou-me confeccioná-la. Pondo-a debaixo das narinas de um moribundo, o aroma da maçã cura imediata e radicalmente o doente. Guarda-a, pois, com muito cuidado. E agora dá-me um abraço e até à vista, que ainda havemos de encontrar-nos.

Achmet alçou o reizinho, abraçou-o, agradeceu-lhe muito a maçã maravilhosa, e partiu para a encruzilhada, onde já encontrou os seus irmãos Hussein e Ali, que o receberam com grande contentamento, e todos se alegraram por terem-se tornado a ver com boa saudade.

Cada um falou então com grande satisfação do presente que trazia; cada um afirmava que o seu era a melhor coisa que se podia imaginar, e cada um proclamou-se vencedor de antemão, sem contudo dizer em que consistia o mimo. Zombaram um do outro, até que Hussein puxou por fim do tapete e disse:

– Este trate sem vista é a coisa mais maravilhosa do universo; em um instante pode transportar-me ao fim do mundo,

– Boa coisa, – disse Ali, puxando do óculo: – não preciso de tantas cerimônias. Se eu quiser ver o que se passa no fim do mundo, basta olhar por este tubo e vejo tudo como se estivesse perto de mim.

– Não creio, – disse Hussein.

– Pois então, olha, – replicou Ali dando-lhe o óculo.

Hussein serviu-se dele, dizendo: – Quero ver Amina! E no mesmo momento soltou uma exclamação de dor e desespero.

– Deus meu, a pobre está estendida no seu leito, prestes a morrer. Rodeiam-na as suas criadas em altos gritos e lamentações. Tudo está perdido!

– Devagar, disse Achmet; tenho eu aqui nesta maçã o remédio infalível para salvá-la. Montemos a cavalo, e a toda a brida.

– Nunca chegaríamos antes que Amina expirasse, – lamentou-se Hussein.

– Pois então, – disse Ali, – lancemos mão de seu tapete; se não nos enganaste, estaremos no palácio em um momento.

Ergueu-se Hussein cheio de alegria, estendeu o tapete; os três, depois de soltarem os cavalos, sentaram-se nele, e disseram:

– Ao quarto de Amina!

Apenas haviam soltado a palavra, já se achavam no meio das fámulas de Amina; esta estava prestes a exalar o último suspiro. Achmet pegou da maçã, colocou-a sob as narinas da princesa, e esta, depois de aspirar o aroma da fruta, reanimou-se e disse:

– Louvado seja Deus, eis-me curada!

Grande foi a alegria; os três irmãos gritaram: Hemos salvado Amina! E correram a ter com o Sultão e contaram-lhe o feliz acontecimento, o que muito regozijou o pobre do monarca velho, que já havia considerado a sua filhinha perdida. Passado o primeiro momento de júbilo, perguntou o Sultão:

– Então príncipes, o que vocês me trouxeram de bom? Mostrem os seus presentes, e aquele que tiver o melhor casará com Amina e mais tarde será Sultão.

Então Hussein exibiu o seu tapete, Ali o seu óculo e Achmet a sua maçã, e cada um gritou:

– Aqui, querido tio, está o melhor, pois que salvou a princesa Amina.

O Sultão contemplou os três objetos, ouviu as explicações das suas qualidades, e disse sacudindo a cabeça:

– Eis aqui um assunto singular, mas que só conduz ao resultado, que ninguém ganhou a vitória. Sem o óculo de Ali, não teriam sabido da doença de Amina; sem o tapete de Hussein nunca teriam chegado a tempo; e sem a maçã de Achmet não teriam debelado a enfermidade. Iguais direitos para todos os três. Não haverá remédio senão imaginar outra coisa, porque não posso cometer uma injustiça para com dois de vocês, para tornar feliz o terceiro à custa dos outros.

– É certo, – disseram os três, – mas o que quer então que façamos?

– Vamos amanhã ao campo, – disse o Sultão; cada um dos três levará um arco e uma flecha; e aquele que lançar mais longe o projétil, será o marido de Amina. Concordam nisto?

– Concordamos, – responderam os três a um tempo.

E foram encordoar de novo os seus arcos, e cada um pensou dar o melhor tiro; mas todos os três eram de força igual nos jogos de armas.

No dia seguinte, ao amanhecer, o Sultão com os três príncipes, e acompanhado de toda a sua corte, foram à uma planície, onde devia ter lugar o certâmen.

A Hussein competia o primeiro tiro: firmou convenientemente o pé, armou o arco com a mão possante, e soltou a flecha, que foi parar à grande distância.

– Bem atirado! Disse o Sultão, veremos quem dá outro tiro melhor.

Chegou a vez de Ali, e instigado pelo êxito do irmão, esforçou-se e atirou a sua flecha mais longe ainda.

– Bom, muito bem, – exclamou o Sultão; – Perdeu Hussein. Agora tu, Achmet.

Chegou-se Achmet à raia e sem hesitação lançou o seu projétil.

Com rapidez vertiginosa passou os pontos nos quais haviam caído as flechas dos seus irmãos, voando até perder de vista. Atônitos olharam todos, e o Sultão disse:

– Quer me parecer que o mais moço ganhou; e tocou o seu cavalo para procurar a flecha de Achmet ajudado por toda a corte, mas foi impossível achar o projétil.

– Máo, – disse o Sultão, – sem esta prova, pertence a vitória a Ali.

E assim ficou decidido e toda a corte voltou para a cidade com Ali na frente, que nesse mesmo dia ficou casado com Amina.

Hussein e Achmet, que muito queriam a formosa princesa, não tiveram ânimo de assistir ao casamento: o primeiro saiu da cidade, retirou-se para uma montanha próxima onde habitavam dervis, e entrou na sua comunidade; o segundo, porém, tornou a montar a cavalo, voltou à planície onde tivera lugar o certâmen, porque queria ainda procurar a sua flecha, cujo desaparecimento não se podia explicar. Três horas seguiu na direção conhecida, até que por fim chegou a um paredão muito empinado e liso, que o projétil devia ter encontrado. Com efeito achou na área a flecha com a ponta torcida.

– Deveras, – disse Achmet, – à tal ainda nenhum mortal lançou a sua flecha. Aqui há coisa...

Colocou a flecha no carcaz, e pôs-se a olhar atentamente o paredão; chegou então a descobrir uma porta, que encontrou apenas encostada. Abrindo-a, viu um longo corredor, no qual entrou resolutamente, dando com uma segunda porta, que abriu igualmente. Deslumbrado parou diante do aspecto esplêndido que lhe ofereceu às vistas uma sala tão formosa como nunca dantes vira em sua vida. Eram de ouro as paredes, os trastes e o soalho; tanto reluziam que Achmet teve de abrigar os olhos com a mão. Morto por achar a chave deste enigma, o príncipe penetrou na sala, quando se abriu outra porta, aparecendo uma dama formosa com um séquito brilhante de pajens e donzelas, todos trajando magnificamente. A dama trazia na mão um lírio, e na cabeça uma coroa de brilhantes. Aproximou-se de Achmet e lhe disse:

– Vejo, querido príncipe, que estás impressionado por tudo quanto te rodeia, e que não supusestes encontrar no seio destas rochas tamanha pompa. Não te admires, porém: sou a fada *Paribanu*, e este é o meu palácio. Hás de permanecer aqui mais tempo, e verás ainda outras maravilhas, porque quero que sejas meu esposo e rei deste domínio. Aceitas?

Não sabia Achmet se estava acordado ou sonhando; teve de recolher-se um momento, antes de poder responder, e assim mesmo ainda balbuciando de emoção, disse:

– Certo que quisera ser teu esposo, querida fada Paribanu; mas desejo que me expliques como pude penetrar aqui, e donde me conheces, pois que eu nunca te vi anteriormente.

Sorriu-se Paribanu, levou Achmet a um divan e lhe disse:

– Conheço-te a ti e a teus irmãos desde a sua infância, porque tua mãe era minha melhor amiga. Quando ela morreu, recomendou-me que cuidasse de vocês, o que prometi e cumpri. Dos três, tu, Achmet, sempre me despertaste a maior simpatia, e, vendo-te crescer com toda a pureza d'alma, escolhi-te para dar-te a maior ventura que um mortal pode ter, destinando-te a minha mão. Fui eu quem lhes deu o óculo, o tapete e a maçã; fui eu ainda quem te fez guiar pelo anão à gruta, onde em descanso e sem perigo podias aguardar a época marcada para a reunião com os teus irmãos. Fui eu finalmente que impeliu a tua flecha até que veio dar no rochedo, porque bem sabia que virias em busca dela. Assim dirigi os teus passos até este palácio, onde hás de viver em opulência e alegria, enquanto assim o quiseres.

Achmet respondeu:

– Sendo assim, aceito alegremente tudo, e te prometo nunca mais deixar-te.

E no mesmo dia teve lugar o casamento, e o príncipe Achmet julgou-se o homem mais feliz do mundo. A fada mostrou-lhe todo o seu reino subterrâneo, e divertia-se vendo a admiração ingênua que tudo lhe causava. Todo o reino parecia-se com um magnífico jardim, cheio das mais formosas flores, das árvores as mais extraordinárias. Erguiam-se ali grande número de palácios, um de ouro, e outros de prata, de aço, de cristal, um quinto de rubis, e cada qual mais formoso que os outros. Um ano inteiro Achmet passou ao lado de Paribanu sem sentir o menor tédio. Mas de repente lembrou-se do velho tio, teve saudades dele, e pediu à sua mulher que lhe desse licença de fazer uma visita ao Sultão. Anuiu a fada, com a condição, porém, de que não lhe dissesse onde habitava, nem que havia casado com ela, isto para evitar alguma desgraça. Prometeu Achmet que faria o que a fada exigia; esta conduziu-o então à entrada da gruta, onde já estavam à sua espera muitos criados montados em magníficos cavalos, e um pajem segurava pela rédea um esplêndido ginete branco, destinado para montaria do príncipe. Despediu-se Achmet de sua mulher, e em rápido galope, seguido dos criados, dirigiu-se à capital; parou diante do palácio do Sultão subiu os degraus da escada aos pares, e lançou-se nos braços de seu tio, que, estreitando-o ternamente ao peito, exclamava a fio:

– Onde andaste? Donde vens? Já te havia chorado como morto! Como estás guapo e bonito! Conta-me tuas aventuras!

Achmet, porém, lembrando-se de sua promessa, disse:

– Só posso, querido tio, dizer-te que sou feliz, o homem mais feliz do mundo. Se bem me queres, nada mais perguntarás, porque não me é dado responder-te.

Contentou-se o velho, e gozou durante três dias da companhia de Achmet, que, antes de partir para o reino de sua mulher, prometeu voltar frequentemente à corte do Sultão.

E efetivamente cada vez renovava a visita por pedido de sua própria mulher, e tão bem soube guardar o seu segredo, que ninguém desconfiou donde vinha. Como o raio chegava, como o raio desaparecia.

O velho Sultão nunca se teria preocupado deste mistério, se não tivesse tido dois ministros empenhados em prevenir o tio contra o sobrinho.

Todos os dias um deles dizia:

– Quem sabe o que está maquinando o príncipe! Porque não quer confessar onde reside? Cuidado, Sr. Sultão, que um belo dia lhe surrupia o reino e o trono.

– Sim, sim, – apoiava o outro, – não pode morar muito longe daqui, porque quando se apeia nem um argueiro se vê em sua roupa, e os cavalos estão tão frescos e descansados como se saíssem da estrebaria. Sem dúvida alguma o príncipe está fazendo propaganda entre o povo, e cedo demais teremos sedição e revolução.

– Deixem-me em paz! – exclamava o Sultão, – Achmet é um excelente moço, incapaz de causar-me desgosto.

Os ministros, porém, não se deram por vencidos; tanto falaram, tanto martelaram, que por fim abalaram um pouco a confiança do Sultão, que mandou vir uma mulher muito versada em bruxaria, e lhe ordenou que nos seus livros cabalísticos procurasse as informações que Achmet tão bem sabia guardar em seu seio.

Três dias depois voltou a bruxa, e contou ao Sultão tudo quanto tinha encontrado em seus livros, o que era exatamente a história de Achmet.

Mandou vir o Sultão à sua presença os dois ministros, e lhes disse encolerizado:

– Corja de caluniadores, tiveram o atrevimento de querer denegrir os sentimentos do meu sobrinho? Não sei porque não os mando enforcar já, o que seria o melhor meio de pôr-lhes um freio à língua viperina! Está casado o meu querido Achmet com a fada Paribanu, e nunca se lembrou de revolucionar o meu povo: outra ocupação mais agradável tem ele. Ouviram? Seus patifes!

Envergonhados e trêmulos, ouviram os ministros esta apóstrofe do seu soberano; mas só um momento durou esta impressão.

Um deles recuperou o sangue frio, e disse com maldade:

– Extraordinárias novas são estas. Mas sabe V. M. se não serão falsas também? Nunca ouvi, pelo menos, que um mortal houvesse casado com uma fada, e não creio nem uma sílaba desta história, enquanto o príncipe não nos fornecer uma prova irrefutável. Se realmente for o esposo de uma fada, não lhe há de ser custoso produzir esta justificação. Eis o meu humilde parecer.

Calou-se o vizir, e o Sultão disse:

– Pois bem, exigirei esta prova de Achmet; mas, se ele se sair vitorioso, mando enforcar-te pelos pés, ouviste? Escolhe lá agora três coisas cuja produção seja bem difícil, para que mais tarde não possas dizer que fui parcial.

– Valeu, – disse o vizir; – exige, pois, do príncipe Achmet, em primeiro lugar, que traga uma barraca tão pequena que caiba na mão, e ao mesmo tempo tão grande que possa abrigar todo o exército. Em segundo lugar, pedi-lhe uma ânfora cheia de água da vida; e por último que apresente um anão de dois pés de altura com uma barba de vinte e três metros, pelo menos. Se satisfizer estas três exigências, mereceremos o nome de caluniadores e que nos cortem a cabeça; se, porém, não puder fazê-lo, então morrerá ele nas mãos do carrasco. Até lá, saúde, senhor.

E os dois ministros se foram um tanto enfunados; e o Sultão, roxo de cólera, os seguiu com os olhos e murmurou:

– Ai! Se o rapaz fizer isto, saberá mais do que comer uvas.

E foi deitar-se a dormir.

Daí a dias veio Achmet visitar o tio, sem pensar em mal. O Sultão, ao ver o príncipe tão guapo e bonito, sentiu calafrios, quando se lembrou em que talas ia metê-lo, e não se atreveu a falar. Percebeu Achmet, porém, o mal-estar do tio, pediu-lhe que se expandisse, e então o Sultão, tomando uma resolução heroica, contou-lhe tudo: as acusações dos ministros, a contenda, a exigência da produção da barraca, da água da vida e do anão barbado.

– Faz-me o favor, – acrescentou o velho monarca, – de crer que eu de ti nunca desconfiei; mas, para confundir e castigar os caluniadores, rogo-te que satisfaças os três pedidos com o auxílio da poderosa fada Paribanu, tua mulher.

Achmet, que atônito havia escutado esta narração, sorriu ao Sultão e disse:

– Vou já para casa consultar com a minha esposa. Ela tanto me quer que não há de recusar-me os meios de satisfazer as três exigências. Se não te contei como consegui a minha ventura, foi porque Paribanu me o havia proibido; agora que o sabes, espera-me até amanhã, que havemos certamente de confundir os dois mentirosos.

Chegado em casa, contou tudo à sua mulher, e perguntou-lhe:

– Podes facilitar-me estas três coisas?

– Sem dúvida alguma, – disse Paribanu; por um feliz acaso chegou hoje o meu irmão, que só mede dois pés de altura e tem uma barba de vinte sete metros. Esta era a mais difícil; as outras coisas são bagatelas: uma barraca como a pedida acha-se na arrecadação, e da água da vida temos um poço cheio. Quanto ao meu irmão, devo prevenir-te de que é mister tratá-lo com melindre, porque não gosta e nem perdoa quem zombe de sua estatura, e castiga logo com sua massa de ferro, que leva sempre em lugar de bengala e pesa quinhentas libras.

E quando apresentou o anão a Achmet, este reconheceu seu antigo amigo Mata-mosquito, e muito se alegrou de tornar a vê-lo.

No dia seguinte, os dois partiram com os criados para a capital, onde souberam que o Sultão se achava na sala do conselho.

– Melhor, – disse Achmet, – apanharemos todos juntos.

O Sultão, vendo-os entrar, desceu do trono, abraçou Achmet e perguntou:

– Trazes as coisas prometidas?

– Pois não havia de trazê-las! Eis em primeiro lugar a barraca. Vê, cabe na palma da minha mão, e contudo pode cobrir dois exércitos. Faremos uma primeira experiência nesta sala.

Colocou a barraca no chão, e esta começou a desdobrar-se até que cobriu toda a sala, todos os ministros empalideceram e tornaram trêmulos.

– Que dizem a isto? – gritou-lhes o Sultão, deitando-lhes olhares chamejantes.

– A água da vida, a água da vida, exclamaram os dois.

– Ei-la, disse Achmet, – uma ânfora cheia até transbordar.

E, agarrando Mata-mosquito pela mão, acrescentou:

– E eis aqui o anão, que não só mede dois pés, e tem uma barba de vinte e sete metros, como, além disto, é meu próprio cunhado! Assim, meu querido tio, forneci as três provas, e agora os ministros devem morrer.

– Sem dúvida alguma, – disse o Sultão; – vou mandar buscar já o carrasco.

– Não se dê V. M. a este trabalho, – disse Mata-mosquito; – estes dois patifes lhe deram incômodo bastante, vou expedi-los já.

E levantou a sua massa, e achatou os ministros por modo tal que os seus corpos pareciam uma folha de papelão.

– Destes estamos livres, – disse Mata-mosquitos; – vamos almoçar agora, porque sinto boa disposição.

Dois dias depois houve grande festa em palácio, à qual assistiram Achmet e sua mulher, Ali e a princesa Amina, e Hussein o Dervis, que por um dia saiu do seu convento, e os três irmãos, felizes por tornarem a reunir-se, abraçaram-se ternamente.

Hussein disse:

Reina a paz e o contentamento em meu coração, desde que abdiquei dos cuidados deste mundo. Sou feliz.

Ali disse:

– Sou governador da província de Erau, e eu e Amina nos amamos ternamente. Sou feliz.

Achmet tomou a formosa Paribanu pela mão e disse:

– Sou o mais feliz de todos, porque a mais poderosa e formosa fada do mundo é minha esposa, ama-me e satisfaz todos os meus desejos. Quem pode ser mais feliz do que eu?

O velho Sultão, porém, disse com um sorriso de satisfação:

– Vejo que cada um de vocês está contente com a sua sorte, e isto é o melhor. Vamos divertir-nos.

E banquetearam-se muitos dias e nadaram em alegria.

E quando voltaram para as suas casas, cada um disse consigo:

– O mais feliz sou eu! o que é a melhor conclusão desta história.

ALI-BABÁ E OS QUARENTA SALTEADORES

Viviam há muitos anos em uma cidade da Pérsia dois irmãos, chamados Kasim e Ali-Babá.

Era riquíssimo Kasim, porque depois da morte de seu pai casara com uma senhora muito abastada e abrira uma casa de comércio, que em pouco tempo duplicara os haveres, graças a sua atividade, que só era igualada pela avareza que lhe prendia o coração como em uma rede de ferro. Não podia pobre algum gabar-se de ter-lhe visto a sombra de alguma esmola, e antes que Kasim gastasse um ceitil, revolvia-o cem vezes entre os dedos.

Ali-Babá, pelo contrário, era um pobre diabo, que ainda em cima havia cometido a asneira de casar-se com uma senhora que possuía tanto como ele. Muito lhe custava, pois, ganhar os meios de existência, com três burrinhos, com os quais diariamente ia da cidade a uma grande floresta, onde juntava umas magras cargas de lenha, que depois vendia no mercado.

Dava justamente este comércio ao casal o necessário para deitar-se mal saciado; mas não se rebelavam contra a sorte, e tratavam de viver contentes.

Um dia Ali-Babá havia juntado a lenha suficiente para a carga dos três burrinhos, quando de longe ouviu tropel e viu surgir uma nuvem de pó. Prestando atenção, descobriu um grupo de cavaleiros que rapidamente se dirigia para o seu lado. Sem perder tempo, tocou os burros para as brenhas, e trepou em uma árvore frondosa, que havia nascido ao pé de empinado paredão. Dali podia seguro e perfeitamente observar os recém-chegados sem ser visto por eles. Eram estes todos de alta estatura, bem trajados e ricamente armados; mas traziam as feições tão sinistras, que Ali-Babá compreendeu logo que tinha diante de si um bando de salteadores.

E, com efeito, salteadores eram, mas bandidos tão espertos, que só ao longe exerciam o seu ofício, e apenas de quando em quando vinham recolher as suas rapinagens em uma caverna aberta no paredão, no qual Ali-Babá se achava encostado naquele momento; escondiam ali os roubos, e rapidamente se retiravam para não serem descobertos.

Pararam os salteadores ao pé da árvore, e apeiram-se, deram as rações aos ginetes, e levaram as maletas bem recheadas para perto do rochedo.

O capitão do bando inspecionava e dirigia tudo, dando suas ordens com voz breve e imperiosa. Por fim chegou-se ao paredão e bradou:

– Sésamo, Sésamo, abre-te!

– E de repente abriu-se uma porta, que Ali-Babá nunca havia notado.

Passaram por esta porta os bandidos um por um, por ultimo o capitão, e a porta se fechou sem deixar vestígio no rochedo. Se não visse os cavalos, Ali-Babá teria pensado ter tido uma alucinação. Até que voltassem os salteadores, Ali-Babá teve tempo de contar os animais: eram quarenta, um para o chefe e trinta e nove para os bandidos, mas todos bem arreados e de bela estampa. Sentiu tentações de descer de sua árvore, saltar em um dos cavalos, levar outro a destra, e fugir para a cidade. Mas, pensando bem, achou suas espinhas no negócio e permaneceu quieto, empoleirado no seu esconderijo.

Ao cabo de algum tempo, abriu-se o rochedo: saíram os bandidos, o chefe por último, e este bradou:

– Fecha-te, Sésamo!

Obedeceu a porta maravilhosa, e o rochedo tomou o aspecto de todos os rochedos.

Os salteadores enfrearam os seus cavalos, montaram e com o chefe na frente retiraram-se em boa ordem e marca acelerada, para imensa satisfação de Ali-Babá.

Este depois de algum tempo deixou escorregar-se da sua árvores, pôs-se diante do rochedo, e pensou:

– Vamos experimentar a sorte.

E bradou com todas as suas forças:

– Sésamo, Sésamo, abre-te!

E o rochedo abriu-se como ao mando do chefe dos bandidos, e a caverna ostentou-se aos olhos de Ali-Babá. Onde julgava encontrar negro antro, viu um salão espaçoso, aberto na rocha e alumiado por largos raios de luz que da abobada se infiltravam pelas frestas habilmente distribuídas.

Grande cópia de tesouros de todas as espécies se achavam amontados neste armazém subterrâneo: ao lado de telas de ouro, de seda e borcado, viam-se vasos e jarras de metal preciosos e de acabado trabalho, e, o que mais agradou ao nosso Ali-Babá, inúmeros sacos cheios de moedas de ouro e prata.

Pela abundancia dos objetos compreendia-se que esta gruta já há anos servia aos salteadores de deposito de suas rapinagens. Não hesitou Ali-Babá um só instante acerca do que tinha a fazer: agarrou dois sacos cheios de sequins; mas, quando quis retirar-se, viu com surpresa que a porta se havia fechado. Pronto, porém, passou-lhe o susto; lembrando-se da formula, gritou:

– Sésamo, Sésamo, abre-te!

E no mesmo momento a porta abriu-se, dando passagem a Ali -Babá, que juntou os seus burros, tocou-os para o interior da gruta e carregou-os de ouro até que sob o peso gemeram. Retirou-se então, ordenou a porta que se fechasse, e, cobrindo as cargas dos animais com ramos secos, para disfarçar os sacos de sequins, entrou com os seus burrinhos na cidade, percorreu com eles as ruas, e tocou-os para o interior da sua pobre habitação, onde com grande alegria mostrou seus tesouros a sua mulher. Assustou-se esta, exclamando:

– Ai! Desgraçado, deixaste alucinar-te e roubaste todo este ouro?

– Cala-te, mulher, – disse Ali-Babá, – quem rouba a ladrão, tem cem anos de perdão! E contou-lhe toda a aventura, exigindo a mais completa discrição.

Serenou-se o melindre da mulher, mas despertou-se o desejo de conhecer a fundo a valor das suas posses.

– Vamos contar o nosso dinheiro, disse ela, extasiada perante o montão dos sequins

– Para quê dar-nos este trabalho? Respondeu Ali-Babá; vou mete-lo em sacos grandes, e enterrá-lo no quintal.

– Nada, nada! – persistiu a mulher; – quero saber quanto possuímos, e, para abreviar a tarefa, vou medi-lo com um alqueire.

E, como eram tão pobres que não tivessem a medida, a mulher foi a casa de Kasim e pediu a concunhada um alqueire emprestado.

Enquanto esta procurava o traste, pôs-se a excogitar:

– Para quê demônio quer esta pobretona um alqueire, quando nada possui para medir? Ai há coisa, e quero saber o que é.

Untou o fundo do alqueire com mel, e entregou a vasilha assim a mulher de Ali-Babá, que imediatamente correu a casa, mediu os sequins, e achou mais de vinte alqueires.

Satisfeita, levou a medida a casa do cunhado e restitui-a com muitos agradecimentos, enquanto que Ali-Babá guardou o ouro em grandes sacos, que enterrou no quintal.

A mulher de Kasim, porém, passou revista ao alqueire e viu pregado no fundo um sequim.

– Como é isto! – exclamou ela; – Ali-Babá, que não tinha onde cair morte, mede agora o ouro com alqueire?

Cheia de impaciência, aguardou a volta de Kasim, e, apenas este havia chegado do seu armazém, contou-lhe tudo quanto havia acontecido, mostrando-lhe o sequim mexeriqueiro.

Kasim, em lugar de regozijar-se com a boa sorte do irmão, sentiu-se devorado por voraz inveja. Apenas raiou o dia, correu a habitação de Ali-Babá, e lhe disse sem preâmbulos:

– Homem, donde tiraste tanto ouro que o medes com alqueire?

Assustou-se Ali-Babá; quis negar o fato, mas não teve remédio, por fim, senão contar toda a sua aventura.

Preso da mais sórdida cobiça, Kasim disse ao irmão que lhe desse a metade dos tesouros da gruta, senão denunciá-lo-ia a polícia, que lhe recompensaria a delação.

– Não te alteres, – respondeu Ali-Babá; – há tantos tesouros ali, que muito chega a sobeja para nós dois, e com muito prazer cedo-te a metade.

Kasim, o avarento, que nunca auxiliara o irmão nem sequer com um ceitil, aceitou o oferecimento, o retirou-se para sua casa. Pelo caminho, porém, resolveu espoliar totalmente o irmão, e na madrugada seguinte, antes do romper do dia, arreou dez mulas com caixões e sacos, tocou-as para o mato, e, chegado defronte do rochedo, que Ali-Babá lhe havia tão bem descrito que não podia errar, exclamou:

– Sésamo! Sésamo! Abre-te!

Obedeceu a porta ao mando, e, cego de cobiça, Kasim arrojou-se a caverna, sem notar que a entrada tornara a fechar por detrás dele. Só tinha olhos para os tesouros que o rodeavam, e sentiu-se deslumbrado pelo brilho que despediam. Por fim, procedeu a escolha; com grande hesitação e profundo pesar de não poder levar tudo de uma vez, apartou uma boa carga para as suas mulas, e quis ir buscar os animais. Mas deu com a porta fechada, e tamanho susto levou, que se lhe varreu a da memória a fórmula mágica; enquanto que o terror lhe fazia brotar da testa grossas bagas de suor, pôs-se a gritar os nomes mais extravagantes. Mas a porta permaneceu fechada. Cada vez mais se lhe embaralhavam as ideias; bradou, berrou, cobriu de injurias a perra porta, e deu de pontapés aos tesouros que o rodeavam. Investiu contra o rochedo com as unhas, até correr o sangue, mas tudo foi em vão, e por fim caiu ao chão, fulminado pelo desespero.

Enquanto que isto se passava na caverna, os salteadores vinham de volta de uma das suas excursões lucrativas. Já de longe avistaram as dez mulas que pastavam pacificamente no mato, e, postos de sobreaviso, deram de acicates aos ginetes, e, em um instante alcançaram o rochedo. Apeou-se o capitão do bando e gritou:

– Sésamo! Sésamo! Abre-te!

Mal a porta havia obedecido ao mando, quando Kasim despertado pelo tropel da chegada dos bandidos, se atirou ao capitão, derribou-o, e tratou de fugir.

Mas, apenas havia dado alguns saltos, já caía morto, com a cabeça aberta pelo alfange de um dos salteadores. O bandido arrastou o cadáver para a entrada da gruta e arrojou-o aos pés do capitão.

Este perdeu-se em conjecturas sobre os meios empregados por Kasim para penetrar na caverna. Que viera para roubar, não havia dúvida; os sacos e os tesouros apartados o demonstravam irrefutavelmente. Não podendo dar, porém, com a chave do enigma, quis vingar-se e amedrontar qualquer novo visitante; mandou esquartejar o corpo de Kasim, e pendurou dois quartos de cada lado da entrada no interior da gruta. Em seguida resolveu deixar por algum tempo esta região, e partiu a bom correr com os companheiros.

Durante este tempo a mulher de Kasim aguardava, cheia de cuidados, a volta de seu marido. Mas quando, ao cair da noite, o homem não apareceu, ela correu a casa do cunhado; soluçando e derramando muitas lágrimas, confessou que Kasim havia partido para a caverna, e que devia ter caído vítima de alguma desgraça, visto que não voltara ainda.

Tratou Ali-Babá de tranquilizá-la:

– Até meia noite não há motivos para susto. Kasim, com medo de trair o segredo, terá esperado a escuridão para encetar a volta. Deita-te e espera.

A mulher achou razoável esta observação, e foi-se mais sossegada. Mas quando chegou a meia-noite sem trazer-lhe o marido, voltou a casa de Ali-Babá, e tanto chorou, tanto fez, que este se pôs a caminho com os seus três burrinhos em busca do irmão. Pela estrada nenhum indicio encontrou, nem de Kasim, nem das dez mulas; mas, diante da entrada da gruta viu manchas de sangue e principiou a suspeitar da sorte do irmão. Atou seus três burros ao um pau, e exclamou:

– Sésamo! Sésamo! Abre-te!

E quando a porta cedeu ao mando, Ali-Babá viu logo os quartos do cadáver.

– Desgraçado! – exclamou comovido; – assim a tua cobiça te custou a vida!

E grossas lágrimas lhe correram pelas faces.

Dominando, porém, a sua agitação, dependurou os quartos do cadáver, e deitou-os nas cestas de um dos burros; aos dois outros deu boa carga de ouro, cobriu tudo com ramos secos e gritou:

– Sésamo, Sésamo, fecha-te! E em seguida escondeu-se com os seus animais nas brenhas, até que a escuridão lhe permitiu voltar a cidade sem despertar curiosidade. Tocou os dois burros com os sequins para o seu pátio, ordenando a mulher que os descarregasse, e depois conduziu o cadáver de Kasim a porta da viúva, onde lhe deu entrada Morgana, escrava de espírito vivo e perspicaz, na qual Ali-Babá depositava toda a confiança.

– Eis aqui neste burro, – disse ele a Morgana, – o cadáver de teu senhor; e tais são as circunstâncias, que é mister seja enterrado sem que possa suspeitar que Kasim morreu de morte violenta. Depende disto a tranquilidade de tua senhora, e a minha própria. Por enquanto só te peço a mais completa discrição.

Fechou Morgana a porta do pátio, e levou Ali-Babá a presença de sua senhora, onde conheceu a escrava esperta todos os pormenores da aventura. Desatou a viúva em grandes soluções e profundas lamentações, quando soube do triste fim que havia levado seu marido, e muito trabalho teve Morgana para aplacar a dor de sua senhora. Em seguida desenvolveu um plano tão bem urdido, que sua execução não podia deixar o menor vestígio para os salteadores, cuja vingança Ali-Babá temia, nem despertar a mínima suspeita no ânimo dos vizinhos, de modo que logo obteve a sanção da viúva e de Ali-Babá.

Correu Morgana, em primeiro lugar, a casa de um boticário, onde, com grande espalhafato e soluções copiosos, pediu remédios que só se dão a doentes prestes a expirar, dizendo ao boticário que o seu senhor adoecera repentinamente, e que muito se temia que não passaria a noite.

No dia seguinte repetiu este ardil mais de dez vezes, mostrando-se sempre mais aflita e pedindo cada vez remédios mais enérgicos. Preparado assim ânimo do boticário, não se admirou este quando na manhã subsequente soube que Kasim, o ricasso, havia morrido, e nem os vizinhos repararam, porque estes bem haviam notado os desolados vai e vens de Morganha e de Ali-Babá. Assim todos pensaram que Kasim havia exalado a alma em sua cama.

Para coroar, porém, a obra, Morgana hvia inventado ainda outra coisa. Foi ao alpendre de um remendão, situado a boa distancia da casa de Kasim. Conhecia Babá Mustaphá, o remendão, como boa alma, trabalhador, honesto e jovial, e a ele quis confiar a operação final, indispensável para garantir o bom êxito do seu plano.

Saudou-o com um sorriso, deu-lhe as pontas dos dedos a apertar, e deixou cair-lhe na mão um sequim.

– Pela barba do Profeta, – disse Mustaphá, – eis aqui uma bela introdução. Que quer de mim, formosa rapariga? Diga já, que estou pronto para tudo.

– Babá Mustaphá, levanta-te e vem comigo, trazendo as tuas ferramentas. No que de ti quero não há maldade, contudo, hás de permitir que te ate os olhos, e jurar que nada revelarás do que em breve verás e hás de fazer.

Estranhou Mustaphá estas palavras; mas, como vinham acompanhadas de outro sequim, perguntou;

– Não pode lesar-me a consciência o que de mim exiges?

– De modo algum, – respondeu Morgana.

– Está bem, – disse o remendão; – ata-me a venda e guia-me.

Morgana puxou de um lenço, tapou os olhos de Mustaphá, e guiou-o, com tanta felicidade que nem viva alma encontraram pelas ruas. Era, porém, Mustaphá tão ardiloso como Morgana, e cogitara no meio de reconhecer mais tarde a casa para a qual o guiavam. Notou em primeiro lugar a direção que Morgana tomara do seu alpendre; contou em seguida todos os passos até as voltas para a direita e esquerda, gravando as observações na memória, que a tinha excelente. Quando chegou a porta de Kasim, podia prestar um juramento que ainda ao cabo de dez anos seria capaz de reconhecer a habitação.

Morgana, que nem por sonhos suspeitava da astucia de Mustaphá, conduziu-o ao aposento onde achava-se o cadáver de Kasim, cuja cara estava coberta com um sudário, e tirou a venda dos olhos do remendão, dizendo-lhe:

– Cose-me sem demora estes quatro pedaços de modo que formem um só corpo. Eis a tua tarefa, que te será bem remunerada.

Mustaphá, passado o primeiro momento de surpresa, pôs-se a coser com tanta pericia que em breve deu conta da incumbência.

Então Morgana tornou a vendar-lhe os olhos, reconduziu-o ao seu alpendre, e deu-lhe mais dez sequins, recomendando-lhe novamente silencio e discrição.

Prometeu Mustaphá ser discreto, e Morgana voltou contente a casa, arrumou o corpo de Kasim no caixão, e tão bem disfarçou as costuras com as vestiduras, que ninguém podia suspeitar que o pobre do homem fora sepultado em estado de triste remendo.

Pouco depois morreu a viúva de Kasim, e Ali-Babá, herdando todos os haveres de sua defunta irmã, passou-se a com a sua mulher para a casa herdada, e julgou-se ao abrigo da vingança dos salteadores, porque Morgana, única sabedora do segredo, vivia em sua companhia, tratada com carinho, segundo merecia como boa fiel servidora.

Entretanto havia-se passado o tempo, pelo qual os salteadores se tinham interdito a frequentação da caverna, e chegaram um belo dia diante o rochedo, que, como de costume, ao mando do capitão se abriu.

Grande susto tiveram quando notaram o desaparecimento dos quartos do cadáver de Kasim, e de grande parte dos seus tesouros.

– Camaradas, – disse por fim o capitão, – é evidente que fomos roubados. Não me posso explicar o fato, mas é mister que descubramos o ladrão malvado. Talvez more na cidade; vamos tirar a sorte, para decidir a quem toca primeiro ir as informações.

Saiu das fileiras um dos bandidos e disse:

– Quero ser eu quem principie as indagações.

– Bem, – disse o capitão; – aceito, porque és valente e astuto. Mas lembra-te que irremissivelmente morrerás se não levares a incumbência a um fim satisfatório.

– Valeu! – disse o salteador.

Montou a cavalo e foi ter a cidade; a primeira pessoa com quem se encontrou no mercado foi Mustaphá, o remendão, sentado debaixo do seu alpendre a trabalhar, enquanto que os outros habitantes da cidade ainda dormiam.

– Olá, velho, – disse o salteador, – já tão cedo a trabalhar? Aposto que estes velhos luzeiros mal podem distinguir no lusco-fusco da madrugada os pontos que dás!

– Está arranjado, – replicou Mustaphá, – Quem como eu já cozeu um cadáver a luz de uma lâmpada, brincando remenda estes sapatos velhos.

Estacou o salteador, pensando:

– Que pechincha, dei com o meu homem.

Para certificar-se, porém, acrescentou em voz alta:

– Provavelmente querer falar do sudário, porque nunca ouvi que se cozessem cadáveres.

– Que sudário! Sei o que digo; mas não perguntes mais, porque nada mais direi.

Bastou isto para firmar o salteador em sua suposição; Ofereceu a Mustaphá um sequim em troca do seu segredo; muito deu a moeda de ouro nos olhos do remendão, mas lembrou-se este do seu juramento, e calou-se, enquanto que o salteador foi oferecendo dois, três, dez, até vinte sequins.

– Sou pobre diabo, – disse então Mustaphá, – que em anos não pode ganhar tanto ouro com o seu trabalho; contudo não te direi o que jurei calar. Se, porém, me dás os sequins para eu mostrar-te a casa onde remendei o defunto, irei contigo.

Cheio de alegria, o salteador deu os vinte sequins, e guiou pelo braço a Mustaphá, depois de haver-lhe vendado os olhos. Passo a passo, o velho procurou o seu caminho, e com tanto acerto que parou defronte da porta de Ali-Babá, e disse:

– Tira-me o lenço, que estamos chegados.

E indagou o salteador quem morava na casa; mas, como Mustaphá não o soube dizer, despediu o remendão, puxou de um pedaço de giz e marcou a porta de Ali-Babá com uma cruz. Em seguida saiu da cidade, montou no cavalo, que havia escondido nas brenhas, e correu a caverna a contar ao capitão o bom êxito que tivera.

Grande alegria houve na gruta, porque os salteadores julgaram ganha a partida. Mas outro foi o resultado.

Meia hora depois da retirada do salteador, Morganha havia saído com uma cestinha no braço para ir fazer compras. Na volta notará a cruz que o salteador havia feito na porta; achou estranha a coisa, e, pelo sim, pelo não, pegando em um pedaço de giz, fez cruzes iguais em sete ou oito portas da vizinhança.

Quando na noite seguinte chegaram os bandidos dispostos a tirar vingança dos habitantes da casa marcada, encontraram uma porção de casas assinaladas, e tiveram de retirar-se com cara de tolos. Enfureceu-se o capitão, e, sem admitir explicações do emissário, cortou-lhe a cabeça.

E, reunidos em conselho, os salteadores deliberaram o que havia a fazer, porque para eles era importante descobrir e castigar o intruso. Um do bando ofereceu se a partir, em nome de Allah, ainda que lhe custasse a vida.

Correu-lhe tudo como ao primeiro: mas, em lugar de servir-se de giz, marcou a porta com tinta encarnada e voltou a caverna a referir o resultado de sua comissão.

Morgana, porém, ao voltar do mercado, notou logo a marca, e desconfiou deveras.

– Ai, ai! – disse ela, – parece que estão tramando alguma coisa contra o meu bom senhor Ali-Babá. Cuidado, pois, muito cuidado!

E, munindo-se de tinta encarnada, marcou, como da primeira vez, sete ou oito portas da vizinhança. Entretanto não comunicou a sua desconfiança a ninguém, para não inquietar Ali-Babá, prometendo-se exercer fiel vigilância.

Ficaram novamente logrados os salteadores quando, na noite seguinte, chegaram e acharam marcadas tantas casas, e grande foi o pesar quando rolou ao chão a cabeça do segundo emissário; mas ninguém atreveu-se a reclamar, porque sabiam respeitar a lei que os governava. O capitão, porém, disse:

– Neste andar, em breve perderemos a metade dos nossos camaradas. Vocês são todos valentes; mas, quanto a astucia, não há motivo para gabá-los. Desta vez irei eu, e, se me falhar, também cairá a minha cabeça debaixo do alfange.

Protestaram os salteadores, mas foi em vão; o capitão, partiu, encontrou Mustaphá, e, guiado por ele, deu com a casa de Ali-Babá. Em lugar, porém, de fazer-lhe um sinal, contou as janelas que davam para a rua, estudou detidamente toda a arquitetura, e retirou-se, certo de reconhecer a casa. Chegando a gruta, encarregou os salteadores de adquirir dezenove machos bem robustos, prometendo-lhes o melhor êxito do seu plano.

Passados alguns dias, ao cair da tarde, um negociantes de azeite entrou na cidade com dezenove machos, cada um carregado de dois odres de azeite, e dirigiu-se diretamente a casa de Ali-Babá.

Achava-se este na porta tomando fresco, quando viu-se interpelado pelo mercador:

– Senhor; – disse este, – venho de longe com a minha carga de azeite, que pretendo vender nesta cidade. Não conheço ninguém aqui, e estou muito casado. Assim, peço me conceda hospitalidade para mim e meus animais; qualquer lugarzinho me serve.

Bondoso como era, Ali-Babá, respondeu logo:

– Seja bem-vindo, e entre sem mais preâmbulos.

E deu ordem a Morgana de abrir o portão, e de preparar no pátio um descanso para os machos; e quando estes se acharam arrumados, Ali-Babá levou o hóspede ao seu aposento, e serviu-lhe de comer com grande amabilidade. Quis o mercador, depois da refeição, retirar-se a quadra para pernoitar perto dos seus animais; mas Ali-Babá não o permitiu, mandando-o levar por Morgana a um quarto onde se achava preparada uma boa cama. Teve de ceder o hóspede, para não despertar suspeitas; mas o fez maldizendo a hospitalidade de Ali-Babá, porque o mercador não era senão o capitão dos salteadores, e dos trinta e oito odres só um continha azeite; nos outros estavam escondidos os trinta e sete bandidos, tão bem, que ninguém podia suspeitar a sua presença.

Consistia o plano do capitão em que alta noite os salteadores saíssem dos odres, penetrassem na casa, e matassem todos os habitantes da mesma. Porém urdida estava a coisa, e de certo teria dado resultado calculado, se um feliz acaso não tivesse feito Morgana sabedora do segredo.

Quando a escrava quis conduzir o hóspede ao quarto que lhe era destinado, disse este que queria antes de dormir visitar os seus animais, e desceu ao pátio.

Durante a sua ausência, Ali-Babá disse a Morgana:

– Quero tomar um banho amanhã de manhã; prepara, pois, a roupa e um bom caldo para o meu almoço.

E foi-se a dormir, sem ter o menor pressentimento da tormenta que se lhe amontoava sobre a cabeça.

O capitão, entretanto, havia descido ao pátio, e, correndo de odre a odre, disse aos bandidos:

– Tenho de dormir na casa. Quando tudo estiver descansado atirarei umas pedrinhas da minha janela. Cortem então o odre com a faca, e saiam; eu logo aparecerei. Até breve.

Embora estivessem em posição bem incômoda, os salteadores estavam tão sedentos de vingança, que prometeram aturar até o momento marcado, e o capitão retirou-se ao seu quarto, e em breve reinou silencio profundo na casa, apagando-se todas as luzes, mesmo a do capitão de salteadores. Este, porém, não pôde dormir, aguardando com impaciência a meia noite, como o tigre aguarda a hora da carniça.

Morgana, antes de deitar-se, lembrou-se das ordens de Ali-Babá.

Preparou a roupa de banho, e pôs a panela ao fogo para fazer o caldo. Chamou o pajem de seu senhor e lhe disse:

– Eis aqui a roupa de banho para o senhor, que podes levar. Conversemos, porém, ainda um pouco, enquanto preparo o caldo.

Quando estava atiçando o fogo e escumando a panela, apagou-se de repente a lâmpada por falta de azeite.

– E esta! – disse Morgana, – no escuro não posso escumar o caldo, e não há mais azeite em casa.

– Por que não vais ao pátio, – respondeu Abdallah, tirar o azeitei de um dos odres? A bagatela do que precisas não há de empobrecer o mercador.

– Tens razão, – disse Morgana.

Tomou uma caneca e saiu ao pátio. Quando estava ao pé do primeiro odre e quis furá-lo, ouviu perguntar o salteador:

– Já são horas?

O primeiro ímpeto de Morgana, ao ouvir a voz de um homem sair do odre em que julgava encontrar azeite, foi de gritar por socorro.

Rapidamente, porém, recobrou ânimo, e disse baixinho:

– Ainda não. Espera mais um pouco.

E correu todos os odres, dando a todas as vozes a mesma resposta, até que no último encontrou azeite; encheu a caneca, e voltou para a cozinha, onde imediatamente acendeu a lâmpada.

Notou Abdallah a grande perturbação de Morgana, e disse:

– Que tens, Morgana, que estás pálida como uma defunta?

Então Morgana contou-lhe como descobrira trinta e sete salteadores que aguardavam o momento para assassinar toda a gente da casa.

Abdallah, que era forte e robusto, opinou que deviam principiar por apoderar-se do capitão.

– Não, – disse Morgana, – primeiro é mister inutilizar os bandidos; depois o outro não nos escapará. Anda ligeiro, enche esta panela com azeite que está no odre e faremos fervê-lo em um bom fogo. Anda, avia-te!

Em um instante arrumaram a panela no fogo; o azeitei principiou a ferver e chiar até chegar ao ponto desejado por Morgana.

– Agora, – disse esta, – pega aqui deste lado, que eu pegarei do outro.

E levaram o azeite fervendo ao pátio. Enchendo então um grande vaso com azeite quente, ela foi de odre a odre derramando dentro o suficiente para asfixiar e matar o salteador escondido. Abdallah acompanhava-a com a panela, e assim prosseguiram até que o ultimo bandido exalara a vida perversa.

Então a escrava valente voltou com Abdallah a cozinha e disse:

– Vamos agora apagar o fogo e a lâmpada, e aguardar o que fará o capitão. Provavelmente, quando vir tudo as escuras, descerá ao pátio a soltar os seus companheiros. Então cairás em cima dele e o matarás, sim?

– Ele que venha! – disse Abdallah cerrando os punhos possantes.

E puseram-se a escutar em silencio.

Meia hora depois, o capitão deixou a cama, e, julgando todos de casa adormecidos, abriu a janela e pôs-se a atirar pedrinhas ao pátio. Bem percebeu que varias pedras tocavam os odres, mas os bandidos não se mexiam. Apoderou-se então séria apreensão do capitão e desceu sem ruído ao pátio. Ao aproximar-se, porém, do primeiro odre, sentiu-se enleado por dois braços de ferro e uma voz formidável bradou-lhe ao ouvido:

– É agora que vais pagar as tuas maldades, e nunca mais incomodarás a meu bom senhor.

E, com o coração atravessado pelo punhal certeiro de Abdallah, caiu o capitão dos bandidos morto ao chão.

Assim, uma débil escrava, com auxílio de um único homem, deu cabo de trinta e oito salteadores robustos e afeitos as armas.

No dia seguinte, Morgana levou o seu senhor ao pátio e disse:

– Vê se descobres alguma coisa notável neste odre. Ali-Babá olhou, e, quando avistou um cadáver meio queimado, recuou aterrado:

– O que é isto, por amor de Deus?

– Oh! Este não te prejudicará mais, nem um só dos trinta e seis que se acham nos outros odres.

Mas onde está o dono do carregamento, o mercador? – exclamou Ali-Babá sempre mais agitado.

Levou Morgana seu senhor a cozinha, onde Abdallah guardava o cadáver do capitão, e Ali-Babá reconheceu então o mandante dos salteadores da gruta.

Tendo, além disto, ouvido toda a narração de Morgana, desde a descoberta das cruzes na porta até ao extermínio dos bandidos, Ali-Babá disse enternecido:

– Nunca na vida poderei pagar-te, Morgana, nem a ti Abdallah, o que por mim fizeram. Aos meus braços, como filhos da casa que tão fiel e valentemente souberam proteger!

E soluços lhe sufocaram a voz.

Serenando, porém, pouco a pouco, lembrou-se do perigo que corriam, se os cadáveres dos salteadores fossem descobertos.

– Nunca poderíamos provar que eram bandidos e cairíamos em horrível desgraça. Façamo-los, pois, desaparecer.

E Ali-Babá e Abdallah cavaram profundas sepulturas no quintal, e enterraram os trinta e oito cadáveres, que não deixaram saudades a ninguém. Os machos foram levados um por um para fora da cidade e vendidos a mercadores ambulantes.

Ali-Babá viveu ainda muito tempo afagado pelos seus filhos adotivos, e por testamento deixou-lhes todos os tesouros da gruta, cujo segredo lhes revelou no leito da morte.

Depois de chorarem abundantemente o seu benfeitor, Morgana e Abdallah casaram-se, vivendo felizes e em abundancia, e fazendo muitos benefícios aos necessitados; e quando o dinheiro escasseava, Abdallah montava a cavalo, procurava o rochedo e dizia;

– Sésamo, Sésamo, abre-te!

E a porta obedecia e Abdallah refazia-se de fundos, servindo assim o dinheiro dos bandidos para cimentar a felicidade de dois nobres corações e aliviar a miséria de muitos pobres e infelizes.

HARUN AL RASCHID E ABDALLAH

Dizem as crônicas que o sábio califa Harun al Raschid, isto é, o justo, punha o seu maior prazer em promover o bem-estar do seu povo, e cuidava constantemente da prosperidade do seu reino.

Não ignorava o bom monarca que os administradores e empregados nem sempre cumprem religiosamente com o seu dever, quando se julgam isentos de fiscalização, e por este motivo o califa frequentemente se disfarçava, metia-se entre o povo, ouvia-lhe as conversas e queixas, e quando descobria alguma irregularidade, mandava prender imediatamente o culpado e o castigava severa e justamente. E o povo o amava sinceramente. Muitas vezes também Harun ouvia histórias extraordinárias.

Uma noite que havia saído com o seu grão-vizir Giafar, e percorria disfarçado as ruas de Bagdad, o Sultão ouviu uma voz plangente que dizia assim:

– Quem quer que sejas, tu que passas, tem dó de um pobre cego e dá uma esmola.

Harun puxou de um sequim, deu-o a Giafar para entregá-lo ao cego.

O ministro obedeceu e o cego agradeceu, dizendo:

– Completa agora o beneficio e dá-me uma bofetada!

Riu-se o vizir, pensando que o cego estava gracejando, e quis seguir o Sultão, que havia dado alguns passos. O cego, porém, retirou o seu pedido, até que o ministro de leve lhe roçou a cara com a mão. Pareceu-lhe, porém, tão extraordinária a suplica do pobre, que referiu ao califa. Este sentiu curiosidade de conhecer o motivo de tão estranho pedido, e ordenou a Giafar que conduzisse o cego ao palácio. Obedeceu o ministro, e, levado o mendigo a presença de Harun, este lhe disse:

– Não tenhas medo, que ninguém te molestará: conta-me tua história para que eu possa compreender porque pedes ser esbofetado.

– Ah! – respondeu o cego, – é uma penitência que eu mesmo me impus para castigar-me de indômita cobiça. Ouve, e verás que ainda é diminuto o castigo.

"Quando meu pai morreu, era um mancebo de dezoito anos, de poucos haveres, mas robusto e amante do trabalho, herança do meu progenitor. Com o minguado patrimônio, comprei algumas fazendas, que levei a varias cidades onde tinham bom valor.

Sorriu-me a sorte, e em pouco tempo cheguei a possuir oitenta camelos, com os quais fazia as minhas jornadas. Um dia, tocando diante de mim os meus animais, que iam descarregados, alcancei um sitio fresco e aprazível do deserto, onde descansei a sombra de plátanos e palmeiras. Daí a pouco apareceu um dervis que sentou-se ao meu lado. Entrou a conversar comigo, e depois de longa pratica, disse-me:

– Simpatizei contigo e quero enriquecer-te de modo que nenhum soberano da terra te exceda. Não longe daqui há um palácio subterrâneo, cujas salas estão cheias de ouro, prata e pedras preciosas. Abre-se este palácio ao meu mando, e como não preciso de riquezas, nem tenho animal para transportá-las, dar-te-ei tantas, quantas os teus oitenta camelos passam levar.

Louco de alegria, atirei-me aos pés do dervis, beijei a orla de sua vestidura e agradeci-lhe do fundo da alma. Deixei arrastar-me pelo entusiasmo e ofereci-lhe um camelo, com todos os tesouros que pudesse transportar, sem lembrar-me que este oferecimento era sumamente ridículo, comparado com a oferta esplendida que o santo homem acabava de fazer-me. Havia nascido a cobiça como um gigante em meu coração, e mal soltei a palavra, já me arrependi, porque me parecia que os setenta e nove camelos restantes não valiam tanto como o único que acabava de prometer. O bom do dervis bem o compreendeu, e, para infligir-me um pequeno castigo, disse:

– Enganas-te, amigo, se pensas que vou contentar-me com um camelo. Basta que te deixe quarenta; os outros quarenta serão para mim.

Assustado com esta decisão, pus-me a rogar; fiz ver ao dervis que ele não carecia de riquezas, que sempre o palácio estava a sua disposição, que devia deixar-me uma ventura completa, para que eterna fosse a minha gratidão. Mas o dervis, para castigar-me, manteve-se firme. Tive que resignar-me, porque, por fim, estava nas mãos do homem o negar-me tudo. Atrelei os meus camelos e montamos dois dos melhores, porque tremia de impaciência por entrar no gozo dos tesouros prometidos.

Em poucas horas alcançamos um vale estreito, onde se erguia um paredão, íngreme e de altura vertiginosa. Paramos, e o dervis, puxando de uma vara que trazia escondida na vestidura, encaminhou-se ao paredão, bateu três vezes na pedra e exclamou:

– Gênio da vara, abre-me a porta do rochedo!

Passou pelos ares um sussurro violento como quando a refrega sacode a copa das árvores, e com horrível estrondou abriu-se o rochedo, patenteando-se aos nossosolhos larga entrada.

– Passa sem susto, – disse o dervis.

E entrou. Segui-lhe trêmulo os passos, e via obra gigantesca como não pode existir outra igual. Erguia-se diante de nós um palácio imenso com torres e paredões altíssimos, tudo cortado no rochedo de um só pedaço. Era manufatura dos gênios subterrâneos, como me afirmou o dervis.

Penetramos em uma sala mui vasta, e fiquei deslumbrado das riquezas que ali se achavam amontadas. Ardendo em cobiça, atirei-me aos montões de ouro e enchi todas as algibeiras com as preciosas moedas. Ao cabo de um momento, me disse o dervis:

– Cega-te a tua cobiça. Que vale aquele ouro comparado com estas pedras finas? É com elas que deve carregar os teus camelos.

Compreendi a observação do dervis, e, trazendo grandes bolsas de carregar fazendas, enchi-as de diamantes, safiras e ouras pedras preciosas, lançando a um lado o ouro, como se fosse vil cascalho. Trabalhei, trabalhei, que o suor em bagas me inundava a fronte, e bem depressa os oitenta camelos se achavam tão carregados, que gemiam sob o peso, e contudo ainda sobejavam tantas riquezas, que nem sequer se notava a falta das oitenta cargas.

No momento de partir, o dervis encaminhou-se para um vaso azul, do qual subtraio uma pequena boceta de pau, que escondeu na vestidura.

Apenas havíamos transposto o limiar do palácio maravilhoso, fecharam-se os rochedos hermeticamente e o dervis disse:

– Escolhe, Abdallah, os quarenta camelos, e segue para o oriente; quanto a mim, partirei na direção do ocidente.

Com tanta seriedade foi proferida esta ordem, que não me atrevi a fazer objeção alguma; apartei quarenta camelos, despedi-me do dervis e toquei para o oriente.

Apenas havia dado cem passos, voltei a cabeça e segui com a vista o dervis que se afastava com os meus camelos. Vi que a grande custo tocava os animais, e tomei esta circunstância por pretexto de alcançá-lo e pedir-lhe que me cedesse mais alguns camelos.

– Meu santo protetor, – disse-lhe eu, – muito trabalho lhe darão todos estes animais para conduzi-los; dê-me mais dez, e a sua tarefa diminuirá.

Sorriu-se o dervis, respondeu:

– Tens razão, Abdallah, escolhe mais dez.

Com grande satisfação aproveitei-me da autorização do dervis, agradeci e retirei-me, enquanto que o dervis seguiu o seu caminho.

Tendo alcançado os meus camelos, zanguei-me novamente, pois que a alegria causada pelo acréscimo de riqueza fora turbada pela reflexão de que deveria ter pedido maior número de animais.

Lembrei-me da condescendência do dervis, e resolvi voltar ainda uma vez à carga. Como o santo varão não andasse longe, ouviu os meus clamores, parou e deu-me outros dez camelos, sem saciar contudo a minha cobiça, pois que não descansei enquanto não obtive os vinte restantes.

E, agora, poderoso Sultão, talvez penses que me dei por satisfeito com os oitenta camelos carregados com as mais preciosas joias? Era tal a minha riqueza que com ela poderia ter comprado todos os reinos da terra...

Mas, ai de mim! Cobiçava ainda a posse da bocetinha de pau que o homem tirara do vaso azul.

Ainda uma vez segui os passos do dervis, prostrei-me diante dele e lhe disse com lágrimas amargas:

– Oh! Meu benfeitor, não posso deixar-te partir sem conhecer o segredo da bocetinha que escondeste em tua vestidura; sem dúvida alguma é o mais precioso tesouro do mundo, e é absolutamente mister que me satisfaças.

Ao ouvir estas palavras, negra nuvem de pesar inundou a testa do dervis.

– Desgraçado! – exclamou, – não peças a tua perdição! Tornei-te o mortal mais rico do mundo, e te mostras tão ingrato querendo arrebatar-me a última posse? Retira-te, e que nunca mais te veja!

E deu-me as costas.

Ah! quem me dera haver-lhe obedecido!

Louco, porém, de cobiça, pedi, supliquei, solucei, até que por fim o dervis puxou da caixinha, e, abrindo-a, mostrou-me que não continha senão um simples unguento pardo.

– Estás vendo, – disse ele, – apenas é um unguento para os olhos.

Eu, porém, não dei crédito às suas palavras, e bradei que o mataria se não me revelasse as virtudes secretas do unguento.

– Seja feita a tua vontade, – disse o dervis, – mas não te queixes! Esfregando um pouco deste unguento na pálpebra esquerda, aparecem todos os tesouros do mundo, quer escondidos no seio da terra, quer sepultados no fundo do mar; esfregando, porém, com o unguento a pálpebra direita, cegueira eterna fere a vista, toldando para sempre o esplendor do sol, o meigo brilho das estrelas. Apenas havia ouvido estas palavras, pedi ao dervis que me ungisse a pálpebra esquerda, e tendo ele obedecido, revelaram-se por todos os lados, aos meus olhos deslumbrados, tesouros indescritíveis, incalculáveis.

E, contudo, duvidei ainda da sinceridade do dervis, e, persuadido de que o unguento estendido na pálpebra direita dava a posse de todas as riquezas que havia visto, obriguei quase o santo varão a ungir-me a vista direita. Bastante resistiu ele... mas, por fim, teve de ceder aos meus ímpetos... e cegueira eterna me feriu os olhos. Castigo horrível, mas justo, da minha ingratidão e cobiça! Supliquei ao dervis que tivesse pena de mim, que pelo menos me conduzisse para fora do deserto; mas ele não me ouviu: juntou os camelos e deixou-me só. Muito tempo escutei o tropel dos animais que ia enfraquecendo, até que se perdeu na imensidade arenosa.

E eu estava só, abandonado no deserto sem fim, sem víveres, entregue aos remorsos, porque não podia desconhecer a minha culpabilidade. Fiz então a promessa de que, no caso de ser salvo, pediria a qualquer transeunte que me desse uma bofetada para castigar-me.

E fui recolhido, moribundo, por uma caravana, que me conduziu a Bagdad.

Despido de todas as minhas riquezas, impossibilitado de trabalhar, tive de implorar a caridade pública; sorte cruel para quem havia possuído tantos tesouros. E mendigo me encontraste, oh! Grande Sultão, nas ruas de tua capital, e dignaste-te ouvir a narração das minhas merecidas desgraças."

Tendo-se calado o cego, disse o califa:

– Bem pagaste, Abdallah, os teus delitos. Desobrigo-te da tua promessa, e não quero que continues a mendigar: de ora em diante viverás no meu palácio, e terás um guia quando quiseres passear. Não me agradeças, porque sofreste e fizeste penitência. A paz esteja contigo!

Assim falou o nobre Harun al Raschid, e assim se fez; e Abdallah viveu ainda muito tempo, abençoando o seu benfeitor.

AS TRÊS IRMÃS

Imitando o procedimento do sábio califa Harun al Rashid, um Sultão da Pérsia, chamado Cosruh-Shah costumava percorrer disfarçado as ruas da sua capital em companhia do seu primeiro ministro, para certificar-se de que as rodas de sua máquina governativa funcionavam bem, o que muito contribuía para que todos os empregado, que sabiam do procedimento do Sultão, cumprissem fielmente o seu dever.

Uma tarde, ao cair da noite, achava-se o Sultão em um bairro habitado por gente miúda.

Ouviu discutir em altas vozes em um casebre, e, espreitando por uma fresta dos postigos, viu três moças que estavam ceiando fazendo grande algazarra.

Dizia a mais velha:

– Tomara que o padeiro do Sultão casasse comigo. Assim comeria sempre pão delicioso fabricado para o monarca.

Redarguiu a segunda:

– Grande coisa! Quisera eu ser a mulher do cozinheiro imperial. Os mais saborosos petiscos seriam para mim, e assim comeria melhor ainda que o Sultão.

A terceira, moça formosa e meiga, disse sorrindo:

– Se é questão de desejos, quero pedir logo coisa que valha. Por isto quisera ser a mulher do Sultão, porque tudo estaria ao meu alcance.

Riu-se o Sultão ao ouvir estes desejos, o resolveu satisfazer as três moças. Sem revelar, porém, o seu projeto, ordenou ao grão-vizir que tomasse bem nota da casa, e conduzisse no dia seguinte as três irmãs à sua presença.

Assim de fez, e as moças ficaram muito acanhadas, quando se viram perante o seu soberano.

Cosruh, porém, animou-as com gestos e palavras benévolas e convidou-as a que lhe repetisse os desejos que na véspera haviam formulado durante a ceia. Cresceu ainda a perplexidade das três irmãs com este convite, e nenhuma delas atreveu-se a proferir uma só palavra.

O Sultão disse-lhes então:

– Não há mister de se mostrarem tão envergonhadas, porque estou disposto a efetuar o que desejaram. Tu, Naida, que querias ter por marido o meu padeiro, ei-lo aqui, e pronto a casar contigo.

E o padeiro, a um sinal do monarca, deu um passo à frente, e estendeu a mão à Naida.

– Tu, Amina, continuou o Sultão, casarás ainda hoje com o meu cozinheiro, que aqui te apresento.

E o cozinheiro veio dar a destra à Amina.

– E tu, querida Fatima, verás igualmente satisfeito o teu desejo, e como não queres outro marido senão o Shah, para fazer-te a vontade elevo-te à esposa e Sultana.

E, dizendo estas palavras, Cosruh-Shah desceu do trono, e abraçou a encantadora Fatima, que, estremecendo de surpresa, escondeu o rosto no seio do Sultão.

Ao cair da noite as três irmãs estavam casadas, e assim se haviam realizado os seus desejos como por encanto.

Fatima estava no auge da felicidade, e regozijava-se como uma criança da ventura que havia alcançado.

Suas irmãs, porém, Naida e Amina, ao lado dos seus maridos, ralavam-se de inveja da sorte brilhante de Fatima, e achavam a vida insuportável.

Alguns dias depois encontraram-se em um banho público, e deram expansão aos seus tormentos e ao ódio que votavam à pobre Fatima, que entretanto ainda as amava tão ternamente como quando viviam na sua miserável casinha.

As duas mulheres malvadas cogitaram os meios de envenenar a ventura de sua irmã, e teriam feito os maiores sacrifícios, para precipitá-la da sua posição elevada ao fundo de um abismo medonho. Mas não lhes ocorreu nada capaz de favorecer os seus negros desejos, e mais irritadas ainda ficaram contra Fátima.

Entretanto não deixavam de visitar frequentemente sua irmã, fingindo-lhe muitos carinhos e grande amizade.

Passaram assim um ano, quando uma noite as duas irmãs foram chamadas à toda a pressa ao palácio do Shah para acompanhar a Sultana, sua irmã, na hora crítica de dar à luz. Teve Fatima, nessa mesma noite, um príncipe de grande formosura, sendo este nascimento apenas presenciado por Naida e Amina. Era ocasião azada, para as duas irmãs invejosas, de prejudicar a Sultana, e imediatamente conceberam um projeto abominável.

Enquanto Fatima dormia, tiraram a criancinha do berço, e, sem se comoverem com a sua formosura e inocência, a embrulharam em alguns trapos, a deitaram em um cesto, e, descendo ao jardim do palácio, onde corria um rio profundo, atiraram o príncipe às ondas, não duvidando que o menino achasse ali morte segura.

Ao Sultão disseram que Fatima havia dado à luz um cachorro morto, e mostraram-lhe efetivamente o cadáver de um cão.

Teve o monarca um grande acesso de ira, e, aborrecido de tudo e de todos, mostrou desejos de repudiar a pobre Sultana.

O ministério, porém, chegou por fim a dissuadi-lo de um ato tão violento, e pouco a pouco o Sultão resignou-se. Não chegou a suspeitar da veracidade das duas irmãs, porque supunha que amavam ternamente a Sultana.

Entretanto nadava o cesto com o príncipe abandonado nas ondas do canal, e já dia claro chegou a uma parte dos vastos jardins, onde habitava o inspetor das propriedades imperiais. Estando este funcionário justamente de passeio, viu o cesto; com uma vara comprida trouxe-o à beira do rio, e vendo o príncipe, que lhe sorria meigamente, exclamou:

– Pobre inocente! Quem seria o desalmado que tão cruelmente te abandonou? Mas não hás de perecer afogado, nem cair em poder de animais ferozes, pois que eu serei seu pai!

E levou o cesto à sua mulher, e lhe disse cheio de alegria:

– Olha o peixinho mimoso que acabo de pescar!

Cumpre notar que era o inspetor um homem poderoso e rico, que vivia na opulência com sua mulher, podendo satisfazer a todos os seus desejos, menos um, o de ter um filho, que Allah sempre lhe recusara. Eis aí a razão da alegria que sentira pelo achado do menino abandonado.

– Estás vendo, querida mulher, continuou o inspetor, é o céu que nos mandou esta criança. Vamos cuidar dela como se fosse nosso próprio filho. Não te parece?

A boa da senhora, em forma de resposta, agarrou o menino, estreitou-o ao peito, e regou-lhe com lágrimas de ternura o rostinho encantador.

E o príncipe acolhido com grande amor e rodeado dos mais ternos cuidados, criou-se maravilhosamente bem. Seus pais adotivos haviam-lhe dado o nome de Bahman, notável na família dos reis da Pérsia.

Um ano depois desta aventura, a Sultana Fatima deu à luz um outro príncipe, não menos formoso do que o primeiro. Correram as coisas mais ou menos como no primeiro parto; as irmãs malvadas expuseram às ondas do rio a criança, e mostraram ao Sultão um gatinho como filho do seu amor. Custou muito desta vez aos ministros acalmar a ira do monarca, ferido no seu orgulho de pai e esposo. Felizmente o bom do inspetor recolheu também esta segunda vítima da inveja das duas mulheres desalmadas, e a criança, que recebeu o nome de Perviz, foi criada em companhia do pequeno Bahman.

Pela terceira vez, ao cabo de outro ano, a Sultana tornou-se mãe, tendo uma formosa princesa, que foi igualmente abandonada ao rio e recolhida pelo inspetor, que deu o nome de Parizada.

Desta vez as irmãs perversas conseguiram em parte o que tão ardentemente desejavam: a desgraça de sua irmã mais nova, porque o Sultão, ao qual haviam mostrado um pedaço de pão informe, dizendo-lhe que era seu terceiro filho, enfureceu-se tanto, que não quis mais ouvir os conselhos dos seus ministros, e ordenou que se encerrasse a infeliz Sultana em uma gaiola de ferro à entrada do templo, mandando mais que todos os fiéis que acudissem ao serviço divino, cuspissem no rosto de Fatima e a cobrissem de maldições, sob pena de sofrerem cruel castigo. Duas sentinelas postadas ao lado da gaiola deviam fiscalizar a fiel execução destas ordens religiosas.

Assim efetuou-se, e a pobre vítima suportou resignadamente um castigo que não havia merecido, enquanto que as suas irmãs perversas se regozijavam de sua obra, pensando que os seus crimes nunca seriam descobertos.

Passaram-se anos. Os três filhos adotivos do inspetor cresceram viçosos e formosos, enchendo de ventura a vida do nobre casal que os havia recolhido tão amorosamente.

O inspetor, cansado já de serviços, havia mandado construir, a uma légua da cidade, um suntuoso palácio, joia de arquitetura, rodeado de extensos e magníficos jardins, onde se viam reunidas todas as maravilhas da flora; em uma coutada adjacente, cheia de viveiros de todas as espécies de animais, os dois príncipes e sua irmã entregavam-se ao prazer e aos exercícios da caça, adquirindo força de ânimo e robustez de corpo. Deu-lhes o inspetor além disto bons professores para instruí-los não somente nos exercícios corporais, mas em todos os ramos das ciências indispensáveis para quem é destinado a ocupar um lugar proeminente na sociedade. Assim, a vida de Bahman, Perviz e Parizada dividia-se entre o estudo sério e as distrações permitidas à sua idade.

O primeiro golpe que sofreram, – tinha então o mais velho vinte anos, – foi originado pela morte de sua boa mãe adotiva. Pouco depois, seu generoso protetor morreu também repentinamente, sem poder revelar-lhes o segredo do seu nascimento, por ele suspeitado havia muito tempo, de maneira que continuaram na crença de que eram realmente filhos do bom casal que tão carinhosamente os havia criado.

Choraram sinceramente a perda dos seus pais, e esta dor comum e o isolamento em que agora se achavam no mundo, estreitaram ainda os laços de terna amizade que os unia.

Um dia em que Bahman e Perviz se achavam na caça, apresentou-se uma velha enferma no palácio pedindo esmola.

Parizada, obedecendo aos nobres ímpetos do seu coração, serviu com suas próprias mãos pão, vinho e carne à pobre, regozijando-se ao ver a boa vontade com a qual a velha se restaurava. Em seguida mostrou-lhe todos os aposentos esplêndidos do palácio, assim como as maravilhas do jardim.

– Magnífico! Exclamou a velha, e contudo faltam aqui três coisas para completar a ventura dos habitantes.

– Que coisas são essas? Perguntou Parizada com curiosidade infantil.

– Não indagues, filha minha, disse a velha, que muito difícil seria a aquisição destas coisas. Seria ingratidão da minha parte pagar-te a tua boa e nobre hospitalidade com uma revelação, que poderia custar-lhes a vida, a ti e a teus irmãos.

Parizada, cada vez mais curiosa, pôs-se a rogar e suplicar, até que por fim a velha disse:

– Está bom; satisfarei os teus desejos, mas nunca me acuses se resultar algum mal do que vou dizer-te. A primeira das três coisas é o *pássaro que fala.* Tem mais espírito que os homens; responde a todas as perguntas, e com seus conselhos resolvem-se as empresas mais difíceis. Além disto, canta tão maravilhosamente, que todos os outros pássaros cantores acodem à sua voz e o acompanharam em coro delicioso. A segunda é a *árvore harmoniosa.* Obtendo um galho desta árvore e plantando-a em um jardim, cresce logo um tronco gigantesco coberto de ramos, folhas e flores resplandecentes como ouro, que ao menor sopro da brisa tocam harmonias celestes, como vozes de anjos acompanhadas de harpas. A terceira é a *água de ouro.* Uma gota desta água maravilhosa, deitada em um tanque, enche-o imediatamente até a beira; do centro sai um jato enorme que, alçando-se vigoroso aos ares, recai em mil colunas, brilhando aos raios do sol como ouro puríssimo; cada gota parece uma pedra preciosa do mais subido valor; tudo isto constitui um espetáculo deslumbrante, como não existisse outro igual no mundo.

Calou-se a velha, e Parizada exclamou com entusiasmo:

– Compreendo que o nosso jardim só será perfeito quando possuir estas três coisas maravilhosas. Diz-me depressa, como as posso obter.

Respondeu a velha:

– Seguindo durante vinte dias, em veloz corcel a estrada que te passa pela porta, chega-se à cabana de um velho dervixe.

– Interrogando o santo varão, designar-te-á o lugar procurado.

E, dito isto, a velha despediu-se, deixando Parizada na maior agitação. Quando de noite os irmãos voltaram, a princesa contou-lhes febrilmente o que havia acontecido, acrescentando:

– Morro, se não obtiver estas três coisas!

– Não te aflijas, maninha, disse Bahman; amanhã mesmo parto em busca dos tesouros que tanto almejas possuir.

E, com efeito, no dia seguinte montou em fogoso corcel, e, ao despedir-se dos irmãos, puxou de um punhal, entregou-o a Parizada e disse:

Enquanto este ferro
Tão limpo brilhar
Não temas, maninha,
Por meu bem estar.

Mas, se cor de sangue
Ferrugem o cobrir,
Bem podes chorar-me
Deixei de existir!

E, dando de acicates ao seu ginete, principiou a devorar o espaço, durante dezenove dias e noites, na direção indicada pela velha, concedendo-se apenas o tempo indispensável para comer e dormir.

No vigésimo dia viu na porta de uma cabana um homem muito, muito velho. Cabelos brancos caíam-lhe pelo rosto até os pés, e uma barba enorme lhe circundava os lábios, enquanto que pestanas encandecidas vedavam à luz do sol penetrar-lhe nos olhos.

Bahman, lembrando-se das palavras da velha mendiga, pensou ter encontrado o dervixe sabedor do caminho a seguir; parou o ginete e disse:

– Olá amigo, aonde vai ter este caminho?

O ermitão alçou a cabeça e falou, mas Bahman não pôde entender o que dizia, porque a voz se perdia no mato de cabelos e barbas.

– Não te ouço, exclamou o príncipe, saltando do cavalo; permite que desbaste um pouco estas brenhas! E, puxando de uma tesoura, acercou-se do ancião e pôs-se a cortar-lhe barba e cabelo, até que apresentou um aspecto humano.

– Muito obrigado, disse o velho; fizeste obra boa e quero recompensar-te. Dize, o que desejas?

– Quero saber onde encontrarei as três coisas maravilhosas, o pássaro que fala, a árvore harmoniosa e a água de ouro, respondeu Bahman.

– Príncipe, príncipe! Retrucou o ancião, pensa bem no que pedes. Mui difícil é a aquisição destas três coisas, e muitos príncipes, cavalheiros e escudeiros colheram a morte em lugar dos tesouros almejados. Toma um conselho e volta para casa. Prestaste-me um serviço e quero ser grato, por isto te repito: Volta para casa.

– Não, não! Exclamou Bahman, antes morrer do que voltar com as mãos vazias. Trago valor no peito e força no braço, para conseguir o que desejo. Poupa, pois, os teus conselhos; quero obter as três coisas mencionadas, estejam onde estiverem.

Sorriu o velho e disse:

– És de boa estirpe, talvez sejas mais feliz que os teus antecessores. Toma, pois, esta bola de ébano. Se a deitares ao chão, principiará a rolar indicando-lhe o caminho que te conduzirá ao pé de uma montanha. No cume desta altura encontrarás o pássaro que fala em uma gaiola de ouro. Estando em teu poder, ele te dirá onde se acham a água de ouro e a árvore harmoniosa. Junto à montanha, deixarás o teu cavalo, que não se afastará. Ao subir a eminência, encontrarás grande número de pedaços de rochedo negro, e ouvirás muitas vozes a insultar-te e a provocar-te. Qualquer coisa, porém, que ouvires, não olhe para trás, se não quiseres ficar transformado em pedra negra, como aquelas que margeiam o caminho. Cuidado, pois, que estás prevenido.

O príncipe respondeu com franca gargalhada:

– Não me parece muito difícil a tarefa. Dá-me, pois, a bola, e conta com a minha volta.

Recebeu a esfera negra, agradeceu ao velho, e, montando a cavalo, atirou o presente do dervixe ao chão. Principiou a rolar a bola, uniforme e rapidamente, e bastante teve de correr o ginete de Bahman para acompanhar o movimento da esfera indicadora.

Ao cabo de uma hora esta parou junto de uma montanha.

O príncipe agachou-se, abandonou o cavalo e subiu à eminência que estava coberta de pedras negras.

Mal havia dado vinte passos, quando ouviu chamar atrás de si:

– Olá, príncipe Bahman, olá!

Estremeceu o príncipe ao ouvir proferir o seu nome nesse deserto, e por um triz não olha para trás. Lembrou-se, porém,dos conselhos do ermitão, e continuou o seu caminho.

E as vozes continuavam.

Diziam umas:

– Pega, pega, ladrão!

E outras agregavam:

– Olha o toleirão que pretende caçar o pássaro que fala. Que irrisão!

E gargalhadas diabólicas perseguiam o príncipe.

Outras vozes bradavam:

– Para, temerário, senão te mato com esta espada!

E outras ainda acrescentavam:

– Deixem que vá! Pobre diabo, o que há de alcançar?

Bahman continuou o seu caminho, apesar dos cuidados que o assaltavam. A medida, porém, que ia subindo, as vozes se tornaram mais ameaçadoras; parecia que o inferno havia soltado uma legião de demônios para coser-se-lhe nas pisadas. Por todos os lados os ruídos assustadores tomaram tais proporções, que o pobre do mancebo ficou atordoado. Estremeceram-lhe todos os membros e suor frio botava-lhe da raiz dos cabelos, e por fim, esquecendo todos conselhos, voltou-se, querendo descer a montanha e fugir aos horrores que o rodeavam.

Apenas, porém, se havia voltado, caiu ao chão, transformado em pedra negra, fria e inerte, ao lado dos seus antecessores vencidos como ele. Ao mesmo tempo caiu o seu cavalo igualmente petrificado, terminando assim a triste aventura, que o jovem príncipe empreendera com mais valor do que constância, embora fosse com o fim louvável de restituir a sua irmã a tranquilidade d'alma, perturbada pelos tormentos da curiosidade.

Vejamos, entretanto o que se passou no castelo.

Depois da partida do príncipe Bahman, os dois irmãos haviam tratado de continuar a plácida vida do costume; Pervis caçando, e Parizada cuidando dos misteres da casa.

De noite, porém, depois da ceia, sentavam-se em um divã, pegavam no punhal que o Bahman lhes havia deixado, e contemplavam-o atentamente.

Durante dezenove dias a lâmina ostentou um brilho puríssimo, o que muito os regozijavam, pela certeza que isto lhes dava do bem estar de Bahman.

Quando, porém, na noite do vigésimo dia Parizada puxou da adaga, estremeceu de susto, soltando gritos pungentes: a folha estava coberta de ferrugem!

– Meu pobre irmão morreu! Exclamou a princesa.

Pervis, não menos assustado, recolheu o punhal, e, olhando-o com atenção disse:

– Tranquiliza-te, irmã; Bahman não morreu, porque a lâmina do punhal, apesar de enferrujada, não mostra a cor do sangue. Talvez seja vitima de algum sortilégio, e partirei amanhã para libertá-lo. Onde achar as três coisas maravilhosas, também encontrarei o nosso irmão.

Derramou Parizada lágrimas amargas, porque receiava perder também seu irmão Pervis. Este, porém, não deixou demover-se do seu intento, e no dia seguinte, montando a cavalo, e puxando do punhal, deu-o a Parizada, dizendo:

Enquanto este ferro
Tão limpo brilhar,
Não temas, maninha,
Por meu bem estar.

Mas, se cor de sangue.
Ferrugem o cobrir,
Bem podes chorar-me:
Deixei de existir!

E enquanto a pobre Parizada se recolhia aflita aos seus aposentos, Pervis começou a devorar o espaço, como pássaro que fendo os ares.

No vigésimo dia chegou diante da cabana do dervixe, que na forma do costume aquentava sol no limiar do seu retiro.

– Olá, meu pai, exclamou Pervis, não viste um mancebo passar por aqui há três semanas mais ou menos?

– Sim, sim, respondeu o velho, o pobrezinho foi transformado em pedra como bem o temia. Não quis ouvir-me, e lá se foi.

Indagou Pervis e soube tudo quanto havia acontecido a seu irmão.

– E não poderá ser salvo? Perguntou ao velho.

– Pode ser salvo, se alguém obtiver a água de ouro. Basta deitar uma gota desta água na pedra, para restituir a vida ao príncipe.

– Pois bem! Exclamou Pervis, irei eu buscar esta água. Dá-me cá a esfera do ébano.

E, valendo-se do indicador, seguiu a todo o galope a bola que rolava em direção a montanha encantada; alcançando este termo, Pervis apeiou-se, e principiou a subir a vereda, firmemente resolvido a não dar ouvidos as vozes insolentes dos gênios empenhados na pedra dos mortais. Não pôde resistir, porém, aos insultos. Logo depois dos primeiros passos, puxou da espada para castigar os atrevidos que o provocavam; deu volta, e... caiu ao chão transformado em pedra.

Passava a princesa Parizada a ausência do irmão entre lágrimas e orações, consultando todos os dias a lâmina do punhal. Um dia encontrou-a enferrujada, como já havia acontecido no punhal de Bahman.

Abundantemente correram as lágrimas da princesa ao receber este triste aviso; lembrou-se, porém, Parizada que não era com pranto que havia de salvar os irmãos, intento a que estava firmemente resolvida. Vestiu roupa de homem, que a transformou em gentil pajem, montou em um corcel veloz e fogoso, e seguindo o itinerário, chegou ao pé da montanha ominosa.

Desde a casebre do dervixe Parizada havia refletido sobre a causa da desgraça dos seus irmãos concluindo que o essencial era não deixar impressionar-se pelas palavras provocadoras dos gênios.

– Melhor é não *ouvi-las*, disse comigo, e... tapou os ouvidos com algodão.

Os gênios, que não haviam contado com este ardil de mulher, redobraram de furor gritando a ponto de enrouquecerem. Mas toda esta algazarra era apenas percebida por Parizada, que valentemente seguiu seu caminho, por entre as pedras negras semeadas pela vereda.

Assim chegou ao cume da altura, onde em gaiola de ouro viu, louca de alegria, o *pássaro falante*. Arrojou-se Parizada ao altar, e apesar, dos gritos do pássaro, que tentava amedrontá-la, agarrou a gaiola.

Formidável trovão fez estremecer toda a montanha... em seguida restabeleceu-se o silêncio; havia passado o perigo, e a princesa tinha alcançado a vitória.

Palpitante de emoção Parizada tirou o algodão dos ouvidos, e perguntou ao pássaro:

– Bichinho mimoso, onde encontrarei a água de ouro e a árvore harmoniosa?

O pássaro, cuja plumagem resplandecia como pedras preciosas, disse com voz melíflua:

– Dora em diante, querida princesa, sou teu escravo, e obrigado a dar-te bons e sinceros conselhos. Cem passos a direita deste altar encontrarás a água de ouro, que brota de preciosa fonte, e a cem passos a esquerda darás com a árvore harmoniosa, majestosa e deslumbrante no meio de um bosquete.

Mal Parizada ouvira estas indicações, correu a fonte, encheu de água de ouro um frasquinho, que guardou no seio, dirigindo-se em seguida ao bosquete, onde ouviu já de longe sussurrar melodiosamente as folhas da árvore encantada, da qual arrancou um galho.

Munida assim destes dois tesouros, voltou ao pé do altar, agarrou a gaiola, e principiou a descer alegremente a montanha, até encontrar a primeira pedra negra, sobre a qual deitou uma gota da água de ouro. Imediatamente ergueu-se um jovem cavaleiro, que olhou atônito em redor de si, como quem desperta de longo letargo. Parizada, porém, continuou a sua obra salvadora, restituindo a vida a todos quantos haviam caído vítimas dos gênios da montanha, e os libertos formaram formoso cortejo a princesa, montados nos seus garbosos ginetes, que com eles haviam despertado igualmente. Por fim, Parizada ressuscitou seus irmãos Bahman e Pervis, que jubilosos a abraçaram e muito celebraram o seu valor e a sua carinhosa dedicação. Também os outros príncipes e cavaleiros agradeceram ardentemente a Parizada a sua obra salvadora, e ofereceram-se para acompanhá-la até a sua residência. A princesa, porém, lembrou-lhes que mais urgente era correr a consolar a suas famílias, que de certo estariam chorando a sua ausência, e, dando a mão a todos, despediu-se deles e seguiu com Bahman e Pervis para a cabana do dervixe para expressar ao varão venerável a sua gratidão pelos bons serviços que lhes havia prestado.

Os três irmãos encontraram o santo homem reclinado em um banco de relva; pairava-lhe um sorriso nos lábios, sorriso de contentamento, com o qual havia exalado o ultimo suspiro: tinha adormecido para sempre. Comovidos, os príncipes cavaram uma sepultura e enterram o cadáver do Dervixe, e, depois deste ato piedoso, os três irmãos partiram para o seu palácio, com os tesouros que a tanto custo haviam obtido.

Construindo um magnífico tanque de mármore, Parizada deitou nele algumas gotas da água de ouro; imediatamente esta agua cresceu em grandes ondas, e em poucos momentos encheu todo o tanque; do centro erguia-se uma coluna de agua a altura prodigiosa, recaindo em milhões e milhões de fios, brilhando a luz do sol com os diamantes e rubis, e oferecendo a vista um espetáculo tão deslumbrante, que não havia como descrevê-lo.

Perto deste tanque maravilhoso a princesa plantou o galho da árvore harmoniosa; sem demora cresceu este galho, tomou as proporções, de tronco gigantesco, que por sua vez lançou bastas ramificações, cobrindo-se de espessa folhagem. Quando o sopro da brisa passava por entre as folhas, estas emitiam sons maviosos, vozes encantadas como se milhares de campainhas de ouro e prata tocassem em concerto delicioso.

Via a princesa satisfeitos todos os seus desejos, e considerou-se a mulher mais feliz do mundo. Longas horas deleitava-se escutando as meigas harmonias da árvore, contemplando o espetáculo grandioso da fonte, ou conversando com o pássaro, que lhe dava os melhores conselhos, e cantava tão maravilhosamente, que atraia legiões de outros cantores alados, de maneira que o jardim de Parizada se assemelhava a um imenso viveiro.

Um dia o pássaro disse aos príncipes que encilhassem depressa os seus melhores cavalos e fossem a floresta, onde encontrariam aventura importantíssima.

Obedeceram Bahman e Pervis, e quando penetraram nas veredas sombreadas do mato, encontraram o Sultão, que com toda a sua corte saíra a caça. Os dois irmãos apearam-se e prostraram-se para saudar o monarca. Este, quando viu os dois mancebos esplendidamente vestidos e ricamente armados, perguntou-lhes quem eram, e convidou -os a acompanhá-lo. Montaram a cavalo os dois irmãos, e a comitiva continuou o caminho, Bahman ao lado direito, Pervis ao lado esquerdo do Sultão, que muito conversou com os jovens, e, encontrando-os tão instruídos como garbosos, dizia consigo:

– Ah! se eu tivesse filhos assim! Sem suspeitar que eram seus próprios descendentes. Ao cabo de pouco andar alcançaram uma aberta, transformada por milhares de flores variadas em tapete maravilhoso. Decidiu o Sultão que neste ponto ameno se descansasse, e se tomasse o almoço. Cosru-Shah deitou-se a sombra de gigantesco plátano, continuando com os dois irmãos a conversação encetada, enquanto que os funcionários do palácio preparavam a refeição.

De repente ouviu-se no mato formidável ruído; como o trovão, correu uma voz terrível sob as abóbadas da floresta, despertando até os mais longínquos ecos. Momentos depois saíram das brenhas um leão e um urso, e as duas feras terríveis endireitaram para o Sultão. Os palacianos, ao avistarem os animais ferozes, abandonaram tudo e covardemente fugiram em todas as direções. Bahman e Pervis, porém, puxaram de suas boas espadas, e, atacando de frente as duas feras, conseguiram em breve derribar e vencê-los; com estertores horríveis o leão e o urso expiraram quase aos pés do Sultão.

O monarca abraçou com grande efusão os príncipes, que acabavam de salvar-lhe tão valorosamente a vida, e prometeu considerá-los de ora em diante como se fossem seus próprios filhos.

Passado o perigo, os cortesãos voltaram, um tanto cabisbaixos; mas o Sultão, em atenção a grande satisfação que sentia pelo belo procedimento dos príncipes, perdoou aos seus covardes servidores, e, depois de banquetear, regressou com Bahamn e Pervis.

Convidou-os igualmente a acompanhá-lo ao seu paleio; mas, como os irmãos lhe dissessem que tinham uma irmã, que de certo se inquietaria com a sua ausência prolongada, Chosru-Shah combinou com eles que no dia seguinte tornassem a ver-se no mesmo lugar onde se dera o combate com as feras, e deu-lhes três esferas de ouro, para lembrar-lhes a entrevista projetada.

Em seguida o Sultão partiu para o seu palácio, e os príncipes para sua casa, onde referiram, minuciosamente a Parizada tudo quanto lhes havia acontecido. A princesa, profundamente comovida, opinou que deviam consultar o pássaro acerca das consequências que podia ter este encontro com o Sultão.

O pássaro, porém, consultado disse:

– Bem sabia eu que tudo isto havia de acontecer, e posso assegurar-lhes que o resultado final será ainda mais satisfatório. Por enquanto só lhes direi que é mister que Bahman e Pervis procurem o Sultão e o convidem a passar um dia neste castelo.

No dia seguinte os dois irmãos foram a corte para executar o conselho do pássaro. Na sua ausência o pequeno conselheiro chamou Parizada e lhe disse:

– Agora prepara tudo para receber convenientemente o monarca. Recomenda sobre tudo ao cozinheiro que prepare um prato dos pepinos recheados de pérolas.

– Pepinos recheados de pérolas! Exclamou a princesa. Quem poderá comer deste prato?

– Não te preocupes, respondeu o pássaro; faze o que te digo, e não te hás de arrepender. E antes que me esqueça, agregou, pendura a minha gaiola na janela da sala do banquete.

Executou fielmente a princesa todas as prescrições do pássaro, embora lhe parecessem singulares. De noite, quando os irmãos voltaram, e lhe contaram a recepção esplêndida que haviam tido na corte, e como o Sultão prometera passar o dia seguinte no castelo, regozijou-se Parizada da sua obediência, porque já se achava pronto tudo para hospedar digna e brilhantemente o monarca.

Na manhã seguinte, Parizada, Bahman e Pervis revestiram-se dos seus melhores trajos, que valiam verdadeiros tesouros: os dois príncipes, desde que avistaram de longe o Sultão, foram a encontrá-lo, montados em ginetes dignos de reis, e tendo acompanhado respeitosamente Chosru-Shah ao castelo, apresentaram-lhe a sua irmã Parizada.

O Sultão dignou-se a beijar a princesa na fronte e dirigiu-se com os três irmãos a sala do banquete, deixando a sua comitiva nas antecâmaras.

Assim que Chosru-Shah penetrou na sala, ouviu uma voz melodiosa, que lhe disse:

– Sê bem-vindo, comendador dos crentes! Grande alegria te aguarda nesta casa!

Admirado, percorreu o Sultão a sala com a vista; não viu pessoa alguma, só um pássaro descoberto em uma gaiola de ouro.

– Será porventura o pássaro quem falou? Perguntou.

– De certo, Senhor, respondeu Parizada, este passarinho possi o dom da palavra, e fala com muito mais juízo do que muito gente que se preza de sábia. Além disto, canta maravilhosamente.

Aproximou-se o Sultão para contemplar o pássaro; este, porém, disse:

– Nada tenho para alegrar a vista; mas pede a Parizada que te mostre a *água* de *ouro* e a *árvore harmoniosa*, e teus olhos ficarão deslumbrados.

Despertada assim a curiosidade do Sultão, este fez com que Parizada o conduzisse ao jardim, e quando viu os dois prodígios recomendados, confessou que decerto não podia existir coisa mais maravilhosa.

Chegou entretanto a hora do banquete, e o Sultão, acompanhado de Parizada, Bahman e Pervis, sentou se a mesa, que vergava sob o peso da baixela de ouro e prata cinzelada, e dos mais preciosos manjares.

No meio destes apareceram os pepinos recheados de pérolas, e muito admirado ficou Chosru-Shah ao encontrar condimento tão insólito.

Antes, porém, que Parizada pudesse explicar coisa alguma, encarregou-se o pássaro de comentar o prato singular:

– De tão pouco se admira agora, exclamou com a sua voz límpida e bem acentuada, quem há anos engoliu com toda a credulidade a noticia de que sua esposa havia dado a luz a cachorros, gatos e toros de pão!

Atônito, respondeu o Sultão:

– Como não havia de crer as minhas cunhadas que me contaram essas coisas?

– Bem boas tratantes são as tais suas cunhadas, continuou o pássaro, e bem pode mandar enforcá-las, quando voltar a sua corte! E se agora quiser saber dos seus filhos, basta erguer a vista: ei-los todos três em sua presença!

– Meus filhos! Exclamou o Sultão com a voz tremula de emoção; meus filhos, estes jovens encantadores, que atraíram todas as minhas simpatias desde que os vi?

E, estendendo os braços reuniu em terno amplexo os três irmãos, enquanto que lágrimas de ventura lhe sulcavam as faces.

Passados os primeiros momentos de efusão, o pássaro contou minuciosamente tudo quanto havia acontecido a Bahman, Pervis, e Parizada desde o seu nascimento.

– Partamos! Exclamou o Sultão, partamos de pressa, meus filhos, a libertar a sua pobre mãe que tanto sofre e tão injustamente; mas também a castigar as malvadas que tão cruelmente condenaram ao martírio a própria irmã.

Por mais que se apressassem, porém, o Sultão e seus filhos, já haviam sido precedidos pelo pássaro, que espalhou na corte a importante notícia do encontro do soberano com os príncipes. Grande foi o alvoroço, e milhares e milhares de pessoas, com os cortesãos a frente, receberam com grandes aclamações o monarca e os seus filhos na entrada da cidade, e o seguiram até a prisão onde gemia a desventurada Fatima.

Com grande ímpeto abriu o Sultão a porta da gaiola, e, prostrando-se perante a Sultana exclamou:

– Perdoa-me, ó santa mulher, todo o mal que te fiz. Eis-me arrependido e pronto a qualquer penitencia: sabe, porém, que o meu coração está cheio de amor e ternura... e sabe mais, ó minha Fatima, que para apagar a lembrança dos teus sofrimentos aqui te trago os nossos queridos filhos... os filhos das tuas entranhas... os penhores do nosso amor!

Quem poderia descrever o que se passou no peito de Fatima ao apertar em seus braços os seus filhos, tão formosos, tão meigos, e ao ouvir os ternos acentos de seu marido?

Foi uma cena tão comovente, que os milhares de assistentes derramaram lágrimas sentidas... e prorromperam em gritos entusiastas quando acompanharam o Sultão e sua família da prisão ao palácio.

Chosru-Shah mandou imediatamente organizar grandes festas publicas e distribuir valiosas quantias entre o povo.

No meio da alegria, porém, não se esqueceu que tinha um ato de justiça a cumprir.

Reuniu o seu conselho, mandou vir a sua presença as duas irmãs malvadas, e consultou os seus conselheiros acerca do castigo que haviam merecido aquelas duas desalmadas.

O conselho condenou-as a serem atadas a cauda de cavalos selvagens e arrastadas até morrer, e a sentença foi executada sem demora.

Assim pereceram miseravelmente as perversas em castigo dos seus crimes atrozes, enquanto que o céu concedeu a Fatima toda a ventura que podem dar a ternura de um excelente esposos, e o amor de bons filhos, formosos e virtuosos.

ABU E NIUTYN

Vão muitos anos que vivia em Bagdad um homem bem pobre chamado Abu, que apenas ganhava o necessário para matar a fome. Era, porém, honesto e crente em Deus, fugia do pecado e respeitava os mandamentos.

Um dia, vendo que já não podia subsistir, resolveu mudar de lugar, e procurar em outra cidade alguma melhora da sorte. Vendeu os poucos trastes que possuía, e principiou a viagem projetada com um sequim no bolso.

A uma légua da cidade, Abu encontrou outro viajante, com o qual travou conversação, contando-lhe que ia em busca da fortuna, já que esta não o vinha procurar.

– Bem, disse o outro, que se chamava Niutyn, – se quiseres te acompanharei, e faremos bolsa comum.

E entregou a Abu dez sequins, que constituíam a sua fortuna. Com os onze sequins, que então possuíam, os dois viajantes julgaram-se mais ricos que soberanos, e continuaram alegremente o seu caminho.

Um dia, depois de penosa viagem, chegaram as portas de uma grande cidade, onde um pobre pedia esmolas. Abu, obedecendo a voz da comiseração, deu ao mendigo um sequim.

Esta generosidade enfureceu Niutyn, que exclamou:

– Já que estás tão louco de esbanjar a nossa fortuna, podes seguir sozinho o teu caminho; restitue-me o meu dinheiro, que não quero mais saber de ti!

E, arrancando os dez sequins da mão de Abu, afastou-se rapidamente.

O mísero Abu, sem um ceitil, ficou bem triste e abatido, quando desapareceu aquele que já se havia acostumado a considerar como um bom amigo. Entrou numa cidade e foi parar em uma mesquita, onde passou todo o dia e toda a noite erguendo as suas preces ao céu.

Na manhã seguinte a fome obrigou-o a sair a rua, que percorreu esperando que alguma alma caritativa lhe oferecesse uma dádiva; mas ninguém o socorreu espontaneamente, e ele não se animava a mendigar.

De repente viu um escravo abrir uma porta e atirar a via publica restos de comida destinados aos cães. Abu arrojou-se aos ossos e principiou a roê-los vorazmente, com grande espanto do escravo. Em seguida o pobre ajoelhou-se e agradeceu a Allah o socorro que lhe havia enviado. O escravo, porém, correu a referir tudo fielmente ao seu senhor, e como este era um homem caritativo, pegou em dez sequins, e entregou-os ao escravo, ordenando-lhe que os levasse a Abu.

O escravo, ao descer as escadas, ponderou que nove sequins já eram muito bastante para um pobre esfaimado, e meteu o décimo na própria algibeira.

O dono da casa, entretanto, havia chegado a janela donde viu Abu receber o presente, e ouviu seus agradecimentos fervorosos.

Retirou-se o escravo, e Abu, contando as moedas de ouro, exclamou:

– Que coisa singular! Diz o *Alcorão* que o bem feito aos pobres será retribuído dez vezes, e eu só recebo nove sequins pelo sequim que dei ao mendigo. Contudo declaro-me bem satisfeito.

E, metendo as moedas no bolso, quis afastar-se. O amo da casa, porém, que lhe havia ouvido a exclamação, o mandou vir a sua presença, e, tendo-se certificado da subtração do sequim, deu ordem que castigassem severamente o escravo infiel. Em seguida pediu a Abu que lhe contasse a sua vida, e, conhecendo pela narração que o pobre era honesto e piedoso, brindou-o com sua amizade, e mandou que convivesse com ele. Ao cabo de um ano fez o balanço de sua fortuna, e apartou a décima parte dela que deu a Abu, dizendo-lhe:

– Meu amigo e irmão, durante um ano experimentei os teus sentimentos conscienciosamente, e achei-te digno de uma boa sorte. Toma a décima parte dos meus bens, e vai negociar, que hás de ser feliz.

Abu obrou segundo as ordens do seu benfeitor, e um ano depois Allah o havia protegido de tal modo, que era citado entre os mais ricos negociantes da cidade.

Um dia que Abu estava sentada no seu armazém, viu passar um individuo esfarrapado, de aspecto miserável e doentio, e reconheceu o antigo companheiro Niutyn, que pedia esmolas com voz lastimosa. Imediatamente o chamou, fê-lo entrar e lhe perguntou:

– Então, amigo, não me conheces mais?

Niutyn, porém, não podia reconhecer no negociante opulento e bem vestido, o companheiro que havia abandonado na miséria. Abu então revelou-lhe tudo, abraçou-o e mandou-lhe dar comida e roupa, e lhe disse:

– Não penses, amigo, que me esqueci do nosso trato antigo; a metade da minha fortuna é tua.

E no dia seguinte repartiu todos os seus bens com o companheiro infiel, aconselhou-o que estabelecesse também uma casa de negócio, e auxiliou-o em tudo quanto estava ao seu alcance.

Com este procedimento nobre e desinteressado deveria ter granjeado a gratidão de Niutyn; mas este companheiro perverso só cogitava nos meios de pegar o bem com o mal.

Algum tempo depois da partilha, veio ter com Abu, propondolhe que vendessem tudo, e com o produto da venda fossem correr terras, para aumentar mais depressa a sua fortuna.

Resistiu Abu por algum tempo; mas por fim cedeu aos rogos do falso amigo, e depois de terem convertido os seus bens em moedas de ouro, partiram para a cidade de Mussul, afamada pelo seu comércio extenso e importante.

No meio de um deserto, que tinham de atravessar, chegaram a um poço, onde pararam para pernoitar. Soltaram os seus camelos, e Abu disse a Niutyn:

– Vou descer a este poço em busca de água fresca. Ata-me uma corda pela cintura, e baixa-me; depois de eu ter enchido os odres, me puxarás pela corda.

Niutyn que de há muito só cuidava em roubar o amigo e abandoná-lo, alegrou-se com a lembrança de Abu, que tão bem lhe favorecia os planos, e desceu-o ao fundo do poço. Cortou então a corda, e gritou para baixo:

– Fica-te na tua cova, onde hás de morrer! – e montando em seu camelo, tomou o outro pelo cabresto e fugiu, deixando o pobre Abu exposto a triste sorte de morrer de fome.

Abu ficou muito penalizado pela traição do companheiro, ao qual havia mostrado tanta amizade; contudo não o condenou, tratando pelo contrário de desculpá-lo com a ponderação de que a sede do ouro o havia cegado. Ergueu o pensamento a Deus, e preparou-se para morrer como crente fiel.

Quando já as sombras da noite o envolviam, ouviu no poço as vozes de dois gênios que conversavam. Dizia um deles:

– Por fim consegui perturbar o espírito da princesa de Mussul e enlouquecê-la. Assim me vingo do pai dela, que outrora me ofendeu cruelmente. Ninguém pode curá-la, se não a aspergir com essência do fel da terra, em uma sexta-feira, durante o ofício divino na mesquita; é o único remédio, do qual tão facilmente ninguém se há de lembrar.

Disse o outro:

– E eu fui mais feliz ainda; descobri perto de Mussul, no monte Caleb, um tesouro inesgotável de outro e pedras preciosas; só pode dar com ele quem imolar no cume do monte um galo branco e regar o chão com o seu sangue, porque então a terra se abre revelando o que em seu seio esconde. Não tenho medo, porém, pois que ninguém se há de lembrar disto.

Calaram-se os gênios, e pouco depois desapareceram pelos ares. Abu, porém, havia notado tudo quanto disseram, e pediu fervorosamente a Allah que o salvasse.

No dia seguinte, uma grande caravana que ia para Mussul parou no poço para refazer-se de água fresca. Abu ouviu o tropel; gritou por socorro, e foi retirado do poço pelos viajantes, aos quais contou que por descuido havia caído, para não ter de acusar o amigo falso. Foi socorrido pelos negociantes com alimentos, e com eles seguiu a Mussul, onde foi procurar logo o Sultão, e lhe disse:

– Senhor, conheço o meio infalível de curar a tua filha da cruel doença que lhe roubou a razão. Não exijo recompensa; só peço que perdoa a vida ao pobre médico que hoje, por ordem tua, e por não ter podido curar a princesa, deve ser executado, como me contaram no caminho.

Fitou o Sultão severamente Abu e lhe disse:

– E sabe que tu mesmo morrerás se não me curares a filha?

– Não o ignoro, Senhor, – retrucou Abu, – mas não tenho medo. Faz o que pedi e não te hás de arrepender.

O Sultão deu ordem que suspendessem a execução e levou Abu aos seus aposentos, onde tratou com régia hospitalidade.

– Determina, Senhor, – disse Abu, – que na sexta-feira se façam preces na mesquita com assistência da enferma; no mesmo dia ela ficara curada.

Por ordem do Sultão dispôs-se tudo como Abu o havia indicado, e, na hora marcada, o soberano conduziu a princesa ao templo cheio de crentes. Durante a oração Abu tirou do bolso um frasco com essência de fel da terra, e aspergiu de repente o rosto da doente. Ouviu-se ao lado dela um grito estridente; a princesa ergueu a cabeça e reconheceu com clareza de espírito seu pai e sua comitiva; achava-se completamente curada.

O Sultão soltou gritos jubilosos, abraçou a filha e Abu, e estava tão contente, que lágrimas de satisfação lhe correram pelas faces.

Acompanhado pelas aclamações do povo, o soberano dirigiu-se com a princesa e Abu ao palácio, onde perguntou ao salvador de sua filha:

– Como poderei agradecer-te? Pede a metade do meu reino te o darei; pede a minha vida e será tua! Pede o que quiseres, e eu te o concederei.

Abu, porém, nem pediu o reino, nem a vida do Sultão; outros eram os seus desejos, e ele respondeu:

– Visto que queres por força recompensar-me, dá me então a mão de tua filha, que muito amor me despertou.

– Toma a princesa, disse o Sultão, que bem a mereceste.

Abu abraçou e beijou a princesa, e disse ao Sultão:

– Trataste-me como verdadeiro soberano, concedendo-me a mão de tua filha, quando me supunhas pobre e miserável. Amanhã, porém, verás os meus tesouros, e compreenderás que sou mais rico que o mais poderoso rei do mundo. Basta que mandes dar me um galo branco.

Sorriu-se o Sultão, porque já havia sabido que Abu chegara pobre e necessitado com a caravana; contudo mandou fornecer-lhe o galo que pedira.

Na madrugada seguinte Abu partiu com dez camelos para o monte Caleb; imolou o galo, e, tendo-se aberto a terra, penetrou em uma caverna esplêndida, onde encontrou diamantes do tamanho de um ovo de pomba, rubis e outras pedras maiores ainda, e milhares e milhares de barras de ouro. Carregou os seus camelos tanto, que se dobraram sob o peso, e tocou-os para a cidade, entrando no pátio do palácio, onde exclamou:

– Vem, senhor meu sogro, vem ver o que trago. Quando o Sultão viu as grandes riquezas que Abu havia trazido, ficou estático, e prorrompeu depois em exclamações entusiásticas.

– Não é nada, disse Abu; rogo-te que aceites esta bagatela como mimo do teu genro. A mim não me faz falta, porque possuo mil vezes mais do que isto.

Desfez-se o Sultão em agradecimentos, e deu suas ordens para o casamento, que teve lugar no mesmo dia, com grandes festas populares e esplendor nunca visto.

Pouco tempo depois Abu viu da janela do seu palácio um homem maltrapilho, que pedia esmola. Reconhecendo Niutyn, o companheiro traiçoeiro, mandou chamá-lo a sua presença, e lhe disse:

– Aposto que não me reconheces? Pois bem, sou Abu, o companheiro que condenaste a morrer de fome no fundo de um poço. Mas não te quero mal. Tua perversidade me serviu para alcançar grandes honras e riquezas, e casar com uma formosa princesa. Por isso te perdoo, e vou pagar-te o mal com o bem.

Em seguida mandou dar-lhe um verdadeiro banquete, durante o qual lhe contou como surpreendera no poço a conversação dos gênios.

Admitido como comensal no palácio, Niutyn ralava-se de inveja. Um dia lembrou-se que talvez lhe fosse proveitoso assistir a uma das conferencias dos gênios no fundo do poço; quiçá lhe indicassem um meio para desgraçar Abu, sonho predileto daquele miserável.

Deixou o palácio, dirigiu-se ao deserto, e ao cair da noite escondeu-se no poço.

Não tardaram os gênios em comparecer.

Dizia um:

– Irmão, algum astuto nos surpreendeu os segredos, porque a princesa foi curada.

Acrescentou o outro:

– E o meu tesouro foi surripiado. Desconfio deste maldito poço.

– Pois então, entulhemo-lo respondeu o primeiro.

E imediatamente puseram mãos a obra, lançando grandes pedras e terra no poço, enterrando o miserável Niutyn, em paga de suas maldades.

Abu, porém, levou uma vida longa e feliz, em recompensa de suas virtudes acrisoladas.

A PESCA MARAVILHOSA

Era um vez um pescador, que possuía uma choça mesquinha nos arredores de uma grande cidade situada a beira-mar, e para povoar esta misera morada, uma mulher e muitos filhos, que quase constantemente davam grandes cuidados, visto que só podia contar com o produto do seu trabalho, e este muitas vezes era tão escasso, que todos tinham que deitar-se sem ter ceiado.

Contudo o pobre do pescador não desanimava, porque tinha fé em Deus, que veste as flores das campinas, e alimenta os cantores dos ares, e assim mostrava-se piedoso e honesto, sem inveja dos ricos, e sem maldizer da sorte.

Uma madrugada levantou-se, como de costume, de vagar, para não despertar os filhos, agarrou as suas redes, e encaminhou-se para a praia, a fim de pescar. Fez a sua oração, e deitou a rede.

Sentindo grande peso nela, alegrou-se com a ideia de uma pescaria abundante; mas, ao retirar com grandes esforços sua rede das ondas, viu com profundo pesar que o lance apenas consistia em um esqueleto de burro. Zangou-se deveras, e arrojou a ossada ao chão, tendo ainda em cima de concertar a rede que com o peso descomunal, se havia aberto em muitos pontos.

Habilitado novamente para o trabalho, passou ao segundo lance, e ainda desta vez sentiu logo que havia pescado um corpo volumoso.

Novo desengano, porque, em lugar de peixes, só encontrou um cesto velho, cheio de lodo do mar.

Principiou a receiar o pobre do homem que ficaria sem almoço para os seus, porque há tempos havia feito uma promessa de nunca largar a rede mais de quatro vezes em um mesmo dia.

Com estas tristes apreensões encetou o terceiro lance, e percebeu que desta veze a rede se tornara ainda mais pesada que nas outras, e só com esforços imensos conseguiu recolhê-la.

Viu então reluzir aos últimos clarões da lua uma vasilha de latão, grande e volumosa, com forma de garrafa.

– Valha-me isto, disse com um suspiro de alívio. Pelo menos poderei vender este objeto, e com o seu produto alimentar-me mais abundantemente do que com alguns peixes que poderia ter apanhado.

E limpou as suas redes, e dispunha-se a partir para a cidade, quando aos primeiros raios do dia viu que a garrafa estava fechada com um grande selo de chumbo, e que, além disto, era tão pesada, que a sós nunca a poderia transportar.

Ajudando a curiosidade, puxou da faca, cortou o selo, abriu a vasilha, e sacudiu-a tanto quanto estava em suas forças.

Mas nada transbordou do gargalo, e a garrafa parecia vazia.

Enquanto, porém, o pobre do pescador ficava a cogitar no caso estranho, viu de repente, com grande espanto, surgir da vasilha um denso vapor, que se estendia pelo mar e pela praia, e subia pelos ares como neblina cerrada. Pouco a pouco esta neblina se condensou, e tomou a figura de um gigante enorme, que era mais alto do que o mais elevado e o mais poderoso gigante do mundo.

E o seguinte exclamou:

– Salomão! Ó grande Salomão! Basta de castigo! Submeto-me ao teu poder!

O pescador, ao contemplar atônito este espetáculo extraordinário, esteve a ponto de fugir de medo. Mas, refletindo, que por fim de contas era ele quem havia libertado o prisioneiro, cobrou ânimo e disse:

– Não compreendo, amigo, por que chamas por Salomão, que já morreu há muitos anos, e não te pode auxiliar, nem prejudicar-te.

O gigante fitou os olhos chamejantes no pescador, e retorquiu com uma voz retumbante como o trovão:

– Mais respeito, mísero humano, estás falando com um gênio poderoso entre os mais poderosos!

Dizer que não se assustou nem um pouco o pescador quando ouviu a voz possante, seria faltar a verdade. Porém o susto lhe passou depressa, e respondeu desembaraçadamente:

– Homem ou gênio, não tenho medo de ti. Quero que me contes a tua história, em troca de eu ter-te libertado.

O gigantes, porém, contestou:

– A tua morte é inevitável, e não te retirarás desta praia. Assim, o jurei, e assim há de cumprir-se. Serei clemente, contudo, deixando-te a escolha da morta que te deve ferir. E, para que vejas que não posso obrar de outro modo, contar-te-ei a minha história:

"Sou um dos gênios que se rebelaram contra o céu, não querendo reconhecer outro poder mais forte do que o seu. Deus, porém, armou o profeta Salomão de modo que veio a ser mais poderosos do que nós. O profeta enviou os seus servos contra nós e Assal, filho de Barachias, apoderou-se de mim, e conduziu-me aos degraus do trono em que descansava Salomão em toda a sua pompa. Prometeu-me o grande profeta o perdão da minha rebelião, sob condição que reconhecesse o poder de Deus. Eu, porém, alucinado pela pertinácia, não quis sujeitar-me a ninguém. Então Salomão, perdendo a paciência, mandou trazer este frasco de latão, prendeu-me nele, fechou-o com o seu selo, que não tempos o poder de romper, e ordenou que o deitassem no fundo do mar, onde pedi as esperanças de tornar a ver jamais a luz do dia.

"Contudo, fiz a promessa de cobrir de riquezas a quem me soltasse durante o primeiro século. Mas o século se passou, e o momento de soltura não apareceu.

"Então jurei que daria todos os tesouros do mundo ao meu salvador. O segundo século se passou como o primeiro. E pela terceira vez fiz juramento de que elevaria a quem me salvasse a dignidade de rei, e que lhe daria a faculdade de ver realizados três desejos que poderia fazer todos os dias da sua vida. Mas também o terceiro século expirou sem trazer-me alivio.

"Foi quando apoderou-se de mim a fúria, e jurei por todos os poderosos do céu, e pelo rei dos gênios, que mataria o desgraçado que viesse tirar-me da minha triste situação. Bem vês, meu caro pescador, que não posso deixar de matar-te"

Era o caso assustador, e o pobre do pescador já pensava o que seria de sua misera mulher e dos filhos numerosos, se ele viesse a faltar-lhes. Vencer o gigante pela força era coisa impossível. Mas se apelasse a astucia?

– Poderoso gênio, disse depois de um momento de reflexão, pelo que vejo não posso escapar a minha sorte, por cruel que seja. Mas, em nome de Deus, te rogo que ainda me respondas a uma última pergunta.

O gênio, ao ouvir o nome de Deus, encolheu-se todo e pôs-se a tremer; não podendo, porém, resistir ao pedido feito deste modo, fez sinal ao pescador para que falasse.

– Não me posso capacitar de que um corpo gigantesco como o teu tivesse achado lugar nesta vasilha tão pequena. Pregaste-me uma mentira, não é assim?

– Não, respondeu o gênio, falei-te a verdade.

Mas, o pescador insistindo em suas dúvidas, por fim, zangou-se o gigante, e exclamou:

– Para que não possas duvidar mais da veracidade da minha narração, e da extensão do meu poder, vou já a tua vista voltar para dentro da garrafa. Mas prepara-te para morrer logo que tornar a sair.

Disfarçou o pescador um sorriso malicioso, que muito teria dado a pensar ao gigante se o tivesse percebido; mas já estava todo ocupado em fornecer a prova evidente de que realmente podia caber na prisão que dizia ter habitado por tanto séculos.

Principiara por desfazer-se em neblina, que se estendeu por cima do mar e da terra, e chegou a escurecer o sol.

Em seguida o pescador viu penetrar toda esta massa nebulosa no frasco de latão, e ouviu por fim a voz do gênio que gritava do fundo da vasilha:

– Estás convencido agora, humano incrédulo?

– Mais que convencido, – respondeu o pescador agarrando a tampa com o selo de Salomão, e zás! Fechou o frasco, e exclamou cheio de alegria:

E agora, meu mata-sete, estás outra vez na gaiola, e voltas para o mar onde é mais fundo; e contarei a todos os meus colegas a tua história e o teu juramento malvado, de modo que ninguém mais te salvará!

E soltou bem boas gargalhadas à custa do gênio, que tão torpemente havia caído na cilada.

Este, entretanto, fez esforços prodigiosos para sair de sua prisão; mas demasiadamente forte era o selo de Salomão, e não teve remédio senão sujeitar-se. Começou, então, a suplicar e a fazer as mais generosas promessas ao pescador, caso lhe restituísse a liberdade.

O pescador, porém, mostrou-se surdo ás suas suplicas, e já ia rolar o frasco para o mar, para se ver livre de pescaria tão perigosa, quando o gênio exclamou:

– Juro-te por Deus, o soberano de todos os espíritos, que hei de cobrir-te de riquezas se me soltares. Bem sabes que não podemos deixar de cumprir tal juramento.

– Pois bem, disse o pescador, que conhecia a força do juramento proferido, vou abrir a tua prisão.

E efetivamente retirou o selo e a tampa da garrafa, e, momentos depois, o gênio surgiu ao pé dele, e veio agradecer-lhe, tendo o cuidado de atirar ao longe, as ondas do mar, a malfadada vasilha, que já tanto desgosto lhe havia causado.

Ordenou ao pescador que pegasse em sua rede e que os seguisse; e ambos principiaram a caminhar, passando por fora da cidade, por cima de uma alta montanha, e através de uma planície extensa, até que alcançaram um grande lago rodeado de quatro colinas, onde pararam. Muito se admirou o pescador da profundidade do lago, cujas águas eram tão cristalinas, que podia ver-se o fundo do seu leito, e mais cresceu a sua admiração quando viu neste fundo uma grande cidade, com casas e mesquitas, trincheiras e torreões, tudo em perfeito estado. Nas ruas nadavam muitos peixes, entrando e saindo por portas e janelas, como se fossem os legítimos habitantes da maravilhosa cidade aquática. E notou o pescador que só havia peixes de quatro cores: brancos, encarnados, verdes e amarelos.

Depois de ter deixado tempo ao pescador de admirar estas coisas, o gigante disse:

– Aqui deitarás todos os dias a tua rede, mas uma única vez por dia, senão seria a tua desgraça. Em cada lance hás de apanhar quatro peixes, um de cada cor; leva-os ao Sultão, e receberás mais dinheiro do que podes imaginar.

Ditas estas palavras, bateu com o pé no chão; abriu-se a terra, e o gigante sumiu-se nela.

Deitou o pescador a sua rede, e teve a satisfação de ver imediatamente entrar nela os quatro peixes prometidos, que tirou da água, e levou, cheio de alegria, ao Sultão, ao qual disse:

– Trago a V. M. uns peixes como nunca os viu, e que por tão preciosos, só podem ser do meu soberano.

O Sultão admirou os peixes tão raros quão formosos, mandou chamar o seu ministro, ao qual os entregou para fazê-los chegar ao primeiro cozinheiro com ordem de prepará-los dignamente. Ao pescador mandou dar quatrocentos sequins de ouro, ordenando-lhe que reservasse para a sua cozinha todos os peixes desta laia que pudesse apanhar.

O pescador voltou cheio de contentamento à sua pobre cabana, e contou à sua mulher e aos filhos a pescaria maravilhosa que havia feito, e com a qual a miséria para sempre foi banida do seio de sua família.

Nestes comenos o ministro do Sultão levou os peixes ao cozinheiro, e ordenou-lhe que os preparasse segundo apetecia ao soberano.

O cozinheiro imperial, depois de limpá-los convenientemente, deitou-os em uma frigideira, que colocou ao fogo.

Quando, porém, fritos de um lado, os quis voltar, abriu-se de repente a parede da cozinha, e apareceu uma dama formosíssima, vestida magnificamente, e brandindo uma varinha na mão.

Sem prestar atenção ao cozinheiro imperial, que de susto tremia como uma vara verde, a dama encaminhou-se para o fogão, tocou os peixes com a sua varinha, e disse solenemente:

– Peixinhos do lago,

Já sem demora,

As ordens que trago

Cumpram agora!

Ao que os quatro peixes, erguendo a cabeça, responderam:

À tua voz
Obedecer
É para nós
Santo dever!

a tornaram a deitar-se no azeite em que estavam a frigir.

A formosa dama, porém, virou a frigideira com a varinha, caindo os peixes no fogo, e desapareceu.

O cozinheiro imperial havia ficado boquiaberto, não sabendo se estava acordado ou sonhando.

Mas um cheiro de queimado o chamou à realidade, e viu com grande susto que a fritada se convertia em carvão. Que diria o Sultão?

Ao ministro que pouco depois apareceu na cozinha o infeliz contou o que lhe havia acontecido. Admirou-se S. Ex. desta aventura, mas tratou de tranquilizar o cozinheiro, dizendo que mandaria vir outros peixes.

Mas nem sempre os desejos ministeriais acham pronta realização, e o pescador, que o ministro mandara chamar imediatamente, lembrando-se da recomendação do gênio que nunca tentasse em um mesmo dia segundo lance, produziu mil desculpas, prometendo, porém, ao ministro, que não teve remédio senão sujeitar-se, que no dia seguinte ofertaria ao Sultão quatro peixes tão formosos como os primeiros. E assim fez ao romper do dia, e o ministro mandou entregar-lhe quatrocentos sequins de ouro.

O ministro fechou-se na cozinha com o cozinheiro e este preparou os peixes, e deitou-os na frigideira. Quando os quis virar, zás! Abriu-se a parede, apareceu a formosa dama, e disse como da primeira vez:

– Peixinhos do lago,
Já sem demora,
As ordens que trago
Cumpram agora!

Ao que os quatro peixes, conforme havia acontecido na véspera, ergueram a cabeça na frigideira e gritaram em coro:

– À tua voz
Obedecer
É para nós
Santo dever!

E, como no dia anterior, a dama virou a frigideira, e os peixes caíram no fogo, onde ficaram reduzidos a carvão.

O ministro, que havia presenciado tudo, emudeceu de espanto.

Quando recuperou a voz, disse:

– Esta história é tão extraordinária, que a devemos revelar ao nosso soberano, que, se a soubesse por outra pessoa, seria capaz de mandar-nos estrangular.

E correu aos aposentos do Sultão, e contou-lhe tudo.

O soberano não quis crer a narração de seu ministro, e chegou mesmo a chamá-lo de mentiroso; mas, quando este funcionário afiançou a verdade de suas palavras com a sua cabeça, o soberano abrandou-se e resolveu assistir pessoalmente à fritada do dia seguinte.

O Sultão recebeu os peixes da mão do pescador, e, depois de haver-lhe mandado dar quatrocentos sequins de ouro, arranjou no seu próprio aposento, com auxílio do ministro e do cozinheiro, um fogão, limpou e preparou os peixes, e deitou os na frigideira. Quando estavam fritos de um lado, virou-os. Abriu-se uma parede com estrondo, mas desta vez, em lugar da dama formosa, apareceu um homem negro, de feia catadura, que encarou o soberano com pouco respeito, tocou com uma vara os peixes, e disse com voz selvagem:

– A ordem que trago
Cumpram agora!

Os peixes ergueram a cabeça, dizendo:

– Obedecer
Santo dever!

e o feio do homem atirou a frigideira ao fogo, e desapareceu.

O Sultão era valente e bastante perspicaz, apesar da sua dignidade.

Sacudindo a cabeça, disse:

– Aqui há coisa; tragam-me já o pescador, e quando pouco depois o levou à presença do Sultão, este começou logo a indagar da procedência dos peixes, e ficou muito admirado, quando soube da existência de um lago que nunca havia sido visto por habitante algum da capital.

Semelhante mistério, porém, não devia continuar a existir para Sua Majestade, e, não fiando-se muito nas informações que poderia dar-lhe a sua polícia, o Sultão resolveu ir fazer pessoalmente uma excursão até a margem das águas enigmáticas.

Mandou reunir a toda a pressa uma guarda de honra, que se compunha de um verdadeiro exército armado brilhante e poderosamente, e, acompanhado pelo ministro e pelas tropas, seguiu ao toque das bandas marciais o pescador, que sem estorvos o conduziu à beira do lago, onde Sua Majestade, debruçando-se, viu nas profundidades das águas transparentes a cidade submergida e os peixes de quatro cores.

Decidido firmemente a decifrar o enigma, o Sultão mandou a sua gente que acampasse ali, e imediatamente armaram-se mil e mil tendas vistosas, ornadas de galhardetes e estandartes multicores.

Todo o dia levou o Sultão a cavilar sobre a origem deste lago misterioso, do que nunca tivera conhecimento antes da pesca maravilhosa do seu guia; despediu o pescador, depois de havê-lo recompensado generosamente, e à entrada da noite mandou chamar o seu ministro, e lhe disse:

– Não terei mais descanso enquanto não souber como nasceu este lago extraordinário. Com o romper do dia hei de transpor a pé uma destas quatro colinas, e caminhar até encontrar os esclarecimentos apetecidos. Ao meu exército dirás que incômodo passageiro me prende na barraca, e durante a minha ausência governarás no meu lugar, não permitindo que ninguém saia do acampamento sob pena de morte.

Arrojou-se o ministro aos pés do seu soberano, implorando-o que não tentasse sozinho esta aventura; mas o Sultão havia dito, e palavra de rei não volta atrás; vestiu-se simplesmente, cingiu a sua melhor espada, e ao primeiro albor transpôs uma das colinas que cercavam o lago, penetrando em uma planície que cortou durante todo o dia. Por fim descobriu um castelo magnífico, ao qual dirigiu apressadamente os passos, porque a fome já principiava a torturar-lhe o imperial estômago. Alcançando o edifício, o Sultão confessou que nunca vira castelo mais esplêndido.

As paredes eram construídas de mármore preto, brilhantemente brunido, e o teto era todo de prata.

Vendo um portão aberto, encaminhou-se para esta entrada, e bateu, na crença de que algum criado apareceria para levá-lo à presença do dono deste castelo suntuoso.

Mas ninguém acudiu ao seu primeiro chamado, nem ao segundo e terceiro que fizera com mais força.

Então o Sultão, pouco acostumado a esperar, resolveu penetrar na morada misteriosa, de espada em punho. Ressoaram os seus passos nos vastos corredores, sem atrair pessoa alguma.

O Sultão abriu várias portas, percorreu salões imensos recheados de objetos magníficos, de esplêndidas obras de arte, mas nem uma alma viva encontrou.

Por fim chegou a uma sala mais formosa ainda que todas as outras. No meio deste recinto havia uma fonte de mármore, com quatro enorme leões de bronze, que arrojavam pela boca poderosos jatos de água; divãs de púrpura e ouro circundavam a sala, e cortinas maravilhosamente bordadas, temperavam a luz que penetrava pelas altas janelas; era tão fresco e aprazível este salão, que o Sultão deitou-se em um dos divãs para descansar da longa jornada.

Estava a meditar sobre o abandono aparente deste magnífico castelo, quando de repente ouviu uma voz lastimosa e pungente, que devia vir de um aposento contíguo à sala.

O Sultão levantou-se, e, seguindo a direção indicada pela voz, entrou em um recinto que ainda não havia visto.

Neste aposento havia um trono, e nele se achava um moço de extrema formosura.

Uma coroa de ouro, cravejada de pedras preciosas, lhe ornava a fronte; rico manto de púrpura lhe descia dos ombros, e na sua destra via-se um espectro artisticamente trabalhado.

O Sultão aproximou-se do trono e saudou o moço.

Este inclinou a cabeça em agradecimento; mas não se levantou do trono, e disse:

– Quem quer que sejas, não estranhes que não me levante para cortejar-te; chega-te e olha!

E abriu o manto de púrpura.

Grande susto apoderou-se do Sultão, quando viu que só o busto do moço era de carne e osso; todo o resto do corpo era de mármore preto, como o pedestal de uma estátua.

O moço, porém, escondeu o semblante, e chorou lágrimas amargas.

O Sultão, vencido o primeiro instante de espanto, aproximou-se mais ainda do infeliz, abraçou-o e o acompanhou em seu pranto, pedindo-lhe finalmente que lhe contasse a sua história.

– Não é a curiosidade que me move, disse ele compadecido, mas estou resolvido a fazer tudo quanto estiver ao meu alcance para mitigar a tua sorte cruel.

Serenou-se um tanto o semblante do moço; enxugando as suas lágrimas, disse ao Sultão:

– Embora renove assim dores pungentes, vou contar-te tudo, e ouvirás uma história tão extraordinária quão lastimosa.

E pôs-se a contar como segue:

– Era meu pai Mahmud, o rei das quatro Ilhas Negras. Educou-me digno da minha elevada posição, e aprendi tudo quanto podiam ensinar-me os homens mais sábios do nosso reino. Meu pai morreu, e eu segui-lhe no governo, amado pelo povo, porque me esforçava de reinar com brandura e de eliminar todas as arbitrariedades. Casei-me com uma sobrinha minha, que sempre me havia parecido boa e caritativa. Cinco anos vivi feliz com ela, sem ter um único motivo de queixa. Por desgraça minha, tive que fazer então uma viagem, que me prendeu seis meses longe de minha esposa.

Em minha ausência apresentou-se um ancião de aspecto venerável, que disse ser tio de minha mulher, e que queria visitá-la na sua prosperidade.

Minha esposa acolheu bem o ancião, e o tratou com muito carinho, porque sabia fingir-se com e virtuoso, com muito carinho, porque sabia fingir-se bom e virtuoso.

Mas era realmente um mágico, mau e cruel, que queria desonrar-me, e escolhera a minha ausência para suas maquinações tenebrosas.

Um dia minha esposa externou o desejo de saber onde eu me achava, e como estava. Imediatamente o mágico trouxe-lhe um espelho, que mostrava tudo quanto se queria ver, e convidou a rainha, a que dissesse ao refletor o que desejava.

A rainha, sem desconfiança alguma, assim o fez, e o espelho, dócil ao seu mando, mostrou-me, percorrendo em veloz ginete uma formosa planície alegre e contente.

O mágico, seguro do efeito produzido, disse então à minha esposa:

– Não poderia ofertar-lhe este espelho, ainda que quisesse; irremissivelmente voltaria a meu poder; mas posso ensinar-lhe a preparar outro igual.

Aceitou a rainha o oferecimento do velho, e este revelou-lhe os segredos da magia, e, dando-lhe este poder extraordinário, tornou-a insensível para todas as outras coisas.

De boa que era, tornou-se irascível, e a esposa meiga e submissa, transformou-se em mulher ríspida e sombria.

Quando voltei, já era tarde para impedir os progressos do mal; do coração de minha mulher havia desaparecido todo o amor, dando lugar à repugnância e ao ódio.

Muito me afligiu esta descoberta, e compreendi que o autor da malfadada transformação era o velho mágico.

Um dia mandei chamar minha esposa aos meus aposentos, e exortei-a com carinho e amizade a abandonar a vereda reprovada que trilhava, e a banir o mágico de sua presença.

Ela escutou-me em sombrio silêncio, mas recusou-se a fazer o que dela implorava, como esposo.

Zanguei-me então, e ordenei como soberano, ameaçando-a de morte, se me desobedecesse. Assustou-se, e prometeu dobrar-se às minhas ordens, e desde então não vi mais o mágico no palácio.

Passado algum tempo, estava eu deitado em um divã a descansar, enquanto que dois escravos me abanavam para enxotar as moscas. Mantendo-me imóvel e absorto em profundas meditações, os escravos me julgaram adormecido, e um deles disse:

– Se soubesse o nosso bom rei como a rainha o engana! Todas as noites dá-lhe um narcótico que o imobiliza até pela manhã, e em seguida desce ao pavilhão do jardim, onde escondeu o mágico, e pratica com ele suas maquinações infernais.

– Tens razão, disse o outro, mas quem se atreverá a prevenir o Sultão? A mulher diabólica tiraria a vida a qualquer delator.

Fiquei atônito com esta notícia inesperada; fingi, porém, que estava dormindo, mas resolvi matar o mágico, e arrojar minha esposa em uma masmorra, onde nunca mais veria a luz do sol.

De noite recolhi-me ao meu quarto como de costume. Veio também minha mulher e apresentou-me a libação noturna. Tomei a taça e levei-a aos lábios, despejei o conteúdo ao chão, restituí a vasilha vazia, e deixei cair-me entre as almofadas, como adormecendo profundamente.

A rainha contemplou-me um momento, e disse:

– Que bom que nunca mais despertasses.

E com este piedoso desejo saiu do aposento, deixando-me só. Saltei da cama, cobri-me depressa com alguma roupa, agarrei a minha boa espada, e segui as pisadas da mulher traidora, que se havia dirigido ao jardim. Chegando à porta do pavilhão, bateu três palmas, a porta se abriu, e o mágico apareceu. Conservei-me quieto, para conhecer a fundo a falsidade de minha mulher.

Passeavam ambos ao longo de uma sebe de ciprestes; pus-me do outro lado da sebe e acompanhei-os tão de perto, que pude ouvir toda a sua conversação.

Principiou o velho revelando à minha mulher vários arcanos mágicos; em seguida instou com ela para que me matasse, e o colocasse no trono. A rainha não fez grande resistência, e prometeu tirar-me a vida.

Não pude mais dominar a minha ira; saltei a sebe, e de um só golpe abri a cabeça ao mágico, que caiu por morto, banhado em seu negro sangue. Quando, porém, quis agarrar minha mulher, esta murmurou algumas fórmulas mágicas, e descreveu círculos com a sua varinha; em um instante desapareceram a minha capital e o meu povo, debaixo das ondas de lago transparente, onde os meus súditos ficaram transformados em peixes: os muçulmanos de cor branca, os persanos vermelhos; os cristãos azuis, e os judeus amarelos. Eu mesmo fiquei preso neste trono, e não podia fugir, porque da cintura até os pés fora transformado em mármore. Contudo regozijava-se ainda por ter morto o velho ominoso, causador de todos os meus sofrimentos. Mas, ai! De mim. Minha mulher, com o seu poder misterioso, o salvara da morte, não conseguindo, porém, tirá-lo de um estado letárgico em que constantemente permanece, sem poder mover um dedo, nem proferir uma palavra.

Dia por dia vem a rainha com uma disciplina, descobre-me as costas e fustiga-me tão cruelmente, que o sangue me escorre pelo corpo, e as carnes se me convertem em chaga aberta. Surda às minhas súplicas e aos meus gritos, castiga-me até que, de cansaço, não pode mais; então, para zombar de mim, me cobre com a púrpura real, colocando-me na cabeça a coroa, e vai ter com o seu mestre para fazer-lhe companhia, no suntuoso palácio que construiu no jardim por meio dos seus artifícios, e onde o mágico permanece entre a vida e a morte.

Quanto a mim, só poderei ser salvo depois da morte do velho e de minha mulher.

O Sultão, que havia ouvido atentamente a narração do preso, disse carinhosamente:

– Meu pobre amigo, juro-te que dedicarei a minha vida à tarefa de salvar-te. Combinei já um meio, que me parece eficaz, mas que não quero ainda revelar-te para não agitar-te de antemão. Deixa vir a rainha, e principiarei a executar o meu plano.

Pouco depois soaram no corredor os passos da cruel mulher; o Sultão agarrou a sua boa espada, e correu para o jardim; ainda ouviu os gritos lastimosos do pobre preso, que ia sendo fustigado como de costume pelo seu algoz.

O Sultão penetrou no palácio suntuoso, onde jazia no mágico, e cravou no malvado a sua boa espada bem no meio do coração, de modo que morreu instantaneamente.

Em seguida arrastou o cadáver ao jardim, onde o enterrou em uma cova profunda, e voltando para o palácio, deitou-se na cama do justiçado, virando a cara para a parede, à espera da rainha perversa.

Não tardou esta, e, vendo o seu mestre com a cara virada, perguntou-lhe carinhosamente como se achava, naturalmente sem contar com uma resposta.

O Sultão, porém, disfarçando a voz, respondeu com grande espanto da rainha, que se sentia muito mal, e que não havia meio de melhorar, enquanto ela não desfizesse o feitiço que prendia o seu esposo.

A rainha, louca de alegria, por ouvir falar assim o seu mestre, disse:

– Os gritos desse miserável não hão de incomodar-te mais; corro a libertá-lo.

E foi ao aposento onde se achava seu esposo, tocou-o com a vara, borrifou-o com água, e proferiu estas palavras:

– Se nasceste com as formas que ora tens, permanece assim; se não, transforma-te naquilo que eras!

Esta fórmula libertou o rei; o mármore transformou-se em carne e osso, e o monarca sentiu-se tão bem como nos melhores tempos de sua existência.

A rainha, porém, ordenou-lhe que imediatamente deixasse o palácio, e que nunca mais voltasse.

Obedeceu aparentemente o rei, mas foi esconder-se entre os arbustos do jardim, à espera do desfecho ideado pelo Sultão.

Este, entretanto, disse à rainha, logo que esta lhe contou o que acabava de fazer, que muito lhe agradecia esta prova de amizade, e que já se sentia melhor, mas que, contudo, para o seu reestabelecimento completo, era mister restituir ao reino das quatro Ilhas-Negras o seu antigo estado.

A rainha bateu no assoalho com o pé e proferiu uma frase cabalística.

Apenas havia terminado, desapareceu o lago com os peixes de quatro cores, e ostentou-se a cidade em sua forma primitiva, estendendo-se até às portas do palácio; e os peixes que se haviam transformado em turcos, persas, cristãos e judeus, cuidavam de seus negócios, como se nada tivesse havido.

O Sultão havia observado tudo, e quando viu destruído o feitiço, agarrou a sua boa espada, saltou da cama, e, antes que a rainha tivesse tempo de apelar às suas magias, jazia já no chão com a cabeça partida e bem morta.

Tendo assim levado a fim o seu plano bem urdido, o Sultão correu em busca do rei, que o recebeu de braços abertos, chorando lágrimas de alegria e de gratidão.

Entraram no palácio, que formigava de criados e escravos, de esbirros e soldados, de ministros e cortesãos, e tudo estava na melhor ordem possível.

O Sultão disse ao rei:

– É tempo que me vá agora; o meu povo há de estar aflito, porque pensa que estou doente. Amanhã poderei voltar a fazer-te uma visita, e ver se tudo continua bem no teu estado.

O rei deu uma risada, e perguntou:

– Meu caro Sultão, a que distância pensas estar de teu exército?

– Quatro ou cinco léguas, quando muito, porque a pé só gastei um dia para vir do lago até o teu palácio.

– Isto era quando estávamos ainda enfeitiçados. Hoje, para voltares ao teu país, empregarás pelo menos um ano.

– Mas então, disse o Sultão um pouco entristecido, onde estará o meu ministro com o exército, que deixei à beira do lago?

– Se os deixaste à margem do lago, devem estar acampados às portas desta cidade.

Enviou o rei um mensageiro, e este voltou conduzindo o ministro e as tropas do Sultão, que muito se alegraram quando viram que seu soberano estava no gozo de boa saúde.

O rei das Ilhas-Negras ordenou grandes festas em honra do Sultão e do seu exército, e todos banquetearam-se durante uma semana inteira.

Ao cabo de oito dias, porém, o Sultão insistiu em partir. Então o rei mandou preparar cem camelos, carregados de ouro, prata, pérolas e pedras preciosas. Armou um exército de oitenta mil homens, e quando tudo estava pronto, disse ao Sultão:

– Tu me salvaste de todas as mágoas, cumpre-me mostrar-me grato. Rogo-te que aceites estes cem camelos, e me permitas acompanhar-te com o meu exército até às fronteiras dos teus estados.

O Sultão mostrou-me sensível aos amistosos carinhos do rei, aceitou o mimo, e todos partiram, chegando depois de longa jornada aos limites do reino do Sultão, onde os dois amigos se separaram, prometendo visitar-se todos os cinco anos, promessa que religiosamente cumpriram enquanto viveram.

Ao entrar em sua capital, o Sultão foi vivamente aclamado pelo seu povo. Mandou distribuir muitas esmolas, e chamar ao pescador, ao qual deu tantas riquezas, que com muito acerto podia dizer que havia feito *uma pesca maravilhosa.*

SINDBAD O MARUJO

Existia em Bagdad um mariola, que passava a vida miseravelmente, oprimido pelo trabalho e pelas privações.

Um dia de calor sufocante levava nos ombros pesada carga de um extremo da cidade a outro; já havia vencido uma boa distância, quando chegou defronte de uma casa de opulenta aparência, na qual se dava festa ruidosa, a julgar pelo som da música e pelos alegres cantares que passavam pelas janelas abertas. E não era só o ouvido do mariola Iussuf que se achava excitado pelas manifestações festivas: gozava o olfato também os aromas agradáveis de manjares esquisitos e deliciosos.

Parou, pois, Iussuf, descansou sua carga debaixo de uma das janelas abertas, e, dirigindo-se a um criado encostado à porta da entrada, perguntou-lhe quem habitava aquela formosa casa.

Deitou-lhe o criado um olhar desdenhoso e disse-lhe:

– Pouco conheces a cidade, se não sabes que aqui mora Sindbad, o opulento marujo, que cruzou todos os mares do mundo, juntando em suas viagens tesouros incalculáveis.

Era certo que Iussuf já ouvira falar de Sindbad, porque nos corrilhos das ruas muitas coisas se diziam do ricaço, contando-se as aventuras as mais inverossímeis. Agradeceu ao criado, e voltou junto de sua carga, para alçá-la e continuar o seu caminho.

Olhando, porém, os objetos pesados que tinha de transportar, veio a comparar insensivelmente a sua triste com o quinhão brilhante de Sindbad, e grande amargor apoderou-se dele, a ponto de exclamar em voz alta:

– Que diferença entre os destinos dos mortais! Muito me custa a adquirir o miserável pão de cevada para mim e meus filhos, ao passo que Sindbad, o ricaço, pode gastar somas enormes para viver em opulência e alegria, sem preocupar-se do futuro! Porque estou eu condenado à miséria, e como mereceu ele sorte tão feliz? Tenho que estafar-me desde o romper do dia até alta noite, enquanto que ele se deleita sem cessar!

Entregue a estes tristes pensamentos, Iussuf viu aproximar-se um criado, que lhe fez uma grande reverência, e lhe disse:

– Meu amigo, manda-o chamar meu amo; se aceita o seu convite, queira acompanhar-me.

Iussuf, cuja curiosidade, se achava singularmente excitada por este chamado, seguiu o criado, que o guiou, passando por vários formosos aposentos, até a sala de jantar, onde em redor de uma mesa coberta de variadíssimos manjares se achava reunida esplêndida roda de cavaleiros, presidida pelo dono da casa.

Era simpático o aspecto de Sindbad; opulenta barba branca caía-lhe ao peito; despediam os olhos raios benevolentes, e na testa brilhavam-lhe sabedoria e nobreza. Chamou Iussuf ao seu lado, ordenou a um criado que chegasse um assento e trouxesse um talher, e obrigou o mariola a banquetear-se à sua direita. Muito perplexo sentiu-se no primeiro momento o mísero trabalhador em roda tão seleta; vendo, porém, que reinava o maior abandono nesta festa, e que ninguém o olhava com desdém, cobrou ânimo e comeu com grande prazer.

Havendo satisfeito a vontade de comer, ouviu a voz de Sindbad, que lhe perguntava carinhosamente:

– Como te chamas, e quem és, irmão meu?

– Senhor, respondeu o pobre sem hesitar, sou Iussuf, o mariola.

– Muito bem; desejava agora que me repetisses as palavras que há pouco proferiste na rua.

O fato era que Sindbad havia ouvido pela janela aberta a triste exposição do mariola, em consequência do que o havia mandado chamar. Iussuf, porém, sentiu-se muito constrangido ao ouvir o convite de Sindbad e não se animava a falar.

– Não tenhas pejo de tuas palavras, amigo, disse o ricaço; não conhecias os perigos e privações ligados às minhas viagens, e pensaste que eu era um dos felizes mortais que adquiririam fortuna dormindo; assim era fácil magoar-te comparando a tua sorte com a minha. Escuta, porém, quero contar-te o que tive de sofrer antes de chegar a bom porto, e de certo não continuarás a invejar-me. E também vós, meus irmãos, continuou ele, dirigindo-se aos seus convidados, não desgostareis de ouvir a minha história, que encerra bem boas lições.

E, ordenando aos criados que levassem a carga de Iussuf ao destino, começou assim:

– Quando meu pai morreu, era eu jovem de dezoito anos, muito inclinado aos prazeres. Com a herança que me coubera, vivi durante um ano entregue aos deleites, sem lembrar-me do futuro, banqueteando-me francamente com amigos e conhecidos, e não poupando a bolsa que sem cessar se abria. Mas por fim veio a saciedade abrir-me os olhos, e compreendi que podia empregar mais utilmente os restos de minha fortuna, infelizmente já bem reduzida.

Mandei vender os meus trastes, e com o produto comprei um variado sortimento de mercadorias. Consultei alguns negociantes, que haviam sido amigos de meu pai, e todos aconselharam-me que embarcasse e tentasse fortuna em países longínquos. Aceitei o conselho e fui a Balsora, onde encontrei um navio prestes a suspender o ferro; embarquei-me com muitos outros mercadores e partimos. De uma ilha passávamos à outra, e em todas soube aproveitar tão bem o ensejo, que a minha fortuna crescia a olhos vistos, e já podia pensar em voltar a Bagdad e viver tranquilamente dos meus lucros. Um dia chegamos a uma ilha muito grande, que parecia inabitada. Só se viam na praia algumas árvores carregadas de frutos. Como há muito não pisávamos em terra firme, despertou-se-nos a vontade de desembarcar e de comer daqueles frutos, que tão deliciosamente se nos mostravam. Deitou-se o ferro, armou-se um escaler, e fui à terra com alguns dos meus companheiros. Cansado do passeio na praia, sentei-me à margem de um regato cristalino, puxei das provisões e pus-me a comer. Enquanto os meus companheiros corriam de um lado a outro, colhendo flores e apanhando frutas, senti-me preso de grande cansaço, e de repente adormeci. Durante meu sono sem dúvida haviam dado do navio os sinais de partida; os meus companheiros se haviam embarcado sem dar por falta de mim; quando acordei não vi mais ninguém. Pus-me a gritar; mas, aterrorizado, vi o nosso navio afastar-se à força de velas e desaparecer no horizonte. E com ele se foi a minha última esperança de salvação. Consternado, atirei-me ao chão, arranquei os cabelos e rasguei a roupa! Por fim desmaiei de desespero. Quando tornei a mim, recuperei um pouco de ânimo, e resolvi dar algum passo para melhorar de situação. Trepei em uma árvore para ver ao longe, mas não descobri vestígio algum de habitantes humanos. Bem ao longe, entretanto, vi uma coisa branca, que eu não podia explicar; desci do pau para examinar aquele objeto de mais perto. Quando aproximei-me, vi que era uma espécie de bola branca, que podia ter de circunferência, pelo menos, uns sessenta pés, e parecia feita de uma massa calcárea. Ainda estava cogitando no que vinha a ser, quando de repente o céu toldou-se; uma nuvem imensa vinha voando em direção a mim, que achava-me perto da bola. Por fim descobri que aquela nuvem era o pássaro monstro que os marítimos chamam *Roca,* e a bola devia ser um ovo do mesmo. E com efeito, assim era. Depressa agachei-me a um lado do ovo; desceu o pássaro e cobriu com seu corpo gigantesco o meu esconderijo. Ao alcance da minha mão achava-se a sua perna direita, que era mais grossa que o tronco de um carvalho secular. Permaneci bem quieto, ousando apenas respirar, porque o caso não era de brinquedo; se o *Roca* me descobrisse, ter-me-ia engolido como um galo engole um grão de milho. Não se preocupou, porém, de minha pessoa; e serenando um pouco o meu ânimo, veio-me uma ideia singular. Se me atasse ao pé do *Roca*, talvez este me levasse pelos ares até o continente? Desde logo assustei-me deste pensamento atrevido; mas a tentação crescia de momento a momento; a execução foi-se-me afigurando muito fácil, e por fim de contas só podia perder a vida, perigo que corria também na ilha. Resolvi então pôr mão à obra. Desenleei o longo chale que trazia na cintura, atei-o com grande precaução na perna do pássaro e depois ao redor do meu corpo. Era este chale de um tecido muito forte; não havia perigo de romper-se; contudo esperei ansiosamente a manhã. Rompeu o dia e acordou-se o *Roca;* limpou as penas, e de repente subiu, voando até à região das nuvens, e eu pendurado a uma de suas pernas, sem ele dar pela coisa, porque é tão forte este pássaro, que de uma vez pode suspender dois elefantes. Navegava eu, pois, no mar etéreo, e sentia calafrios quando olhava para o abismo; pouco a pouco, porém, familiarizei-me com a situação e comecei a achar gosto na viagem, que ia por cima de montes e vales, de terras e mares, com rapidez vertiginosa.

Afinal principiamos a descer tão repentinamente que quase sufoquei; sentindo, porém, terra, desatei depressa o meu chale, e acertadamente andei, pois que o pássaro Roca, depois de agarrar uma cobra gigantesca, com ela tornou a elevar-se aos ares. Dei então graças a Allah, pus-me de pé e deitei os olhos ao redor de mim. Pouco consoladora foi a descoberta que fiz de achar-me em um vale profundo, cercado por todos os lados de rochedos empinados, sem vestígio de senda alguma pela qual pudesse salvar-me. Contudo, não desanimei: acabava de escapar tão milagrosamente de perigo tamanho, que não duvidei um só momento da minha boa estrela.

Dei em caminhar pelo vale, e vi por todos os lados pedras e pedrinhas pontiagudas e mui brilhantes. Levantei uma destas pedras, e, olhando-a com atenção, reconheci um brilhante da água mais pura. Soltei gritos jubilosos, porque compreendi que me achava no célebre vale das pedras preciosas, e que não podia deixar de ser salvo pelos mercadores que costumavam vir explorar esta mina a céu aberto, por um meio bem engenhoso. Levam tropas de bois à beira do abismo; aí matam as rezes e atiram os pedaços ao fundo do vale, onde muitas das pedras precisosas penetram na carne fresca. Grande número de águias, que habitam os pincaros dos rochedos, se atiram à carne, que suspendem nas garras para levá-la aos seus ninhos. Quando os mercadores veem reaparecer as águias com a sua presa, soltam grande gritaria, e agitam matracas, assustando os pássaros, que deixam cair a carne e com ela os diamantes que são recolhidos pelos mercadores. Neste ardil baseava a esperança de salvar-me. Entretanto, era mister descobrir um abrigo para a noite, porque o vale era habitado por grande número de serpentes enormes, que só depois de escurecer saem das suas tocas, porque de dia têm medo do pássaro Roca. Procurei e achei uma pequena gruta, na qual cabia justamente o meu corpo; agasalhei-me, restaurei-me com os víveres que ainda tinha no bornal, e ao cair da noite tranquei a entrada do meu abrigo com uma pedra grande, prevenção bem indicada, porque não tardou que uma serpente gigantesca metesse o focinho entre as frestas das rochas que me protegiam. Quando senti o hálito empestado do réptil, puxei da faca e dei tão valente talho na cabeça do agressor, que apressadamente bateu em retirada. Por fim surgiu o sol e seus raios afugentaram as serpentes. Saí da minha gruta e juntei no meu lenço uma coleção seleta dos mais formosos brilhantes, e aguardei os acontecimentos.

Passado algum tempo, vi aparecer no cume das montanhas vários homens, que, por causa da grande altura em que se achavam, pareciam pigmeus, e imediatamente ouvi cair grande pedaços de carne no vale.

Corri a um dos pedaços maiores, alcei-o e atei-o com o meu chale nas costas, deitando-me depois de bruços no chão, onde permaneci silencioso, guardando no seio as minhas pedras preciosas. Daí a pouco ouvi o sussurro das asas e os gritos rouquenhos das águias que se atiravam à carne. Uma das maiores suspendeu-me nas garras e rapidamente levou-me ao cume da montanha, e diretamente ao seu ninho, apesar dos gritos proferidos pelos mercadores. Um destes, porém, não querendo perder as pedras, que a águia havia trazido junto com a carne, pôs-se a trepar pelos rochedos e penetrou no ninho da ave de rapina, onde com grande espanto descobriu uma cara humana.

– Vieste para roubar as pedras, que de direito me pertencem? Exclamou o homem quando me viu.

– Engana-se muito, amigo meu, respondi-lhe; ajude-me a sair desta situação, dar-lhe-ei pedras como nunca viu!

O mercador auxiliou-me, e em poucos momentos nos achamos na roda dos outros, onde contei as minhas aventuras, que causaram espanto geral.

Ofereci, depois, ao meu salvador o lenço com os meus diamantes para que escolhesse os que fossem do se agrado. O bom do homem, porém, contentou-se com um só, e mostrou que, apesar de modesto, sabia escolher bem, porque esta pedra dava-lhe para viver até o fim da existência farta e opulentamente.

Logo que os mercadores fizeram a sua colheita e esgotaram a sua provisão de carne, principiamos a retirada, percorrendo grandes florestas e elevadas serranias, combatendo animais ferozes, e correndo muitos outros perigos antes de alcançar o torrão natal dos mercadores, sendo, porém, tão felizes, que nenhum de nós perdeu a vida. Permaneci por algum tempo na terra dos meus amigos ; depois embarquei-me com os meus bens em um navio que seguia para Balsora; tive rápida e boa viagem, e voltei a Bagdad, onde vivi mais de um ano tranquilo e feliz, distribuindo parte das minhas riquezas aos pobres, e do que me sobrava poderia ter levado durante duzentos anos uma existência magnífica e deslumbrante. Terminou assim a minha primeira viagem, e has de confessar, Iussuf, que bastante trabalho me custou a fortuna que durante essa excursão adquirira.

Calou-se Sindbad e levantou-se da mesa. Mandou dar cem sequins ao mariola, e convidou-o para ouvir no dia seguinte a narração da segunda viagem.

No outro dia, no banquete de Sindbad, coube ainda o lugar de honra a Iussuf, já bem vestido, graças ao mimo do anfitrião. Depois da comida Sindbad continuou a narração das suas aventuras do modo seguinte:

– Cedo cansei-me da vida inativa, e de novo senti-me devorado pela sede de viajar. Coloquei parte da minha fortuna em bens de raiz, e converti o resto em mercadorias, com as quais embarquei-me junto com muitos outros negociantes. Durante o primeiro tempo a viagem foi feliz em todos os sentidos; em qualquer parte onde aportávamos, fiz ótimos negócios, e já podíamos cuidar da volta, quando em alto mar nos assaltou a tempestade tão horrível, que julgávamos haver chegado o último momento de nossa existência. Graças à perícia do comandante, porém, lutamos vitoriosamente contra os elementos, e, quando cessou o mau tempo, ancoramos entre duas ilhas, para reparar as avarias que havíamos sofrido. Mal estava seguro o ferro no fundo do mar, quando vimos em uma das ilhas grande movimento, parecido com o remeximento de um imenso formigueiro. Chamada a atenção do comandante, mostrou este o rosto transtornado.

– Ai de nós! disse, viemos dar entre as ilhas dos anões e dos gigantes. Aquele grande movimento é produzido pelos anões que já nos descobriram, e não tardarão em visitar-nos. Cuidado em não ofender algum deles; ficaríamos perdidos sem dúvida alguma. Quanto às nossas mercadorias, desde já podemos dizer-lhes adeus!

Enquanto o capitão assim falava, a horda felpuda dos anões atirou-se a nado, escalou o nosso navio como um vendaval, e, sem ligar-nos a menos importância, desceu aos porões onde se achavam as nossas cargas.

Ao voltar, traziam cara alegre, porque a riqueza dos nossos bens os havia posto de bom humor; não obstante, os anões atiraram-se primeiro à tripulação, e depois à nós, e com uma agilidade incrível nos arrojaram todos ao mar.

Que havíamos de fazer? Nadamos em direção à ilha dos gigantes, e, alcançando felizmente a praia, que não demorava longe, nos sacudimos como rafeiros molhados, não podendo deixar de rir do modo expedito com o qual os anões ladrões nos haviam despachado do navio. E contudo a nossa situação não era para risadas.

Os anões cortaram as amarras, conduziram o navio à sua ilha, e vimos ainda com que avidez desembarcavam as nossas mercadorias. Em seguida nos dirigimos ao interior da ilha, em busca de socorro, visto que nos achávamos completamente desprovidos de víveres. Ao galgar uma eminência, vimos à pouca distância uma casa de proporções tão enormes, que logo coligimos que devia ser a habitação de um dos gigantes povoadores da ilha. Assaltou-nos o susto; mas que havíamos de fazer? Perdidos por perdidos, sempre valia a pena tentar a fortuna. Dirigimos os passos àquela casa e entramos por uma porta tão alta que por ela o mastro principal do nosso navio podia ter passado. Tudo no interior da casa guardava as mesmas proporções, e horripilados pensamos no monstro que devia habitar ali. Por enquanto, porém, achava-se ausente, e com grande apetite caímos em uns pratos de assados e guisados que encontramos na cozinha.

Mal havíamos saciado a fome, quando ouvimos no exterior um ruído parecido com com o ribombar do trovão. Um de nós saiu para indagar do tempo, mas voltou logo tremendo de susto:

– É o gigante que chega, e aquilo que pensávamos ser o trovão apenas era um espirro do monstro!

Apoderou-se de nós verdadeiro terror, e nos escondemos todos debaixo do fogão, esperando que o gigante não desse com o nosso esconderijo. Chegados uns aos outros, e mal nos atrevendo a respirar, ouvimos os passos tremendos do gigante, que se dirigia à cozinha. Era realmente um gigante, e dos mais altos, porque uma torre de igreja comparada com ele pareceria um pigmeu. O cabelo cor de fogo eriçava-se-lhe na cabeça como barras de ferro candente; no meio da testa um olho do tamanho de um prato reluzia como uma brasa; as orelhas, como as do elefante, lhe caíam nos ombros, e os dentes saíam-lhe da boca como as defesas do javali. Era um monstro horripilante. Quando penetrou na cozinha, atirou-se ao assado; mas, vendo-o desfalcado, berrou com voz aterradora:

– Quem comeu minha carne?!

Ardia como um cometa o olho do gigante, e volvendo-se em sua órbita, parecia despedir fogo.

Quase morremos de susto no nosso esconderijo. Durante alguns momentos o gigante percorreu a casa em procura do ladrão da carne; mas, como não o encontrasse, voltou para a cozinha e pôs-se a resmungar. De repente, alçou o nariz, que se assemelhava à tromba do elefante, e disse:

– Está me cheirando à carne humana!

Fulminou-nos esta palavra, porque compreendemos que já não podíamos escapar; e, com efeito, o gigante dirigiu-se ao fogão, abaixou-se, e descobriu-nos transidos de terror e desespero.

– Olá! disse o gigante, estão aí meus ladrões da cozinha? Agora verão como lhes arranjo as contas.

E puxou-nos um após o outro, do nosso esconderijo, meteu-nos em uma grande gaiola pendurada na parede, fechou a porta, e disse:

– Hoje comeram o meu assado; amanhã hei de comê-los assados.

E foi-se embora.

Passamos toda a noite tremendo de medo. Chegou a manhã e com ela o gigante. Abriu a porta da gaiola, e tirou-nos para fora; éramos uns quarenta, entre todos, e passou-nos revista. Não lhe agradou o nosso aspecto.

– Coisas ruins! Disse zangado; é preciso cevá-los, porque assim ninguém os pode comer.

Por fim caiu-lhe nas mãos o nosso comandante, que era gordo e obeso. Alçou-o com dois dedos, e rasgando a boca em horrível risada, disse:

– Vá lá este bocado aceitável!

E agarrando um espeto do tamanho de uma lança de carruagem, enfiou o pobre do capitão, apesar de seus gritos lamentáveis.

Em seguida o gigante atiçou um grande fogo, assou o capitão, segundo todas as regras da arte, regando-o frequentemente com manteiga, até que estava bem tostado; depois tirou-o do fogo, deixou esfriá-lo um pouco, e devorou-o com couro e cabelo. Não sobrou nem um ossinho, e na cara do gigante lia-se o prazer que lhe havia causado este assado.

Virando-se para nós, tristes testemunhas de cena tão horrível, o gigante disse:

– Agora vou passear, e só de noite voltarei. Se não os achar aqui, hei de procurá-los e quebrar-lhes os ossos. Fugir não podem, porque o mar nos cerca de todos os lados.

E, ameaçando-nos com o punho, saiu, e em breve o perdemos de vista.

Quando nos vimos sós, os primeiros momentos foram dedicados às lamentações que nos arrancavam a triste sorte do capitão e a perspectiva de nosso próprio destino. Eu, porém, recuperei pronto o ânimo, e disse:

– Meus companheiros, devemos armar-nos de coragem, tratar de aniquilar o nosso inimigo, e escapar de suas garras. Eis aqui um projeto, que pode salvar-nos. Desde já vamos aproveitar o tempo para construir umas jangadas com as ferramentas que aqui se acham.

De noite, quando o gigante estiver dormindo, aqueceremos este espeto, e furaremos o único olho do monstro. Assim ele não poderá perseguir-nos, e embarcaremos na jangada. Mais vale afrontar o mar, do que ficarmos expostos à sanha do gigante.

Todos aplaudiram o meu projeto; corremos à praia e trabalhamos tanto que o suor nos corria em grossas bagas; mas tivemos a satisfação de ver pronta a nossa jangada antes do cair da noite. Escondemo-la entre a vegetação, e fomos meter-nos debaixo do fogão, fingindo-nos adormecidos.

Chegou o gigante, e, vendo-nos tão quietos, disse:

– Deixá-los descansar, se não hão de emagrecer ainda mais.

E, atirando-se com grande ruído na cama, em breve roncou com tal estrondo, que parecia um temporal.

Neste momento propício saímos do nosso esconderijo; pondo o espeto em um bom fogo, aquecemo-lo à grande temperatura; depois, ajudado por um companheiro, levei o espeto para junto da cama, e zás! Finquei-o no olho do gigante. Água e sangue respingaram em nós, e a dor foi tão horrível, que o gigante uivou de um modo aterrador; mas estava cego, e não podia mais prejudicar-nos. Corremos à praia, embarcamos alguns víveres e ferramentas, e soltamos a jangada, que bem depressa obedeceu às velas e ao leme, singrando o mar. Ainda de longe ouvíamos os berros do gigante; vimo-lo também chegar à praia e arremessar ao acaso grandes pedras, mas nada mais devíamos temer do seu furor. Navegávamos algum tempo à mercê de Deus, e o céu ouviu as nossas preces, porque no terceiro dia descobrimos terra. Era uma praia coberta de árvores frutíferas, onde aportamos, e, quase loucos de alegria, nos abraçamos e nos felicitamos pela nossa salvação.

Explorando depois o lugar, vimos que era uma ilha, muito abundante de frutas, e, embora compreendêssemos a dificuldade de voltarmos à nossa pátria, pelo menos tínhamos a certeza de não morrer de fome. Fizemos algumas excursões para procurar um bom abrigo para a noite, e demos com uma gruta, cuja entrada era diminuta, mas que no interior formava uma bela sala bem enxuta. Quando veio a noite, entramos na gruta e fechamos a entrada com uma laje pesada, entregando-nos às doçuras do sono.

Fui despertado por um ruído singular, que parecia produzido por lâminas de metal entrechocadas. Levantei-me, e, indo espiar por uma fresta da entrada, vi uma serpente gigantesca, medindo bem noventa e um metros, e da grossura de uma árvore secular. O réptil, ao mover-se, agitava as escamas do seu corpo, que originavam o ruído de que falei; veio farejar a entrada da gruta, deitando um hálito pestífero, que quase me sufocava. Vendo que não podia entrar, a serpente empinou-se e pendurou-se com a cauda à uma palmeira, onde se embalou por algum tempo. De repente veio a passar um grande elefante; a serpente lançou-se ao quadrúpede, enleou-o e apertou-o de tal modo, que quebrou-lhe todos os ossos; depois cobriu-o com a sua baba, e assim, convenientemente preparado, principiou a engolir o elefante, a começar pelas mãos, e tragou-o todo. Depois desta refeição, caiu em um torpor semelhante à morte. Então despertei os meus companheiros, contei-lhes o que acabava de presenciar, e corremos todos com os nossos machados para dar cabo da serpente. Custou muito o ferro penetrar nas escamas, mas por fim conseguimos separar a cabeça do tronco, matando assim o único bicho pernicioso que encerrava a ilha, como depois verificamos.

Passamos bem seis meses nesta ilha, e já nos íamos familiarizando com a ideia de concluir ali a nossa vida, quando um dia avistei ao longe uma nuvenzinha branca, que, ao aproximar-se, distingui ser a vela de uma embarcação.

– Um navio!

Este grito mágico reuniu depressa os companheiros na praia; fizemos um grande fogo de lenha verde, para produzir muita fumaça, e o nosso sinal foi visto de bordo, porque o navio tomou a direção da ilha, e pouco depois o capitão chegou com um escaler à praia. Passados os primeiros momentos de entusiasmo, contamos as nossas aventuras ao comandante, que se declarou pronto a receber-nos a seu bordo, e maior ainda foi a nossa alegria, quando soubemos que seguia para Balsora.

Ao cabo de algumas semanas, chegamos ao porto, sempre bem tratados pelo capitão hospitaleiro, que nem sequer quis aceitar os nossos agradecimentos. Separei-me então dos meus companheiros, que nunca mais tornei a ver, e, demorando-me alguns dias em Balsora, descendo uma vez ao porto, vi descarregar um grande navio, cujo comandante estava na praia recebendo os volumes, e ditando os nomes dos proprietários a um caixeiro. De repente ouvi pronunciar o meu nome, e, encarando bem o comandante, reconheci nele o capitão do navio que, em minha primeira viagem, me havia deixado na ilha deserta, da qual me salvara o pássaro Roca. Quis experimentar a honestidade do homem;

aproximei-me e perguntei quem era o tal Sindbad a quem pertenciam tantos volumes e caixões.

– Ah! meu senhor, respondeu o marítimo, estas fazendas pertencem a um negociante, que há tempos deixou-se ficar em uma ilha inabitada, onde provavelmente morreu. Quando conheci que não havia voltado com os companheiros, já era tarde; não podia voltar, porque ventos e correntes de mar se opunham a isto. Só tempos depois pude aportar naquela ilha, e conheci então que o meu passageiro havia desaparecido sem deixar vestígio. Arrecadei as suas mercadorias, e vou indagar dos parentes de Sindbad para entregar-lhe-as.

Vi que o capitão era homem de bem, e lhe perguntei:

– Mas, deveras, não me reconhece?

Fitou-me o marítimo atentamente, como quem quer recordar-se; bastante havia mudado desde a minha primeira viagem, de modo que só depois de algum tempo o homem exclamou:

– Sindbad, Sindbad, o perdido!

E abraçou-me cordialmente, derramando lágrimas de alegria, porque, dizia ele, sempre arguia-me como culpado de sua morte, e muito me alegro ficar agora exonerado dessas acusações."

E levou-me à sua casa, onde me ofereceu a mais sincera hospitalidade, restituindo-me todas as minhas mercadorias. Separamo-nos como bons amigos, e voltei a Bagdad ainda mais rico que da primeira vez.

Termina aqui a minha segunda viagem; amanhã contar-lhes-ei a terceira, se for isto do seu gosto.

Mandou dar outra vez a Iussuf cem sequins, e o mariola retirou-se satisfeitíssimo, e ansioso para conhecer o resto das aventuras do marujo.

No dia seguinte Sindbad continuou nestes termos:

– Apesar dos perigos que havia encontrado em minhas viagens, não pude acostumar-me à vida sedentária: todos os prazeres causavam-me tédio, e por fim tornei a comprar grande sortimento de mercadorias, com as quais me embarquei em um porto da Pérsia, porque já desconfiava de Balsora como ponto de partida malfadado. Saiu-me pior a emenda que o soneto, pois que esta terceira viagem foi ainda mais trabalhosa do que as primeiras. Não foi má, ao começar; bom tempo e ventos favoráveis amenizaram-nos os primeiros dias; mas, de repente, desencadeou-se uma tormenta horripilante, que em poucos momentos nos levou todas as velas, destroçou o leme, e atirou com o nosso navio, ora para o ar, ora para abismos profundos. Lutaram heroicamente o comandante e a tripulação; mas que podiam fazer contra os elementos enfurecidos? Uma onda mais encapelada que as outras alçou o navio, e, ao retirar-se, fê-lo cair em um rochedo, onde completamente se despedaçou. Eu, e alguns dos meus companheiros, pudemos agarrar-nos nos destroços da embarcação, e com eles fomos arrojados a uma praia, onde por bastante tempo caímos desanimados.

Já era noite, quando recuperamos os sentidos, e com eles despertaram-se as exigências do estômago. Aos parcos clarões do crepúsculo, debaixo das árvores da praia, colhemos algumas frutas de amargo sabor, com as quais ceamos, mal e minguadamente, e depois nos estendemos ao chão, onde dormimos até o romper do dia, sem maiores incômodos ou moléstias.

Despertados pelos raios do sol, deliberamos sobre o que devíamos fazer, e, como vários de nós opinassem que seria acertado explorar o interior da ilha em busca de habitações humanas, dirigimos os passos a uma eminência, donde descobrimos bom número de choupanas, cujos tetos redondos como cúpulas se erguiam à pouca altura do chão. Encaminhando-nos para este grupo de casinholas, veio-nos ao encontro um bando de negros, que nos acolheu com gestos amistosos; mal, porém, estavam perto de nós, nos rodearam, e, caindo-nos em cima com grande algazarra, ataram-nos as mãos nas costas, e tocaram-nos para as suas habitações, onde fomos repartidos entre os nossos agressores.

Coubemos, eu e alguns dos meus companheiros, a um negro alto e mal encarado, que nos levou à sua cabana, ameaçando-nos de morte, se intentássemos fugir.

Perguntou-nos se tínhamos fome, e, ao ouvir nossa afirmativa, foi buscar uma braçada de ervas, que nos atirou aos pés. Repugnou-me tanto esta comida, que não imitei o exemplo dos meus camaradas, que se haviam arrojado a comer como desesperados, e bem acertado andei, porque aqueles infelizes enlouqueceram, e puseram-se a dançar com gestos desordenados e gritos espantosos. O nosso algoz, satisfeito de haver logrado o seu intento, forneceu-lhes então comidas suculentas, para engordá-los depressa, e quando os desgraçados, que não faziam senão beber e comer, quase se afogavam na gordura, o negro desalmado puxou da faca, matou-os um após o outro, e, manipulando-os como cevados, assou parte de suas carnes, fazendo do resto linguiças, presuntos e mantas de toucinho, que pendurou na fumaça da sua chaminé. Quanto a mim, que havia conservado a razão, e com ela o meu corpo habitual, escapei à sanha do antropófago, porque pouco o tentava a minha magreza. Gozei de uma liberdade relativa, podendo ausentar-me às vezes dias inteiros, sem despertar desconfianças. Aproveitei-me desta circunstância para estabelecer, às escondidas, depósitos de víveres, suficientes para uma excursão de quinze dias. Receando, porém, a perseguição dos canibais, diferi a minha partida para ocasião segura.

Não tardou esta em aparecer. Provocados por um vizinho inimigo, partiram todos os guerreiros da nossa aldeia, ficando só as mulheres, as crianças e os velhos decrépitos.

Deixei passar algumas horas depois da partida dos homens, apoderei-me do melhor cavalo do meu algoz, e, recolhendo os meus mantimentos, saí galopando do lugar, apesar dos gritos de raiva e espanto das mulheres, que não me podiam vedar a fuga.

Corri até de noite.

Vendo então o meu cavalo cair de cansaço, penetrei em um bosque onde pernoitei bastante inquieto, pois que a cada momento julgava ouvir ruídos provenientes de perseguidores.

No dia seguinte continuei a viagem, e assim por diante, dez dias seguidos, até que alcancei a beira do mar, onde encontrei grande número de homens brancos, ocupados em recolher pimenta e outras especiarias abundantes neste lugar. Acolheram-me muito bem, tratando-me com generosa hospitalidade, e grande foi a sua admiração quando ouviram a fiel narração das minhas aventuras.

Um mês depois da minha chegada, achou-se concluída a colheita; todos os navios estavam carregados, e partimos para a pátria dos meus amigos, onde chegamos sem estorvos ao cabo de alguns dias. Apresentado ao rei, fui recebido graciosamente, e entrei pronto em sua privança, graças às histórias que sabia contar, e que o rei remunerava generosamente, de modo que pude refazer-me de roupa e aparecer decentemente.

Notei em breve que o rei e os seus cortesãos, e mesmo todo o povo, montavam a cavalo sem selins e estribos.

Indaguei do motivo; mas o monarca nem sequer percebeu-me o sentido da pergunta, porque não tinha ideia do que poderia ser um selim.

Pus-me então a fabricar meus arreios, do melhor modo possível, e ofereci o meu artefato ao rei, que ficou encantado depois de haver cavalgado o seu ginete ajaezado desta nova fórmula. Concedeu-me o título de conselheiro, e encarregou-me de montar uma oficina em grande escala, para fornecer selins a todo o seu exército, e finalmente ao povo inteiro. Naturalmente ganhei muito dinheiro nesta comissão, e o favor do rei foi crescendo até dar-me em casamento a uma das suas sobrinhas, moça formosa e de grandes virtudes. Assim dispunha de honras, fortuna e ventura do lar, e poderia ter vivido bem satisfeito, se fossem as saudades de Bagdad que me atormentavam. Não podia esquecer-me da pátria, e formei o projeto de aproveitar o primeiro ensejo feliz para a ela voltar.

Neste comenos morreu a mulher de um vizinho meu, com o qual entretinha relações de amizade. Fui visitar o viúvo, e para consolá-lo lhe disse:

– A paz esteja contigo, e Allah te proteja concedendo-te longa vida.

– Ai de mim! Replicou o homem, estão contados os meus dias, e só me é dado respirar até amanhã.

Como atribuísse estas palavras estranhas a algum transtorno mental causado pela morte da mulher, e tratasse de apaziguar o meu amigo, este tornou a afirmar-me que morreria no dia seguinte, porque, dizia ele, neste país quando morre o marido, enterra-se com ele a mulher viva, e vice-versa. Amanhã hão de conduzir o cadáver da minha mulher à montanha da Morte e descê-lo, junto comigo, à grande sepultura que tudo devora em suas profundidades.

E o mísero soltou os seus lamentos e despedaçou a sua roupa. Eu, porém, assustei-me grandemente com esta revelação inesperada; fui ter com o rei, e indaguei se os estrangeiros eram também sujeitos a esta lei.

– De certo, respondeu S. M. com uma risada; quem casa em meus estados com uma súdita minha não pode escapar à aplicação da lei. Consola-te, porém, com o pensamento de que não és o único ameaçado de ser enterrado vivo com a mulher; eu mesmo estou neste caso.

Profundamente atormentado, voltei para minha casa, e, se dantes já era um marido muito atento, daquele dia em diante tornei-me o esposo mais cuidadoso. Se minha mulher mostrava padecer do menor incômodo, já mandava chamar os primeiros professores da faculdade, fazendo conferências para curá-la. Mas ninguém escapa à sua sorte, e um triste dia caiu-me gravemente enferma a mulher e morreu.

Apoderou-se de mim um desespero indescritível quando me vi ao pé deste corpo inanimado, bradando-me a voz do coração:

– Amanhã enterram-te vivo! E com espantosa rapidez veio chegando o momento fatal.

Alquebrado de forças, baldo de energia, imagem fiel da consternação, achava-me prostrado junto ao leito mortuário de minha mulher, quando penetrou o cortejo funerário, que devia acompanhar-nos até ao monte da Morte.

El-rei e toda a sua corte engrossaram o acompanhamento, e abalou-se o préstito encabeçado pela guarda do monarca. Com passos vacilantes, com os olhos desvairados, seguia o carro fúnebre, por entre as aclamações do povo, que queria mostrar assim interessar-se pelo valido d'El-rei.

Depois de uma hora de lento caminhar, chegamos à beira do abismo que devia tragar-me. Caí então desmaiado ao chão. Quando recuperei os sentidos, já haviam descido o cadáver de minha mulher, e iam agarrar-me para baixar-me à caverna profunda. Arranquei-me das mãos dos coveiros, e arrojei-me aos pés do rei, suplicando-o que me perdoasse a vida.

O bom do príncipe chorava de pesar, mas a razão do estado lhe vedava conceder-me a vida. Estava perdido. Fui arrastado pelos coveiros, e baixado ao abismo, onde cheguei soltando pungentes lamentações; quando ouvi cair a laje sepulcral, fiquei privado dos meus sentidos. Não sei quanto tempo permaneci desmaiado; mas acordei com uma sede devoradora, e desesperado, atirei-me a uma jarra de água que junto comigo haviam descido. Em seguida pus-me a refletir, e compreendi bem depressa que por meios naturais a minha salvação era impossível: estava condenado a morrer de fome e de nojo. Em torno de mim só havia caveiras, esqueletos, cadáveres meio dissolvidos, nos quais se cevavam ratos e víboras, que nem sequer davam fé dos meus ais e lamentos.

Um cheiro nauseabundo empestava o ambiente, e um raio de luz, que se infiltrava por uma fresta da montanha, só servia pra tornar-me ainda mais horrível a situação, mostrando-me as caveiras que me fitavam com as órbitas sem olhos, e arreganhavam-me os dentes!

Recrudesceu meu desespero; gemia de dor, e intentei despedaçar o crânio na rocha. Se tivesse possuído um punhal, com prazer o teria cravado no peito. A minha vista, acostumando-se à luz incerta do subterrâneo, a cada momento descobria novos horrores. Animais imundos me rodeavam e começavam a cobrir-me o corpo, como se quisessem devorar-me com vida.

Víboras e ratos me atacavam por todos os lados, e só a grande custo pude livrar-me destes inimigos nojentos. E ainda em cima vi por todos os lados reluzir joias preciosas, diademas de brilhantes e pérolas, colares de rubis e esmeraldas, pulseiras de safiras, adornos horríveis ostentando-se em crânios nus, em pescoços e braços descarnados! Com que alegria teria dado todos esses tesouros por um pedaço de pão, porque, apesar do horror da minha situação, a fome me dilacerava as entranhas. Começou a diminuir a luz baça que me alumiava a vasta sepultura, e as trevas gradualmente me envolveram. Encostei-me à parede, e escutei com ânsia o silvar das cobras, o roer dos ratos.

Talvez passasse horas inteiras em medonho entorpecimento. De repente ouvi perto de mim uma espécie de estertor. Venci o susto que de novo me assaltara e movi-me para o lado donde vinha o ruído. Imediatamente este cessou. Pouco depois ouvi-o de novo, mas parecia afastar-se. Segui-o, e repetiu-se a interrupção.

Compreendi que era algum animal que diante de mim fugia. Animou-me este pensamento, acelerei os passos. Em breve percebi um grande clarão, como se a luz do dia penetrasse na caverna. Bruxuleou-me então uma esperança no peito. Quem sabe se ali não existe uma saída?

Crescia a luz à medida que me adiantava; por fim, alcancei a abertura; precipitei-me ao exterior, e tive medo de enlouquecer de alegria; diante de mim estendia-se o mar, em todo o seu esplendor; em redor de mim circulava o ar livre embalsamado, que sorvi à longos tragos. Prostrei-me de joelhos, agradecendo fervorosamente a Allah a minha salvação, originada realmente por um animal, que havia penetrado na caverna para cevar-se nos cadáveres, e que, fugindo de mim, se precipitara ao mar, no momento em que saí da caverna.

Quando me acalmou um pouco a agitação, vi muitos navios singrarem perto de mim; fiz sinais a um deles, cujo comandante me fez recolher a bordo, e pouco tempo depois desembarcava em um porto da Pérsia, donde me dirigi a Bagdad. Durante muito tempo, não pude varrer da memória as reminiscências da horrível caverna, que mesmo em sonhos me perseguiam.

Tendo terminado assim a narração de sua terceira viagem, Sindbad convidou os seus hóspedes para o dia seguinte, tendo mandado entregar a Iussuf outros cem sequins.

Reunidos novamente à hora marcada, depois do banquete ouviram os convidados de Sindbad referir a quarta viagem do modo seguinte:

– Vivendo na minha casa de campo, senti-me, com o tempo, assaltado de novo pelo desejo de viajar. Não podendo resistir, mas não querendo depender de vontades alheias, comprei um navio, contratei um hábil piloto, e, enchendo os porões com as minhas mercadorias, fiz-me de vela, com alguns passageiros que havia admitido a bordo de minha embarcação. Correu tudo muito bem durante algum tempo, e creio que o desfecho teria correspondido ao princípio, se alguns dos passageiros não tivessem cometido grande imprudência em uma ilha onde havíamos desembarcado para refazer-nos d'água. Era essa ilha a do pássaro Roca, e chegamos na época em que havia na praia um ovo desta ave gigantesca. Muito admiraram os meus companheiros essa maravilha, e mais cresceu a sua admiração quando o filhote principiou a romper a casca do ovo e a mostrar a cabeça implume, Lançando mão dos seus machados, os passageiros deceparam a cabeça do pássaro recém-saído, apesar das advertências do piloto. E sem demora as apreensões deste deviam realizar-se. De longe vimos duas nuvens, que com rapidez vertiginosa se aproximavam da ilha: cheio de terror, compreendi que era o casal de Rocas e que só em rápida fuga poderíamos subtrair-nos ao perigo que nos ameaçava. Embarcamos à toda pressa, mas já era tarde. Ouvimos os gritos desesperados que soltavam os dois pássaros quando encontraram o filho mutilado, e vimo-los elevar-se velozes aos ares. Um momento pensei que não nos haviam avistado: vã ilusão! Bem depressa voltaram os pássaros segurando nas garras imensos pedaços de rochedos, e pairaram por cima de nosso navio. Um deles soltou a pedra com a intenção evidente de esmagar-nos a embarcação. Uma manobra hábil e rápida do piloto salvou-nos deste primeiro assalto: a pedra caiu no mar cavando abismo profundo. A segunda pedra, porém, deu em cheio no convés do navio e fê-lo em mil pedaços. Passageiros e tripulação sucumbiram; eu só escapei, porque justamente me achava no momento do desastre à proa da embarcação. Arremessado às ondas, agarrei-me em umas tábuas que flutuavam no mar, e, auxiliado por elas, dirigi-me, nadando, a uma ilha que demorava à curta distância.

Havia perdido tudo em consequência da crueldade dos companheiros, mas dei-me ainda por feliz em salvar a mísera vida. Não sabia eu então que tormento humilhante me esperava naquela ilha.

Depois de um curto descanso nas áreas da praia, subi a uma pequena eminência, e fiquei agradavelmente surpreendido pelo aspecto da paisagem que se ofereceu à minha vista.

Era um verdadeiro jardim, ostentando mil e mil flores dos mais formosos matizes em um tapete esmeraldino; aqui e acolá destacavam-se bosques formados por árvores frutíferas, palmeiras graciosas laranjeiras e limoeiros, cobertos de frutas apetitosas, que brilhavam entre a densa verdura; robustas videiras dobravam-se sob o peso das uvas , e um regato bisbilhoteiro e cristalino, corria à sombra, sob uma chuva de pétalas odoríferas.

Mil borboletas ostentavam os matizes preciosos das suas asas adejando nos ares, e pássaros inúmeros enchiam os bosques de harmonias maravilhosas.

Julgava, enfim, ver diante de mim o verdadeiro paraíso.

Encantado, deslumbrando, corri de um ponto a outro, colhendo flores e frutos, libando o sumo das uvas, e, ao anoitecer, caí cansado na relva, onde dormi até que os primeiros raios do sol me acordaram. Banhei-me então nas ondas transparentes do regato, e internei-me na ilha para conhecer mais amplamente o meu novo domínio.

Ao cabo de pouco andar, vi sentado na relva um ancião de aspecto raquítico e doente, Quando dele me aproximei, deu-me a entender que era mudo; e estendendo-me as mãos emagrecidas, fez-me sinal que o levasse nos meus ombros para o outro lado do arroio. Tive pena do pobre decrépito, e, sem desconfiança alguma, alcei-o aos ombros e passei com ele as ondas. Chegados ao outro lado, pedi-lhe que descesse, e, para facilitar o movimento, abaixai-me. O velho, porém, pôs-se a rir às gargalhadas, horríveis como o grasnar de cem corvos, e enleou-me fortemente o pescoço, e o peito com as pernas, desenvolvendo uma força que nunca houvera suposto em um ente tão raquítico.

– Pobre homúnculo, gritou com a voz estridente e horripilante, muito te enganas, se pensas que vou soltar-te! Passaste a ser minha montaria, e hás de levar-me para onde eu quiser.

Zanguei-me com a pretensão e o ardil do velho, e respondi-lhe:

– Es tu quem te enganas, vil trapaceiro, porque vou provar-te que não sou de bom cômodo!

E tratei de desfazer-me das suas pernas, empregando todas as minhas forças. Porém em vão. O velho ria-se a não poder mais, e batia-me com as mãos ossudas no crânio, que fiquei atordoado, e, louco de furor, mordia-lhe os pés e as pernas: trabalho inútil, porque o monstro tinha a pele tão dura como a do rinoceronte, de modo que os meus dentes não penetravam. Com risadas redobradas o velho deu-me tanto de calcanhares, que, gemendo de dores, caí no chão. Estava vencido; momentos depois, não tive remédio senão levantar-me e levar o velho para onde queria. Assim estafou-me todo o dia, deixando-me apenas alguns momentos de parada para comer alguma fruta. Ao cair da tarde, o meu algoz ordenou-me que o levasse à sua habitação, cujo caminho indicou-me. Chegamos a um caramanchão muito fechado; caindo de cansaço, tive de dormir sem que o velho me soltasse.

No dia seguinte continuou o meu martírio, e assim durante três semanas fiquei reduzido ao estado de cavalo, sujeito às ordens do meu verdugo, sem que os meus rogos o demovessem de sua maldade. Um dia, ao pé de um videira carregada de uvas, achei uma cabaça madura, e este achado despertou-me uma ideia que logo pus em prática. Limpei bem a cabaça de todas as fibras e sementes, espremi nela o sumo de muitos cachos de uvas, e expus a vasilha aos raios do sol, para que o líquido fermentasse. No dia seguinte, o sumo das uvas se havia transformado em vinho de excelente paladar. Sorvi o líquido a largos tragos, e fiquei tão alegre, que pus-me a cantar, a rir, a dançar, tanto que o velho não sabia o que pensar. Compreendeu, contudo, que a fonte da minha alegria estava na cabaça. Arrancou-me-a das mãos, provou o vinho, e achou-lhe tão bom gosto, que bebeu tudo quanto havia na vasilha. Valia a pena, amigos meus, ver o efeito que o vinho produziu no velho: o meu verdugo pôs-se a saltar-me nos ombros e a cantar, como se um bando de corvos e de corujas estivessem a grasnar; pouco a pouco, porém, enfraqueceu-lhe a voz, e os movimentos tornaram-se-lhe mais frouxos. Aproveitei o momento; afastando os pés do monstro das minhas costelas, atirei com a carga ao chão, e tão embriagado estava o velho que nem deu fé da minha violência. Agarrei em uma pedra e despedacei-lhe o crânio; e não senti arrependimento algum quando vi o meu algoz estendido morto aos meus pés; demasiado havia-me martirizado.

Abandonando o cadáver horrendo corri à praia, e ergui uma vara com uma bandeira feita de parte da minha roupa.

Ao pé deste sinal de pedir socorro, construi uma cabana de onde podia percorrer com a vista a superfície do mar, porque, por mais encantadora, que fosse a ilha, sentia muitas saudades da pátria. Passaram muitos navios, mas à tão grande distância, que os seus tripulantes não podiam distinguir a minha bandeira. Por fim cansou a sorte de mostrar-se-me adversa; um grande navio deitou o ferro perto da minha cabana, e mandou à terra uma embarcação para fazer provisão de água e frutas. Muito admirados ficaram os marinheiros quando me viram, e um deles me disse que por causa das crueldades do velho a ilha gozava de tão má fama, que os marujos só em grande número se atreviam a desembarcar nela. Contei-lhe então o meu ardil. Contentíssimos por saberem que haviam cessado os perigos que afugentavam os navios daquela ilha tão fértil e amena, conduziram-me a bordo, onde prodigalizaram os mais amistosos cuidados.

Seguimos viagem até alcançarmos um porto da costa africana, onde ancoramos para tomar um carregamento de cocos muito abundantes nessa paragem.

Havia travado relações de amizade com um dos negociantes que vinham como passageiros no navio. Levou-me meu amigo à sua casa, deu-me um saco e me disse:

– À meia légua da cidade encontrarás um bosque de coqueiros habitado por muitos macacos. Estando à vista dos animais, agarra em pedras e finge atirar-lhes. Não hás de queixar-te do resultado.

Seguindo as instruções do meu amigo, alcancei o bosque, e vi todos os coqueiros cobertos de frutas e de macacos. Estes últimos saltavam alegremente a folhagem que coroava os altos troncos, lisos como a pele de uma enguia. Principiei a atirar pedras, que entretanto apenas alçavam a metade da altura dos coqueiros; os macacos, porém, começaram a fazer-me caretas, gritando como se quisessem ralhar comigo; depois arrancaram grande número de cocos que me atiraram. Evitei os projéteis almejados; pouco a pouco arrefeceu a raiva dos macacos, e eu pude encher o saco com os cocos, que levei à cidade, onde meu amigo me os comprou por bom dinheiro. Durante três meses continuei nesta lida, e ganhei tanto, que pude pensar em voltar a Bagdad.

Fretei um navio, que carreguei de cocos, e, durante a viagem, em todos os portos, fiz tão bons negócios, que cheguei a Balsora com um carregamento de especiarias preciosas e de pérolas finas, cuja venda me produziu uma verdadeira fortuna, terminando assim felizmente a minha quarta viagem.

Sindbad mandou entregar a Iussuf outros cem sequins, e o mariola aguardou com impaciência a continuação da narração, que teve lugar no dia seguinte, depois do banquete, nestes termos:

– Para que ocultá-lo? Todo o bem estar de que podia gozar em minhas terras não foi suficiente para combater o desejo que me impelia a novas viagens. De nada serviam, nem as ponderações judiciosas dos meus amigos, nem as reminiscências dos sofrimentos passados: pus-me de novo a caminho. Desta vez juntei-me a uma caravana, com a qual percorri muitas províncias da Pérsia e da Índia, fazendo bons negócios em todos os pontos importantes, e via consideravelmente aumentada a minha fortuna ao chegar a um porto do oceano índico, onde embarquei-me para confiar novamente a minha vida e as minhas riquezas às ondas enganadoras do mar. Infelizmente era muito inepto o nosso comandante: durante semanas navegávamos ao acaso, até que um belo dia nos declarou que havia perdido o rumo. Encarregou-se o mar de indicar-nos onde estávamos, porque uma corrente impetuosa principiou a arrastar o nosso navio com rapidez vertiginosa. O nosso comandante, de susto e terror, arrancou o turbante, e entre gemidos e gritos declarou-nos que estávamos perdidos, pois que aquela corrente levaria diretamente a nossa embarcação à costa da ilha rochosa, onde todos cairíamos ao abismo. Como bons crentes, vendo que nada podíamos fazer para evitar o perigo, cruzamos os braços exclamando *Allah Kerim*, Deus é misericordioso! Sempre arrastados pela corrente, vimos em breve aparecer uma alta montanha, e ao cabo de uma hora o nosso navio, com estrondo terrível, bateu em uma pedra, e abriu água. No meio da desgraça ainda fomos felizes, pois que a mesma pedra que despedaçou a quilha, impediu que o navio fosse logo ao fundo, de maneira que pudéssemos salvar as nossas mercadorias e parte dos mantimentos. Contudo, era desesperada a nossa situação.

A praia que alcançamos estendia-se em pouca largura ao longo de um paredão, tão íngreme que teria sido loucura sonhar com uma ascensão; ao norte e ao sul os rochedos insuperáveis mergulhavam o pé nas ondas profundas do mar; não havia caminho para deixar o deserto arenoso no qual pisávamos.

À pouca distância da praia nascia um arroio; mas em lugar de precipitar-se no mar, sumia-se em uma fresta do paredão, para continuar o seu curso debaixo da terra.

Ao longo da praia alvejavam inúmeros esqueletos humanos, anunciando-nos qual seria a nossa sorte, e tão pungente era este aspecto, que deitamos toda a ossada ao mar. Viam-se ainda nas áreas enormes pedaços de âmbar arrojados pelas ondas, e encastoadas nos rochedos grande número de pedras preciosas, que com a maior facilidade se podia desprender.

Mas para que nos serviriam estes tesouros, a nós, pobres náufragos, privados de qualquer esperança de salvar-nos desta ilha inóspita? Nunca navio algum poderia aproximar-se desta costa, sem despedaçar-se nas rocas! Compreendemos, pois, que estávamos condenados, e lamentamos a nossa triste sorte.

Entretanto, por miserável que fosse a vida, tinha as suas exigências; repartimos, pois, fielmente os mantimentos, e preparamos-nos a morrer, entregando-nos às mãos do Senhor.

Pouco a pouco os víveres se esgotaram, e um a um os meus companheiros passaram da sua existência desesperada ao descanso eterno. Chegou o dia em que me vi só no meio das sepulturas de todos aqueles que me haviam acompanhado na malfadada viagem. Eu mesmo só havia prolongado a vida à custa de grandes abstinências; e para que me servia ela agora?

Amaldiçoando a minha mania das viagens, sentei-me a beira do arroio, e, engolfado em tristíssimas meditações, contemplava as ondas, que se sumiam na negra caverna.

– E se tais ondas me servissem de guia para salvar-me? Perguntei-me de repente. A menos perder-se nas entranhas da terra, podia a arroio ressurgir em algum outro ponto da ilha menos agreste, onde escaparia a sorte horrível de morrer de fome. E se me precipitasse mesmo em um abismo, pelo menos acabaria mais depressa de penar.

Feitas estas reflexões, pus mãos à obra para tentar a salvação. Com os destroços do navio construí uma jangada tão segura que podia confiar-lhe a minha pessoa. Vislumbrando a possibilidade de escapar, juntei muitas pedras preciosas e grande porção de âmbar, que constituiam uma fortuna imensa, e segurando as minhas riquezas e o restinho de víveres na jangada, empurrei a embarcação as águas do arroio, e principiei a viagem arriscada, sumindo-me em breve na abertura do paredão.

Desde que entrei na caverna, trevas compactas me rodearam; silencio profundo, apenas interrompido pelo muralhar das águas e o embate da jangada em alguma saliência dos rochedos, esmagou-me com a sua eloquência sepulcral.

Descia as vezes a abobada quase a flor d'água, obrigando-me a deitar-me a fio para não ser despedaçado na passagem.

Este martírio prolongou-se durante dias. Em vão gastava os víveres com a maior parcimônia; chegou o momento em que nada mais possuía para matar a fome; as forças abandonaram-me e caí sem sentidos na jangada, que rapidamente seguia o seu caminho arrastada pelas águas velozes.

Não sei quanto tempo o desmaio teve-me preso naquela horrível sepultura: mas, quando despertei, sorria-me um céu azul; uma brisa embalsamada me afagava o rosto, e alegres raios de sol teciam seus fios dourados entre a folhagem de um grupo de formosas árvores, a cuja sombra me achava deitado em relva macia, rodeado de muitos indivíduos de cor preta, que me prodigalizavam cuidados carinhosos.

Cheio de alegria, incorporei-me e agradeci em termos eloquentes os carinhos que fazia-me aquela boa gente.

Compreendi, porém, que não entendiam a minha língua, mas protestaram por sinais que continuariam a proteger-me.

Recitei então uns versetos do alcorão em louvor de Allah, que tão milagrosamente me havia salvado. Deu o acaso que um dos negros entendesse o árabe. Chegando-se perto de mim, disse-me:

– Saberás, meu irmão, que esta manhã, quando seguíamos para as nossas roças, vimos boiar nas ondas deste rio uma jangada; alguns de nós entraram n'água e puxaram para a terra a embarcação, na qual estavas deitado sem sentidos. Tratamos de chamar-te a vida, o que felizmente conseguimos, assim como recolhemos os objetos que encontramos na jangada e que aqui estão intactos. Conta-nos agora como conseguiste penetrar no nosso país.

Disse-lhe então que de bom grado narraria as minhas aventuras, mas que a fome estava-me devorando os intestinos.

Pressurosos correram alguns a buscar alimentos, e posso assegurar-lhes, meus caros amigos, que nunca almocei com melhor disposição do que naquela manhã memorável. Uma vez reconfortado, contei tudo quanto havia-me acontecido desde o horrível momento em que o nosso navio se havia despedaçado nos recifes.

– Que história extraordinária! exclamaram os meus ouvintes; é digna de ser contada ao nosso rei!

Imediatamente trouxeram dois cavalos, um para mim e outro para as minhas riquezas, e partimos para a capital.

Chegados a frente do palácio, os meus companheiros mandaram prevenir ao seu soberano de que um estrangeiro notável desejava falar-lhe. El-rei mandou-nos vir a sua presença, e eu, prostrando-me perante o seu trono, exclamei, beijando o chão:

– Gloria ao rei deste país, que tão hospitaleiramente acolheu-me; felizes sejam os teus dias, oh! Príncipe, e que o céu te prodigalize todas as venturas e prosperidades!

El-rei estendeu-me a mão, ergueu-me e fez-me sentar em um divã, convidando-me a dizer-lhe quem era e a contar-lhe as minhas aventuras.

– Senhor, respondi, chamo-me Sindbad, o marujo, e sou de Bagdad.

E, em seguida, contei-lhe toda a minha vida.

Tão profunda impressão causou-lhe a minha história, que ordenou aos seus secretários fosse ela gravada em letras de ouro e conservada nos arquivos do reino.

Muito admirou também a beleza das minhas pedras preciosas; vendo esta admiração, prostrei-me novamente e pedi-lhe licença para oferecer-lhe todas as minhas riquezas.

– Deus me livre, respondeu el-rei, de privar dos seus tesouros um homem tão visivelmente protegido de Allah! Longe disto, quero aumentar a tua fortuna.

E, mandando dar-me um presente valioso, convidou-me a que viesse todos os dias a sua presença para conversar e discutir.

Permaneci algum tempo na corte daquele monarca bondoso, rodeado de estima e carinhos. Despertou-se-me, porém, a saudade da minha pátria, e supliquei a el-rei que me deixasse partir. Não só consentiu no que lhe pedia, mas encarregou-me ainda de uma carta e de vários presentes preciosos para meu califa Harun-al-Raschid, comendador dos crentes.

Profunda foi a minha comoção quando despedi-me do monarca, que tão amistosamente me havia tratado, e, apesar de voltar para a minha pátria, senti os olhos arrasados de lágrimas, quando de bordo do meu bom veleiro vi ao longe desaparecer as costas de Serendyb. Rápida e feliz foi a minha viagem, e quando apresentei-me perante Harun-al-Raschid com a carta e os mimos de que era portador, fui recebido graciosamente, e tive de fazer ao meu califa a descrição minuciosa do poder e da magnificência do rei de Serendyb. Ao terminar esta quinta viagem, jurei que nunca mais embarcaria. Amanhã, meus amigos, pela narração da sexta viagem, verão como não me foi possível respeitar este juramento.

No dia seguinte, depois do banquete, Sindbad continuou assim:

– O peso dos anos, e as experiências amargas colhidas nas viagens anteriores, firmaram-me cada dia mais na resolução de passar o resto da minha vida nas minhas terras, no meio dos meus amigos. Mas o homem propõe e Deus dispõe. Um dia mandou-me chamar o califa e me disse:

– Compreendes, Sindbad, que, tendo aceito os presentes e a cata do rei de Serendyb, não posso deixar de retribuir as finezas daquele monarca. Prepara-te, pois, para ires em missão especial cumprimentar em meu nome o teu amigo poderoso e levar-lhe os meus mimos.

Não foi diminuto o susto que tive ao ouvir estas palavras.

– Soberano dos crentes, exclamei, não há sacrifício que não fizesse para prestar-te serviço; mas, infelizmente fiz um juramento que me priva de continuar viagens, que foram tão laboriosas para mim.

Harun-al-Raschid mostrou-se contrariado por aquelas minhas palavras. Contudo, condescendeu, exigindo que lhe explicasse bem o seu sentido. Contei-lhe então toda a minha vida.

– Já compreendo, disse o califa depois da minha narração, que não deves ter muita vontade de tornar a embarcar-te. Mas não tenho outra pessoa que vantajosamente possa substituir-te, e assim, em virtude dos meus poderes, como comendador dos crentes, e respeitando a razão de estado, desligo-te do teu juramento e ordeno-te que partas para a corte do rei de Serendyb.

Que remédio tinha eu senão obedecer a esta ordem formal? No dia seguinte recebi as minhas instruções, a carta autógrafa do califa, dinheiro para ajuda de custo, e parti, com grande número de camelos carregados de presentes, para Balsora.

Ao deixar Bagdad tive como um pressentimento de que nunca mais tornaria a ver a minha cidade natal; resignei-me, porém, visto que tinha de obedecer a lei do destino.

Embarquei-me em Balsora, e contra a expectativa, a viagem por mar foi das mais felizes.

Fui recebido com cordial alegria pelo rei de Serendyb, em minha dupla qualidade de amigo e enviado.

– Muito me alegro, Sindbad me disse el-rei, de tornar a ver-te, e posso assegurar-te que desde a tua partida não se passou um dia sem que me lembrasse de ti.

Achou muito de seu real agrado os presentes do califa, e prometeu-me que em breve me daria a resposta da carta. Com grande impaciência aguardei o momento da partida: se de um lado me pesava apartar-me para sempre de quem tão benevolamente me havia acolhido, de outro ardia por ver-me de volta em Bagdad.

Chegou o dia da audiência de despedida. O monarca entregoume a carta para Harun-al-Raschid, e, abraçando-me, mandou darme um rico vestuário de gala, e presentes valiosos.

Ao cair da noite já singrava o meu navio as ondas do mar. Se, na vinda, havia estado preocupado por negros pensamentos, agora, na volta, entreguei-me a uma louca alegria, sem ter o pressentimento da desgraça que nos ameaçava.

No dia seguinte, o marinheiro, que estava de vigia, deu parte que havia um navio a vista.

O comandante, examinando o navio assinalado com o óculo de alcance, exclamou:

– Temos que preparar-nos para o combate. Aquele navio é um corsário.

Enquanto se faziam os preparativos para defender-nos, o corsário, mais veleiro que nós, aproximou-se, içou uma bandeira cor de sangue, e intimou-nos que arreassemos a nossa.

O nosso comandante era um bravo; apesar de conhecer a impossibilidade de resistir a um inimigo tão bem armado, respondeu com voz firme:

– Se te atreves vem arrear a nossa bandeira!

Avançou então o corsário e teve lugar a abordagem. Os piratas saltaram ao nosso convés e principiaram a acutilar a nossa débil tripulação.

O nosso comandante, porém, defendeu-se heroicamente, e eu combatia a seu lado. Por muito tempo o combate ficou indeciso; ora repelíamos os bandidos, ora tínhamos de ceder-lhes terreno; o nosso capitão fazia prodígios de valor, decepando cabeças e braços... mas, a vista da superioridade numérica dos piratas, não podia durar muito esta luta desigual. Reunindo os seus poucos valentes, o nosso comandante carregou com muita energia o inimigo; os bandidos recuaram.... mas, quando já íamos gritar "Vitória", o nosso capitão escorregou em uma poça de sangue, caiu, e foi preso pelos piratas, que se haviam reanimado, a vista da queda do valente. Estava decidida a nossa sorte; arrojamos as armas e fomos algemados. Mais de duas terças partes dos nosso haviam parecido na refrega, mas a perda dos piratas era ainda muito maior. Havíamos pensado que os vencedores nos matariam; limitaram-se, porém, a vender-nos como escravos no primeiro porto africano que alcançamos. Comprado por um negociante, segui-o para sua casa, onde fui tratado com bastante humanidade. Como lhe dissesse que nenhum ofício sabia, perguntou-me se entendia de manejo de armas, e, dizendo-lhe eu que manejava regularmente o arco, mostrou-se satisfeito. Mandou vir em um elefante manso, deu-me um arco e um carcas cheio de flechas, e partimos para uma grande floresta, distante algumas léguas da cidade.

O meu senhor ordenou-me então que trepasse em uma árvore elevada, e que aguardasse ali a passagem dos elefantes, que costumavam descer a planície. Do meu esconderijo devia servir-me do arco para matar os elefantes que passassem ao alcance das minhas flechas. Depois destas instruções, retirou-se para a cidade.

Julguei empresa fácil o que me fora ordenado, e sem susto aguardei a chegada dos animais. Pela madrugada avistei um grupo, que veio a passar pertinho do meu ponto de observação. Dei vários tiros, ferindo apenas levemente alguns dos animais. Por fim uma flecha acertou no olho esquerdo de um elefante majestoso, que caiu com grande estrondo, enquanto que os outros fugiam para a floresta. Contente da minha façanha, corri a cidade e participei ao meu senhor o meu bom êxito. Voltou comigo para o mato, e enterramos o cadáver, para que, dissolvendo-se, nos facilitasse a colheita das prezas, que constituem uma mercadoria preciosa. Daí em diante consegui matar diariamente um dos quadrúpedes valiosos, durante dois meses. Um dia, porém, esta caça terminou de um modo bem singular. Apareceu grande número de elefantes que diretamente se dirigiram a árvore na qual eu estava trepado. Com grande furor calcavam o chão, erguiam as trombas, açoitavam os flancos com a cauda, soltando vozes aterradoras. De susto deixei cai o meu arco, e foi uma felicidade, porque, se tivesse atirado aos animais furiosos, ter-me-iam esmagado. Um deles enleou com a tromba a árvore e arrancou-a com todas as raízes. Ao cair ao chão, julguei-me perdido; mas o meu agressor, agarrando-me pela cintura, ergueu-me ao seu dorso, sem pisar-me, e toda a tropa internou-se na floresta. Não sabia eu que pensar de tudo isto, quando, ao cabo de um quarto de hora de caminhada, chegamos a uma aberta, rodeada de árvores seculares, onde existia um imenso montão de prezas e esqueletos alvejados pelo tempo. O meu elefante estendeu a tromba, colocou-me no chão, indicoume o montão de prezas, fitando-me tão seriamente, como se quisesse ameaçar-me. Em seguida toda a tropa afastou-se e nunca mais foi visto algum elefantes naquelas regiões.

Admirado da perspicácia dos animais, que, para escapar a perseguição, entregavam assim as riquezas pelas quais eram perseguidos, e deslumbrado pelo valor que representava aquele imenso deposito de marfim, corri a cidade, e participei tudo a meu senhor, que tão contente ficou, que imediatamente me concedeu a liberdade, e metade das prezas, cujo número excedia a muitos milhares. Realizei a venda de minha mercadoria, que produziu-me vários milhões de sequins, e, mais rico do que nunca, voltei por fim a pátria para não deixá-la mais.

Dei conta ao califa de minha missão, contando-lhe as minhas últimas aventuras; o meu soberano mandou recompensar-me, e sempre me conservou a sua proteção. E agora espero viver em paz o resto da minha existência.

Assim terminou Sindbad, e, dirigindo-se a Iussuf, que atentamente o havia escutado, perguntou:

– E ainda invejas a minha riqueza, Iussuf?

Inclinou-se o mariola, beijou a mão de Sindbad, e respondeu comovido:

– Não, senhor; bastante lutaste para adquirir a tua fortuna. Que o céu te proteja e te conceda longa vida!

Sindbad, levantando-se, abraçou Iussuf, e lhe disse:

– De hoje em diante viverás em minha companhia. És uma boa alma; ouviste comovido a narração da minha vida alegrando-te com as minhas alegrias, penalizando-te com as minhas penas. Vai buscar os teus filhos, que serão os meus.

Iussuf chorou de alegria, abraçou e beijou o seu benfeitor, e tudo realizou-se como Sindbad o havia determinado.

E o marujo, que tantas tormentas havia passado em sua existência agitada, viveu feliz e contente em companhia de Iussuf e dos filhos deste amigo dedicado e agradecido.

ALADDIN E A LÂMPADA MARAVILHOSA

Entre os alfaiates da antiga cidade de Badgad, Mustaphá era um dos mais atribulados, não só porque nem sempre ganhava o suficiente para satisfazer as necessidades de sua família, como ainda pela péssima índole do seu único filho Aladdin, que vivia nas ruas vadiando em companhia de outros garotos de sua laia, armando desordens de toda a espécie.

Se bem que grande culpa tivesse o velho Mustaphá nesta péssima educação de seu filho Alladin, não lhe escasseava, agora que já era tarde, os bons conselhos, e mesmo os argumentos sensíveis; mas aos conselhos o rapaz fazia ouvidos de mercador, e quanto às pancadas sacudia-as como o rafeiro sacode a água ao sair do banho.

Houve um momento em que o alfaiate se armou de uma boa dose de energia, e, declarando ao rapaz endiabrado que o havia destinado a aprender o seu ofício, obrigou-o a permanecer algumas horas na oficina, ocupado com a linha e a agulha, sob a pressão do covado, que representava o sceptro pesado da autoridade paterna; mas no primeiro descuido Alladin saltava pela janela, em busca dos seus companheiros de correria, embora lhe fossem na volta medidas as costas com o instrumento indicado.

Cansado por fim Mustaphá largou do covado e da vida, e, morrendo de desgosto, deixou em extrema miséria a mulher.

Reconhecendo a pobre viúva que nunca faria do filho um alfaiate morigerado e capaz, vendeu a oficina, dando-lhe o produto desta venda e o seu cansado trabalho mal para não morrer de fome.

Para Aladdin principiou então uma época de independência completa; já não tinha quem lhe fosse a mão, e forte e robusto, com seus quinze anos, em breve adquiriu grande prestígio entre os garotos das ruas e praças públicas, cujas correrias capitaneava, sem jamais preocupar-se do futuro, nem lembrar-se das mágoas que ia causando a sua pobre mãe.

Estando um dia em forte algazarra com os seus companheiros, veio a passar um ancião, que se deteve a olhar as evoluções ruidosas dos rapazes. Como soia acontecer a todos, chamou-lhe a atenção a figura proeminente de Aladdin, e entrou a tomar dos vizinhos informações minuciosas acerca do jovem libertino.

Como veremos mais adiante, andava este ancião em umas aventuras que muito o interessavam, mas para as quais necessitava de um auxiliar jeitoso, e, reconhecendo em Aladdin as qualidades indicadas para os seus fins, chegou-se ao rapaz, chamou-o de lado, e lhe disse com voz comovida:

– Amiguinho, o alfaite Mustaphá não é teu pai?

– Era, sim senhora, mas já há dois meses que morreu, respondeu Aladdin mui desembaraçadamente.

– Ai de mim, que cheguei tarde! – exclamou o ancião; – não mais verei o meu querido irmão! Sim, meu filho, sou teu tio, que volta de longa viagem, e esperava repartir com teu pai riquezas adquiridas por muito trabalho. Logo te conheci ao avistar-te, porque tens todas as feições do meu pobre irmão quando era moço como tu! E agora o encontro morto!

E, prorrompendo em lamentações e gemidos, abraçou ternamente o moço, que muito estranhava este encontro, porque nunca ouvira falar da existência de tal tio.

Mas como por fim o ancião, depois de curto colóquio, lhe entregara um cartucho de sequins de ouro, para leva-los a sua mãe, Aladdin cessou de cismar. O ancião, porém, acrescentou:

– Dize a tua mãe, minha cara cunhada, que tenho muita, muita vontade de conhecê-la; que prepare uma boa ceia para nós, e tu virás a noitinha buscar-me neste mesmo lugar, para me levares a tua casa.

Enquanto Aladdin se afastava correndo, o ancião o seguia com uns olhares astutos e maliciosos. Nenhum parentesco o prendia ao jovem, mas dele precisava para a realização do projeto de apossar-se de um grande tesouro sepultado perto da cidade. Era este velho um mágico africano, muito afamado, que por meio dos seus livros e cálculos cabalísticos descobrira a jazida do tesouro, e agora viera a Bagdad para colher o fruto dos seus estudos.

Como uma flecha apareceu Aladdin em casa, e, atirando com as moedas de ouro ao regaço de sua mãe, exclamou com grande agitação:

– Eis aqui o que me deu o meu tio, um grande ricaço, para que lhe prepares uma ceia, que hoje quer comer conosco.

A pobre da velha olhou atônita para o filho; não conhecia parente, e muito menos parente rico e generoso, e a vista do dinheiro despertou-lhe apreensões cruéis:

– Meu filho, meu filho! Não terás roubado este dinheiro?

– Qual roubado! – já lhe disse que foi o tio quem me o deu, o irmão de meu pai, que tem mais dinheiro do que o Sultão, e vem ceiar conosco e dar cabo da nossa miséria.

Revelava-se tal sinceridade nas palavras do menino que a viúva se tranquilizou, e pôs mãos a obra para preparar uma refeição digna de visitante tão distinto.

Quando de noite o mágico apareceu em casa da viúva, mostrouse profundamente comovido, e tão copiosamente chorou ao percorrer os aposentos outrora habitados pelo finado irmão, que a dona da casa e até o próprio Aladdin não puderam deixar de prorromper também em lamentações e prantos.

Por fim, os três enxugaram as lágrimas, e se puseram a comer, contando o mágico, durante a refeição, uma história bastante verosímil, segundo a qual havia quarenta anos que deixara Bagdad para correr mundo, tendo estado nas Índias, na Síria, na Pérsia, no Egito e na Arábia, na China e na Turquia, recolhendo riquezas em toda a parte, terminando com a declaração de que agora pretendia acabar os seus dias em companhia da cunhada e do sobrinho, e repartir com eles o fruto dos seus trabalhos. Indagou da vida a dos estudos de Aladdin, e, ouvindo as queixas sentidas da viúva acerca da péssima conduta do filho, o mágico disse com ares conciliadores:

– Deixe estar, minha irmã, as culpas do menino não hão de ser irremediáveis. Eu sei por experiência o que são as turbulências da mocidade; mas passam com reflexão e trabalhos adequados ao gosto juvenil. Que te parece, Aladdin, a condição de negociante? Serás dono de um grande armazém, deslumbrante de ricas fazendas e objetos de arte afamada.

– Bem o quisera, respondeu Aladdin, mas o dinheiro?

– Não te importes com o dinheiro, que tenho de sobejo para comprar cem armazéns, por esplêndidos que sejam. Amanhã tornaremos a falar neste assunto. Por hoje vamos descansar.

E despediu-se cordialmente da viúva, que ficou a dar bons conselhos ao filho e a celebrar a generosidade do cunhado, que tão inesperadamente lhe havia aparecido.

No dia seguinte o mágico veio buscar Aladdin, para dar um passeio nos arredores da cidade, prevenindo a viúva de que talvez nesse dia o menino não se recolheria, visto que pretendia apresentá-lo a alguns amigos convidados a ceiarem com ele.

Caminhando por entre jardins e palácios, os dois pouco a pouco se afastaram da cidade, até que alcançaram um sitio bastante ermo, no meio de um vale formado por duas colinas.

– Vamos descansar aqui, disse o mágico, e, se tiveres ânimo, mostrar-te-ei coisas maravilhosas, como nunca as sonhastes. Mas é mister que confies completamente em mim, e cumpras a risca as minhas indicações.

Aladdin era rapaz destemido, e nenhum motivo tinha de desconfiar da sinceridade daquele que se dizia ser o seu tio. Assim disse:

– Tanta amizade já me mostraste, que sem hesitar farei o que me mandares.

– Pois bem, respondeu o mágico, junta já uma porção de galhos secos, para fazermos uma fogueira.

Aladdin em um instante recolheu braçados de ramas, que colocou no lugar designado pelo mágico, e em breve grande labareda subiu aos ares. O mágico tirou de uma boceta de ouro uns pós brancos, que deitou nas chamas, murmurando frases cabalísticas. Nuvens espessas de fumo espalharam-se pelo vale; de repente ouviu-se um grande estrondo, e a terra, estremecendo e abrindo-se, deixou patente às vistas uma laje de mármore branco, com um anel de bronze no meio.

Aladdin, apesar do seu gênio corajoso, assustou-se perante estas manifestações magicas, e intentou fugir.

O ancião, porém, o deteve violentamente, e lhe disse em voz irada:

– Agora já não podes recuar. É preciso levar ao fim a empresa encetada, senão mato-te a pancada.

E com tal ferocidade lhe brilhavam os olhos, ao proferir estas palavras, que Aladdin ficou aterrado, e prometeu obedecer em tudo aos mandamentos do tio, que já não trazia vestígios do carinho que até então lhe havia mostrado.

O mágico, abrandando um pouco a voz, lhe disse:

– Debaixo desta laje de mármore acham-se escondidos os tesouros os mais esplêndidos do mundo inteiro. Desde a origem dos tempos estas riquezas te são destinadas a ti, e só tu podes alçar esta laje. Nem eu mesmo, que contudo a descobri, posso tocar-lhe, nem descer a escada, escondida por esta pedra. Alça, pois, a laje!

– Ah! meu tio, como poderei eu com as minhas débeis forças alçar esta pedra enorme?

– Experimenta, disse o velho, e verás o que podes.

Aladdin obedeceu, e a laje lhe pareceu leve como uma pena, e com a maior facilidade descobriu a entrada do subterrâneo, aparecendo os primeiros degraus de uma escada.

– Estás vendo, Aladdin? Disse o velho; com a mesma facilidade conseguirás o resto, e serás mais rico do que o mais poderosos Sultão. Para tranquilizar-te coloco-te este anel no dedo, que te protegerá contra qualquer perigo. Desce a escada; na caverna encontrarás uma porta, que te conduzirá a três aposentos, nos quais verás grande número de vasos de ouro, cheios de metais preciosos. Mas não toques nem sequer com a roupa em coisa alguma, sob pena de morte, pois que todos estes vasos estão guardados por gênios que não entendem de brincadeira. Depois do terceiro aposento encontrarás um vasto jardim, cheio de árvores cobertas de furtos formosos. Uma vereda te conduzirá a um templo, onde em cima de um altar verás arder uma lâmpada de latão ordinária. Apaga a luz, deita fora o liquido, e guarda a lâmpada no seio. Guarda-a bem, e não a percas, é o que mais te recomendo. Ao voltares podes colher frutas e agarrar ouro e prata quanto puderes carregar, tudo será teu, menos a lâmpada, que quero e exijo para mim.

Aladdin havia ouvido atentamente as recomendações do ancião, e, prometendo executar fielmente as suas ordens, penetrou no subterrâneo.

Com passos firmes percorreu os três primeiros aposentos, desviando a vista dos vasos preciosos, para não cair em tentação. Sem dificuldade alguma encontrou no jardim, brilhantemente iluminado, o templo de ouro, apoderou-se da lâmpada, e, guardando-a no seio, depois de haver despejado o líquido que continha, disse consigo:

– Que interesse pode despertar ao tio este miserável objeto, que por centenas poderia encontrar em Bagdad? Será alguma birra de velho!

Durante a sua retirada, Aladdin demorou-se mais um pouco no jardim, contemplando os milhares de árvores, que por entre a sua verde folhagem ostentavam inúmeros frutos amarelos, brancos, purpúreos, verdes e azuis, todos transparentes e rutilantes como estrelas.

Despertou-lhe a vontade de provar estas frutas formosas; mas, tendo colhido uma maçã, e querendo fincar-lhe os dentes, achou-a dura como cristal, e compreendeu que ali havia artifício. Resolveu então levar uma coleção delas a sua mãe, como brinquedos feitos de vidro colorido. Nisto, porém, enganava-se redondamente, porque todas estas frutas eram de pedras preciosas do mais subido valor, e bastaria uma única das maçãs para comprar um reino. As frutas brancas eram pérolas e diamantes, as encarnadas rubis, as verdes esmeraldas, as azuis safiras e ametistas.

Aladdin encheu, com as que ao acaso agarrou, as algibeiras e uma grande bolsa que havia trazido na cintura, e, sentindo-se bastante carregado, lembrou-se da retirada. Quando alcançou a escada, que era bastante estreita, o moço viu-se embaraçado para subir, por causa do volume que faziam as pedras preciosas; ergueu então a voz e chamou pelo tio, para que este lhe estendesse a mãe e lhe ajudasse a sair do subterrâneo.

– Tens a lâmpada? Perguntou o ancião com sofreguidão.

– Tenho-a, mas antes de dá-la quero sair daqui, respondeu Aladdin.

O mágico, porém, receando que, uma vez fora do subterrâneo, o moço se negasse a entregar-lhe a lâmpada, declarou-lhe que não o ajudaria a sair enquanto não tivesse entregue o objeto tão almejado.

Depois de grande teima da parte a parte, Aladdin disse:

– Pois bem, eu ficarei sentado na escada, e não darei a lâmpada, sem sair, embora tenha que morrer de fome.

Grande furor apoderou-se do mágico ao ouvir estas palavras, que revelavam a pertinácia de Aladdin; concluiu que o moço estava resolvido a subtrair-lhe a lâmpada, e exclamou com voz terrível!

– Morre, pois, malvado, morre enterrado vivo!

E proferiu precipitadamente algumas fórmulas cabalísticas; a laje de mármore cobriu imediatamente a entrada do subterrâneo, sepultando o infeliz moço, condenado a perecer miseravelmente na sua prisão.

O mágico, vendo frustrados os seus planos, e não podendo intervir pessoalmente para arrebatar a lâmpada, teve de contentar-se com a sua ruim vingança, e voltar para a África em busca de novos meios e combinações para obter o tesouro tão ambicionado.

Aladdin, entretanto, julgando-se perdido irremissivelmente, pôs-se a chorar com amargura. Ao cabo de algum tempo, quis ver se pelos aposentos não acharia alguma saída; mas encontrou a porta fechada. Desapareceu o último vislumbre de esperança, o moço sentou-se nos degraus da escada a espera da morte. Felizmente um sono profundo veio pôr temporariamente termo as suas mágoas. Mas, ao despertar, Aladdin prorrompeu novamente em lamentações erguendo os braços e torcendo as mãos convulsivamente. Nestas contorções, esfregou o anel que o mágico lhe havia dado, e de repente encheu-se a caverna de um grande clarão, e aos pés de Aladdin surgiu um gênio, gigantesco e de horrível aspecto, que exclamou com poderosa voz:

– Que mandas? Os gênios do anel estão as tuas ordens, e eu sou o teu escravo.

Aladdin, assustado no primeiro momento pelo estranho da aparição, sossegou ao perceber a humildade das palavras do gênio, e disse:

– Podes tirar-me desta caverna?

– Não tens mais que ordenar!

– Pois então leva-me a Bagdad, para perto da casa da minha mãe.

O gênio suspendeu Aladdin delicadamente com as suas longas garras, abriu a terra com um sopro ruidoso, e, fendendo os ares com rapidez vertiginosa, alcançou a cidade, onde depôs o moço na vizinhança de sua habitação, perguntando submissamente:

– Que mais ordenas?

– Nada, por ora, respondeu Aladdin. Chamar-te-ei quando de ti precisar.

Desapareceu o gênio, e Aladdin apresentou-se em casa de sua mãe, extenuado de cansaço e morto de fome.

A pobre da velha, que o havia julgado perdido, recebeu-o com exclamações jubilosas e ternos carinhos, e, ouvindo dizer que em três dias nada havia comido, correu a preparar-lhe uma boa refeição para restaurar-lhe as forças.

Em seguida Aladdin narrou-lhe as suas aventuras, e, como prova de sua narração, mostrou-lhe a lâmpada e os frutos colhidos no jardim maravilhoso.

A velha, porém, disse:

– Não há duvida que são bonitas estas frutas de vidro; mas não têm lá muito valor, nem tão pouco a lâmpada velha. Deverias ter trazido antes uns punhados de ouro.

– Tens razão, disse Aladdin; mas não me lembrei. Por ora, o mais acertado é irmos dormir, porque caio de cansado.

No dia seguinte, para o almoço, a velha viu-se em grandes apuros, porque não possuía mais nem dinheiro nem provisões. Quis ir vender um pouco de algodão de fiar, que lhe restava; Aladdin, porém, lembrou-se que mais depressa poderia vender a lâmpada, e, para torná-la mais apresentável, disse a velha que a limpasse.

Pegou a viúva em um trapo, e pôs-se a esfregar o objeto em questão.

Imediatamente abriu-se o chão, e surgiu um gênio de aspecto ainda mais aterrador do que o escravo do anel, e exclamou com voz retumbante:

– Que mandas? Os gênios da lâmpada estão as tuas ordens, e eu sou o teu escravo!

De susto desmaiou a viúva; Aladdin, porém, já familiarizado com os gênios, apoderou-se da lâmpada, e disse:

– Recomendo-te que para outra vez te apresentes com modos mais delicados; por enquanto vais trazer me um bom almoço.

– Sem demora o teu desejo será satisfeito, disse o gênio; devo prevenir-te, contudo, que sendo esfregada a lâmpada com força, nós, os teus escravos, somos obrigados a gritar muito; chamando-nos, porém, com brandura, falamos brandamente como tu.

Dada esta explicação, o gênio desapareceu, voltando segundos depois com doze travessas de prata cheias de manjares deliciosos. Pôs a mesa e completou o serviço com pão, vinho e copos de cristal, e sumiu-se ao mandado de Aladdin.

O moço prodigalizou então os seus cuidados à viúva, que ainda permanecia desmaiada, e muito admirada ficou esta quando, ao despertar, deu com a mesa tão extraordinariamente posta.

– Não te preocupe isto, disse Aladdin; come e depois saberás tudo.

Banquetearam-se os dois como poderosos da terra, e quando chegaram à sobremesa, Aladdin referiu:

– Devemos este banquete esplêndido aos gênios, escravos da lâmpada. Compreendo agora porque o mágico tanto se empenhava para obter este objeto. Deve ter qualidades ocultas, que o tempo nos há de revelar. Por enquanto servir-nos-ha para alcançar os meios de uma existência cômoda; convém, porém, guardar o maior segredo para não despertar a inveja dos próximos.

– Faze o que quiseres, replicou a velha, contanto que me tires da vista esta lâmpada, que quase causou-me a morte. Aladdin tomou a lâmpada e foi escondê-la em um recanto do sótão, prometendo-se recorrer a ela no caso de precisar.

Alguns dias depois acharam-se esgotados os manjares fornecidos pelo gênio, e a viúva aconselhou o filho que fosse vender um dos pratos; mas nem ela, nem Aladdin sabiam que estes objetos eram de prata finíssima, e assim o moço, caindo nas garras de um judeu ladrão, obteve apenas um sequin de ouro pela prata que valia pelo menos sessenta moedas.

Julgou, contudo, ter feito bom negócio, e pouco a pouco foi vendendo os outros onze pratos pelo mesmo preço.

Não sobrando mais nada para vender, Aladdin foi ao sótão, esfregou a lâmpada e imediatamente apareceu o gênio, ao qual ordenou que o servisse como da primeira vez, ordem que sem demora foi executada.

Correram as coisas mais ou menos do mesmo modo.

Quando, porém, Aladdin saiu para vender um dos pratos ao judeu, encontrou um ourives, que frequentemente o havia visto passar com os pratos, e que desta vez o chamou e perguntou-lhe se vendia os objetos ao judeu da vizinhança.

– Sim, respondeu Aladdin, e ele me paga a razão de um sequim.

– Um sequim! Exclamou indignado o ourives; um sequim por um objeto que ao peso vale mais do que sessenta! Traze-me tudo quanto tens, e eu te pagarei fielmente o seu justo valor.

Aladdin foi buscar a sua baixela e recebeu dois mil sequins de ouro, soma que lhe pareceu fabulosa, e que lhe proporcionou os meios de viver comodamente com a sua mãe, de vestir decentemente e de frequentar boa sociedade, onde depressa adquiriu conhecimentos úteis e modos finos e elegantes, de maneira que da sua vida anterior, vagabunda e desregrada, já não restava vestígio.

Um dia, quando Aladdin, já havia alcançado os dezoito anos, ouviu apregoar uma ordem do Califa, mandando fechar todas as casas e proibindo o trânsito nas ruas, durante um passeio que a princesa Adonida ia dar.

Esta ordem despertou em Aladdin a curiosidade de ver a princesa, e, chamando por meio da lâmpada o gênio, ordenou-lhe que o levasse aos aposentos de Adonida, o que imediatamente foi efetuado.

Invisível, Aladdin pôde contemplar detidamente a formosa princesa no meio de suas damas, e, reconduzido pelo gênio à sua modesta habitação, o moço achou-se tão impressionado pela formosura de Adonida que se torturou o espírito para achar um meio de possuí-la.

Não descobrindo, porém, coisa acertada, dirigiu-se à sua mãe e lhe disse:

– Minha mãe, agrada-me tanto a princesa Adonida, que me quero casar com ela. Vai, pois, ao Divan, e pede a sua mão.

A velha olhou atônita o filho, e prorrompeu em uma grande gargalhada:

– Estás doido, meu filho, respondeu por fim. Ir ter com o Sultão, com as mãos vazias? Deitar-me-iam imediatamente à rua!

– Não irás com as mãos vazias, e o mimo que levarás poderá deslumbrar os olhos dos mais poderoso Sultão da terra. Aquelas frutas, que julgávamos de vidro, hoje sei que são pedras preciosíssimas, por que muitas vi, posto que de muito menor valor, nas lojas que frequentei.

Aladdin tomou uma travessa de prata, e arrumou nela uma porção de frutas, com tal jeito e arte, que apresentavam um aspecto verdadeiramente deslumbrante, a ponto que a mesma viúva não pôde negar que tal presente era realmente digno de um soberano.

Ela cedeu, pois, aos rogos do filho; cobriu o prato com um pano de fino linho, e foi ter ao palácio, onde metida no meio de outras pessoas, colocou-se perto do trono do Sultão, encarando atentamente o soberano, não achando, contudo, o ânimo necessário para dirigir-lhe a palavra.

O Sultão, porém, tinha o costume de falar somente com aquelas pessoas que houvessem apresentado requerimento, e assim passou-se a audiência, e se retiraram os solicitantes, ficando só a viúva perto do trono acanhada e vexada. O soberano, notando então a sua presença, chamou-a, e perguntou-lhe o que queria.

– Poderoso senhor, – disse trêmula a viúva, – falta-me o ânimo de falar perante todo o teu conselho; além disto, peço-te que não me castigues, se o meu pedido não for do teu agrado.

– Desde já te prometo pleno perdão, respondeu o Sultão, dando um sinal aos seus conselheiros, que todos se retiraram, ficando apenas o grão-vizir ao lado do soberano.

– Fala agora sem receio, – acrescentou este.

A velha animou-se, e minuciosamente referiu a vida do seu Aladdin e o amor que este consagrava à princesa.

– Irremediavelmente morrerá o infeliz, – agregou a viúva, – se, como é de supor, repelires o seu pedido. Em todo o caso, perdoarás a uma mãe, que teve pena do sofrimento do seu filho.

O Sultão tinha bom coração; comoveram-no os acentos da viúva, e graciosamente disse:

– Veremos o que se pode fazer. Mas mostra-nos agora o que trazes naquele pano.

– É um mimo modesto, que Aladdin te envia – replicou a viúva, descobrindo as frutas.

O Sultão, porém, levantou-se de um salto, exclamando:

– Ah! que esplendor! Pedras preciosas como estas nenhum soberano na terra possui! Olha, Vizir, e admira esta magnificência! Não te parece este mimo digno da princesa?

O ministro ficou igualmente bastante impressionado; mas, como há muito nutria o desejo de casar o próprio filho com a princesa Adonida, disse em voz baixa ao seu soberano:

– Daria V. M. sua filha a um homem de baixa estirpe por uma coleção de diamantes?

O Sultão, porém, respondeu-lhe do mesmo modo:

– Nem todos os reis do mundo seriam capazes de oferecer um mimo tão maravilhosamente formoso como este; assim não posso deixar partir a mulher sem dar-lhe alguma esperança, embora me repugne casar Adonida com o filho de um alfaiate. Não sei como haver-me.

– Pois, diga V. M. que concederá a mão da princesa, se Aladdin lhe enviar outro presente, que designará com tanta exigência, que seja impossível encontrá-lo.

– Muito bem, respondeu o Sultão, e dirigindo-se à viúva, lhe disse:

– Diz a teu filho que lhe darei a mão da princesa, se hoje mesmo por quarenta escravos brancos e quarenta negros de grande formosura me mandar quarenta bacias de ouro cheias de frutas iguais a estas. E, se não puder efetuar isto, que perca as esperanças de possuir Adonida.

A pobre da velha teve grande susto ao ouvir esta decisão, porque julgou que Aladdin nunca poderia encontrar tanta riqueza; contudo, depois de ter-se despedido humildemente do Sultão, voltou correndo para a sua casa, e contou tudo fielmente ao filho, que prorrompeu em gargalhadas alegres, com grande espanto da viúva.

Retirou-se o moço para o sótão, e chamou o gênio da lâmpada, ao qual referiu a exigência do Sultão, ordenando-lhe que fornecesse os meios de satisfazê-la.

Sorriu-se o gênio, como achando brincadeira a execução de tal ordem; desapareceu, e daí a nada voltou com tudo quanto Aladdin havia pedido, cabendo mal o grande número de escravos na casa exígua da viúva.

O moço chamou sua mãe, e lhe disse:

– Eis aqui o que o Sultão pediu. Corre ao palácio, apresenta-lhe os mimos e lembra-lhe a sua promessa.

O gênio da lâmpada sabia ser artisticamente liberal. Não só achavam-se os escravos ricamente trajados com os tecidos mais finos e vistosos, cobertos de diamantes e rubis, mas ainda eram de porte tão majestoso, de ademanes tão distintos, que cada um deles mais parecia um príncipe do que um vil servidor.

Seguiam a viúva aos pares, um branco, um negro, levando este último à cabeça uma bacia de ouro magnificamente cinzelada, e cheia de frutas de pedras preciosas.

Seria difícil descrever o alvoroço que esta comitiva suscitou nas ruas de Bagdad; com aclamações entusiásticas o povo acompanhou a viúva de Mustaphá e seu brilhante séquito até o pátio do Sultão, onde a guarda imperial, enganada pela presença nobre e airosa dos escravos, bradou às armas, como se visse entrar poderosos soberanos.

A viúva penetrou com a sua comitiva no salão de audiência, prostrou-se perante o Sultão, e disse:

– Eis aqui como Aladdin tentou cumprir as tuas ordens.

O Sultão, porém, ficou atônito e exclamou:

– Allahil Allah! Que vejo! Donde vêm estas maravilhas? Que te parece, Vizir?

O ministro, por mais que lhe pesasse, não pôde deixar de confessar que as condições haviam sido fielmente observadas, e que não haveria remédio senão dar a Aladdin a princesa Adonida.

– Pudera não! Exclamou o Sultão; todos os soberanos do mundo ficam ofuscados ao lado de Aladdin, filho de Mustaphá. Que apareça sem demora no meu imperial palácio.

Enquanto o Sultão, depois de ter mandado as bacias de ouro aos aposentos da princesa e com esta se deleitava na contemplação das joias preciosas, correu a viúva, no auge do contentamento, à sua casa, a comunicar a seu filho a boa nova do consentimento do soberano.

Aladdin estremeceu de prazer, e foi preparar-se para comparecer dignamente perante o seu futuro sogro, isto é, chamou o gênio e lhe disse:

– Os teus mimos produziram o efeito desejado. O Sultão concede-me a mão da princesa. Trata-se agora de obter os meios de apresentar-me decentemente. Tu, porém, mostraste tão bom gosto, que nenhuma prescrição te faço, confiando completamente em tuas combinações artísticas.

– Descansa, senhor, disse o gênio; sem mais tardar o teu escravo tratará de contentar-te.

E começou por meter Aladdin em uma banheira de ouro e mármore, onde uma legião de gênios o lavaram e perfumaram com as essências mais preciosas do Oriente.

Em seguida revestiram-no de trajes tão deslumbrantes, que Aladdin achou excedidas as suas mais atrevidas esperanças. Então o gênio da lâmpada o reconduziu ao seu quarto, e lhe disse:

– Meu poderoso senhor, diante da tua casa te esperam muitos escravos montados em cavalos mais brancos que a neve virginal, e oitenta camelos ricamente ajaezados e carregados de presentes para o Sultão e a tua noiva. Tua mãe montará uma hacanea árabe do mais puro sangue, rodeada de seis damas que aguardarão as suas ordens. Para ti há um formoso ginete como nunca o mundo vira outro igual. Finalmente, acompanhar-te-ão muitos criados com bolsas cheias de sequins de ouro, que mandarás distribuir pelo povo. Estás contente com o teu escravo?

– És um bom e fiel servidor, disse Aladdin; agradeço-te a perícia com que tudo arranjaste. Agora pode ir-te, ficando, porém, de prontidão para novas ordens.

A notícia da opulência de Aladdin se havia espalhado pela cidade toda, e com admiração profunda foi recebida a nova do casamento com a princesa. A rua onde morava o noivo, e todas as outras do trajeto até o palácio, apinharam-se de povo, que se regozijava com a sorte feliz de Aladdin, porque este, durante os últimos anos, se havia mostrado bom e polido para com todos, atraindo assim muitos amigos. Quando saiu de sua casa, e cavalgou o formoso ginete, saudando para todos os lados, o entusiasmo do povo traduziu-se em aclamações frenéticas:

– Viva o príncipe Aladdin! Que a felicidade e o bem-estar o acompanhem!

A comitiva pôs-se em movimento: na frente, os vinte escravos em seus cavalos brancos; em seguida, Aladdin ao lado de sua mãe, precedendo os camelos carregados de presentes; por último, os criados atirando punhados de ouro para o povo, que não cessava de gritar:

– Viva Aladdin, viva!

Na porta do palácio o Sultão recebeu o moço, e, abraçando-o, lhe disse:

– Que Allah abençoe a tua entrada, querido filho meu! Sê bem-vindo, e recebe a tua noiva, a princesa Adonida.

E, segurando Aladdin pela mão, conduziu-o por entre as fileiras de cortesãos, ao som de harpas e címbalos, aos aposentos da princesa.

Aladdin ajoelhou-se perante Adonida, beijou-lhe a mão, e perguntou profundamente comovido:

– É de tua livre vontade que vais seguir-me?

O rosto formoso da princesa cobriu-se de ondas purpurinas, e ela disse com grande recato:

– Obedeço de bom grado às ordens de meu pai, e confio completamente em ti.

Compareceram então os molahs, e o casamento teve lugar imediatamente.

Depois da cerimônia, o Sultão disse:

– Julgo acertado, Aladdin, que fiques morando com tua mulher e tua mãe no meu palácio, enquanto mandares construir um castelo digno da tua opulência.

– Querido sogro, respondeu Aladdin, quem casa quer casa. Só te peço paciência até amanhã e verás o que sei fazer. Gozemos, por enquanto, as delícias de dia tão assinalado.

O Sultão conduziu seus filhos ao salão do banquete, onde se achavam reunidos os vizires, conselheiros e cortesãos, que à porfia felicitaram os noivos. Havia duas mesas para o banquete nupcial, uma grande para a gente da corte, outra menos para o Sultão, a viúva e os seus filhos. Harmonias deliciosas corriam pelo salão, e exclamações jubilosas celebravam os noivos formosos, que, inebriados de ventura, nadavam em um mar de alegria.

Ao cair da noite, Aladdin ergueu-se, despediu-se de sua esposa e do Sultão, e dirigiu-se sozinho ao sótão de sua casinha, que, depois deste dia de suntuosa agitação, lhe pareceu bem solitária.

Sem demora chamou o gênio da lâmpada, e lhe disse:

– Querido amigo, tão liberal te mostraste para comigo, que apenas me atrevo a pedir-te novos favores. Contudo, preciso ainda de ti. Eis-me casado com a formosa Adonida, mas bem vês que não a posso trazer para este pobre casebre. Quero, pois, que me construas esta noite um castelo defronte do palácio do Sultão. Deixo ao teu cuidado a edificação; só te recomendo que no último andar haja um único e vasto salão, construído de lajes alternadas de ouro e prata. Em cada uma das quatro paredes quero seis janelas, cujos caixilhos, com exceção de um, que ficará por acabar, sejam feitos com pedras preciosas, de modo que nunca se haja visto coisa igual. Em lugar de vidros, empregarás lâminas de diamantes. Podes executar estas ordens até amanhã?

– Deixa estar, Aladdin, respondeu o gênio, amanhã tudo estará pronto de conformidade com o teu mandado.

Desapareceu o gênio, e Aladdin deitou-se a passar a última noite em sua casinha modesta. Ao romper do dia, levantou-se, meteu a sua lâmpada no seio, e correu a ver como o gênio havia cumprido com a sua promessa. E encontrou o palácio novo, rutilante como o sol. Ao passar do umbral, foi recebido por uma legião de servidores magnificamente trajados, que perante ele se prostraram respeitosamente. No primeiro aposento deu com o gênio, que lhe perguntou:

– Estás satisfeito Aladdin?

O moço respondeu:

– Muito, e declaro-te que és a flor de todos os servidores.

Sorriu-se o gênio e levou Aladdin sucessivamente a todos os aposentos do palácio, que rivalizavam em magnificência e formosura.

Por fim chegaram diante do salão encomendado especialmente por Aladdin.

Já a porta da entrada era uma maravilha deslumbrante de ourivesaria, de ouro maciço, cravejada artisticamente de diamantes e safiras. Ao penetrar, porém no recinto, o noivo de Adonida teve de fechar por um momento os olhos, porque parecia-lhe que estava a mergulhar em um mar de luz esplendorosa. Com efeito, o que tinha diante de si era obra tão maravilhosa, que a imaginação mais atrevida não conseguiria concebê-la.

As paredes eram construídas de lajes de ouro e prata, alternadas com a mais exata regularidade, e polidas como cristais de espelho. Os caixilhos das janelas talhados em ouro, ostentavam os mais formosos arabescos desenhados com pedras preciosas. Belíssimas pinturas adornavam o teto, e um tapete tecido por mãos de fadas cobria o assoalho.

Aladdin ficou encantado e agradeceu nos termos os mais cordiais o magnífico desempenho do gênio da lâmpada.

Este mostrou-se sensível aos louvores de seu senhor, e convidou-o a visitar igualmente as dependências do esplêndido palácio.

Desceram a um pátio rodeado por três lados por imensos edifícios construídos em estilo condigno do corpo principal.

Achavam-se à direita o tesouro, à esquerda as cavalariças e no fundo as habitações para numerosos servidores e escravos.

No tesouro encontrou Aladdin montões de moedas de ouro, de adereços preciosos, de diamantes e pérolas, e baixelas artisticamente lavradas de todos os gostos e estilos.

Nas estribarias viu mais de cem ginetes de sangue puríssimo, oriundos da Arábia e do Iêmen, dos quais cada um valia uma fortuna.

Eram de prata as manjedouras e de mármore os bebedouros.

Arneses riquíssimos, guarnecidos de ouro e cravejados de diamantes e rubis, estavam pendurados em colunas de jaspe, e tão abundante era a coleção, que podia ser ajaezado cada um dos numerosos cavalos de modo diferente.

Aladdin tornou a agradecer ao gênio, recomendando-lhe que ficasse de prontidão para novo chamado; em seguida foi ter com sua esposa, sua mãe e seu sogro, convidando-os a visitar o seu palácio.

Opinou o sogro que em uma única noite não se poderia fazer grande coisa; mas bem depressa arrependeu-se desta asserção, quando lhe foi dado contemplar todas as maravilhas que encerrava o palácio, que por si só era a mais esplêndida de todas as maravilhas.

Quando viu o grande salão, não achou mais termos para expressar a sua admiração: ficou estático.

Aladdin perguntou, entretanto, muito modestamente à sua esposa se a habitação era do seu gosto.

Respondeu-lhe a formosa Adonida:

– Até hoje sempre considerei o palácio de meu pai como a obra mais preciosa do mundo. Agora conheci que apenas é uma choupana, comparada com esta, e bem feliz me tenho em poder viver aqui, a teu lado, querido Aladdin.

Desenhou-se um sorriso de grande satisfação nos lábios do moço, ao ouvir esta declaração de sua esposa, e beijou-lhe agradecido a formosa mão.

O Sultão, entretanto, havia recuperado o uso da palavra, e, vendo a janela que ficara por acabar, perguntou:

– Não houve tempo para terminar a obra?

– Para mais, se quisesse, senhor meu sogro, disse graciosamente Aladdin, deixei ficar esta janela assim para que o senhor tenha a satisfação de acabar esta obra primorosa.

Estremeceu de orgulho o Sultão, e exclamou:

– Muito te agradeço a fineza, e verás que regiamente saberei desempenhar-me.

E imediatamente mandou chamar todos os ourives da sua capital, e ordenou-lhes que concluíssem a obra, adornando a última janela pelo padrão das outras.

Os artistas, porém, coçaram a cabeça, e declararam que todos eles juntos não possuíam as pedras necessárias para este trabalho.

– Bem, disse o Sultão; que o meu tesoureiro lhes dê tudo quanto contém o meu tesouro. Mas andem depressa e acertadamente para apresentar-me um trabalho digno do palácio; senão, contem com castigo exemplar.

Partiram apressadamente os ourives para pôr mãos ao trabalho. Em breve veremos como se saíram da empresa.

Aladdin, porém, levou sua esposa, sua mãe e o Sultão à sala de jantar, onde já se achava reunida toda a corte que o esposo de Adonida havia mandado convidar, e foi oferecido a todos um almoço, como nunca haviam visto outro. Eram as mesas de prata lavrada, e todo o serviço do ouro mais fino. Criados sem número serviam manjares deliciosos, vinhos generosos, frutas de todas as regiões do globo, enquanto que uma orquestra oculta enchia o ambiente de harmonias celestes. Diante do palácio achavam-se servidas mil mesas, para os habitantes da capital, com a mesma abundância que as do interior. Dez repuxos expandiam os mais deliciosos vinhos, enviando aos ares suas colunas cor de rubi e de topázio. Achava-se reunida ali metade do povo de Bagdad, em banquete opíparo, vitoriando o generoso príncipe Aladdin. Pelo fim do banquete apareceram criados com bolsas cheias de moedas de ouro, que distribuíram pelo povo. Este último rasgo entusiasmou os agraciados de tal forma, que Aladdin não teve remédio senão obedecer ao seu chamado, e mostrar-se na sacada do palácio, donde saudou benevolamente a reunião. Voaram então os turbantes no ar, e mil e mil vozes bradaram: Viva Aladdin, viva o nosso benfeitor!

Durante os oito dias mais chegados continuaram os festejos da mesma forma, de modo que o nome de Aladdin vivia na boca de todos. Era isto mesmo o que o jovem almejara, porque dizia ele, se Allah me fez rico e poderoso, foi para que os meus semelhantes aproveitassem de minha opulência. Mostrou-se bondoso para com todos, auxiliando e consolando sempre que era mister, e adquiriu tal popularidade, que para afirmar qualquer dito, jurava-se pelas barbas de Aladdin. Quem, depois desta afirmação, ainda duvidasse, correria risco de ser esfolado vivo pelo povo.

Depois dos dias ruidosos de festança. Aladdin dedicou-se todo a amenizar a vida de sua esposa, que amava ternamente, e de sua mãe, que com grande facilidade se havia acostumado à sua nova existência.

Ao cabo de seis semanas, Aladdin mandou dizer aos ourives que comparecessem no seu palácio, e que trouxessem o seu trabalho.

Vieram os artistas; mas nem a décima parte do caixilho haviam podido fazer, porque tanto as suas próprias pedras preciosas como as do Sultão se achavam esgotadas.

Aladdin ouviu esta declaração com um sorriso e disse:

– É escusado continuarem a cansar-se com uma obra, que está acima de suas forças. Desmontem as pedrarias, levem-nas ao Sultão, e digam-lhe que mandei suspender o trabalho.

Assim fizeram os ourives, e não tardou o monarca a vir expressar ao seu genro a admiração que lhe causara aquela participação.

– Não queres, pois, completar esta obra maravilhosa? Perguntou por fim.

Já está completa, respondeu Aladdin com um fino sorriso, e mostrou ao Sultão a janela que o gênio da lâmpada acabava de construir.

O Sultão, ao ver que seu genro em poucos segundos havia feito mais que todos os artistas de Bagdad em muitas semanas, sentiu-se possuído de grande admiração e respeito, e beijando Aladdin na fronte, disse:

– Grande favor me fez Allah, dando-me por filho um homem tão extraordinário como tu. Homem mais poderoso do que o meu genro não há na terra. Plácidos e serenos sejam os teus dias.

E amena e feliz correu a vida de Aladdin, amado e estimado por todos; de dia em dia crescia a sua popularidade, graças aos benefícios que por toda parte espalhava; mas esta mesma fama, estendendo-se ao longe, devia preparar-lhe momentos de grande amargura.

Foi o caso que o mágico africano ouviu falar da magnificência e do poder de Aladdin, e, desconfiando logo que em tudo isto andava a lâmpada maravilhosa, transportou-se a Bagdad a tomar informações mais minuciosas, vindo assim a saber que o genro do Sultão era o mesmo Aladdin, filho de Mustaphá, o alfaiate, que havia deixado sepultado na caverna encantada.

Despertou-se no mágico grande ira, porém também, mais do que nunca, o desejo veemente de possuir a lâmpada; resolveu, pois, vingar-se de Aladdin, destruindo-lhe a felicidade, e apoderar-se da lâmpada maravilhosa.

Deu-se o acaso que no momento da chegada do mágico, Aladdin havia partido para uma caçada, na qual deveria demorar-se alguns dias.

Teria levado a lâmpada? Esta pergunta preocupou desagradavelmente o mágico; mas, lançando mão das suas combinações cabalísticas, viu que o objeto almejado se achava no palácio, no quarto de dormir da princesa.

Em um instante delineou e efetuou um plano engenhoso, cujo bom êxito descansava na curiosidade das mulheres.

Vestiu-se pobre e miseravelmente, e, levando no braço enfiada uma porção de lâmpadas, apresentou-se diante do palácio, exclamando:

– Lâmpadas, lâmpadas! Quem quer troc0ar lâmpadas velhas por novas?

Recebeu o povo esta oferta com grandes gargalhadas, julgando que o mercador queria diverti-lo com pilherias.

Infelizmente, porém, a camareira da princesa ouvira também o pregão do mágico, e foi contar o caso à sua ama.

– Dar lâmpadas novas por velhas, disse Adonida; isto não passa de um gracejo.

– Vamos experimentar, perguntou a criada, oferecendo-lhe a lâmpada velha que está aí a enfeiar o ornato da chaminé?

– Pois bem, respondeu a princesa, que não conhecia o valor do objeto. Prega-lhe a peça, e pilha-lhe uma lâmpada nova, para ensinar-lhe a não zombar da gente.

Desceu a criada com a lâmpada de Aladdin, ofereceu-a ao mágico, que imediatamente a reconheceu, estremecendo de júbilo. Depressa entregou-lhe uma lâmpada nova, e fugiu com a velha, perseguido pelas risadas do povo.

À boa distância da cidade, o mágico aguardou a meia-noite, para chamar violentamente o gênio.

Este apareceu com cara transtornada e pesarosa e disse:

– Que queres? Sou escravo da lâmpada, e obrigado a obedecer-te.

– Quero que me transportes imediatamente o palácio de Aladdin, e tudo quanto contém, à minha residência, no centro da África.

Com a conhecida prontidão o gênio da lâmpada efetuou esta ordem.

O palácio de Aladdin, com todos os seus tesouros, dos quais a adorada Adonida era o mais precioso, em um instante achou-se a mais de mil léguas da cidade de Bagdad.

Quando, no dia seguinte, o Sultão, segundo seu costume, chegou à janela para olhar para o palácio de Aladdin, julgou-se preso de uma alucinação. Esfregou os olhos, tornou a olhar, mas... o palácio havia desaparecido!

Prorompeu o monarca em grandes exclamações lamentosas, porque, antes de tudo, era pai extremoso. Mandou chamar a toda a pressa o Vizir, para ver se este poderia explicar-lhe o caso tão estranho quão aflitivo.

Não menos impressionado ficou o ministro; em lugar, porém, de perder tempo em cogitações, julgou o momento propício, para prejudicar no ânimo do Sultão o jovem Aladdin, a quem ainda não havia perdoado de haver-lhe transtornado os planos acerca do casamento de Adonida.

– A perda do palácio pode suportar-se, disse ele ao Sultão, porque, por fim de contas, era uma humilhação constante para Vossa Majestade. Mas o rapto da princesa, única alegria de Vossa Majestade, é um ato imperdoável, e com ele bem prova Aladdin quão indigno foi de todas as bondades do meu generoso senhor. Será justo que Vossa Majestade o obrigue a restituir a princesa, sob pena dos mais severos castigos.

Estas palavras proferidas maliciosamente inflamaram ainda mais o ânimo do Sultão, e este deu ordem para que prendessem Aladdin em qualquer parte em que o encontrassem, e que o levassem à sua presença.

Sabia o Vizir, que Aladdin vinha de volta da caçada; enviou um destacamento de polícia ao seu encontro, e fê-lo carregar de ferros pesados e conduzir assim à sala do tribunal no palácio do Sultão.

– Onde está minha filha? Exclamou com grande agitação o monarca exaltado.

– Tua filha? Disse Aladdin; mas há de estar em meu palácio.

– Teu palácio! Retrucou o Sultão; procura onde está o tal teu palácio!

Aladdin chegou-se à janela, e empalideceu horrivelmente quando viu que a sua habitação havia desaparecido.

– Allah-Kerim! – exclamou o pobre moço. Só o céu saberá onde está agora minha adorada mulher.

– O céu, malvado? O demônio das trevas o saberá, com quem tiveste aliança. Mas hás de confessar a verdade, senão morrerás nas mãos do carrasco!

Embora profundamente impressionado pela perda da mulher, e pela animosidade cruel do Sultão, Aladdin respondeu com muita calma e dignidade:

– A minha vida está em tuas mãos; podes mandar matar-me, mas juro-te que morrerei inocente.

Estas palavras deveriam ter modificado os sentimentos do Sultão; mas o soberano estava muito prevenido contra Aladdin, e assim ordenou que imediatamente o genro fosse decapitado.

Aproximou-se o carrasco; Aladdin ajoelhou-se e ofereceu resignadamente o seu pescoço.

No momento em que o verdugo alçava o alfange afiado, ergueu-se horrível algazarra nas portas do palácio. Era o povo de Bagdad, armado e enfurecido, que havia tido conhecimento da iniquidade que ia cometer-se no divã, e vinha reclamar em altos brados a liberdade do seu benfeitor, pagando-lhe assim um eloquente tributo de gratidão pelos benefícios que o filho do povo havia prestado a todos.

– Morram os inimigos de Aladdin! – clamaram mil e mil vozes com a impetuosidade de furacão.

E machados, e cem outras armas principiaram a bater em brecha as portas do palácio.

Empalideceu o Sultão, e deu ordem de suspender a execução e de soltar imediatamente Aladdin.

Este, nobre e generoso, não pensou em vingança. Chegando a uma janela, agradeceu ao povo a sua sincera adesão, e o tranquilizou, declarando que já não corria perigo algum; em seguida o exortou a que se retirasse em paz, no que foi imediatamente obedecido, com grandes e ruidosas exclamações.

Depois de ter livrado deste modo de um mau passo o soberano, que tão cruelmente o havia tratado, Aladdin disse ao Sultão:

– Peço quarenta dias para procurar tua filha. Se, ao expirar este prazo, não tiver encontrado a princesa, voltarei a pôr minha vida entre as tuas mãos.

Concedido o prazo pedido, Aladdin saiu da cidade, para principiar as suas pesquisas; conhecendo, porém, que com as suas próprias forças nada conseguiria, e lembrando-se do anel, que já uma vez lhe havia servido na caverna encantada, pôs-se a esfregá-lo, e imediatamente apareceu o gênio dizendo:

– Que queres, senhor? Aqui estou às tuas ordens.

– Se sabes onde está o meu palácio que havia edificado em Bagdad, ordeno-te que o reponhas sem demora em seu lugar.

– Nada posso neste assunto, – respondeu o gênio. Deves chamar para este serviço o gênio da lâmpada.

– Mal, – retrucou Aladdin; – a lâmpada já não está em meu poder. Mas não me poderás levar ao ponto onde demora a minha habitação?

– Ordena, que obedecerei.

E, tendo formulado a ordem, Aladdin viu-se transportado ao pé do seu palácio, debaixo das janelas de sua mulher Adonida.

Apesar de ser noite cerrada, Aladdin reconheceu muito bem o edifício, e estremeceu de alegria com o pensamento de que em breve tornaria a ver a princesa, e quiçá a recuperar o poder perdido.

Pelo momento, porém, não sabendo se o raptor estava no castelo, compreendeu que toda a prudência seria pouca, e assim, escondeu-se em um bosque de murtas, observando atentamente o aposento de Adonida.

Não tardou que a princesa viesse encostar-se a uma de suas janelas a respirar a brisa embalsamada e a confiar à noite discreta as mágoas que lhe atormentavam o coração juvenil.

Achava-se tão perto Aladdin, que ouvia até os menores suspiros de sua mulher adorada; quando por seus queixumes sentidos conheceu o extremo do seu sofrimento e a profundidade do seu amor, não pôde resistir mais e proferiu maviosamente as palavras:

– Adonida, querida Adonida, eis-me aqui para salvar-te.

A princesa soltou um pequeno grito de surpresa, mas já Aladdin havia saltado a janela, e estreitava aos braços a esposa adorada.

Passados os primeiros momentos de terna efusão, a princesa narrou finalmente tudo quanto havia ocorrido com a lâmpada, e pela sua descrição Aladdin veio a conhecer que o raptor havia sido o mágico, que outrora tão cruelmente o abandonara na caverna encantada.

Teve agora dobrados motivos para castigar o malvado, e, tendo sabido por Adonida, que o mágico conservava a lâmpada guardada cuidadosamente no seio, compreendeu que não seria possível reavê-la enquanto o monstro estivesse com vida.

– Ah! meu querido esposo, disse por fim Adonida, devo confessar-te que tenho um medo horrível desta noite. Desde o primeiro momento do rapto, o mágico me persegue para que case com ele. Marcou-me um prazo e este prazo expira hoje. Como salvar-me!

Sorriu-se meigamente Aladdin ao responder:

– Pois não estou eu aqui? E permitirei porventura que alguém me arrebate o tesouro mais precioso que possuo? Tranquiliza-te, Adonida; e observa fielmente o que vou dizer-te. Em primeiro lugar ausenta-te um momento para dar as tuas ordens para que preparem imediatamente um esplêndido banquete de núpcias.

– De núpcias, meu esposo? perguntou a princesa admirada.

– Sim; mas não te inquietes, que prontamente saberás o meu projeto de salvação.

Ausentou-se Adonida, e Aladdin chamou imediatamente o gênio do anel, e ordenou-lhe que lhe desse um veneno capaz de matar com a prontidão do raio.

O gênio entregou-lhe um papelzinho contendo uns pós formidáveis, e desapareceu no momento em que Adonida voltava à sala.

– Estão dadas as ordens, disse ela; o mágico horrível acaba de voltar de uma excursão e está se vestindo para fazer-me a visita de costume.

– Tudo vai bem, disse Aladdin. Hoje hás de recebê-lo mais carinhosamente que de costume. Desperta-lhe algumas esperanças; convida-o para banquetear-se contigo, e, quando o vinho começar a produzir os seus efeitos, deita-lhe na taça estes pós, que para sempre nos livrarão do inimigo monstruoso. Eu estarei perto de ti, para proteger-te se for preciso.

Correu tudo como Aladdin havia previsto.

O mágico apresentou-se ricamente adornado, e lembrou à princesa que nesta noite ela devia decidir-se acerca do casamento.

A princesa, que apesar de toda a sua ingenuidade não deixava de ser mulher, achou um sorriso gracioso para acolher o mágico e lhe disse:

– Estou persuadida de que já não posso voltar a Bagdad, e que tenho de terminar minha existência, em sua companhia. De outro lado, me comove o amor profundo que me patenteia e me faz prever a possibilidade de uma solução satisfatória desta situação. Por enquanto, o convido a cear hoje comigo, e dou-lhe licença de tratar de distrair-me.

Estremeceu o mágico de prazer ao ouvir estas palavras prometedoras, e, sem pressentimento algum do perigo que o ameaçava, entregou-se às delícias de uma ceia opípara, regada dos mais generosos vinhos.

Por fim a princesa deitou sutilmente os pós na taça do mágico, e lhe disse:

– Ainda esta taça de vinho à minha saúde, e nada mais terá a desejar.

Febrilmente o mágico agarrou a taça e esvaziou-a de um só trago.

O efeito foi imediato. Fulminado o monstro caiu no chão e exalou a alma nefanda.

Acudiu Aladdin, e, rasgando a roupa do defunto, apoderou-se da lâmpada, que cobriu de beijos, porque assegurava-lhe para sempre a posse pacífica de sua esposa adorada.

Quando todos no palácio estavam entregues às doçuras do sono, Aladdin chamou o gênio da lâmpada, que alegre e risonho apareceu, perguntando:

– Queres que leve o palácio para Bagdad, não é assim, meu bom senhor?

– Sim, disse Aladdin, e o mais depressa possível.

Desapareceu o gênio, e por um leve sacudimento Aladdin percebeu que o palácio estava se removendo, e feliz e contente deitou-se a dormir por sua vez.

Enquanto que no centro da África Aladdin se ocupava em reconquistar a sua esposa, o velho Sultão chorava amargamente em Bagdad a perda de sua filha, e arrependia-se profundamente da crueldade com a qual havia tratado seu genro.

Depois de uma noite cheia de insônia e regada de copioso pranto, o Sultão levantou-se e com passos vacilantes dirgiu-se à janela para contemplar, pelo menos, o lugar onde existira a habitação esplêndida da chorada princesa.

Ao olhar para fora, sentiu como um choque elétrico.

– Allahil Allah! Exclamou; Que vejo! Será verdade ou alucinação? O castelo de Aladdin! Deus me perdoe os meus pecados!

E, vestido apenas, com os passos mal seguros, os olhos cheios de lágrimas e trêmulas as mãos, o Sultão saiu dos seus aposentos, atravessou a praça, transpôs o limiar do palácio reaparecido, e caiu nos braços de seus filhos, que na entrada o esperavam terna e amorosamente.

Passados os primeiros momentos de alegria ruidosa, Aladdin narrou ao Sultão todas as peripécias do drama que se terminara com a morte do mágico, cujo cadáver horrendo mostrou ao sogro, ainda estendido no tapete da sala do banquete.

Quis o Sultão mandar arrojar o cadáver à cova imunda dos animais esfolados; Aladdin, porém, ordenou ao gênio da lâmpada que o transformasse em pedra negra e o transportasse ao centro do grande deserto africano para servir de eterno espanto aos mortais que por ali transitassem. O sorriso do gênio mostrou quão agradável lhe era esta ordem, porque sempre havia detestado o mágico tão cordialmente, quão carinhosamente servia Aladdin.

Este continuou a vida feliz em companhia de sua querida esposa Adonida, de sua velha mãe, que o cobria de bênçãos, e de seu sogro, que, impelido pela amizade, em breve lhe passou as rédeas do governo, para maior ventura e satisfação do povo, regido sabia e justamente.

Este livro foi composto com a tipografia Times New Roman
e impresso pela Meta Brasil.